DE KUNSTROOF

Ian Rankin

DE KUNSTROOF

Vertaald door Carla Hazewindus

UITGEVERIJ LUITINGH

Oorspronkelijke titel: *Doors Open*

Omslagontwerp: Pete Teboskins/Twizter.nl

Omslagfotografie: Corbis

ISBN 978 90 245 3093 9

NUR 305

www.boekenwereld.com

www.uitgeverijluitingh

De deuropening was maar een paar meter van hem vandaan en daarachter lag de buitenwereld, akelig onaangedaan door alles wat er zich in deze verlaten snookerhal afspeelde. Twee zwaargebouwde mannen lagen in elkaar gezakt en onder het bloed op de vloer. Vier mensen zaten met de handen op hun rug gebonden en hun enkels vastgesnoerd op een stoel. Een vijfde figuur probeerde zich als een slang uit alle macht in de richting van de deur te wurmen, luidkeels aangemoedigd door zijn vriendin. Alle hoop werd de bodem ingeslagen toen de man die naar de naam Hate luisterde naar voren liep, de deur dichtsmeet en de stoel met degene die erop zat terug naar zijn plaats sleepte.

'Ik maak jullie allemaal af,' beet de man hen toe.

Mike Mackenzie twijfelde er geen seconde aan. Wat moest je anders als je Hate heette? Mike keek naar de deur en bedacht dat het allemaal zo onschuldig was begonnen: met een feestje en met vrienden.

En met hebzucht.

En verlangen.

Maar vooral met deuren die open- en dichtgingen.

Een paar weken daarvoor

1

Mike zag het gebeuren. Twee deuren naast elkaar. Eentje bleef steeds op een kier staan tot iemand tegen de andere deur duwde, zoals elke keer gebeurde wanneer een in livrei gestoken ober schalen vol canapés de veilingzaal binnenbracht. Als de ene deur openzwaaide, ging de andere langzaam dicht. Dat hij meer aandacht had voor een paar deuren zei genoeg over de kwaliteit van de schilderijen, dacht Mike. Maar hij wist dat dat niet waar was: het zei namelijk niets over de kunstwerken die hier hingen, maar alles over hemzelf.

Mike Mackenzie was zevenendertig, rijk en verveeld. Volgens de financiële pagina's van diverse kranten was hij nog steeds een 'self-made softwarebons', alleen was hij inmiddels helemaal geen bons meer, want zijn bedrijf was in zijn geheel verkocht aan een participatiemaatschappij. Het gerucht ging dat hij een burn-out had, en misschien klopte dat wel.

Nog maar net van de universiteit had hij samen met zijn vriend Gerry Pearson een softwarebedrijf opgericht. Gerry was een geniaal programmeur en het eigenlijke brein achter de hele zaak, maar daarbij een verlegen iemand, waardoor Mike al snel het gezicht naar buiten werd. Toen ze hun bedrijf hadden verkocht en de opbrengst gedeeld, had Gerry tot Mikes verbazing aangekondigd dat hij in Sydney een nieuw leven wilde beginnen. De e-mails die hij uit Australië verstuurde, liepen over van enthousiasme over de nachtclubs, het uitgaansleven en surfen (hij had het nooit over computers). Hij stuurde Mike ook jpegs en foto's die hij met zijn mobieltje had genomen van dames die hij onderweg was tegengekomen. De verlegen, gesloten Gerry van vroeger bestond niet meer en had plaatsgemaakt voor een vrijgevochten playboy. Dat nam echter niet weg dat Mike zich nog steeds een soort charlatan voelde, want hij besefte maar al te goed dat hij zonder Gerry nooit zo succesvol geworden zou zijn.

Het was zowel opwindend als zenuwslopend geweest om het bedrijf op te bouwen. Meestal sliep hij niet meer dan drie of vier uur per nacht, vaak in hotelkamers ver van huis, terwijl Gerry liever in Edinburgh bleef om te programmeren en zich over printplaten te buigen. Het had hun allebei wekenlang een kick gegeven om de onvolkomenheden in hun bekendste softwareprogrammatuur glad te strijken. En wat het geld betrof, nou dat was gewoon binnengestroomd, met in het kielzog daarvan advocaten en accountants, adviseurs en planners, assistenten, secretaresses, belangstelling van de media, uitnodigingen van bankiers en portfoliomanagers... en dat was het wel zo'n beetje.

Mike had inmiddels genoeg van superauto's; de Lamborghini had het nog geen twee weken uitgehouden en de Ferrari niet veel langer. Tegenwoordig reed hij in een Maserati die hij in een opwelling had gekocht via een miniadvertentie in de krant. Ook had hij genoeg van vliegtuigen, vijfsterrenhotelkamers, snufjes en gadgets. Zijn penthouse had een keer in een lifestylemagazine gestaan, met name vanwege het uitzicht; de skyline van de stad, een en al schoorstenen en kerktorens, tot aan de vulkanische rots waarop Edinburgh Castle stond. Maar toevallige bezoekers zagen dat Mike niet veel moeite had gedaan zijn levensstijl aan zijn nieuwe omgeving aan te passen: de bank had hij uit zijn vorige huis meegenomen en hetzelfde gold voor de eettafel en stoelen. Aan weerszijden van de open haard lagen stapels tijdschriften en kranten, en het was te merken dat de grote flatscreentelevisie met surroundspeakers bijna nooit aanstond. Gasten richtten hun aandacht dan ook op de schilderijen.

Een van Mikes adviseurs had gezegd dat beeldende kunst een slimme investering was. Vervolgens had hij Mike de naam gegeven van een kunsthandelaar die erop zou toezien dat Mike verstandig zou kopen, 'verstandig en verantwoord', zoals de man het had uitgedrukt. Maar Mike was erachter gekomen dat het erop neerkwam dat hij schilderijen zou kopen die hem niet per se bevielen, van gevierde kunstenaars wier kas hij helemaal niet wilde spekken. Het betekende ook dat hij bereid moest zijn afstand te doen van schilderijen die hij bewonderde, alleen maar om in te spelen op de veranderende marktwaarde. In plaats daarvan was hij zijn eigen gang gegaan, en had hij voor de eerste keer een veiling bezocht. Hij had een plek vooraan weten te bemachtigen, een beetje verbaasd dat daar nog een paar lege stoelen waren, terwijl achter in de zaal de mensen op een kluitje stonden. Natuurlijk was hij er al snel achtergekomen waarom dat was. Degenen die achterin stonden hadden goed zicht op de bieders en konden hun eigen bod op die manier aanpassen. Zijn vriend Allan had hem na afloop toevertrouwd dat Mike ongeveer drieduizend pond te veel had betaald voor een stilleven van Bossun omdat een handelaar had gezien dat hij een groentje was en de prijs opdreef, in de wetenschap dat de hand vooraan weer de lucht in zou gaan.

'Maar waarom deed hij dat, verdomme?' had Mike geschrokken gevraagd.

'Hij heeft waarschijnlijk nog ergens een paar Bossuns staan,' zei Allan. 'Zodra de prijzen voor deze kunstenaar omhooggaan, haalt hij ze onder het stof vandaan en krijgt hij er meer voor.'

'Maar als ik me had teruggetrokken, was hij met dat schilderij blijven zitten.'

Daarop had Allan glimlachend zijn schouders opgehaald.

Allan was nu ook aanwezig in de veilingzaal, hij had de catalogus opengeslagen en bekeek aandachtig de mogelijke aanwinsten.

Niet dat hij zich met zijn salaris als bankemployee veel kon veroorloven. Maar hij had een passie voor kunst en hij had er oog voor. Op veilingdagen werd hij dan ook altijd een beetje treurig als hij schilderijen die hij dolgraag had willen hebben in handen zag komen van mensen die hij niet kende. Hij had tegen Mike gezegd dat die schilderijen misschien wel een generatie lang aan het oog van het publiek zouden worden onttrokken.

'In het ergste geval worden ze als investering aangeschaft en in een kluis opgeborgen – voor degene die ze koopt betekenen ze niets meer dan rente op rente.'

'Wil je daarmee zeggen dat ik niets moet kopen?'

'Niet als investering – je moet alleen iets kopen wat je echt bevalt.'

Het resultaat was dat de muren van Mikes appartement vol hingen met kunstwerken uit de negentiende en twintigste eeuw – de meeste van Schotse origine. Hij had een brede smaak, dus hingen kubistische schilderijen naast landschappen, portretten naast collages. Het merendeel kon Allans goedkeuring wel wegdragen. Mike en Allan hadden elkaar twee jaar geleden ontmoet tijdens een feestje op het hoofdkantoor van de investeringstak van de bank in George Street. De First Caledonian Bank – meestal afgekort tot de 'First Caly' – bezat een indrukwekkende bedrijfscollectie. Aan weerszijden van de entree hingen grote abstracten van Fairbairn en achter de ontvangstbalie hing een drieluik van Coulton. De First Caly had een eigen curator in dienst, die de taak had nieuw talent op te sporen – vaak op eindexamenexposities van de kunstacademie –, hun werk te verkopen als er een goede prijs voor kon worden gemaakt en dan de collectie weer aan te vullen. Mike had Allan voor de curator aangezien en ze waren in gesprek geraakt.

'Allan Cruikshank,' had Allan zich voorgesteld en hij had Mike de hand gedrukt. 'En ik weet natuurlijk wel wie ú bent.'

'Sorry dat ik u voor iemand anders aanzag,' had Mike zich met een gegeneerde glimlach verontschuldigd. 'Maar dat kwam doordat wij zo ongeveer de enigen zijn die interesse hebben in wat hier aan de muur hangt.'

Allan Cruikshank was achter in de veertig, en zoals hij het zelf uitdrukte 'duur gescheiden', met twee zoons in de tienerleeftijd en een dochter van in de twintig. Hij had rekeninghouders met een vermogen van boven de 1 miljoen onder zijn hoede – maar hij verzekerde Mike dat hij er nu niet op uit was om zaken te doen. En omdat de curator toch niet aanwezig was, had hij Mike het deel van de collectie laten zien dat toegankelijk was voor publiek.

'Het kantoor van de directeur zal wel op slot zitten. Hij heeft een Wilkie en een paar Raeburns hangen...'

In de weken na het feestje hadden ze e-mails uitgewisseld, waren ze een paar keer iets gaan drinken, en vervolgens bevriend geraakt. Mike was alleen maar naar de kijkavond gekomen omdat Allan had gezegd dat het misschien wel leuk zou zijn. Tot dusver had hij echter nog niets gezien wat zijn begeerte had opgewekt, met uitzondering van een houtskoolschets van een van de belangrijkste Scottish Colourists. Maar daar had hij thuis al drie vrijwel identieke exemplaren van, waarschijnlijk afkomstig uit hetzelfde schetsboek.

'Het lijkt wel alsof je je verveelt,' zei Allan met een glimlach. Hij had een catalogus met ezelsoren en een lege champagneflûte in zijn handen. Aan de deegkruimeltjes op zijn gestreepte das was te zien dat hij van de canapés had gesnoept.

'Dat doe ik ook.'

'Geen blonde golddiggers die zich aan je opdringen met voorstellen die je alleen maar kunt weigeren?'

'Tot nog toe niet.'

'Nou ja, het is tenslotte Edinburgh, je hebt meer kans te worden gevraagd als vierde man voor een spelletje bridge.' Allan keek om zich heen. 'Trouwens behoorlijk druk vanavond. De gebruikelijke mengelmoes van mensen die uit zijn op een gratis drankje, kunsthandelaars en rijkelui.'

'En wat zijn wij dan?'

'Wij zijn kunstliefhebbers, Michael, heel eenvoudig.'

'Is er komende veilingdag iets waarop je een bod wilt uitbrengen?'

'Waarschijnlijk niet.' Allan slaakte een zucht en keek even in zijn lege glas. 'Op mijn bureau liggen nog rekeningen voor het schoolgeld te wachten om overgemaakt te worden. Ik weet wel wat je wilt zeggen: er zijn genoeg prima scholen in de stad waarvoor je niet hoeft te betalen. Je hebt zelf op een minder nette middelbare school gezeten en dat heeft je geen kwaad gedaan. Maar we hebben het hier over een traditie. Drie generaties die allemaal op hetzelfde ouderwetse instituut hebben gezeten. Mijn vader zou zich omdraaien in zijn graf als ik de jongens ergens anders naartoe stuurde.'

'Volgens mij heeft Margot daar ook wel enige zeggenschap over.'

Bij het horen van de naam van zijn ex rilde Allan even overdreven. Mike glimlachte en hield zich op de vlakte. Hij paste wel op om financiële hulp aan te bieden, die vergissing had hij één keer begaan. Een bankier, iemand die dagelijks te maken had met een paar van de rijkste particulieren in Schotland, mocht geen financiële handreiking aannemen.

'Je moet Margot zover krijgen dat ze ook haar steentje bijdraagt. Je zegt toch altijd dat ze net zoveel verdient als jij?' merkte Mike plagerig op.

'En ze heeft haar koopkracht ten volle benut wat de keuze van haar advocaten betreft.' Er kwam weer een schaal met niet gare pasteitjes langs.

Mike schudde zijn hoofd terwijl Allan vroeg of de fles met bubbels hun kant op zou kunnen komen. 'Niet dat het zin heeft,' mompelde hij tegen Mike. 'Nep, als je het mij vraagt. Daarom hebben ze witte katoenen servetten om de flessen gewikkeld. Dan kunnen we het etiket niet lezen.' Hij keek nog eens om zich heen in de zaal vol babbelende mensen. 'Ben je Laura al tegen het lijf gelopen?'

'Ze keek me even aan en lachte naar me,' antwoordde Mike. 'Zo te zien is ze nogal populair vanavond.'

'De winterveiling was de eerste veiling onder haar leiding,' bracht Allan hem in herinnering. 'En die was nou niet direct een daverend succes. Ze moet nu potentiële kopers over de streep proberen te trekken.'

'En dat zijn wij dus niet?'

'Met alle respect, Mike, je bent behoorlijk doorzichtig. Je hebt nu eenmaal geen pokerface zoals gokkers dat noemen. Op het moment dat jullie even een blik uitwisselden, zei dat haar waarschijnlijk genoeg. Wanneer jij een schilderij ziet dat je bevalt blijf je daar een paar minuten naar kijken, en als je besloten hebt het te kopen ga je op je tenen staan.' Allan probeerde het na te doen en hij wiebelde even op zijn hakken en tenen, terwijl hij zijn glas ophield voor de champagne die eraan kwam.

'Je bent behoorlijk goed in het raden van wat mensen denken,' zei Mike lachend.

'Hoort bij mijn werk. Er zijn zat rijke klanten die willen dat je weet wat ze in gedachten hebben zonder dat ze je dat hoeven te vertellen.'

'En wat denk ik nu dan?' Mike hield zijn hand over zijn glas, waarop de ober een kleine buiging maakte en weer doorliep.

Allan kneep zijn ogen dicht alsof hij moest nadenken. 'Je denkt dat je geen behoefte hebt aan mijn bijdehante opmerkingen,' zei hij en hij deed zijn ogen weer open. 'En je zou wel zin hebben om even in de buurt van die charmante gastvrouw te staan, op je tenen of niet.' Hij zweeg even. 'Bovendien wilde je net voorstellen om naar een bar te gaan om voor de verandering iets fatsoenlijks te gaan drinken.'

'Dit is bijna griezelig,' zei Mike gekscherend.

'Trouwens,' ging Allan verder en hij hief zijn glas op om te proosten, 'een van je wensen gaat in vervulling.'

Jawel, Mike had haar ook al gezien: Laura Stanton baande zich een weg door de menigte en kwam recht op hen af. Met hakken was ze bijna een meter tachtig, haar kastanjebruine haar zat in een eenvoudig paardenstaartje. Ze droeg een mouwloos zwart jurkje tot op de knie, met een laag uitgesneden decolleté dat een blik gunde op de opalen hanger die om haar hals hing.

'Laura,' zei Allan en hij kuste haar op beide wangen. 'Gefeliciteerd, je hebt een indrukwekkende veiling samengesteld.'

'Zeg dat nou maar tegen je werkgevers bij de First Caly. Er zijn hier minstens twee handelaars die in opdracht van concurrerende banken op zoek zijn naar nieuwe waar. Iedereen schijnt iets voor de vergaderruimte te willen.' Inmiddels had ze zich tot Mike gericht. 'Hé, hallo,' zei ze en ze boog zich voorover om nog een paar kussen uit te wisselen. 'Ik heb het gevoel dat hier vanavond niets aantrekkelijks voor je is.'

'Dat hangt ervan af,' bracht Mike ertegen in, waardoor er een blos op haar wangen verscheen.

'Waar heb je die Matthewson vandaan?' vroeg Allan. 'We hebben er eentje uit dezelfde serie bij de lift op de vierde verdieping hangen.'

'Van een landgoed in Perthshire. De eigenaar wil een stuk aangrenzend land kopen om te voorkomen dat projectontwikkelaars zijn uitzicht verpesten.' Ze draaide zich naar hem toe. 'Zou de First Caly interesse hebben?'

Allan haalde zijn schouders op, bolde zijn wangen en ademde luidruchtig uit.

'Welk schilderij is van Matthewson?' vroeg Mike.

'Het sneeuwlandschap,' lichtte Laura toe, en ze wees naar de tegenoverliggende muur. 'Bewerkte vergulde lijst... niet echt jouw pakkie-an, Mike.'

'Het mijne ook niet,' voelde Allan zich geroepen op te merken. 'Schotse hooglanders en schapen die verkleumd op een kluitje onder kale bomen staan.'

'Dat is nou zo raar met die schilderijen van Matthewson,' voegde Laura er voor Mike aan toe. 'Ze brengen veel meer op als je de koppen van die beesten kan zien.' Dit was het soort wetenswaardigheidje dat hij interessant vond, wist ze en ze zag Mike waarderend knikken.

'Nog interesse uit het buitenland?' vroeg Allan.

Laura tuitte haar lippen om haar antwoord te overdenken. 'De Russische markt is behoorlijk in beweging, en dat geldt ook voor China en India. Ik verwacht voor de komende veiling een flink aantal telefonische biedingen.'

'Iemand die een optie heeft?'

Laura deed net alsof ze Allan een klap met haar catalogus wilde geven. 'Je bent aan het vissen,' zei ze berispend.

'Tussen twee haakjes,' zei Mike. 'Ik heb de Monboddo opgehangen.'

'Waar?'

'Naast de voordeur.' Het stilleven van Albert Monboddo was het enige stuk dat hij op de winterveiling had aangeschaft. 'Je zei dat je een keer kwam kijken,' bracht hij haar in herinnering.

'Ik zal je e-mailen.' Ze kneep haar ogen tot spleetjes. 'Overigens heb ik een roddeltje gehoord, maar je mag het best tegenspreken, hoor.'

'O jee,' zei Allan gnuivend.

'Wat voor roddel?'

'Dat je nogal dik bent met de minder sympathieke veilinghuizen hier in de stad.'

'Waar heb je dat gehoord?' vroeg Mike.

'Klein wereldje,' antwoordde ze, 'waarin nogal wordt geroddeld.'

'Ik heb niks gekocht, hoor,' verdedigde Mike zich.

'De arme stakker moet ervan blozen,' zei Allan.

'Wil je soms dat ik naar de Monboddo kom kijken,' vervolgde Laura, 'en hem meteen weer smeer omdat het halve aanbod van Sotheby's en Christie's ernaast hangt?'

Maar voordat Mike kon antwoorden voelde hij een vlezige hand op zijn schouder. Hij draaide zijn hoofd om en keek in de donkere, indringende ogen van Robert Gissing. Het enorme hoofd van de oudere man glom van het zweet. Zijn wollen das hing los, zijn blauwe linnen jasje was gekreukt en totaal uitgelubberd. Toch was hij een indrukwekkende verschijning en zijn bulderende stemgeluid was meedogenloos.

'Ik zie dat de playboys binnen zijn, net op tijd om me van deze verschrikkelijke rotzooi te bevrijden!' Hij zwaaide met zijn lege champagneglas alsof het een dirigeerstok was. Toen vestigde hij zijn blik op Laura. 'Ik neem het je niet kwalijk, beste meid, het is tenslotte je werk.'

'Hugh heeft de catering geregeld.'

Gissing schudde heftig zijn hoofd. 'Ik heb het over de schilderijen, kindje! Ik begrijp eigenlijk niet waarom ik naar dit soort treurige aangelegenheden ga.'

'Gratis drank?' opperde Allan quasi serieus. Maar Gissing schonk geen aandacht aan hem.

'Tientallen en nog eens tientallen schilderijen, die het beste vertegenwoordigen wat al deze kunstenaars te bieden hebben. Achter elke penseelstreek steekt een verhaal, elk zorgvuldig aangebracht detail...' Gissing had zijn duim tegen zijn wijsvinger gelegd alsof hij een penseel vasthield. 'Ze zijn van ons, ze maken deel uit van ons collectieve bewustzijn, het verhaal van onze natie... onze geschiedenis.' Hij was in zijn element. Mike ving Laura's blik op en gaf haar een knipoog. Ze hadden dit vertoog, of variaties op dit thema, al zo vaak gehoord. 'Ze horen niet in vergaderruimtes,' ging Gissing verder. 'In gebouwen die alleen met een pasje toegankelijk zijn. En ook niet in de kluis van een of andere verzekeringsmaatschappij of in de jachthut van een grootindustrieel.'

'Of in het appartement van een selfmade miljonair,' zei Allan om te pesten, maar Gissing wuifde met zijn worstdikke vinger naar hem.

'De kliek bij die First Caly van jou is nog het ergste – die betalen veel te veel geld voor onontwikkeld jong talent dat het dan te hoog in de bol krijgt.' Hij moest even ademhalen en gaf Mike nog een klap op zijn schouder. 'Maar over die beste Michael wil ik geen kwaad woord horen.' Mike kromp even in elkaar toen Gissing in zijn schouder kneep. 'En zeker niet nu hij net van plan is me een groot glas whisky aan te bieden.'

'Jullie gaan je gang maar,' zei Laura en ze zwaaide hen gedag. 'De veiling is over een week, zorg dat je dat in je agenda hebt staan.' Mike kreeg de indruk dat ze nog even speciaal naar hem lachte toen ze wegliep.

'De Shining Star?' opperde Gissing. Het duurde even voordat Mike besefte dat hij het over de wijnbar verderop in de straat had.

2

Het was een souterrain zonder ramen, met een laag plafond, mahoniehouten latten aan de muur en bruinleren zitplaatsen. Gissing had wel eens gezeurd dat het leek alsof je je in een goed gemeubileerde lijkkist bevond.

Het was hun gewoonte geworden na afloop van besloten voorbezichtigingen en de daaropvolgende veilingen naar de Shining Star te gaan. Voor een 'nabeschouwing van de wedstrijd', zoals Gissing het uitdrukte. Vanavond was de zaak halfvol, zo te zien met allemaal studenten, maar niet van de onbemiddelde soort.

'Die wonen allemaal in Stockbridge, in een pied-à-terre van pappie,' mompelde Gissing.

'Maar die zorgen er wel voor dat jij brood op de plank hebt,' zei Allan om te plagen.

Ze namen plaats in een leeg hoekje, in afwachting van het personeel dat hun bestelling kwam opnemen: whisky voor Gissing en Mike en de huischampagne voor Allan.

'Even een glas van het echte werk om de smaak van dat bocht weg te spoelen,' lichtte Allan toe.

'Ik meen het wel degelijk,' zei Gissing en hij wreef in zijn handen alsof hij ze aan het inzepen was. 'Wat ik zei over die schilderijen die niemand meer te zien krijgt... ik meen dat goddomme echt.'

'Weten we toch,' zei Allan. 'Ons hoef je niet te overtuigen.'

Robert Gissing was directeur van de stedelijke kunstacademie, maar niet lang meer. Over een maand of twee, aan het eind van de zomer, zou hij met pensioen gaan. Toch was hij blijkbaar vastbesloten tot op het laatst zijn standpunten te blijven verkondigen.

'Je maakt mij niet wijs dat die kunstenaars dit hebben gewild,' ging Gissing door.

'Maar vroeger hadden kunstenaars toch ook altijd een mecenas nodig?' merkte Mike op.

'En diezelfde mecenassen gaven dan dikwijls belangrijke stukken in bruikleen, bijvoorbeeld aan rijkscollecties,' riposteerde Gissing.

'Dat doet de First Caly toch ook,' wierp Mike tegen, en hij keek Allan aan voor bijval.

'Dat is zo,' beaamde Allan. 'We sturen die schilderijen overal heen.'

'Maar dat is niet hetzelfde,' reageerde Gissing nors. 'Tegenwoordig gaat het alleen maar om de handel, terwijl het genieten van de schilderijen voorop zou moeten staan.' Hij sloeg met zijn vuist op tafel om zijn woorden kracht bij te zetten.

'Hou je een beetje in,' zei Mike. 'Straks denkt het personeel nog dat we ongeduldig zijn.' Hij zag dat Allan naar de bar zat te staren. 'Knap barmeisje?' vroeg Mike en hij wilde zijn hoofd omdraaien.

'Kijk voor je!' zei Allan waarschuwend. Hij dempte zijn stem en boog zich over de tafel alsof hij iets vertrouwelijks moest vertellen. 'Er zitten drie mannen aan de bar, en zo te zien zitten ze een fles Roederer Cristal soldaat te maken.'

'Kunsthandelaars?'

Allan schudde zijn hoofd. 'Volgens mij zit Chib Calloway erbij.'

'Die onderwereldfiguur?' zei Gissing. Het klonk nogal luid omdat net op dat moment de muziek zweeg. Toen hij zijn hoofd omdraaide om te kijken, trok hij de aandacht van de man die Calloway heette. Hij keek hun richting op. Zijn bolle, kaalgeschoren hoofd rustte op een paar enorme vierkante schouders. Onder zijn zwartleren jack droeg hij een strakgespannen zwart t-shirt. Het leek wel alsof hij het champagneglas met zijn vuist aan het wurgen was.

Allan had zijn catalogus opgeslagen en deed alsof hij die aandachtig doorbladerde. 'Dat gaat lekker.'

'Ik heb op dezelfde school gezeten als hij,' zei Mike zachtjes. 'Maar dat weet hij vast niet meer.'

'Het lijkt me niet het moment hem daaraan te herinneren,' waarschuwde Allan toen de drankjes op tafel werden gezet.

Calloway was een bekend gezicht in de stad: hij deed aan 'bescherming', bezat een aantal stripteasebars en waarschijnlijk handelde hij ook in drugs. Toen het barmeisje weer wegliep, wierp ze hun nog een waarschuwende blik toe, maar het was al te laat: Chib Calloway kwam dreigend in hun richting gelopen. Hij plaatste zijn knokkels op tafel, boog zich voorover en wierp een schaduw over de drie mannen heen.

'Klopt het dat mijn oren een beetje jeukten?' vroeg hij.

Niemand zei iets, en Mike was de enige die hem recht in zijn gezicht keek. Calloway was slechts een halfjaar ouder dan Mike maar zag er getekend uit. Hij had een vettige huid en zijn gezicht was gebutst en gehavend door diverse vechtpartijen.

'Goh, wat zijn jullie opeens stil,' ging hij verder en hij pakte de catalogus om het omslag te bekijken. Toen sloeg hij die op een willekeurige pagina open, met een afbeelding van een vroeg meesterwerk van Bossun. 'Vijfenzeventig tot honderdduizend? Voor zo'n stuk tinnef?' Hij kwakte de catalogus terug op tafel. 'Dat noem ik nou pure oplichterij. Ik zou er nog geen vijfenzeventig penny's voor overhebben, laat staan vijfenzeventig mille.' Hij keek Mike aan, maar omdat verder niemand reageerde, zag hij geen reden nog langer bij hen te blijven staan. Grinnikend liep hij terug naar de bar en hij grinnikte nog steeds toen hij zijn glas leegdronk en vervolgens met zijn stuurs kijkende trawanten de deur uit liep.

Mike zag dat de barman zijn schouders ontspande en snel de ijsemmer en de glazen weghaalde.

Allan keek nog steeds naar de deur, wachtte nog even en deed toen zijn mond open: 'We hadden ze best aangekund.'

Maar de hand waarmee hij zijn glas champagne naar zijn mond bracht, trilde een beetje. 'Er wordt beweerd dat onze vriend Calloway in '97 een overval op de First Caly heeft gepleegd.'

'Dan zou hij nu met pensioen moeten zijn,' zei Mike.

'Niet elke pensionado gaat zo verstandig met zijn geld om als jij, Mike.'

Gissing had zijn whisky al op en gebaarde naar de bar dat er nog een rondje moest komen. 'Misschien kunnen we hem overhalen ons te helpen.'

'Ons helpen?' herhaalde Allan.

'Weer een overval op de First Caly,' zei de professor. 'Wij als vrijheidsstrijders, Allan, strijders voor een goed doel.'

'En wat voor doel mag dat dan wel wezen?' kon Mike niet nalaten te vragen. Hij kostte hem moeite zijn ademhaling weer onder controle te krijgen, waardoor zijn hartslag weer wat rustiger zou worden. Het was ongeveer twintig jaar geleden dat hij Calloway voor het laatst had gezien en deze gast was inmiddels behoorlijk veranderd. Hij straalde een en al dreiging uit en leek volkomen overtuigd van zijn eigen onkwetsbaarheid.

'Repatriëring van een paar van die arme opgesloten kunstwerken,' zei Gissing met een grijns toen de whisky werd neergezet. 'Die barbaren hebben ze nu lang genoeg in bezit gehad. Tijd om wraak te nemen.'

'Die gedachte bevalt me wel,' zei Mike glimlachend.

'Maar waarom de First Caly?' wierp Allan tegen. 'Er zijn toch nog genoeg andere onverlaten.'

'Inderdaad. Al staan die niet algemeen bekend als zodanig, zoals bijvoorbeeld met die Calloway het geval is,' zei Gissing. 'Je zei toch dat je met hem op school hebt gezeten?'

'In hetzelfde jaar,' antwoordde Mike, en hij knikte langzaam. 'Hij was zo'n joch dat iedereen wilde kennen.'

'Wilde kennen of wilde zijn?'

Mike keek Allan aan. 'Ik begrijp wat je bedoelt. Het is misschien wel fijn om zo'n gevoel van macht te hebben.'

'Macht gebaseerd op angst is geen fluit waard,' gromde Gissing. Toen het barmeisje zijn glas weghaalde om weer een vol glas neer te zetten, vroeg hij haar of Calloway hier wel vaker kwam.

'Af en toe,' zei ze.

Mike dacht aan haar accent te horen dat ze Zuid-Afrikaanse was.

'Geeft hij veel fooi?'

Het was duidelijk dat die vraag haar niet beviel. 'Moet u horen, ik doe hier gewoon mijn werk...'

'We zijn niet van de politie, hoor,' stelde Mike haar gerust. 'We zijn alleen maar nieuwsgierig.'

'Dat is nergens goed voor,' reageerde ze en ze draaide zich meteen weer om.

'Lekker lijf,' zei Allan goedkeurend, toen ze buiten gehoorsafstand was.

'Bijna net zo lekker als die lieve Laura Stanton van jou,' voegde Gissing eraan toe terwijl hij Mike een knipoog gaf. Als reactie hierop zei Mike dat hij even buiten een sigaret ging roken.

'Kan ik er dan eentje van je bietsen?' vroeg Allan zoals gewoonlijk.

'En een ouwe man hier in zijn eentje laten zitten, zeker,' zei Gissing met een knipoog naar Mike en hij sloeg de catalogus open bij de eerste pagina. 'Gaan jullie maar gerust naar buiten, hoor, kan mij het schelen...'

Mike en Allan deden de deur open en liepen de vijf treden naar het trottoir op. Het was net donker geworden en op straat reden taxi's op zoek naar klanten.

'Ik durf te wedden dat als we weer naar binnen gaan hij iemand de oren van het hoofd zit te lullen,' zei Allan.

Mike stak zijn sigaret op, gaf Allan een vuurtje en inhaleerde diep. Hij zat inmiddels op vier of vijf sigaretten per dag, maar kon er toch niet helemaal mee stoppen. Voor zover hij wist rookte Allan alleen als hij in gezelschap was van mensen aan wie hij een sigaret kon vragen. Mike keek de straat af en zag dat Calloway en zijn kameraden in geen velden of wegen waren te bekennen. Maar er waren genoeg bars waar ze zouden kunnen zitten.

Hij moest denken aan de fietsenhokken op school, oorspronkelijk ook echt bedoeld als fietsenstalling, maar later alleen als hangplek fungerend. Tijdens pauzes en lunchtijd werden daar sigaretten gerookt. Chib, 'Mes', zoals zijn bijnaam toen al luidde, was hun aanvoerder en maakte dan een pakje van tien of twintig sigaretten open en verkocht ze per stuk tegen een woekerprijs, plus nog een paar pence voor een vuurtje. In die tijd rookte Mike nog niet. Hij hing er maar een beetje bij, in de hoop in het clubje te worden opgenomen, maar dat was nooit gebeurd.

'Het is vanavond rustig in de stad,' zei Allan en hij tipte de as van zijn sigaret af. 'De toeristen laten zich niet zien. Ik vraag me altijd af wat zij van de stad vinden. Ik bedoel, wij zijn hier thuis, moeilijk voor te stellen hoe die op andere mensen overkomt.'

'Maar het is ook het thuis van gasten als Chib Calloway. Twee verschillende Edinburghs met één gemeenschappelijk zenuwstelsel.'

Allan zwaaide met zijn vinger. 'Je denkt zeker aan dat programma op Channel 4 van gisteravond... met die Siamese tweeling.'

'Ja, daar heb ik een stukje van gezien.'

'Je kijkt te veel tv, net als ik. Als we straks kinds zijn vragen we ons af waarom we niet meer met ons leven hebben gedaan.'

'Je wordt bedankt.'

'Je weet heus wel wat ik bedoel. Als ik jouw geld had zat ik nu in de Cariben aan het roer van een jacht, of landde ik met mijn helikopter op het dak van een hotel in Dubai...'

'Vind je dat ik een beetje zit te verstoffen?' Mike dacht aan Gerry Pearson, aan de e-mails met foto's van speedboten en jetski's.

'Ik zeg dat je alles met beide handen aan moet grijpen, ook die aanbiddelijke Laura! Als je nu snel teruggaat naar de veiling, is ze er nog. Vraag of ze een keer met je uit wil.'

'Wéér met me uit wil,' verbeterde Mike hem. 'Je weet toch wat er de vorige keer is gebeurd?'

'Je geeft het veel te snel op.' Allan schudde zijn hoofd. 'Ik snap echt niet dat je ooit geld hebt verdiend met zakendoen.'

'Maar dat heb ik toch gedaan, waar of niet?'

'Zeker weten. Maar...'

'Maar wat?'

'Ik heb het gevoel dat je daar nog steeds niet goed raad mee weet.'

'Ik hou er niet van om ermee te koop te lopen, als je dat bedoelt. Andere mensen met mijn succes de ogen uit te steken.'

Allan keek alsof hij nog iets wilde zeggen, maar hield toen wijselijk zijn mond en knikte alleen maar. Plotseling werd hun aandacht getrokken door muziekgedender, afkomstig uit een naderende auto. Het was een glimmend zwarte BMW, zo te zien een M5. Uit de luidsprekers klonk 'The Boys are Back in Town' van Thin Lizzy. Chib Calloway zat in de passagiersstoel mee te zingen en maakte met zijn hand een gebaar alsof hij een pistool op hen richtte. En toen reed hij weer verder.

Mike zag dat Allan het ook had opgemerkt. 'Denk je nog steeds dat we ze hadden aangekund?' vroeg hij.

'Geen enkel punt,' antwoordde Allan, en hij gooide zijn half opgerookte sigaret op de straat.

Die avond at Mike in zijn eentje.

Gissing had voorgesteld samen iets te gaan eten, maar Allan had gezegd dat er thuis nog werk op hem lag te wachten. Mike had zich ook verontschuldigd en hoopte maar dat hij de professor niet in een restaurant tegen het lijf zou lopen. Hij vond het namelijk nogal prettig om alleen te eten. Hij had een krant gekocht bij een krantenstalletje dat nog laat open was en terwijl hij in de richting van Haymarket liep, besloot hij Indiaas te gaan eten. In restaurants werd niet echt rekening gehouden met mensen die wilden lezen, het licht was meestal te gedempt, maar hij slaagde erin een tafeltje bij een wandlamp te bemachtigen.

In de krant las hij dat het niet goed ging met Indiase restaurants: het tekort aan rijst had ertoe geleid dat de prijzen waren gestegen en vanwege de aangescherpte immigratiewetten kwamen er minder koks het land binnen. Toen hij dit aan de ober meldde, haalde de jongeman glimlachend zijn schouders op.

Het was behoorlijk druk in het restaurant, en Mikes tafeltje stond nogal dicht bij dat van een gezelschap van vijf beschonken mannen. Ze hadden hun jasje over de stoelleuning gehangen en hun stropdas losgeknoopt of afgedaan. Een kantooruitje, dacht Mike, misschien vierden ze een geslaagde transactie. Hij wist hoe dit soort avondjes kon verlopen. De mensen met wie hij had gewerkt, hadden vaak genoeg de opmerking gemaakt dat hij nooit echt dronken werd. Nooit echt helemaal uit zijn dak ging van enthousiasme als er een belangrijk contract was getekend. Hij had kunnen reageren met: ik wil liever alles onder controle houden. Met de eventuele toevoeging: tegenwoordig. Toen zijn eten werd opgediend, was het gezelschap al aan de koffie met cognac, dus tegen de tijd dat hij om de rekening zou vragen, zouden ze net klaar zijn en opstappen. Mike stond op toen hij zag dat een van de mannen bijna omviel terwijl hij probeerde zijn arm in de mouw van zijn jas te wurmen. Omdat hij op Mikes tafeltje dreigde te belanden, stak Mike zijn hand uit om hem tegen te houden.

De man keek hem glazig aan. 'Wat moet je nou?' brabbelde hij.

'Ik probeer je tegen te houden.'

Een ander lid van het groepje bemoeide zich ermee. 'Heb je hem aangeraakt?' vroeg hij. En toen zei hij tegen zijn vriend. 'Heeft hij aan je gezeten, Rab?'

Maar Rab probeerde uit alle macht overeind te blijven en had verder niets te zeggen.

'Ik wilde alleen maar helpen,' zei Mike. De mannen kwamen om hem heen staan. Mike wist hoe makkelijk dit soort dingen uit de hand kon lopen – vijf man tegen de rest van de wereld.

'Help jij jezelf maar en sodemieter op,' snauwde Rabs vriend.

'Anders krijg je een fles in je smoel,' begon een ander.

De obers keken verontrust toe. Een van hen had de zwaaideur opengezet om het keukenpersoneel te waarschuwen.

'Niks aan de hand.' Mike stak in een verzoenend gebaar zijn handen op en ging de deur uit. Eenmaal buiten liep hij snel over het trottoir en wierp nog een blik achterom. Als ze hem achternakwamen, wilde hij een beetje afstand hebben. Afstand om na te denken, de situatie te overzien. Het risico inschatten. Hij was ongeveer vijftig meter uit de buurt toen de mannen naar buiten kwamen. Ze liepen gearmd en wezen naar de overkant van de straat naar hun volgende bestemming: een kroeg.

Die zijn me waarschijnlijk al helemaal vergeten, zei Mike tegen zichzelf. Hij wist dat hij zich dit akkefietje in het restaurant zou blijven herinneren. In de komende weken en maanden zouden de beelden steeds weer terugkeren en zou hij alternatieve scenario's bedenken waarbij hij als enige overeind bleef en de dronkenlappen languit aan zijn voeten lagen. Op zijn dertiende had hij een vechtpartij met een jongen uit zijn klas verloren, en zijn verdere schooltijd had hij allerlei plannen om wraak te nemen verzonnen – zonder die ooit uit te voeren.

In het wereldje waar hij zich tegenwoordig bevond was het niet nodig om op je hoede te zijn. De mensen waren beschaafd en beleefd; ze hadden opvoeding genoten en hadden goede manieren. Maar ondanks de bravoure die Allan in de Shining Star tentoon had gespreid, betwijfelde Mike of deze bankier in zijn volwassen leven wel eens bij een vechtpartij betrokken was geweest. Terwijl hij in de richting van Murrayfield liep, dacht hij aan zijn studententijd. Hij had een paar caféruzies meegemaakt. Ook was hij een keer in conflict geraakt met iemand die achter een vriendinnetje van hem aan zat... Jezus, hij wist niet eens meer hoe ze heette. En dan de avond toen hij met zijn vrienden naar zijn huurkamer terugliep en een paar dronken gasten een ijzeren vuilnisbak naar zijn hoofd hadden gesmeten. Het gevecht dat daarop was gevolgd, zou hij nooit meer vergeten. Dat had zich vanaf de straat verplaatst naar een naburig huis en via de achterdeur naar een tuin, totdat een vrouw uit het raam gilde dat ze de politie ging bellen. Mike was met geschaafde knokkels en een blauw oog uit de strijd gekomen. Zijn tegenstander had hij gevloerd.

Hij vroeg zich af hoe Chib Calloway op de situatie in het restaurant zou hebben gereageerd. Maar Calloway had altijd steun – de twee mannen die met hem in de bar zaten, waren daar niet alleen voor de gezelligheid. Een van Mikes collega's had ooit als grap opgemerkt dat hij ook maar een keer een bodyguard moest nemen:

'omdat iedereen nu weet dat je rijk bent'. Hij doelde daarmee op de lijst die de zondag daarvoor in een krant was verschenen waarop Mike vermeld stond in de top vijf van Meest Begeerde Mannen in Schotland.

'In Edinburgh heeft niemand een bodyguard nodig,' had Mike gezegd.

Maar toen hij bij een pinautomaat stilhield om geld op te nemen, keek hij toch om zich heen om te zien of er niets bedreigends was. Naast het bankgebouw zat een bedelaar met gebogen hoofd tegen een etalageruit geleund. Hij zag er verkleumd en eenzaam uit. Allan had Mike er een keer van beticht een einzelgänger te zijn – Mike kon dat niet ontkennen, maar dat wilde nog niet zeggen dat hij eenzaam was. Hij gooide een muntstuk van een pond in het potje van de bedelaar en ging naar huis, naar zijn schilderijenverzameling en een beetje muziek op de late avond. Hij dacht aan wat de professor had gezegd: *die arme opgesloten kunstwerken*, en toen aan wat Allan had gezegd: *grijp alles met beide handen aan*. De deur van een pub zwaaide open en er kwam een aangeschoten cafébezoeker naar buiten. Mike ontweek de strompelende figuur en liep door.

Als de ene deur dichtgaat, gaat een andere deur open.

3

Chib Calloway had weer een rotdag.
Zelfs als je wist dat je in de gaten werd gehouden, was er nog het probleem dat je niet altijd kon weten door wie. Chib was iemand een beetje geld schuldig, nou vooruit, een heleboel geld. Er waren nog meer dingen die hij schuldig was, daarom had hij zich een beetje gedeisd gehouden en nam hij maar een of twee van zijn tien mobiele telefoons op. Dat waren de mobieltjes waarvan het nummer alleen maar bekend was bij zijn familie en naaste medewerkers. Hij had twee lunchafspraken, die hij allebei had afgebeld, zonder een reden op te geven. Als bekend werd dat hij werd geschaduwd, zou zijn reputatie nog een extra knauw krijgen. Hij had toen maar een paar koppen koffie gedronken bij Centotre in George Street. Het was een behoorlijk dure tent, in een voormalig bankgebouw. In Edinburgh waren veel banken verbouwd tot bars en restaurants, want de alomtegenwoordige pinautomaten maakten banken overbodig. Natuurlijk had met de komst van de pinautomaten een heel arsenaal aan zwendelpraktijken zijn intrede gedaan: pasjes werden vervalst en aan de pinautomaten werden apparaatjes bevestigd waarmee de benodigde informatie op een chip kon worden

29

gezet. Er waren benzinestations waar niemand meer gebruik van durfde te maken omdat ze je gegevens doorverkochten. Chib was daar heel voorzichtig mee. De bendes die alles over pinautomaten wisten, kwamen bijna allemaal van het Europese vasteland: Albanië, Kroatië, Hongarije. Chib had ooit geïnformeerd of er op dat gebied misschien zaken te doen waren, maar te horen gekregen dat hij er niet tussen kon komen. En dat knaagde behoorlijk, zeker toen de bendes zich vervolgens op Edinburgh hadden gericht.

Edinburgh was een kleine stad, met nog geen half miljoen inwoners. Niet groot genoeg om de echte grote jongens aan te trekken en daarom bleef er nog genoeg werkterrein voor Chib over. Hij was met een aantal eigenaars van bars en clubs tot een akkoord gekomen, waardoor er de afgelopen paar jaar geen reden voor territoriumoorlogjes was geweest. Chib had een goede leerschool gehad bij dit soort territoriumstrijd, en daarbij een stevige reputatie als soldaat opgebouwd. Hij had voor Billy McGeehan gewerkt, als uitsmijter in zijn biljartzaal en in een paar van zijn pubs in Leith; het gebruikelijke zaterdagavondgedoe van vaste klanten die bij het vorderen van de avond lastig werden en buitenstaanders die zich onbeschoft tegen de plaatselijke bewoners gedroegen.

Als tiener vond hij van zichzelf dat hij behoorlijk goed kon voetballen, maar een oefenwedstrijd bij Hearts was op een fiasco uitgelopen. Ze vonden hem te groot, te lastig.

'Waarom ga je geen rugby spelen, jongen?' had de trainer gevraagd.

Rugby! Nou ja...

Hij was gaan boksen om in conditie te blijven, maar had moeite zich te beheersen. Zodra hij in de ring stond, begon hij op zijn tegenstander in te beuken met gebruik van zijn voeten, knieën, ellebogen, werkte zijn tegenstander tegen de vloer en bleef er dan maar op los rammen.

'Waarom ga je niet worstelen, jongen?' kreeg hij daarop als advies te horen. Maar toen was Billy McGeehan met een voorstel gekomen dat Chib reuze goed uitkwam. Hij kon zich inschrijven bij het arbeidsbureau onder het mom dat hij naar werk zocht en in het weekend een beetje geld vangen, net genoeg om het tot zijn volgende uitkering uit te zingen. Billy had hem steeds meer in vertrouwen genomen, met als gevolg dat toen Chib de band met Billy verbrak en voor Lenny Corkery ging werken, hij een schat aan informatie kon meenemen. Toen daarna een strijd uitbrak, nam Billy de wijk naar Florida, deed afstand van de biljartzalen en pubs, waardoor Lenny Corkery het rijk alleen had en Chib zijn luitenant werd.

Maar toen was Lenny tijdens een spelletje golf in Muirfield plotseling dood neergevallen op de elfde fairway en had Chib zijn kans schoon gezien. Daar had hij toch al een tijdje over zitten denken en Lenny's personeel had geen enkel bezwaar gemaakt, in ieder geval niet in zijn gezicht.

'Voor zaken is het altijd het beste als de opvolging gladjes verloopt,' had een van de clubeigenaars opgemerkt.

In ieder geval waren de eerste jaren gladjes verlopen...

Maar nu rommelde het al een tijdje. Dat lag niet aan hem, niet helemaal tenminste. De politie had toevallig een lading coke en ecstasy weten te onderscheppen, net nadat het geld van eigenaar was verwisseld. Dat betekende voor Chib een dubbele klap omdat hij nu alles kwijt was. En dat kwam heel slecht uit omdat hij ook al moest dokken voor een lading wiet die met een Noors vrachtschip het land binnen was gekomen. De leveranciers, een afdeling van de Hells Angels uit een stadje met een onuitspreekbare naam, hadden hem negentig dagen de tijd gegeven om met het geld over de brug te komen.

En dat was inmiddels honderdtwintig dagen geleden.

En dat werden er steeds meer.

Hij had naar Glasgow kunnen gaan en een lening kunnen vragen aan een van de kopstukken daar, maar dat zou snel bekend worden en gezichtsverlies betekenen. En bij het geringste teken van zwakte kwamen de aasgieren.

Hij had twee koppen espresso achterovergeslagen zonder er iets van te proeven, maar aan zijn hartslag te oordelen was de koffie extra sterk geweest. Johnno en Glenn waren met hem meegekomen en ze zaten met zijn drieën in een hoekje bij het raam. Goed uitziende vrouwen namen plaats aan andere tafeltjes en keurden hun geen blik waardig. Bekakte wijven. Hij kende dat type: shoppen bij Harvey Nicks, na afloop cocktails bij de Shining Star en alleen een blaadje sla als tussendoortje. Hun echtgenoten of vriendjes waren bankemployees of advocaten – uitzuigers, om kort te gaan. Kasten van huizen in de Grange, skivakanties, etentjes. Dat was een Edinburgh dat hij nauwelijks kende uit zijn jeugd. Toen hij nog jong was, draaide de zaterdag voor hem om voetbal (als Hearts een thuiswedstrijd speelde was er altijd kans op een relletje met de supporters van de tegenpartij) of de pub. Ook zat hij wel achter de meiden aan in Rose Street of probeerde hij met iemand aan te pappen in het St. James Centre. George Street, een en al boetieks en juweliersswinkels met etalages waar nergens een prijs bij stond, was een totaal vreemde wereld voor hem geweest, en dat was nog steeds zo. Maar dat had hem er niet van weerhouden er te blijven komen, waarom ook niet? Hij had net zoveel geld in zijn zak als wie dan ook. Hij droeg poloshirts van Nicole Farhi en jassen van DKNY, schoenen van Kurt Geiger, sokken van Paul Smith. Hij was toch niks minder dan wie dan ook? Beter dan de meesten zelfs. Hij leefde in de echte wereld.

'Krijg toch allemaal de tering.'

'Wat is er, boss?' vroeg Glenn, waardoor Chib merkte dat hij hardop had gepraat.

Chib negeerde hem en vroeg de serveerster die net langsliep om de rekening. Vervolgens richtte hij zijn aandacht weer op zijn vazallen. Glenn had buiten inmiddels de boel verkend en was teruggekomen met de boodschap dat er niemand in de buurt rondhing.

'En hoe zit het met de ramen van de kantoren?' had Chib gevraagd.

'Heb ik gecheckt.'

'Misschien iemand die in een van de winkels zogenaamd aan het rondsnuffelen is?'

'Heb ik toch gezegd,' had Glenn geïrriteerd opgemerkt. 'Als er iemand is, moet-ie wel verdomd goed zijn.'

'Die hoeft echt niet zo verdomd goed te zijn,' had Chib hem toegesnauwd. 'Alleen maar beter dan jij.' Hij beet op zijn lip, wat hij af en toe deed wanneer hij nadacht. Nadat hij had afgerekend, had hij een besluit genomen.

'Oké... sodemieteren jullie nou maar op.'

'Boss?' vroeg Johnno om er zeker van te zijn of hij het wel goed had verstaan.

Chib zei niks, maar als het Hells Angels waren of zoiets, zouden ze volgens hem eerder toeslaan als hij alleen was. En als het smerissen waren... nou ja, dan wist hij het nog zo net niet. Maar daar kwam hij dan wel achter, hoe dan ook. Hij had een plan. Dat was tenminste iets...

Maar de uitdrukking op Glenns gezicht maakte hem duidelijk dat dit nog niet hoefde te betekenen dat dit beter dan niets was.

Chib was van plan zich tussen de winkelende menigte in Princes Street te voegen. Het was daar verboden voor auto's, en als ze hem achtervolgden, moest dat te voet gebeuren. Van daaruit kon hij de steile trap bij de Mound op lopen en in de richting gaan van de rustige straatjes van de Old Town. Een eventuele achtervolger zou daar meteen in de gaten lopen.

Het was een plan.

Maar hij kwam er algauw achter dat dit echt niet beter dan niets was. Hij had tegen Glenn en Johnno gezegd dat ze bij de auto moesten blijven en dat hij zou bellen als hij ze nodig had. Vervolgens was hij in de richting van Frederick Street gelopen en overgestoken naar de stille kant van Princes Street, waar geen winkels waren. Hij zag de Castle boven zich uittorenen, met de nietige gestalten van toeristen die zich over de kantelen bogen. Hij was al jaren niet meer in de Castle geweest. De laatste keer was met school, maar toen was hij hem na een kwartier gesmeerd en de stad in gegaan. Een paar jaar geleden was hij in een bar door een kennis benaderd. Deze man had hem een zorgvuldig uitgewerkt plan voorgelegd om de Schotse kroonjuwelen te stelen, waarop Chib hem een klap voor zijn bek had gegeven omdat hij hem daarmee had lastiggevallen.

'De Castle is er echt niet alleen voor toeristen,' had hij de onfortuinlijke drinkebroer duidelijk gemaakt. 'Er is verdomme een heel garnizoen gelegerd. Hoe wil je die juwelen langs dat zootje naar buiten smokkelen?'

Bij de verkeerslichten onder aan de Mound stak hij over en liep naar de trap. Af en toe bleef hij staan en keek achterom – niemand te zien. Maar verdomme... hij keek omhoog en toen drong het tot hem door hoe steil die trap eigenlijk was. Hij was niet gewend om te lopen. De winkelende menigte en de toeristen in Princes Street hadden zijn bloeddruk geen goed gedaan. Het zweet was hem uitgebroken toen hij bij het oversteken steeds de bussen moest zien te ontwijken. Het sloeg toch nergens op dat ze de auto's uit de stad hadden verbannen om er een racebaan voor taxi's en dubbeldekkers van te maken? Hij voelde dat hij de trap niet aankon, dus bleef hij even staan en overdacht wat het alternatief zou moeten zijn. Hij kon een omweg maken via Princes Street Gardens, maar hij werd al misselijk bij de gedachte dat hij weer door Princes Street zou moeten. Voor hem stond een groot gebouw in Griekse stijl, of liever gezegd, het waren er twee achter elkaar. Musea voor zover hij wist. Afgelopen jaar hadden ze de pilaren van een van de gebouwen ingepakt zodat ze op soepblikken leken. Het had iets met een tentoonstelling te maken. Chib moest denken aan de drie kerels in de bar. Hij was op hun tafeltje afgestapt in de wetenschap dat hij ze maar een paar seconden dreigend aan hoefde te kijken om ze de stuipen op het lijf te jagen. En dat was ook gebeurd. Die catalogus waarin ze zaten te kijken, stond vol schilderijen. En nu bevond hij zich voor de National Gallery van Schotland. Dus, waarom eigenlijk niet? Het was een soort teken van boven. Bovendien, als iemand hem schaduwde, moest hij daar nu wel achterkomen. Toen hij op de deur afliep, werd die opengehouden door iemand van het museumpersoneel. Chib aarzelde, met zijn hand in zijn zak.

'Hoeveel is het?'

'Het is gratis, meneer,' antwoordde de bewaker. Hij maakte zelfs een lichte buiging.

Ransome zag de deur achter Chib Calloway dichtzwaaien.

'Ik dacht toch echt dat ik alles al had gezien,' mompelde hij in

34

zichzelf en hij pakte zijn mobieltje uit zijn jaszak. Ransome was inspecteur bij de Lothian and Borders Police. Zijn collega, inspecteur Ben Brewster, zat in een onopvallende auto ergens tussen de Mound en George Street. Brewster nam meteen op.

'Hij is de National Gallery binnengelopen,' zei Ransome.

'Misschien met iemand afgesproken?' Brewsters stem klonk metaalachtig, alsof hij uit een ruimtestation afkomstig was.

'Kweenie, Ben. Ik dacht dat hij de Playfair Steps op wilde gaan, maar toen heeft hij zich bedacht.'

'Dat had ik ook gedaan,' zei Brewster grinnikend.

'Ik kan ook niet zeggen dat ik stond te popelen mezelf daar naar boven te hijsen.'

'Waarschijnlijk had hij je in de gaten?'

'Geen sprake van. Waar zit je?'

'Ik sta dubbel geparkeerd in Hanover Street en daar maak ik niet veel vrienden mee. Ga je achter hem aan?'

'Ik weet het nog niet. Binnen is de kans groter dat hij me in de smiezen krijgt.'

'Nou ja, hij weet toch dat hij in de gaten wordt gehouden. Maar waarom mochten die twee knechtjes van hem niet mee?'

'Dat is een goeie vraag, Ben.' Ransome keek op zijn horloge, hoewel dat eigenlijk niet nodig was want van rechts hoorde hij een knal die werd gevolgd door een rookpluimpje vanaf de borstwering van de Castle. Het kanonschot van één uur. Hij tuurde in de richting van de Gardens. Daar was ook een uitgang van het museum, hij kon met geen mogelijkheid alle twee de deuren in de gaten houden. 'Blijf maar waar je bent,' zei hij in zijn mobieltje. 'Ik wacht nog een minuut of tien.'

'Jij belt,' zei Brewster.

'Ik bel,' bevestigde Ransome. Hij stopte zijn mobieltje terug in zijn zak en greep de balustrade met beide handen vast. Beneden in de Gardens zag het er zo vreedzaam uit. Er boemelde een trein over de rails, op weg naar Waverley Station. Inderdaad alles heel rustig en vreedzaam – zo'n stad was Edinburgh nu eenmaal. Je kon er je hele leven wonen zonder ook maar enige notie te hebben van wat er zich verder afspeelde. Zelfs al gebeurde dat vlak naast je deur. Hij keek weer naar de Castle. Soms vond hij het net een strenge ouder die afkeurend keek naar iets onwelvoeglijks dat zich beneden afspeelde. Als je de plattegrond van de stad bekeek, viel meteen het grote verschil op tussen de New Town in het noorden en de Old Town in het zuiden. Het eerste stadsdeel was geometrisch en planmatig aangelegd, het tweede was een op het eerste gezicht chaotische warwinkel van huizen die waren opgetrokken voor zover de ruimte dat toeliet. Het verhaal ging dat er vroeger net zolang verdiepingen aan de woningen werden toegevoegd totdat ze in elkaar stortten. Ransome hield nog steeds van de Old Town, maar toch had hij er altijd van gedroomd ooit in een van die elegante achttiende-eeuwse huizen in de New Town te kunnen wonen. Daarom kocht hij elke week een lot, want met zijn inspecteurssalaris zou hij dat nooit kunnen opbrengen.

Chib Calloway kon zich daarentegen makkelijk een bestaan in de New Town veroorloven. Toch had hij ervoor gekozen in een verwaarloosde wijk in het westen van de stad te gaan wonen, een paar kilometer van de plek waar hij was opgegroeid. Over smaak viel niet te twisten, vond Ransome.

De inspecteur dacht niet dat Chib lang in het museum zou blijven; kunst had op hem waarschijnlijk dezelfde uitwerking als cryptoniet op Superman. Hij zou dus via de hoofdingang weer naar buiten moeten komen of anders door de deur die uitkwam op de Gardens. Ransome besefte dat hij nu een besluit moest nemen. Maar wat maakte het eigenlijk uit in het grote geheel? De bijeenkomsten die Chib belegde, tenminste die waar Ransome vanaf wist, vonden niet langer plaats. Er zou geen enkel bewijs naar boven komen, en het resultaat zou zijn dat weer een paar uur van Ransomes leven waren verspild.

Ransome was begin dertig, ambitieus en stond voor alles open. Chib Calloway zou ongetwijfeld een goede vangst zijn. Waarschijnlijk niet zo'n goede vangst als een jaar of vier, vijf geleden, maar toentertijd was Ransome nog een eenvoudige brigadier en niet bevoegd tot het leiden van een langdurige operatie om iemand te schaduwen of dat zelfs maar aan zijn meerderen voor te stellen. Maar nu had hij inside-information die kon bepalen of het op een mislukking zou uitlopen of succes zou opleveren. Een van Ransomes eerste zaken bij de opsporingsdienst was erop gericht Calloway vast te nagelen, maar tijdens de rechtszaak had de dure advocaat van de gangster geen spaan heel gelaten van het aangedragen bewijs, wat allemaal op het hoofd van het jongste lid van het onderzoeksteam neerkwam.

Brigadier Ransome... dat is toch de correcte omschrijving van uw functie? Ik ken gewone agenten die meer in hun mars hebben. De zelfvoldane, roodwangige advocaat met zijn pruik; Chib Calloway die vanuit de beklaagdenbank luidkeels commentaar gaf en met zijn vinger naar Ransome zwaaide terwijl de jonge brigadier met de staart tussen de benen de getuigenbank verliet. Na afloop had de leider van het team geprobeerd hem duidelijk te maken dat het allemaal niet uitmaakte. Maar dat deed het wel, en nog steeds, al was het jaren geleden.

Hij wist dat dit het juiste moment was. Alles wat hij wist, wat hij vermoedde, leidde tot de onheilspellende conclusie: het leven van Chib Calloway stond op het punt ineen te storten.

Misschien zou het ook wel verkeerd met Calloway aflopen zonder dat Ransome er de hand in had gehad. Niet dat hij daar geen voldoening aan zou beleven.

En evenmin dat hij niet alsnog met de eer zou kunnen gaan strijken...

Chib Calloway bleef een paar minuten in de foyer staan, maar na hem kwam alleen een echtpaar van middelbare leeftijd met een tanige huid en een Australisch accent binnen. Hij deed net alsof hij de plattegrond van het gebouw bestudeerde en toen liet hij de suppoosten met een scheve glimlach weten dat het zijn goedkeuring wel kon wegdragen. Hij haalde even diep adem en liep naar binnen.

Het was rustig in het museum. Verdomd grote zalen waarin gefluister en gekuch weergalmden. Hij zag de Aussies weer en een groepje studenten van het vasteland dat door een gids werd rondgeleid. Het waren beslist geen mensen uit de omgeving, veel te ge-

bruind en te modebewust gekleed. Ze schuifelden langzaam, vrijwel stilzwijgend langs de grote doeken, en keken verveeld. Niet veel
suppoosten hier. Chib keek omhoog om te zien waar de alziende
bewakingscamera's hingen. Die zaten precies op de plekken die hij
had verwacht. Maar er liep geen bedrading naar de schilderijen, dus
waren ze niet aangesloten op de alarminstallatie. Een aantal was zo
te zien met schroeven aan de muur bevestigd, maar zeker niet allemaal. En zelfs als dat zo zou zijn, waren dertig seconden en een stan-
leymes genoeg om weg te komen met wat je wilde... in ieder geval
met het meeste. Het doek, misschien zelfs met lijst. Een stuk of tien
gepensioneerden in uniform – geen enkel punt.

Chib nam plaats op een gestoffeerde bank in het midden van een
van de zalen en merkte dat zijn hartslag wat rustiger was geworden.
Hij deed alsof hij vol interesse een schilderij dat tegenover hem hing
bestudeerde: een landschap met bergen en tempels, overgoten door
zonlicht. Op de voorgrond stonden een paar figuren gekleed in los-
hangende witte gewaden. Hij had geen flauw idee wat het voor-
stelde. Een van de buitenlandse studenten – een bruine jongen met
een Spaans uiterlijk – belemmerde even zijn uitzicht en liep toen
naar het bordje met informatie aan de muur. Hij was zich niet bewust van Chibs nijdige blik: *hé gast, dat is mijn schilderij, mijn stad, mijn
land...*

Er kwam een man de zaal in lopen, hij was ouder dan de student
en beter gekleed. Hij droeg een zwart wollen jas tot op zijn enkels,
met daaronder zwarte schoenen, glimmend en smetteloos. Hij had
een opgevouwen krant bij zich en zag er ontspannen uit, alsof hij
alleen maar de tijd doodde. Chib keek toch nog eens goed naar hem
en besefte dat hij hem ergens van kende. Hij kreeg een knoop in
zijn maag. Was dit de gast die hem in de gaten hield? Hij zag er niet
uit als een crimineel, maar ook niet als een smeris. Waar kende hij
hem van? De bezoeker keek even vluchtig naar het schilderij en liep
vlak langs de student de zaal uit. Op het moment dat hij verdween,
kon Chib hem ineens plaatsen.

Hij stond op en ging achter hem aan.

4

Mike Mackenzie had de gangster onmiddellijk herkend, en hoopte dat het niet te veel was opgevallen dat hij zo snel de zaal was uitgelopen. Deze kunstcollectie was trouwens toch niet helemaal zijn ding. Hij was alleen maar naar de binnenstad gekomen om een beetje te winkelen: als eerste overhemden, maar hij had er niet eentje gezien dat hem beviel. Vervolgens had hij een geurtje gekocht en aansluitend een kleine omweg gemaakt door Thistle Street waar zich de juwelierswinkel van Joseph Bonnar bevond. Joe had zich gespecialiseerd in fraaie, antieke stukken, en Mike was daarheen gegaan met Laura in gedachten. Hij had nog eens nagedacht over die opaal om haar hals, en zich voorgesteld dat ze iets anders zou dragen, iets bijzonders.

Iets wat hij had gekocht.

Hoewel Joe een meester was in zijn vak – Mike had thuis een zakhorloge dat daar het bewijs van was – had hij hem dit keer niet weten over te halen. Misschien wel omdat Mike opeens dacht: wat doe ik hier in godsnaam? Zou Laura dit gebaar wel op prijs stellen? Wat voor indruk zou het op haar maken? Hield ze eigenlijk wel van amethisten, robijnen en saffieren?

'Kom nog eens langs, meneer Mackenzie,' had Bonnar gezegd toen hij de deur voor hem openhield, 'het was al veel te lang geleden.'

Dus: geen overhemden en geen sieraden. Om één uur was hij in Princes Street. Hij had nog niet echt zin om te lunchen en hij was op een steenworp afstand van de National Gallery. Het leek alsof hij watten in zijn hoofd had, geen idee waarom hij hiernaartoe was gegaan. Er hingen een paar mooie stukken – hij zou wel de laatste zijn om dat te ontkennen – maar het was allemaal een beetje stoffig en plechtig. Het leek wel alsof de collectie iets uitstraalde van: 'Kunst is goed voor je. Neem nog een hap.'

De afgelopen dagen had hij zitten piekeren over het gesprek met professor Gissing en zijn bewering dat kunst slechts een zakelijk onderpand was. Hij vroeg zich af welk percentage kunstwerken zich wereldwijd in bankkluizen en dergelijke bevond. Het was net zoiets als met boeken die niet werden gelezen of muziek die niet werd uitgevoerd: maakte het iets uit als kunstwerken niet te zien waren? Over één generatie zouden ze er nog steeds zijn, in afwachting van een herontdekking. En was hijzelf wel een greintje beter? Hij had plaatselijke musea bezocht en de collecties bekeken, in de wetenschap dat hij thuis soms betere exemplaren van een kunstenaar had hangen. Was een huis en een huiskamer ook niet een soort privémuseum?

Help toch die arme opgesloten kunstwerken te bevrijden.

Dat gold natuurlijk niet voor openbare musea, maar voor al die privé- en bankkluizen, vertrekken en gangen waar niemand kwam. De First Caledonian Bank had bijvoorbeeld een portefeuille die tot in de tientallen miljoenen liep. Het meeste daarvan was van twijfelachtige kwaliteit (hoewel ze er prat op gingen een vroege Bacon in bezit te hebben), aangevuld met het neusje van de zalm van nieuwe talenten, die door de curator waren buitgemaakt tijdens de jaarlijkse eindexamenexposities door heel Groot-Brittannië. In Edinburgh waren nog andere bedrijven die hun vangst angstvallig binnenboord hielden. Als een vrek die boven op zijn centen zit.

Mike vroeg zich af of hij misschien niet zelf een gebaar moest maken. Een galerie openen en zijn eigen collectie daar tentoonstellen. Zou hij anderen ertoe kunnen overhalen met hem mee te doen? Moest hij niet gaan praten met de First Caly en andere grote bedrijven? Iets in werking zetten? Misschien was hij daarom wel naar de National Gallery gegaan. Dat was de ideale plek om dit soort dingen te overdenken. Maar Chib Calloway was wel de laatste die hij daar dacht aan te treffen. En nu, op het moment dat hij zich omdraaide, zag hij dat Calloway op hem afkwam, glimlachend maar met een harde, starre blik in zijn ogen.

'Hou je me soms in de gaten?' snauwde Calloway.

'Ik had je echt niet aangezien voor een beschermer van de schone kunsten,' was het enige dat Mike kon verzinnen.

'We leven toch in een vrij land?' reageerde Calloway geïrriteerd.

Mike schrok even. 'Sorry, dat bedoelde ik niet. Ik heet trouwens Mike Mackenzie.' Ze schudden elkaar de hand.

'Charlie Calloway.'

'Maar de meeste mensen kennen je toch als Chib?'

'Je weet dus wie ik ben.' Calloway moest even nadenken en zei toen met een hoofdknik: 'Nu weet ik het weer, die vriendjes van je durfden me niet aan te kijken, maar jij wel.'

'En toen je wegreed maakte je een gebaar alsof je me wilde neerknallen.'

Calloway glimlachte flauwtjes. 'Het was in ieder geval niet echt, hè?'

'Zeg, waarom ben je hier, Calloway?'

'Ik moest gewoon denken aan dat boekje met schilderijen dat jullie in de bar bij jullie hadden. Volgens mij weet je wel wat van kunst af, hè Mike?'

'Ik ben nog maar net begonnen.'

'Kijk nou bijvoorbeeld even naar dit schilderij...' Calloway deed een stapje achteruit. 'Een vent op een paard zo te zien. Niet slecht gedaan.' Hij stopte zijn handen in zijn zakken. 'Hoeveel zou dat opleveren?'

'Erg onwaarschijnlijk dat dit ooit op een veiling terechtkomt.' Mike haalde zijn schouders op. 'Een paar miljoen?' Hij deed maar een gooi.

'Krijg nou wat.' Calloway liep naar het volgende schilderij. 'En dit dan?'

'Nou ja, dat is een Rembrandt... enkele tientallen miljoenen.'

'Tíéntallen?'

Mike keek om zich heen en zag dat ze de aandacht van de suppoosten hadden getrokken. Hij produceerde zijn innemendste glimlach en liep vervolgens de andere kant op. Calloway bleef nog even naar het zelfportret van Rembrandt kijken en kwam toen weer bij hem staan.

'Maar het heeft toch eigenlijk niks met geld te maken, vind je niet?' hoorde Mike zichzelf zeggen, hoewel hij daar maar ten dele van overtuigd was.

'O, nee?'

'Waar kijk je nou liever naar, naar een kunstwerk of een zootje ingelijste bankbiljetten?'

Calloway haalde zijn hand uit zijn zak en wreef over zijn kin. 'Zal ik je eens wat zeggen, Mike? Tien miljoen aan flappen zou niet lang genoeg aan de muur hangen om daar over na te denken.'

Ze schoten allebei in de lach en Calloway streek met zijn hand over zijn hoofd. Mike vroeg zich af wat Chibs andere hand in zijn jaszak deed. Had hij een pistool vast? Een mes? Was Calloway hier niet alleen maar om zijn zinnen te verzetten?

'Als je het dan niet over geld hebt, wat dan?' vroeg Chib.

'Geld speelt heus wel een grote rol,' gaf Mike schoorvoetend toe. Hij wierp een blik op zijn horloge. 'Beneden is een cafetaria... heb je zin in een kop koffie?'

'De koffie komt me mijn neus uit,' zei Calloway hoofdschuddend. 'Maar een kop thee gaat er wel in.'

'Ik betaal, Calloway.'

'Zeg maar Chib.'

Ze liepen de wenteltrap af. Calloway bleef maar doorgaan over de prijzen, en Mike legde uit dat hij nog maar een paar jaar in kunst was geïnteresseerd en niet echt een expert was. Hij wilde Calloway in geen geval aan zijn neus hangen dat hij een privécollectie bezat. Een collectie die gerust het predicaat 'uitgebreid' verdiende. Terwijl ze in de rij stonden bij de counter vroeg Calloway wat hij voor werk deed.

'Ontwerpen van software,' zei Mike, en hij besloot daar zo min mogelijk over uit te weiden.

'Moordende concurrentie, hè?'

'De druk is behoorlijk groot, als je dat bedoelt.'

Calloway trok zijn mondhoeken op en raakte toen in discussie met het meisje achter de counter. Hij vroeg welke van de thee-soorten, *lapsang souchong*, groene thee, *gunpowder* of *orange pekoe*, nog het meest naar gewone thee smaakte. Vervolgens liepen ze naar een tafeltje met uitzicht op de Princes Street Gardens en het Scott Monument.

'Ben je wel eens boven op het Scott Monument geweest?' vroeg Mike.

'Eén keer toen ik klein was, met mijn moeder. Ik was als de dood. Waarschijnlijk heb ik daarom een paar jaar geleden Donny Devlin daar mee naartoe genomen en gedreigd hem ervan af te keilen. Ik kreeg nog poen van hem, weet je.' Calloway zat met zijn neus in de theepot. 'Ruikt een beetje gek.' Toch schonk hij zijn kopje vol. Mike roerde in zijn cappuccino en vroeg zich af hoe hij op dit krankzin-nige verhaal moest reageren. De gangster had blijkbaar geen idee dat hij iets heel vreemds had gezegd. De herinnering aan zijn moe-der was naadloos overgegaan in de beschrijving van iets gruwelijks. Mike wist niet of Calloway hem opzettelijk had willen choqueren, en misschien was het niet eens waar. Het Scott Monument was na-melijk een idioot openbare plek om zoiets te doen. Allan Cruik-shank had aangegeven dat Calloway achter de overval op de First Caly had gezeten. Maar het viel Mike niet mee zich hem als een soort meesterbrein voor te stellen.

'Hebben ze wel eens geprobeerd hier in te breken?' vroeg Cal-loway uiteindelijk, en hij keek om zich heen.

'Niet dat ik weet.'

Calloway trok zijn neus op. 'Schilderijen zijn trouwens veel te groot, waar moet je die verdomme laten?'

'Wat denk je van een pakhuis?' opperde Mike. 'Er worden voortdurend kunstwerken gestolen. Een paar jaar geleden zijn een stelletje gasten in werkmanskleren met een wandtapijt zo de Burrell collectie uitgelopen.'

'Echt waar?' De gangster leek het nogal grappig te vinden.

Mike schraapte zijn keel. 'We hebben op dezelfde school gezeten, in hetzelfde jaar.'

'Meen je dat nou? Ik kan me je niet herinneren.'

'Je zag me nooit staan, maar ik weet nog wel dat je zo'n beetje de dienst uitmaakte en zelfs de leraren de wet voorschreef.'

Calloway schudde zijn hoofd, maar leek wel gevleid. 'Volgens mij overdrijf je. Maar ik was wel een herriemaker in die tijd.' Zijn blik dwaalde af en Mike wist dat hij aan vroeger dacht. 'Ik heb alleen maar een examencijfer voor metaalbewerking, of zoiets.'

'We moesten een keer voor een project schroevendraaiers maken,' bracht Mike hem in herinnering. 'Daar heb je goed gebruik van gemaakt.'

'Om dat grut op school geld afhandig te maken,' wist Chib nog. 'Je hebt een prima geheugen. Hoe ben je in de computers verzeild geraakt?'

'Ik heb eindexamen gedaan en daarna ben ik gaan studeren.'

'We zijn allebei wel een andere kant opgegaan,' zei Chib met een hoofdknik. Vervolgens spreidde hij zijn armen. 'En nu zitten we hier, na al die jaren, als volwassen mensen en we zijn er zonder kleerscheuren van afgekomen.'

'Over kleerscheuren gesproken, wat is er van Donny Devlin geworden?'

Chib kneep zijn ogen tot spleetjes. 'Wat gaat jou dat aan?'

'Helemaal niks, ik ben alleen nieuwsgierig.'

Chib moest even nadenken en zei toen: 'Hij is de stad uit gegaan. Maar hij heeft me wel eerst betaald. Heb jij nog contact met mensen van vroeger?'

'Met niemand,' moest Mike toegeven. 'Ik heb nog een keer op zo'n reüniesite gekeken, maar daar stond niemand bij die ik nou echt heb gemist.'

'Klinkt wel alsof je toen een beetje op je eentje was.'

'Ik zat vaak in de bibliotheek.'

'Daarom herinner ik me je blijkbaar niet. Ik ben daar maar één keer geweest, om *The Godfather* te lenen.'

'Voor de lol of om te kijken of je er iets van op kon steken?'

Chibs gezicht betrok even en toen schoot hij in de lach.

En zo babbelden ze nog een beetje door, ontspannen, luchtig, en zich geen van beiden bewust van de gedaante die tot twee keer toe langs het raam liep.

De gedaante van inspecteur Ransome.

5

Mike stond helemaal achter in de veilingzaal, vlak naast de deur. Laura Stanton had achter de lessenaar plaatsgenomen en checkte of de microfoon het deed. Aan weerszijden van haar stonden plasmaschermen opgesteld waarop de beelden van de te veilen stukken zouden verschijnen. De schilderijen zelf stonden op een ezel of werden als ze aan de muur hingen aangewezen door vakkundig personeel. Mike zag dat Laura zenuwachtig was. Het was tenslotte pas haar tweede veiling en tot dusver waren haar verrichtingen op zijn best als 'degelijk' bestempeld. Er waren geen echte juweeltjes boven water gekomen, geen records gebroken. Allan Cruikshank had al opgemerkt dat de kunstmarkt zo nog wel maanden of zelfs jaren zou kunnen doorsudderen. Tenslotte was dit Edinburgh en niet Londen of New York. Het ging voornamelijk om Schots werk.

'Je krijgt hier echt geen Freud of Bacon aangeboden,' had Allan gezegd. Mike zag hem op de twee na laatste rij zitten, niet van plan om iets te kopen, alleen maar om een laatste blik te kunnen werpen op de schilderijen voordat ze in een privéverzameling of in een bedrijfscollectie verdwenen. Vanaf de plek waar Mike stond kon hij de hele ruimte overzien. Er klonk opgewonden gefluister. Catalogi werden nog een keer opengeslagen. De veilingmedewerkers zaten bij de telefoon, klaar om bieders uit den vreemde te woord te staan. Het intrigeerde Mike wie die mensen aan de andere kant van de lijn zouden zijn: financiers die in Hongkong waren gevestigd? Kelten in Manhattan met een voorliefde voor landschappen van het Hoogland met schaapherders in kilts? Rocksterren of filmacteurs? Hij zag al voor zich hoe die tijdens een manicure of massage hun bod in de telefoon riepen. Misschien zaten ze wel in hun privéjet of waren ze met gewichten aan de gang in hun privésportzaaltje. Op een of andere manier straalde dat toch meer glamour uit dan wanneer mensen de moeite namen daadwerkelijk bij de veiling aanwezig te zijn. Hij had Laura een keer gevraagd of ze informatie had over de mensen die een telefonisch bod uitbrachten, waarop ze met haar vinger tegen haar neus had getikt om duidelijk te maken dat dit geheim was en ze hem dat niet mocht vertellen.

Hij kende ongeveer de helft van de aanwezigen van gezicht: voor het merendeel handelaars die de schilderijen zouden willen doorverkopen. Verder de nodige nieuwsgierigen in hun gewone kloffie, alsof ze alleen maar binnen waren gekomen omdat ze toch niets beters te doen hadden. Het kon zijn dat sommigen van hen thuis een paar schilderijen hadden, afkomstig uit een erfenis van een tante die al een poos overleden was, en benieuwd waren hoeveel die nu zouden opbrengen. Er waren maar twee of drie mensen zoals Mike, echte verzamelaars die zich in wezen alles konden veroorloven wat werd aangeboden. Hij zag ook een aantal nieuwe gezichten. Helemaal vooraan in het rijtje nieuwelingen zat Chib Calloway, zonder biedingsnummer, dus alleen maar uit nieuwsgierigheid. Mike had hem meteen gespot toen hij het zaaltje binnenkwam, maar tot dusver had Chib hem niet in de gaten gehad. Mike herkende de twee mannen die links van Calloway tegen de muur stonden geleund; het waren dezelfde figuren die de week daarvoor in de Shining Star waren. Toen Mike Calloway in de National Gallery tegen het lijf was gelopen, had hij zijn bodyguards blijkbaar niet nodig gehad. Mike vroeg zich af wat er nu anders was. Misschien wilde hij wel opvallen, en de mensen om hem heen duidelijk maken dat hij op bescherming kon bogen. Als duidelijk vertoon van hoe belangrijk hij was.

De veilingmeester gaf het teken dat de veiling een aanvang nam. Onder geroezemoes gingen de eerste vijf stukken tegen de laagst getaxeerde waarde weg.

Er verscheen iemand in de deuropening, en Mike knikte naar hem ter begroeting. Met zijn pensioen in het vooruitzicht, had Gissing blijkbaar meer tijd om kijkdagen en veilingen te bezoeken. Van onder zijn borstelige wenkbrauwen nam hij met een dreigende blik de ruimte in ogenschouw. Allan mocht het dan wel jammer vinden dat zo veel schilderijen zomaar verdwenen, maar Gissing stond erom bekend dat hij tijdens veilingen dikwijls helemaal uit zijn dak ging, en woedend de zaal verliet terwijl hij bulderde: *Allemaal meesterwerken! Als slaven verkocht. Ontrukt aan de blikken van de mensen die het verdienen!* Mike hoopte dat hij nu geen scène ging trappen. Laura had al genoeg aan haar hoofd. Gissing had ook geen biedingsnummer, zag Mike, en hij vroeg zich inmiddels af hoeveel van de aanwezigen echt van plan waren iets te kopen. De volgende twee veilingstukken haalden niet eens het bedrag waarop ze waren ingebracht, wat Mikes vermoeden bevestigde. Hij wist dat sommige handelaars van tevoren afspraken maakten wanneer ze in een bepaald stuk geïnteresseerd waren, om te voorkomen dat ze tegen elkaar op zouden gaan bieden. Op die manier drukten ze de prijzen, tenzij er verzamelaars aanwezig waren of er telefonisch werd geboden.

Mike zag het bloed naar Laura's wangen omhoog kruipen. Ze kuchte even en liet een stilte vallen tussen het aanbod van twee veilingstukken, toen nam ze een slokje water terwijl ze haar blik door de zaal liet gaan om te zien of nog iemand interesse toonde. Het was benauwd en het leek wel alsof alle zuurstof uit de ruimte was weggezogen. Mike rook de geur van de antieke lijsten, vermengd met die van tweed en boenwas. Hij probeerde zich voor te stellen welk geheim er achter elk schilderij school, de weg die het had afgelegd van idee naar schetsboek, van schetsboek naar de ezel. Voltooid, ingelijst, tentoongesteld en verkocht, keer op keer van eigenaar verwisseld, wellicht als erfstuk verkregen, vervolgens afgedankt en daarna door iemand in een rommelwinkel opgedoken en in oude luister hersteld. Wanneer hij een schilderij kocht bekeek hij altijd zorgvuldig de achterzijde, op zoek naar aanwijzingen: maten die door de kunstenaar op de lijst waren aangegeven; het etiket van de eerste galerie die het werk had verkocht. Hij struinde door catalogi om te achterhalen wie de vorige eigenaars waren geweest. Zijn laatste aanwinst was een stilleven van Monboddo, geschilderd tijdens een verblijf aan de Franse Rivièra. Eenmaal terug in Engeland had het schilderij deel uitgemaakt van een groepsexpositie in het gemeentehuis van Mayfair, maar het was pas een paar maanden later door een kleine galerie in Glasgow verkocht. De eerste eigenaar was een telg uit een familie van tabakshandelaars. Deze informatie was voornamelijk afkomstig van Robert Gissing, die diverse monografieën over Monboddo had geschreven. Toen Mike even een blik op Gissing durfde te werpen, zag hij hem staan met de armen over elkaar geslagen en een grimmige uitdrukking op zijn gezicht.

Toen gebeurde er iets op de voorste rij. Calloway had zijn hand opgestoken om een bod uit te brengen. Laura vroeg hem of hij een nummer had.

'Het is hier toch geen postkantoor?' reageerde Calloway, waarop iedereen om hem heen begon te lachen. Laura zei dat ze tot haar spijt alleen maar een bod kon accepteren van degenen zich bij de receptie hadden ingeschreven, en dat meneer nog alle tijd had om...

'Laat maar zitten,' zei Calloway en hij wuifde het aanbod weg.

Het rumoer verstomde, maar bij het volgende veilingstuk werd de stemming nog geanimeerder. Het was een van de Matthewsons: schapen in een sneeuwbui, laatnegentiende-eeuws. Laura had tijdens de voorbezichtiging gezegd dat er interesse voor bestond, en nu was het een nek-aan-nekrace tussen twee telefonische bieders. De aanwezigen waren een en al aandacht voor het personeel dat aan de telefoon zat. De prijs werd steeds verder opgedreven tot die het dubbele was van het bedrag waarop het schilderij was ingebracht. Uiteindelijk sloeg de veilingmeester af op vijfentachtigduizend, wat zeker niet ongunstig was voor Laura's eindresultaat. Het leek haar zelfvertrouwen goed te doen en ze maakte een geslaagde grap, die een beetje leven in de brouwerij bracht en waardoor Chib Calloway, iets aan de late kant, bulderend begon te lachen. Mike bladerde door de volgende bladzijden van de catalogus en zag niets aanlokkelijks. Hij stond op en wurmde zich langs het groepje handelaars om Gissing de hand te schudden.

'Is dat niet die bandiet met wie we een aanvaring hadden in de wijnbar?' mompelde Gissing en hij knikte in de richting van de voorste rijen.

'Je kunt niet altijd op iemands uiterlijk afgaan, Robert,' fluisterde Mike in het oor van de professor. 'Kunnen we straks even babbelen?'

'Waarom nu niet,' reageerde Gissing korzelig. 'Dit is allemaal niet goed voor mijn bloeddruk.'

Aan het eind van de gang was een trap die naar de verdieping erboven leidde waar antieke meubelen, boeken en sieraden waren tentoongesteld. Mike bleef aan de voet van de trap staan.

'En?' vroeg Gissing.

'Geniet je een beetje van de veiling?'

'Net zomin als anders.'

Mike knikte, maar wist eigenlijk niet hoe hij het gesprek moest beginnen. Gissing glimlachte toegeeflijk.

'Het houdt je nog steeds bezig, hè, Michael?' zei hij langzaam. 'Wat ik je laatst heb gezegd in de wijnbar. Ik zag dat je meteen snapte dat ik het bij het rechte eind had met dat voorstel.'

'Dat was toch geen serieus voorstel? Ik bedoel, je kunt toch niet zomaar kunst gaan stelen. Om te beginnen zou de First Caly niet erg enthousiast zijn. En wat zou Allan ervan vinden?'

'Misschien moeten we hem dat vragen,' zei Gissing, en het klonk serieus.

'Luister,' begon Mike, 'ik geef toe dat het een mooie gedachte is. Het lijkt me wel wat om een soort... nou ja, overval te plegen.'

Gissing luisterde aandachtig en had zijn armen weer over elkaar geslagen. 'Het houdt mij ook nog steeds bezig, hoor,' zei hij. 'Al een hele tijd, een prima oefening voor de grijze cellen om het zo maar eens uit te drukken. Maar de First Caly is achteraf bezien toch niet zo geschikt, veel te goed bewaakt. Maar wat vind je ervan een paar schilderijen te bevrijden zonder dat iemand ze mist?'

'Uit een bankkluis?'

Gissing schudde zijn hoofd. 'Niet zoiets ingewikkelds.' Hij gaf een klapje op zijn dikke buik. 'Zie ik eruit alsof ik bij een bank kan inbreken?'

Mike schoot in de lach. 'Maar het is toch allemaal hypothetisch?'

'Dat zeg jij.'

'Oké, leg het me dan uit, waar gaan we die schilderijen dan stelen?'

Gissing reageerde niet onmiddellijk en streek met zijn tong over zijn onderlip. 'In de National Gallery,' zei hij toen.

Mike keek hem aan en snoof even. 'Goh, natuurlijk. Ja hoor.' Hij moest denken aan zijn onderonsje met Calloway: *Hebben ze wel eens geprobeerd hier in te breken?*

'Doe nou niet zo sarcastisch, Michael,' zei Gissing.

'Dus we lopen daar naar binnen en gaan weer naar buiten zonder dat iemand iets in de smiezen heeft?'

'Iets in die richting. Als je geïnteresseerd bent kan ik je het wel allemaal uitleggen bij een drankje.'

De twee mannen staarden elkaar een poosje aan, waarna Mike als eerste met zijn ogen knipperde. 'Hoe lang heb je hier al op zitten broeden?'

'Meer dan een jaar. Wanneer ik met pensioen ga wil ik iets meenemen, Mike. Iets wat niemand anders op de hele wereld heeft.'

'Een Rembrandt? Titiaan? El Greco...?'

Gissing haalde alleen maar zijn schouders op.

Mike zag Allan de veilingzaal uit komen en wenkte hem naderbij.

'Misschien was die Bossun die je hebt gekocht toch niet zo'n slechte gok,' zei Allan met een zucht. 'Er is er net eentje weggegaan voor achtenddertigduizend. Vorig jaar bracht een schilderij van hem met een beetje mazzel net iets meer dan twintig op.' Hij keek de beide mannen aan. 'Wat is er aan de hand? Jullie zien eruit als kinderen die met hun vingers in de suikerpot hebben gezeten.'

'We waren net van plan iets te gaan drinken,' zei Gissing. 'We moeten iets bespreken.'

'Wat dan?'

'Robert,' begon Mike, 'is van plan een paar schilderijen uit de rijkscollectie achterover te drukken zonder dat iemand het in de gaten heeft. Zijn eigen cadeautje voor als hij met pensioen gaat.'

'Daar kan geen gouden horloge tegenop,' beaamde Allan.

'Ik denk alleen dat hij het echt meent.'

Allan keek Gissing aan, maar die haalde zijn schouders op.

'Eerst iets drinken, dan praten we verder,' zei de professor.

Inspecteur Ransome zag drie mannen het veilinggebouw uit lopen in de richting van een wijnbar even verderop die de Shining Star heette. Een van hen herkende hij. Het was de man die een paar dagen daarvoor in de cafetaria van de National Gallery met Chib Calloway koffie had gedronken. Eerst het museum en nu een veilinghuis. Ransome had op het bordje op het raam gezien dat de veiling om 10 uur 's morgens was begonnen. Calloway was ongeveer een kwartier te vroeg en had een catalogus gekocht bij de receptionist die hem had gewezen waar de veilingzaal was. Waar was Calloway verdomme mee bezig? Hij had Glenn en Johnno meegenomen, alsof er een zaakje moest worden geregeld. Na een kwartier was Johnno naar buiten gekomen om een sigaretje te roken. Zo te zien verveelde hij zich stierlijk en keek op zijn mobieltje of er nog sms'jes of berichten waren. Geen schijn van kans dat hij Ransome zou zien want die stond zo'n twintig meter verderop achter een pilaar van het concertgebouw.

Ransome had geen idee wat er gaande was.

Vandaag was hij in zijn eentje. Ben Brewster was op het bureau, en werkte zich door een berg papieren heen. Ransomes bureau was nou ook niet bepaald leeg, maar de telefonische tip kon hij niet negeren. En nu had hij twee vliegen in één klap: Calloway en de knappe, goed geklede man. Hij twijfelde even of hij naar de wijnbar zou gaan zodat hij misschien iets meer te weten zou komen, of op zijn plek zou blijven. Had hij Brewster toch maar meegesleept.

Na ongeveer anderhalf uur begon de veilingzaal leeg te lopen. Van achter zijn pilaar zag Ransome Calloway naar buiten komen, geflankeerd door Johnno en Glenn. Johnno stak meteen een sigaret op. Maar toen leek Calloway van gedachten te veranderen en liep weer terug naar binnen, waarop de twee klerenkasten even met hun ogen rolden. Het viel vast niet mee om voor een mafkees als Calloway te werken. Johnno en Glenn hadden allebei een strafblad. Ze hadden onder meer in Saughton Prison gezeten. Voor de gebruikelijke vergrijpen: geweldpleging, bedreiging, intimidatie. Johnno was de minst voorspelbare van de twee, iemand die van het ene op het andere moment helemaal door het lint kon gaan. In ieder geval had Glenn nog een beetje gezond verstand. Hij deed wat hem werd opgedragen, maar verder hield hij zich behoorlijk koest.

Een paar minuten later kwam Calloway weer naar buiten. Hij was in gesprek met een vrouw die Ransome kende. Calloway wees naar verderop in de straat, misschien stelde hij voor iets te gaan drinken, maar ze schudde haar hoofd, in een poging beleefd te blijven. Ze gaf hem een hand en ging weer naar binnen. Johnno gaf zijn baas een klopje op de rug alsof hij wilde zeggen: dat was de moeite van het proberen waard. Calloway leek hier niet van gediend, en snauwde hem iets toe. Toen liepen de drie mannen – nou, nou, nou – naar uitgerekend dezelfde wijnbar. Opnieuw tijd om een besluit te nemen, en nu aarzelde Ransome geen seconde. Hij stak de straat over en liep het veilinggebouw binnen, glimlachte even naar de receptionist en liep toen achter Laura Stanton aan naar de inmiddels verlaten veilingzaal.

Die was echter nog niet helemaal verlaten, want in bruine overalls gestoken personeel was bezig stoelen op te stapelen. Telefoonstekkers werden uit de aansluitingen in de muur getrokken, een lessenaar werd gedemonteerd en de plasmaschermen werden verwijderd. Laura had een vel papier met getallen in de handen gekregen, met onderaan een totaal dat met rood was omcirkeld. Hij kon niet zien wat er in haar omging.

'Hé, Stanton,' zei Ransome.

Het duurde even voordat ze hem kon plaatsen, maar toen verscheen er een vermoeide maar wel oprechte glimlach op haar gezicht. Op college waren ze jaargenoten geweest en hadden ze een gemeenschappelijke vriend waardoor ze naar dezelfde feestjes en avondjes uit gingen. Nadat ze elkaar een jaar of tien uit het oog waren verloren, zagen ze elkaar weer op een reünie van de universiteit. Daarna waren er nog een paar reünies gevolgd, en de laatste keer dat ze elkaar tegen het lijf waren gelopen was een maand geleden tijdens een jazzconcert in de Queen's Hall.

Laura liep naar hem toe en gaf hem op beide wangen een zoen.

'Wat kom jij hier doen?' vroeg ze.

Ransome keek omstandig om zich heen. 'Ik kon me nog herinneren dat je zei dat je voor een veilinghuis werkte, maar ik wist niet dat je hier eigenlijk de dienst uitmaakt.'

'Je hebt het helemaal mis, hoor.' Maar ze klonk toch gevleid.

'Als ik wat eerder was gekomen had ik je in vol bedrijf kunnen aantreffen, toch?'

'Eerder op halve kracht.' Ze wierp een blik op het vel papier met getallen. 'Sinds de winterveiling duidelijk omhooggegaan, en dat is bemoedigend...'

'Ik stoor toch niet?' Ransome deed zijn best iets van betrokkenheid in zijn stem te leggen.

'Nee, hoor, helemaal niet.'

'Ik kwam toevallig voorbij en toen zag ik dat je een onderonsje met Chib Calloway had.'

'Met wie?'

Hij keek haar aan. 'Die gorilla met die kale kop. Wilde hij iets kopen?'

Het drong tot haar door over wie hij het had. 'Volgens mij wist hij helemaal niet hoe het er hier aan toegaat. Hij vroeg naderhand nog hoe het bieden in zijn werk ging.' Haar gezicht verstrakte. 'Heeft hij problemen?'

'Al vanaf het moment dat hij uit de luiers is. Heb je nooit van Chib Calloway gehoord?'

'Ik neem aan dat hij geen verre familie van Cab is?'

De rechercheur vond dat hij deze opmerking met een glimlach moest belonen, maar zijn gezicht raakte onmiddellijk weer in de plooi toen hij zei: 'Een waslijst van geweldpleging, en heel veel vingertjes in nogal smerige pap.'

'Probeert hij geld wit te wassen?'

Ransome kneep zijn ogen tot spleetjes. 'Waarom vraag je dat?'

Ze haalde haar schouders op. 'Ik weet dat dat gebeurt. Ik heb gehoord dat het bij andere veilinghuizen ook gebeurt. Maar ik hoop in godsnaam niet hier...' Dat laatste klonk heel zacht.

'Dat zou ik misschien wel een keer willen nagaan.' Ransome streek over zijn kin. 'Volgens mij heeft een van zijn "partners" hem hier mee naartoe genomen.'

'Die waren met zijn tweeën,' corrigeerde Laura hem. Waarop Ransome zijn hoofd schudde.

'Ik heb het niet over die twee apen, dat zijn Johnno Sparkes en Glenn Burns. Die fungeren als spierballen wanneer Calloway geen zin heeft zelf zijn vuile zaakjes op te knappen. Nee, ik bedoel die lange gast, strak in het pak, en bruin achterovergekamd haar dat over zijn oren valt. Hij liep weg met een beer van een vent in groen corduroy en een mager kereltje met kort zwart haar en een bril op.'

Ze moest lachen om zijn beschrijving. 'De Drie Musketiers, denk ik wel eens, ze kunnen blijkbaar goed met elkaar opschieten, ook al zijn ze nogal verschillend.'

Ransome knikte alsof hij het helemaal snapte. 'Maar als je het over de Drie Musketiers hebt...'

'Nou?'

'Ik kan me herinneren dat die met z'n vieren waren.' Nadat hij dit had gezegd pakte hij zijn notitieboekje en vroeg Laura hoe ze heetten.

'Eentje heette er toch Porthos?' zei ze om te plagen. Maar de rechercheur, haar oude drinkmaatje van college, had geen zin in grapjes. Laura keek ineens bezorgd. 'Het bestaat niet dat zij iets met zo'n soort figuur te maken hebben,' zei ze verdedigend.

'Dus is er geen enkele reden waarom je hun namen niet kan zeggen.'

'Ze zijn potentiële klanten, Ransome. Dus ik heb juist álle reden om niet te zeggen hoe ze heten.'

'Jezus, Laura, je bent toch geen geestelijke of een zielenknijper?' Ransome zuchtte even diep. 'Je weet toch dat ik inspecteur ben. Ik zou ze zo op straat kunnen aanhouden en hun naam vragen. Ik zou ze naar het bureau kunnen meenemen.' Hij liet dit even tot haar doordringen. 'En ik geloof je onmiddellijk als je zegt dat ze niks met Calloway te maken hebben. Ik probeer juist aardig te doen en zo onopvallend mogelijk te werk te gaan. Als je mij vertelt hoe ze heten, kan ik hun achtergrond checken zonder dat ze het ooit in de gaten zullen hebben. Dat is toch beter, vind je niet?'

Laura dacht na. 'Dat zal dan wel,' gaf ze toe, wat haar een dankbare glimlach van Ransome opleverde.

'Zijn we het eens?' vroeg hij. 'Dit blijft dus helemaal onder ons?' Toen ze knikte en hij met zijn pen en notitieblok in de aanslag stond vroeg hij en passant nog even hoe het met haar ging.

6

Gissing maakte geen haast met zijn verhaal. Hij draaide de malt-whisky rond in zijn glas, stak er af en toe zijn neus in, alsof hij aarzelde de eerste geurige slok te nemen. Voor Mike was het nog te vroeg voor drank. Allan moest nog terug naar kantoor en had een smoes verzonnen dat hij met een klant ging koffiedrinken. Hij roerde in het schuim van zijn cappuccino en keek om de haverklap op zijn horloge en zijn mobieltje.

'Nou?' zei Mike nog een keer. Hij had voor zichzelf een dubbele espresso besteld die werd geserveerd met een amandelkoekje erbij. Er was bijna niemand in de Shining Star, alleen een paar vrouwen die daar tussen het winkelen door met hun aankopen waren neergestreken. Ze zaten aan de andere kant van de zaak, buiten gehoorsafstand. Uit de luidsprekers kwam gedempte muziek.

Gissing stak zijn hand uit, pakte het koekje en doopte het in de whisky. Met pretoogjes begon hij erop te sabbelen.

'Ik moet weer terug,' zei Allan, en hij schoof onrustig heen en weer op zijn stoel. Ze zaten aan hetzelfde tafeltje als de week daarvoor. Ook hetzelfde barmeisje was er, maar ze leek hen niet te herkennen.

Gissing vatte Allans hint. 'Eigenlijk is het heel eenvoudig,' begon hij, met kruimeltjes rond zijn mondhoeken. 'Maar je mag best gaan hoor, Allan, dan vertel ik Mike wel hoe je zonder enige moeite een schilderij kunt stelen.'

Allan besloot dat hij nog wel een paar minuten had. Nadat Gissing het koekje had opgegeten zette hij het glas aan zijn mond en maakte een tevreden smakgeluidje toen hij het had geleegd.

'We zijn een en al oor,' zei Mike tegen de professor.

'Al die galeries en musea in die mooie stad van ons...' Gissing boog zich vooover en plantte zijn ellebogen op de tafel, 'hebben niet genoeg ruimte om zelfs maar een tiende van hun collectie tentoon te stellen. Nog geen tiende!' Hij zweeg even om het tot hen te laten doordringen.

'We volgen je nog steeds, hoor,' zei Mike droogjes.

'Deze betreurenswaardige kunstwerken lijden jarenlang een kwijnend bestaan in het duister, Michael. Niemand die ze ooit te zien krijgt.' Gissing telde af op zijn vingers: 'Schilderijen, tekeningen, etsen, sieraden, beelden, vazen, aardewerk, tapijten, boeken – vanaf de bronstijd. Honderdduizenden stukken.'

'En jij zegt dat we er zo met een paar de deur uit kunnen lopen?'

Gissing ging nog iets zachter praten. 'Ze staan opgeslagen in een enorm pakhuis bij de kade in Granton. Ik ben daar verschillende keren geweest, het is daar verdomme een echte schatkamer!'

'Een schatkamer waarvan de spullen zijn geïnventariseerd en gespecificeerd, toch zeker?' giste Allan.

'Ik weet dat spullen soms verkeerd worden opgeborgen – het duurt soms maanden om een stuk te achterhalen.'

'Een pakhuis dus?' Mike zag dat Gissing knikte. 'Met bewakers, videobewaking, een stelletje Duitse herders en prikkeldraad?'

'Inderdaad goed bewaakt,' beaamde Gissing.

Mike glimlachte, dit spelletje beviel hem wel. En Gissing blijkbaar ook. Zelfs Allan leek geïnteresseerd.

'En wat gaan we dan doen?' vroeg Allan. 'Gaan we verkleed als commando's het terrein bestormen?'

Nu was het Gissings beurt om te glimlachen. 'Volgens mij kunnen we wel een tikkeltje subtieler te werk gaan, Allan, mijn jongen.'

Mike leunde achterover en sloeg zijn armen over elkaar. 'Oké, jij bent daar bekend, hoe moet je daar binnenkomen? En als je dat al lukt, hoe krijg je het dan voor elkaar met die schilderijen de deur uit te lopen?'

'Twee uitstekende vragen,' gaf Gissing toe. 'Als antwoord op de eerste vraag: je gaat door de hoofdingang naar binnen. Sterker nog, je wordt uitgenodigd.'

'En de tweede?'

Gissing stak zijn handen op. 'Naderhand ontbreekt er niets.'

'Het enige waaraan het "ontbreekt" is realiteitszin,' wierp Allan tegen.

Gissing keek hem aan.

'Zeg Allan, doet de First Caledonian wel eens mee aan de Open Dag?'

'Zeker wel.'

'En wat kun je me daarover vertellen?'

Allan haalde zijn schouders op. 'Gewoon wat het is – elk jaar stellen een heleboel instellingen één dag hun deuren open voor het publiek. Vorig jaar ben ik in het observatorium geweest... en het jaar daarvoor geloof ik in het Vrijmetselaarsgebouw.'

'Uitstekend,' zei Gissing alsof hij een schooljongen een complimentje gaf. Toen vroeg hij aan Michael: 'Jij hebt er toch ook wel van gehoord?'

'Vaag,' moest Mike toegeven.

'Nou, het pakhuis in Granton doet ook mee. Aan het eind van de maand gooien ze hun deuren open voor het volk.'

'Oké,' zei Mike. 'Dan kunnen we dus gewoon als bezoekers naar binnen. Maar het gaat erom hoe we er weer uit komen.'

'Da's waar,' beaamde Gissing. 'En ik ben bang dat ik weinig verstand heb van dingen als bewakingsruimtes en videosystemen. Maar dat is het hem juist: er wordt niets vermist. Alles is daarna nog precies hetzelfde.'

'Kijk, nou kan ik je weer niet volgen,' zei Allan, die aan zijn horlogebandje zat te friemelen en op het punt stond zijn secretaresse een sms'je te sturen.

'Er is een schilder...' begon Gissing, maar hij hield plotseling zijn mond toen iemand zich over hun tafeltje boog.

'Dit wordt zo'n beetje vaste prik,' zei Chib Calloway terwijl iedereen stilviel. Toen hij zijn hand uitstak om Mike te begroeten, kromp Allan even zichtbaar in elkaar, alsof hij verwachtte dat er een dreun zou worden uitgedeeld. 'Heeft Mike jullie verteld dat we op dezelfde school hebben gezeten?' Calloway had met een klap zijn hand op Mikes schouders gelegd. 'We hebben laatst nog een beetje bijgepraat – ik heb je trouwens niet gezien op de veiling, Mike.'

'Ik stond helemaal achterin.'

'Je had toch wel even naar me toe kunnen komen – dan had die dame me niet op mijn veilingnummer hoeven te zetten.' De gangster moest om zijn eigen grap lachen. 'Wat zuipen jullie, heren? Dit rondje is van mij.'

'Nee, bedankt,' zei Gissing kregelig. 'We zijn net iets aan het bespreken.'

Calloway keek hem aan. 'Dat klinkt niet echt hartelijk, hè?'

'Niks aan de hand, Chib,' zei Mike, die probeerde te voorkomen dat het gesprek een onaangename wending nam. 'Robert stond net op het punt me iets te vertellen.'

'Een soort zakelijke bijeenkomst dus.' Calloway knikte en ging toen rechtop staan. 'Als je klaar bent, Mike, kom dan even naar de bar. Je moet even wat uitleggen over die veiling. Ik heb nog geprobeerd die smakelijke veilingdame het een en ander te vragen, maar die was alleen maar bezig pegels te tellen.' Hij draaide zich om en wilde weglopen, maar zei toen: 'Ik mag toch wel hopen dat de zaken die jullie bespreken door de beugel kunnen, je weet dat de muren oren hebben.'

Hij liep met zijn twee bodyguards naar de bar.

'Mike, je bent toch niet opeens vriendjes met hem geworden?' vroeg Allan verontrust.

'Maak je nou niet druk over Chib,' zei Mike zacht, met zijn blik op Gissing gevestigd. 'Wat wou je zeggen over die schilder?'

'Eerst dit...' Gissing haalde een opgevouwen stuk papier uit zijn zak tevoorschijn. 'Volgens mij zal dit je wel bevallen.' Het was een pagina die uit een catalogus was gescheurd. 'Herinner je je nog de Monboddotentoonstelling van vorig jaar in de National Gallery?' vroeg Gissing. 'Toen Allan ons aan elkaar heeft voorgesteld, weet je nog?'

'Ik weet nog dat je me de oren van mijn kop kletste over Monboddo's sterke en zwakke punten.' Mike hield plotseling zijn mond toen hij besefte wat hij in zijn handen hield.

'Dit was toch je favoriet?' zei Gissing.

Mike knikte. Het was een portret van de vrouw van de kunstenaar, met veel gevoel en tederheid geschilderd. Bovendien leek het portret sprekend op Laura Stanton, die hij die avond ook voor het eerst had ontmoet. Mike had toen gedacht dat hij dit schilderij wellicht nooit meer te zien zou krijgen.

'En dit bevindt zich in dat pakhuis?' vroeg hij.

'Jawel. Na de overzichtstentoonstelling is het meteen daarnaar teruggegaan. En hoe groot is het nou helemaal? Niet meer dan vijfenveertig bij dertig centimeter, en toch hebben ze geen plek om het permanent tentoon te stellen. Snap je een beetje waar ik heen wil, Michael? We stelen ze niet, we bevrijden ze. We doen het uit liefde.'

'Ik moet nu echt weg,' zei Allan, en hij stond op. 'Mike, die Calloway is iemand van vroeger, en laat dat maar zo blijven ook.' Hij keek in de richting van de bar.

'Ik kan heus wel op mezelf passen, Allan.'

'Voor jou heb ik ook nog een afscheidscadeautje,' kwam Gissing tussenbeide. Hij haalde nog een pagina uit een catalogus tevoorschijn. Allan Cruikshanks mond viel open.

'Beter dan alle Coultons die die bank van je in portefeuille heeft,' zei Gissing alsof hij Allans gedachten raadde. 'Ik weet dat je een enorme bewonderaar van zijn werk bent – en als deze je niet bevalt, heb ik nog een stuk of tien andere.'

Als verdoofd liet Allan zich weer op zijn stoel zakken.

'Zo,' zei Gissing, tevreden met deze reactie. 'De schilder over wie ik het met jullie wilde hebben, is een jongeman die ik ken. Hij heet Westwater.'

7

Hugh Westwater, oftewel Westie voor intimi – zat behaaglijk te midden van de chaos in zijn flat en stak nog maar eens een joint op. Het was een kamer met erker die als atelier fungeerde. Over een oude bank en een stoel die Westie uit een afvalcontainer had gehaald lagen groezelige beddenlakens. Tegen de plinten stonden doeken en aan de muren hingen met plakband bevestigde krantenknipsels en foto's uit tijdschriften. De vloer lag bezaaid met vettige pizzadozen en bierblikjes; een paar van de blikjes waren doormidden geknipt om als asbak te dienen. Eigenlijk een wonder dat je nog steeds in je eigen huis mocht roken, dacht Westie. Tegenwoordig mocht je nergens meer roken, niet in pubs, clubs en restaurants, op je werkplek en zelfs niet in sommige bushokjes. Tijdens een optreden van de Rolling Stones in een stadion in Glasgow had Keith op het podium een sigaret opgestoken, en hadden 'ze' op het punt gestaan hem hiervoor te vervolgen.

Westie noemde de autoriteiten in gedachten altijd 'ze'.

Een van de eerste dingen die hij voor zijn portfolio had gemaakt was een manifest, gedrukt in zwarte letters op een glimmende, bloedrode ondergrond.

Ze Willen Je Te Grazen Nemen
Ze Weten Wat Je Doet
Ze Zien Je Als Gevaar...
Helemaal onder aan het doek stond in witte letters op een rode ondergrond Westies slotfrase: Maar Ik Ben Beter In Kunst Dan Zij. Zijn docent had het maar zozo gevonden en hem een 'krappe voldoende' gegeven. Omdat zijn docent een groot bewonderaar van Warhol was, had Westie zijn volgende werkstuk uit pure berekening gemaakt: het was een gestileerd flesje Irn-Bru frisdrank tegen een crèmekleurige achtergrond. Hij kreeg weliswaar een betere beoordeling, maar zijn lot was hiermee bezegeld, al kon hij dat toen nog niet weten.

Hij zat in het laatste jaar en was bijna klaar met zijn portfolio voor zijn eindexamenexpositie. Het was pas sinds kort bij hem opgekomen dat er toch iets heel vreemds was met het begrip eindexamenexpositie. Als je politicologie of filosofie studeerde, ging je je verhandelingen toch ook niet aan de muur hangen zodat iedereen ze kon lezen? En als je dierenarts wilde worden, kwam er toch ook geen publiek kijken terwijl je een mes in een of ander zielig dier stak of je je arm in zijn achterste liet verdwijnen? Toch verwachtten alle landelijke academies voor kunst en vormgeving van hun studenten dat ze hun tekortkomingen open en bloot lieten zien. Misschien in een poging hun een beetje nederigheid bij te brengen? Om hen voor te bereiden op het harde kunstenaarsbestaan in het barbaarse Groot-Brittannië van de eenentwintigste eeuw?

Westie wist al waar zijn werk kwam te hangen – ergens in de krochten van het academiegebouw aan Lauriston Place, naast dat van een beeldhouwer die met stro werkte en dat van een kunstenaar wiens belangrijkste gooi naar roem bestond uit een video-installatie van een vrouwenborst waaruit langzaam melk vloeide.

'Ik ken mijn plaats,' was het enige dat Westie had gezegd.

Beïnvloed (achteraf gezien dan) door Banksy, en gestimuleerd door zijn ervaring met het warholeske Irn Bru flesje, was de pastiche inmiddels Westies vaste truc. Hij kopieerde bijvoorbeeld minutieus een landschap van Constable en voegde er vervolgens iets vervreemdends aan toe: een gedeukt bierblikje, straatafval, zoals een plastic tas van de Tesco en een leeg zakje chips of een gebruikt condoom. Dat laatste was volgens de andere studenten zo'n beetje zijn signatuur. Op een schilderij van Stubbs van een trotse hengst was bijvoorbeeld een straaljager in de lucht te zien. In Westies versie van Raeburns *Eerwaarde Walker op de schaats*, bestond het enige waarneembare verschil eruit dat de man nu met een blauw oog prijkte en op zijn wang een snee met hechtingen had. Een van zijn docenten had een lang verhaal afgestoken over 'het anachronisme in de kunst' en vond het blijkbaar wel deugen, maar anderen hadden hem ervan beticht dat hij alleen maar kopieerde 'en dat heeft helemaal niets met kunst te maken, alleen met goed vakmanschap'.

Westie wist alleen dat zijn artiestennaam lekker commercieel klonk en dat hij nog een paar weken had voor het eind van het academiejaar. Daarna moest hij zich óf aanmelden voor een postacademische opleiding, of op zoek gaan naar werk dat geld in het laatje bracht. Hij had tot diep in de nacht gewerkt aan een grafittiproject: stencils van de kunstenaar Banksy met een doek voor zijn mond en de woorden 'Geld Op De Banksy' met aan de boven- en onderzijde een aantal geschilderde dollarbiljetten. De stencils waren anoniem. Hij hoopte dat de plaatselijke media er een verhaal aan zouden wijden waardoor 'de Schotse Banksy' in het nationale geheugen zou worden gegrift. Maar zo ver was het nog niet. Zijn vriendin Alice wilde dat hij 'grafisch kunstenaar' werd, en daarmee bedoelde ze striptekenaar. Ze had een leidinggevende functie bij een alternatief filmhuis in Lothian Road, en volgens haar moest Westie eerst strips gaan tekenen wilde hij een prominent regisseur in Hollywood worden. Hij zou vervolgens promotievideo's gaan maken voor rockbands die hun platen in eigen beheer uitgaven en zich daarna op films gaan toeleggen. Het enige zwakke punt in deze was, iets wat hij haar herhaaldelijk duidelijk had gemaakt, dat hij totaal niet geïnteresseerd was in het regisseren van films. De enige die dat wilde, was zij.

'Maar jij hebt talent, ik niet,' had ze stampvoetend gereageerd. Dat stampvoeten zei een hoop over Alice. Ze was het enige kind van kleinburgerlijke ouders die haar adoreerden en alles wat ze ondernam de hemel in prezen. Pianoles zou van haar de Vanessa Mae van de zwarte en witte toetsen maken. Met de liedjes die ze schreef, zou ze ooit het podium delen met Joni Mitchell, en zo niet dan toch minstens met K.T. Tunstall. Alice had zichzelf als wonderkind op schildergebied beschouwd, totdat de leraar van de dure middelbare school waar ze op zat haar uit de droom hielp. Nadat ze de universiteit voortijdig had verlaten (Film en Media met *creative writing*), had ze haar schamele hoop op Westie gevestigd.

De woning was van haar, hij zou nooit de huur kunnen betalen. De flat was eigendom van haar ouders, die af en toe langskwamen en dan onveranderlijk totaal niet onder de indruk waren van de partnerkeuze van hun dochter. Hij had hen toevallig een keer indringend de vraag horen stellen: weet je het wel zeker, kindje? Hij wist dat ze het over hem hadden, iemand die te min was voor hun prachtkind. Hij had toen wel luidkeels van zijn afkomst willen getuigen: een arbeidersmilieu in de mijnstreek Fife, Kirkcaldy High. Hij had niets in de schoot geworpen gekregen. Maar hij wist hoe dat hun in de oren zou klinken...

Stelletje idioten.

Hij had laatst tegen Alice gezegd dat er een filmacademie in de stad werd geopend – ze zou een deeltijdopleiding kunnen volgen om alles op het gebied van films te leren. Ze was helemaal opgewonden geraakt, totdat een bezoekje aan internet de kosten had onthuld.

'Je pappie en mammie zullen het dolgraag willen betalen,' had hij gezegd. Ze was razend geworden en had hem ervan beschuldigd dat hij net deed alsof ze een uitzuigster was die haar arme ouders helemaal wilde uitkleden. Ze had weer met haar voet gestampt, was de kamer uit gevlogen en had de deur achter zich dichtgesmeten waardoor een schilderij dat nog nat was van de ezel viel. Uiteindelijk had hij haar in het piepkleine keukentje met een kop thee en een knuffel weten te kalmeren.

'Ik hoef alleen nog maar tien jaar te werken om genoeg geld te hebben gespaard,' had ze gesnotterd.

'Misschien kan ik de prijzen van mijn eindexamenexpositie een beetje opkrikken,' had Westie geopperd. Maar ze wisten allebei dat dit niet veel zou uithalen – hij zou waarschijnlijk toch niets verkopen. Hoe goed hij ook was als vakman, op artistiek gebied was hij nog steeds een 'krappe voldoende', in ieder geval in de ogen van de mensen wier beoordeling er het meest toe deed. Het hoofd van hun afdeling – professor Gissing – was nooit een bewonderaar van hem geweest. Westie had een keer opgezocht wat Gissing allemaal had gedaan en ontdekt dat die chagrijnige oude bullebak al vanaf 1970 niet meer had geschilderd. Wat inhield dat hij de afgelopen dertig jaar niks anders had gedaan dan artikelen schrijven en saaie lezingen geven. Maar toch konden mensen zoals hij Westies toekomst als kunstenaar maken of breken. Westie, zoon van een postbode en een verkoopster, had af en toe het gevoel dat er een samenzwering bestond om te voorkomen dat de lagere klassen erkenning op creatief gebied kregen.

De joint was op en Westie liep met zijn armen over elkaar geslagen door de kamer. Alice kwam hier niet meer zo vaak. Ze bleef meestal in de keuken of de slaapkamer zitten. De rotzooi irriteerde haar, maar toch was ze een beetje huiverig om de boel op te ruimen omdat dit wel eens nadelig zou kunnen zijn voor zijn creativiteit. Ze had een keer verteld dat ze op de universiteit bevriend was geweest met een dichter en dat zijn huisgenoten om hem te verrassen zijn slaapkamer een grote voorjaarsschoonmaakbeurt hadden gegeven. Hij had gedaan alsof hij hun reuze dankbaar was, maar hij had wekenlang geen gedichten meer kunnen schrijven. Westie had dit even laten bezinken en toen gevraagd hoe 'bevriend' ze eigenlijk met hem was geweest.

Waarop weer een ruzietje volgde.

Toen de deurbel ging, besefte hij dat hij zo ongeveer in slaap was gevallen toen hij een poosje uit het raam naar het voorbijgaande verkeer had staan kijken. Hij kon naar bed gaan, maar Alice verwachtte dat hij vandaag toch iets zou hebben gepresteerd. Er werd weer gebeld. Wie kon dat zijn? Was hij iemand geld schuldig? Wilden de ouders van Alice met hem praten? Hem geld aanbieden met het verzoek te verdwijnen? Was het iemand die collecteerde voor een goed doel of met de vraag wat zijn politieke overtuiging was? Dit soort voortdurende onderbrekingen kon hij missen als kiespijn. Hij moest toch aan het werk... dingen afmaken... uitdragerijen, rommelwinkeltjes afstruinen om goedkope vergulde lijsten voor zijn Stubbs, Constable en Raeburn op de kop te tikken.

Maar toen hij de deur opendeed, stond hij oog in oog met een van de mensen wier beoordeling van zijn werk doorslaggevend was: professor Robert Gissing in levenden lijve, die vroeg of hij hem even mocht storen.

'Ik was naar je op zoek en ben al in het atelier geweest en in de expositieruimte die je toegewezen hebt gekregen.'

'Het grootste deel van mijn schilderijen staat hier, ik werk namelijk meestal 's nachts.'

'Vandaar die wazige uitdrukking op je gezicht,' zei Gissing glimlachend. 'Mogen we even binnenkomen, Westwater? Wees maar niet bang, we blijven niet lang.'

Gissing had het over 'we' omdat hij twee mannen bij zich had. Hij stelde ze voor als zijn vrienden, maar noemde geen namen. Hun gezicht kwam Westie niet bekend voor. Waren het soms kunsthandelaars, of verzamelaars die vooraf een bod wilden uitbrengen op zijn eindexamenwerk? Dat leek hem niet erg waarschijnlijk, maar hij nam ze toch mee naar de woonkamer. Gissing nam de leiding en gebaarde dat iedereen moest gaan zitten. Een van de 'vrienden' wilde het laken dat over de bank lag wegtrekken.

'Zou ik niet doen,' waarschuwde Westie hem. 'Dat komt uit een afvalcontainer, er zitten een paar interessante vlekken op.'

'En het ruikt naar terpentijn,' merkte een van de bezoekers op.

'Om interessante luchtjes te verdoezelen.'

Gissing snoof even. 'Dat is geen terpentijn, Westwater, wat ik ruik is eerder familie van onze oude vriend *Cannabis sativa*.'

'Ik beken volledig,' zei Westie. 'Helpt me om mijn hersens in beweging te houden.'

De drie bezoekers knikten langzaam, en er viel een stilte. Westie kuchte even. 'Ik zou jullie wel thee willen aanbieden of zo, maar er is geen melk in huis,' zei hij verontschuldigend.

Gissing maakte een wegwuivend gebaar, wreef toen in zijn handen en keek de chicst geklede vreemdeling aan.

Deze man nam vervolgens het woord. 'Wij willen je graag in staat stellen een nieuwe bank te kopen,' zei hij. 'Plus misschien nog een paar andere dingetjes.' Hij was niet gaan zitten en bekeek nu een aantal schilderijen. Aan zijn tongval te horen kwam hij uit de buurt.

'Wilt u een schilderij kopen?' vroeg Westie lichtelijk opgelaten. 'Volgens mij was de professor niet mijn grootste fan.'

'Ik zie heus wel dat je talent hebt,' bracht Gissing hier met een zuinig glimlachje tegenin. 'En ik ben "fan" genoeg om je te kunnen verzekeren dat je slaagt met een uitmuntende beoordeling. Je weet wat dat betekent – dat je grote kans maakt te worden aangenomen voor een postacademische opleiding.'

'Is dit een soort, hoe noem je dat ook alweer...?'

'Faustiaans pact?' opperde Gissing. 'Geen sprake van.'

'Al zou geld een behoorlijke prikkel kunnen betekenen,' benadrukte de vreemdeling.

'Als directeur van de kunstacademie,' vervolgde Gissing, 'heb ik je dossier doorgenomen, Westie. Je hebt elk jaar alle mogelijke beurzen en studietoelages aangevraagd.'

'En er is me nog nooit eentje toegekend,' bracht Westie de professor in herinnering

'Hoeveel schuld heb je op dit moment? Ik denk zo'n beetje iets van in de vijf cijfers. We kunnen je een frisse start en een schone lei aanbieden.'

'Nou ja, ik zou jullie graag iets van mijn werk willen laten zien.'

'Ik kijk al naar je werk, Westwater,' zei de vreemdeling die al eerder iets had gezegd

'Iedereen noemt me Westie.'

De man knikte. 'Ik ben behoorlijk onder de indruk.' Hij had het paard van Stubbs in zijn handen. De vacht van het dier glansde als een opgepoetste kastanje. 'Je hebt gevoel voor kleur. En van de professor hebben we begrepen dat je bovendien zeer bedreven bent in het maken van kopieën. Maar we willen niet iets kant-en-klaars kopen, Westie.'

'Een opdracht dus?' Westie sprong bijna een gat in de lucht, hoewel hij zich nog steeds niet erg op zijn gemak voelde. Waarom zei die andere man niets? Die zat maar op zijn mobieltje te kijken of hij nog berichten had.

'Een geheime opdracht,' voegde Gissing eraan toe. 'En er worden geen vragen gesteld.'

De man die al eerder het woord had gevoerd, keek de professor aan. 'Robert, ik kan wel zien dat Westie niet op zijn achterhoofd is gevallen – hij is achterdochtig en daar heeft hij gelijk in. We kunnen het project toch niet voor hem geheimhouden? Hij komt er uiteindelijk toch achter.' Met de Stubbs in zijn hand liep hij op Westie af en bleef vlak voor hem staan. Maar toen hij zijn mond opendeed, richtte hij zich nog steeds tot Gissing. 'We hebben Westie nodig, en dat wil zeggen dat we hem in vertrouwen moeten nemen.' Hij glimlachte naar de jonge schilder. 'De professor heeft me verteld dat je een tikkeltje anarchistisch ingesteld bent – dat je de gevestigde kunstwereld graag een beetje op de hak neemt, waar of niet?'

Westie wist niet meteen hoe hij daar het beste op kon reageren, dus haalde hij maar zijn schouders op. De man die nog steeds niets had gezegd, schraapte omstandig zijn keel. Hij was klaar met zijn mobieltje en hield een bedrukt stencil omhoog dat hij onder de bank vandaan had gehaald.

'Die heb ik in de stad zien hangen.' Het klonk bekakt Edinburghs, en hij praatte zacht alsof hij bang was te worden terechtgewezen.

De andere man bekeek het stencil en lachte breed. 'Wil je de nieuwe Banksy worden?'

'Er heeft iets over in de krant gestaan,' zei de tweede man. 'De politie zou graag een hartig woordje wisselen met de kunstenaar die hiervoor verantwoordelijk is.'

'Dat is dus die anti-establishmenthouding waarover ik het had.' De eerste vreemdeling keek Westie aan en wachtte tot hij iets zou zeggen.

Westie besloot maar mee te doen.

'Jullie willen dus dat ik een schilderij kopieer?' flapte hij eruit.

'Zes stuks, om precies te zijn,' zei Gissing. 'Allemaal uit de rijks-collectie.'

'En dat moet gebeuren zonder dat iemand dat te weten komt?' Westies ogen werden groot. Was hij stoned en verbeeldde hij zich dit allemaal? 'Zijn ze soms gestolen en wil het museum niet dat het publiek hier lucht van krijgt?'

'Ik zei toch al dat hij slim is.' De bezoeker zette de Stubbs terug tegen de plint. 'Zo, Westie, als we je een beetje lekker hebben gemaakt, wil je nu misschien wel meekomen naar het kantoor van de professor, dan kunnen we je uitleggen wat precies onze bedoeling is.'

8

Ze zaten met zijn vieren, ieder aan een lessenaartje, in Robert Gissings kamer. Hij gaf hier nog af en toe les, vandaar de stoelen met schrijfblad eraan vast. Op Gissings verzoek was zijn secretaresse al naar huis gegaan. Mike en Allan hadden zich uiteindelijk met hun voornaam aan Westie voorgesteld, omdat het te omslachtig zou worden valse namen te gebruiken. Voor Gissing was dat trouwens toch geen optie, en stel dat Westie met de naam van de professor naar de politie zou stappen, dan was er echt geen Columbo of Frost voor nodig om Mike en Allan met hem in verband te brengen.

Mike begreep niet helemaal waarom Allan zo weinig had gezegd toen ze bij Westie op bezoek waren – misschien was het uit lafhartigheid, maar wellicht ook omdat Mike inmiddels had aangeboden de operatie te financieren. Uiteraard hadden ze geld nodig, en Mike kon wel het een en ander missen. Om te beginnen moest Westie betaald worden – zowel om zijn mond te houden als voor zijn kundigheid.

In dit stadium was het natuurlijk allemaal nog een spelletje. Dat ze kopieën lieten maken, hoefde nog niet te betekenen dat ze het plan ook moesten doorzetten. Allan leek het hiermee eens te zijn,

maar misschien vond hij wel dat Mike maar het woord moest voeren, omdat hij immers voor het geld wilde opdraaien.

'Maakt niet uit hoeveel geld ik uiteindelijk moet dokken, ik krijg
dan waarschijnlijk toch voor een schijntje een meesterwerk in bezit,' had Mike hem verzekerd.

'We doen het helemaal niet voor het geld,' had Gissing nors opgemerkt.

Het was een en al chaos in de kamer van de professor. Ter voorbereiding op zijn pensionering had hij al een paar boekenkasten
leeggemaakt en de inhoud in dozen gestopt. Er lag een flinke stapel post op zijn bureau, met daarnaast een computer en een ouderwetse typemachine met bolkop. Aan weerszijden van het bureau
stond een berg boeken en stapels kunsttijdschriften die bijna om-
vielen. De muren hingen vol met reproducties van Giotto, Rubens,
Goya, Brueghel de Oude – in ieder geval waren dat de dingen die
Mike herkende. Op een plank stond een bestofte cd-speler en een
stuk of vijf cd's met klassieke muziek. Blijkbaar was Von Karajan favoriet als dirigent.

De blinden waren gesloten en het was schemerig in de kamer.
Voor de boekenkasten was vanaf het plafond een scherm neergelaten waarop Gissing hun een uitgebreide selectie dia's kon laten zien
van de collectie uit de rijksmusea. Van oude meesters tot kubisme
en latere periodes. Onderweg naar het kantoor had Mike tegen
Westie nog iets meer over het plan verteld. Westie kwam toen niet
meer bij en had op zijn knieën geslagen van het lachen. Maar misschien lag dat aan de wiet die begon te werken.

'Als ik kan helpen, kun je op me rekenen,' had hij hikkend van
de lach uitgebracht.

'Rustig aan,' had Mike hem tot kalmte gemaand. 'Je moet er goed
over nadenken.'

Ze zaten naar de dia's te kijken terwijl Westie uit een blikje cola zat te slurpen dat hij uit een automaat had gehaald. Hij zat op het
puntje van zijn stoel met zijn knieën te wippen.

'Zou ik zó kunnen,' zei hij steeds maar terwijl de dia's voorbij-
kwamen.

Gissing, Allan en Mike hadden de dia's al aandachtig bekeken. Het waren uitsluitend opnamen van werken die in het pakhuis waren opgeslagen. Voor zover mogelijk had Gissing reproducties erbij gezocht en die op de verschillende lessenaartjes gelegd. Mike en Allan vonden het niet nodig om daar nog een blik op te werpen, want ze hadden inmiddels al een paar favorieten uitgekozen, net als Gissing. Maar ze moesten er natuurlijk wel op kunnen vertrouwen dat de jonge kunstenaar met de verschillende stijlen en periodes uit de voeten kon.

'Nou, hoe zou je dit aanpakken?' vroeg Gissing voor de zoveelste keer. Westie vertrok even zijn mond en begon toen met zijn handen vormen in de lucht te tekenen.

'Als je goed naar de Scottish Colourists hebt gekeken, is Monboddo eigenlijk tamelijk ongecompliceerd – mooie, platte, brede kwast waarmee de lagen olieverf in dikke streken zijn opgebracht. Hij schilderde altijd kleuren over elkaar, zodat de vorige lagen er doorheen schemerden. Zoals wanneer je room in de koffie doet en je nog steeds een beetje zwart door het wit ziet. Hij was meer uit op harmonie dan op contrast.'

'Het lijkt wel alsof je dat ergens vandaan hebt,' zei Gissing.

Westie knikte. 'De quote is van George Leslie Hunter – uit uw lezing over Bergson.'

'Heb je dan speciale kwasten nodig?' kwam Mike tussenbeide.

'Hangt ervan af hoe degelijk jullie het willen.'

'Je moet het niet met het blote oog kunnen zien en het moet ook niet te zien zijn voor de geïnteresseerde leek.'

'En hoe zit het met een forensisch deskundige?' vroeg Westie.

'Dat is niet aan de orde,' stelde Gissing hem gerust.

'Het zou fijn zijn als we over de juiste documenten en gegevens over de ouderdom van de doeken konden beschikken... nieuw doek ziet er... nou ja, zo nieuw uit.'

'Maar weet jij dan een manier om...?'

Westie grinnikte en knipoogde naar Mike. 'Luister, een expert ziet het verschil binnen een paar minuten. Zelfs een exacte kopie is nooit helemaal hetzelfde als het origineel.'

'Dat is een waar woord,' mompelde Gissing, en hij wreef met zijn hand over zijn voorhoofd.

'Sommige vervalsers worden pas na jaren ontmaskerd,' merkte Mike op.

Westie haalde zijn schouders op om dit te beamen. 'Maar tegenwoordig heb je koolstofdatering en God mag weten wat ze nog meer in petto hebben. Je gaat me toch niet vertellen dat je nog nooit naar een aflevering van csi hebt gekeken?'

'Wat we goed voor ogen moeten houden, heren,' zei Gissing, en hij haalde zijn hand van zijn voorhoofd, 'is dat er niets zal worden vermist, en er dus geen reden is waarom er experts zouden worden ingeschakeld.'

Westie begon weer te grinniken. 'Professor, ik zeg het nog maar een keer: het is knettergek maar wel briljant.'

Mike kon niet anders dan dit beamen: op de open dag het depot binnenlopen en de echte schilderijen vervangen door Westies zorgvuldig vervaardigde kopieën. Het leek simpel, maar hij wist dat het allesbehalve eenvoudig was. Er viel nog heel wat te organiseren.

En er zou een heleboel tijd mee gemoeid zijn.

'We lijken wel The A-team voor verwaarloosde kunstwerken,' zei Westie. Hij was een beetje gekalmeerd en wipte nu nog maar met één knie terwijl hij zijn blikje cola leegdronk. Hij draaide zich naar Mike toe. 'Zeg, dit gaat toch niet echt gebeuren? Het klinkt als *a nice dream* zoals in dat nummer van Radiohead. Neem me niet kwalijk, hoor, maar in mijn ogen maken jullie deel uit van wat ik het establishment noem: pakken en dassen, corduroy, theaterbezoek en een etentje na afloop.' Hij leunde achterover in zijn stoel, sloeg zijn benen over elkaar en keek naar zijn wiebelende voet met een gymp die onder de verfspatten zat. 'Jullie zijn geen doorgewinterde criminelen, en het bestaat niet dat jullie zoiets voor elkaar krijgen zonder wat meer spierballen.'

Mike had stiekem precies hetzelfde gedacht, maar hij liet het niet merken. 'Dat is ons probleem, niet het jouwe,' zei hij.

Westie knikte.

'Maar nog iets anders... Ik wil erbij horen.'

'Erbij horen?' herhaalde Allan, die eindelijk weer iets zei.

Westie keek hem aan.

'Ik wil niet alleen maar een werkezel zijn die voor jullie een paar kopieën produceert. Ik wil bij het team horen. Jullie willen zes schilderijen, waarom niet zeven?' Hij sloeg zijn armen over elkaar alsof hiermee de kous af was.

'Je snapt toch wel,' zei Mike voorzichtig, 'dat als jij een schilderij neemt, je net zo betrokken bent als wij – dat je dan niet langer alleen maar een betaalde kracht bent?'

'Snap ik.'

'En we verkopen die schilderijen niet door – ze mogen absoluut niet op de markt komen.' Westie knikte. 'En als ooit bekend zou worden dat we...'

'Ik ga jullie echt niet te grazen nemen. En eigenlijk is het toch ook een stimulans, want als ik meedoe, heb ik net zoveel te verliezen als jullie.' Westie spreidde zijn armen alsof hij zijn argument daarmee wilde benadrukken. 'Ik sta helemaal achter dit krankzinnige idee. Maar ik wil gewoon niet alleen maar een kwast zijn die je inhuurt.'

'En in ruil daarvoor geven wij jou dus een schilderij?' vroeg Mike.

'Mijn schilderij verdien ikzelf, Mickey-boy. En al die poen die jullie me gaan betalen, verdien ik ook.'

'We hebben het nog niet over de bedragen gehad,' zei Allan voorzichtig, nog altijd een bankier.

Westie tuitte zijn lippen en boog zich voorover in zijn stoel. 'Ik ben heus niet inhalig,' zei hij toen. 'Ik wil alleen maar genoeg geld om een vriendin van mij naar de filmacademie te kunnen sturen.'

Toen Westie de deur uit was, bleef het in Gissings kantoor een paar minuten stil. De professor was nog steeds bezig met dia's vertonen, klaarblijkelijk alleen voor zijn eigen plezier. Ondertussen keek Mike naar de uit een catalogus gescheurde bladzij met het portret van Monboddo's vrouw. Allan Cruikshank nam als eerste het woord.

'Het wordt allemaal wel behoorlijk serieus, hè?'

'Als we dat maar voor ogen houden,' mompelde Gissing. Hij deed de projector uit en stond op om de blinden open te doen. 'In het ergste geval gaan we allemaal naar de gevangenis en zijn onze levens en reputaties naar de filistijnen.'

'En dat allemaal voor een paar schilderijen,' zei Allan zacht.

'Beetje koudwatervrees, Allan?' vroeg Mike.

Allan dacht even na en schudde toen zijn hoofd. Hij had zijn bril afgezet en poetste zijn glazen met zijn zakdoek.

'We moeten er echt helemaal van overtuigd zijn waaróm we bereid zijn hiermee door te gaan,' zei Gissing.

'Dat is niet zo moeilijk,' zei Allan en hij zette zijn bril weer op. 'Ik wil thuis iets hebben hangen wat mijn bazen nooit zullen kunnen bemachtigen.'

'Of wat het vriendje van je ex nooit kan krijgen, nu we het er toch over hebben,' zei Mike om te pesten.

Gissing glimlachte goedmoedig. 'Na mijn pensionering ga ik in Spanje wonen, en dan gaan mijn twee schilderijen mee. Ik zou dagenlang niets anders kunnen doen dan er alleen maar naar te kijken.'

Mike keek zijn twee vrienden aan maar zei zelf niets. Volgens hem wilden ze echt niet horen dat hij zich gewoon doodverveelde en weer eens een uitdaging zocht. En natuurlijk was er ook nog die vrouw van Monboddo.

'Onze jonge Westie had net wel een punt,' zei hij uiteindelijk. 'Zelfs met zijn vieren zal het nog verre van eenvoudig zijn.' Hij keek Gissing aan. 'Heb je al kans gezien de plattegrond te tekenen?'

Gissing knikte en pakte een vel papier uit zijn bureaula. De drie mannen bogen zich erover, en hielden het bij de hoeken vast terwijl Gissing het uitrolde. Gissing had in zijn functie van docent en gerenommeerd kunsthistoricus het depot in het verleden tientallen keren bezocht. Het enige probleem was dat hij daardoor een bekend gezicht was, en het voor hem riskant was daadwerkelijk aan de overval deel te nemen. Hij had echter wel een prachtige plattegrond van het complex getekend, compleet met bewakersruimte, veiligheidscamera's en alarmknoppen.

'Heb je dit uit je blote hoofd gedaan?' vroeg Mike, nogal onder de indruk.

'En in zo'n korte tijd,' voegde Allan eraan toe.

'Ik heb jullie toch gezegd dat ik al een hele tijd met dit idee rondloop. Maar wees gewaarschuwd – misschien is er sinds mijn laatste bezoek wel iets aan de indeling veranderd.'

'Maar kloppen de afmetingen?' Mike bekeek de route vanaf de laadruimte naar de bewakersruimte, die Gissing met een dikke rode stippellijn had gemarkeerd.

'Die zijn behoorlijk nauwkeurig, volgens mij.'

'En ga je de boel nog een keer verkennen voordat we toeslaan?' vroeg Allan.

Gissing knikte. 'En daarna kan ik mezelf alleen nog maar nuttig maken als chauffeur van de vluchtauto.'

'Dan zou ik maar een paar afleveringen van *Top Gear* gaan bekijken,' zei Mike glimlachend.

'Prof, je bent toch wel eens eerder op een open dag geweest?' vroeg Allan.

Gissing ging met zijn vinger langs een blauwe lijn. Die begon bij het hek van de hoofdingang en liep naar de deur van het pakhuis. 'Ik hoop dat ze deze route zullen nemen – ik zie ook niet echt een alternatief. De rondleiding begint op elk hele uur, en er mogen maar een stuk of tien bezoekers tegelijk naar binnen. De eigenlijke rondleiding duurt ongeveer veertig minuten, waardoor er twintig minuten overblijven ter voorbereiding op een nieuwe groep bezoekers. De namen staan op een lijst die zich in het portiershuisje bij het hek bevindt. Daar zit één bewaker, de andere drie zitten binnen en drinken meestal thee in de bewakersruimte en houden de videoschermen in de gaten. De rondleiding wordt verzorgd door personeel van de afdeling Musea en Kunstzalen.'

'Checken ze de achtergrond van de bezoekers?'

Gissing schudde zijn hoofd. 'Vorig jaar in ieder geval niet.'

'Dus ze komen er niet achter als er valse namen worden gebruikt?' wilde Mike weten.

Gissing haalde zijn schouders op. 'Ze vragen wel om een telefoonnummer, maar mijn ervaring is dat er nooit wordt gebeld.'

Mike ving Allans blik op en hij wist wat zijn vriend dacht: we hebben meer mankracht nodig. Mike dacht precies hetzelfde. Het probleem was alleen...

Wie?

Nadat hun bijeenkomst was afgelopen, sprong Allan met zijn mobieltje al tegen zijn oor gedrukt in een taxi om terug te gaan naar kantoor. Mike ging liever lopen.

Toen ze net buiten op het trottoir voor de kunstacademie stonden, had Mike even Allans arm aangeraakt.

'Weet je zeker dat je hiermee wilt doorgaan?'

'Geldt dat niet voor ons allemaal?' was Allans wedervraag geweest. 'Dat *Ocean's 11*- gedoe bevalt me wel – het gedetailleerde aanvalsplan van de prof. Het geeft me echt het idee dat we dit voor elkaar kunnen krijgen – als we zouden willen.'

'En willen we dat?'

'Volgens mij ben jij er wel happig op.' Allan keek Mike aan en trok zijn mondhoeken op. 'Maar van die Westie ben ik nog niet zo zeker. In hoeverre kunnen we die vertrouwen?'

Mike knikte instemmend. 'We houden hem in de peiling.'

'Jezus, moet je jezelf nou horen.' Allan schoot in de lach. 'Je klinkt nog overtuigender dan George Clooney in *Reservoir Dogs*.'

Mike glimlachte. 'Het zou toch kunnen lukken, waar of niet?'

Allan dacht even na. 'Alleen als we de bewakers maar lang genoeg kunnen afschrikken. Ze moeten echt het idee hebben dat we zware jongens zijn. Denk je dat ons dat zal lukken?'

'Ik zal vast beginnen te oefenen met dreigend kijken.'

'En hoe zien ze dat als je een masker op hebt?'

'Dat is een goeie,' gaf Mike toe. 'Er zijn nog een hoop dingen waaraan we moeten denken.'

'Zeker wel,' beaamde Allan en hij stak zijn hand uit om een naderende taxi aan te houden. 'De prof heeft het voorwerk gedaan en jij zorgt voor de poen...' Allan keek Mike aan. 'Maar wat verwachten jullie eigenlijk van mij?' Hij deed het achterportier van de taxi open.

'Jij gaat over de details, Allan. Zoals die maskers bijvoorbeeld – denk jij nou maar na over eventuele zwakke punten en problemen, dan verdien jij je strepen heus wel.'

Allan salueerde voor de lol en deed toen het portier achter zich dicht.

Mike zag de taxi wegrijden, stak toen de straat over en liep vervolgens door Chalmers Street in de richting van de Meadows. Dit was vroeger bouwland geweest, maar tegenwoordig waren hier speelweiden, omzoomd door bomen. Het stikte er van de fietsers en studenten die na college op weg naar huis waren. Er liepen ook een paar bejaarden te joggen, en Mike vroeg zich af of hij zelf niet wat aan zijn conditie moest doen. Zou hij de bewakers kunnen intimideren als hij de spieren van zijn bovenlijf iets meer ontwikkelde? Waarschijnlijk niet. Niets kon tippen aan een flink pistool. Of anders een soort machete, of een hakmes. In de stad waren vast winkels die dit soort spullen verkochten. Geen echte pistolen natuurlijk, maar namaak. Sommige souvenirwinkels verkochten Schotse slagzwaarden en zelfs Japanse zwaarden. Terwijl hij langs een paar mensen liep die hun hond uitlieten, glimlachte hij. Waarschijnlijk had nog nooit iemand tijdens een wandeling door de Meadows zich met dit soort gedachten beziggehouden.

'Je bent echt een gangster, Mike,' zei hij tegen zichzelf. Hij wist dat dat niet waar was. Maar...

Hij kende iemand die dat wel was.

Alice Rule kwam laat thuis uit de bioscoop. Ze was bezig een zondagavondfilmclub op te zetten en had net een mailing op de post gedaan. Het ging om Europese filmhuisfilms uit de jaren vijftig en zestig. Ze wist dat daar een publiek voor was, maar het was de vraag of ze wel voldoende mensen hiervoor kon interesseren. Op zondagmiddag werd er in de bar van de bioscoop een quiz gehouden. Die was populair en daar wilde ze munt uit slaan door ervoor te zorgen dat de mensen bleven hangen om te blijven eten en een film gingen kijken. Een korte periode had ze vroeg werk van Hitchcock gepresenteerd, films die hij in Groot-Brittannië had opgenomen. Ze had de onkosten er inmiddels uit en ze had bij de deur formulieren uitgedeeld waarop suggesties konden worden ingevuld. Nouvelle Vague... Antonioni... Alexander Mackendrick... films uit Hongkong. Voor haar genoeg om over na te denken.

Terwijl ze de trap opliep naar haar flat op de bovenste verdieping, vroeg ze zich af hoe Westie de dag had doorgebracht. Hij had gezegd dat hij op zoek ging naar schilderijlijsten, en nog een paar werken voor zijn portfolio zou voltooien. Ze hoopte dat hij niet de hele dag op de bank jointjes had liggen rollen. Ze zou het best fijn vinden om de flat binnen te lopen en de geur van eten te ruiken, maar ze wist dat ze daar niet op hoefde te rekenen. Eieren met toast waren wel het toppunt dat Westie met zijn pijnlijk proletarische manier van leven te bieden had. Of buiten de deur eten, waarna zij dan de rekening kon betalen.

Toen ze de deur opendeed en de gang in liep, rook ze geen verse verf, laat staan dat er werd gekookt. Maar Westies jas lag op een hoopje naast zijn schoenen, als bewijs dat hij de deur uit was geweest. Toen ze de woonkamer binnenging – ondanks de druk die op haar werd uitgeoefend verdomde ze het na al deze maanden nog steeds dit 'het atelier' te noemen – en tevergeefs keek of er nieuwe lijsten stonden, werd ze verwelkomd met een plop, gevolgd door een straal schuim uit de hals van een champagnefles die Westie in zijn handen hield.

'En wat hebben we dan zoal te vieren?' vroeg Alice, die maar al te goed besefte dat de bubbeltjes van haar salaris waren betaald. Ze deed haar jasje uit en zette haar schoudertas op de grond. Westie schonk de champagne in twee wijnglazen die niet al te grondig waren afgewassen.

'Ik had bezoek van een paar mannen,' legde hij uit en hij reikte haar een vol glas aan.

'Mannen?'

'Zakenlui.' Westie stootte zijn glas tegen het hare, nam een fikse slok en onderdrukte een boer. 'Ze willen een paar schilderijen voor op kantoor.' Hij maakte een dansje, en Alice die haar glas nog niet had aangeraakt, vroeg zich af hoeveel hij had geblowd.

'Op kantoor?' vroeg ze.

'Klopt.'

'Van welk bedrijf? En hoe kwamen ze dan bij jou terecht?'

Westie gaf haar een vette knipoog, waardoor ze merkte dat hij niet alleen had geblowd maar inmiddels ook een paar glazen had gedronken. 'Allemaal heel erg mondje dicht,' zei hij luid fluisterend.

'Mondje dicht?'

'Ze hebben zoveel geld geboden dat jij die filmopleiding kunt volgen.' Westie knikte langzaam om haar ervan te overtuigen dat hij geen geintje maakte.

'Een paar duizend pond dus? Voor een paar van die schilderijen van jou?' vroeg Alice. Het lukte haar niet het ongeloof in haar stem te onderdrukken. 'Wat staat daar tegenover, Westie?'

Hij keek beteuterd. 'Waarom zou er iets tegenover staan? Het zijn ontzettend uitgekookte investeerders, Alice, mensen die ergens inspringen voordat het een overdonderend succes wordt.' Om te illustreren wat hij bedoelde maakte hij er een paar heftige geluiden bij. Hij raakte Alice' glas aan om aan te geven dat ze een slok moest nemen. 'Maar ik moet er wel meteen aan beginnen. Het is een enorme klus. Zeven schilderijen.'

'Nieuwe?'

'Ze wilden niet iets wat ik al heb gemaakt, Alice. Het is een opdracht.'

Alice keek of ze ergens kon gaan zitten, maar ze zag nergens een plek die haar aanstond. 'Je portfolio,' begon ze. 'Je moet je eindexamenexpositie nog afmaken.'

Westie schudde zijn hoofd. 'Maak je daar nou maar niet druk om – alles is onder controle,' zei hij grinnikend.

'Echt waar?' vroeg Alice. Ze nam voorzichtig een slokje champagne. Het was precies koud genoeg en lekker prikkelend – het echte werk.

Westie hief zijn glas naar haar en nu was het haar beurt om met hem te klinken. *Allemaal heel erg mondje dicht...* ze moest erom lachen. Westie kon helemaal geen geheimen bewaren. Nog voordat ze een verjaardags- of kerstcadeautje had uitgepakt, had hij al verklapt wat het was. Toen hij een keer op een feestje met een meisje had staan zoenen – Alice was er niet bij omdat ze moest werken – had hij dat haar de volgende ochtend bij het ontbijt meteen opgebiecht. Volgens haar was hij helemaal niet in staat tegen haar te liegen, ook al zou zijn leven ervan afhangen. Ze betwijfelde het of het haar moeite zou kosten achter de ware gang van zaken te komen.

Met name omdat ze hoogst nieuwsgierig was.

9

Het laatste wat Chib Calloway ooit had verwacht aan te treffen op zijn geparkeerde BMW, was een Hell's Angel van bijna twee meter in een double-breasted pak. De man had zwarte, glimmend gepoetste brogues aan zijn voeten en droeg een smetteloos wit overhemd met een paarse stropdas. Zijn lange bruine haar zat in een keurig staartje en er prijkte een enkel knopje in zijn oorlel, hoewel er in zijn oorlellen genoeg gaatjes zaten voor nog veel meer. Alle andere gezichtsversierselen had hij verwijderd en zijn wangen waren glanzend gladschoren. Toen hij zijn hoofd oprichtte werd een blauwe stippellijn op zijn hals zichtbaar: een gevangenistatoeage. Op het moment dat hij aan zijn wangen krabde, zag Chib dat hij ook tatoeages op de knokkels van zijn beide handen had. HATE, links en rechts, ook in blauwe inkt en zelf aangebracht. De kerel had lachrimpeltjes bij zijn ogen, maar die melkblauwe ogen zelf straalden een en al kwaadaardigheid uit.

Dit lijkt er een beetje op, dacht Chib bij zichzelf. Dit snap ik... een beetje.

Het was niet echt het meest chique deel van de stad, dichter in de buurt van Granton dan van Leith en nog niet opgenomen in een renovatieplan. Leith was veranderd. Er waren hier meer restaurants met een Michelinvermelding dan in het centrum van de stad. Chib vroeg zich af wat de *Trainspotting* tours hiervan zouden maken. Chib had geprobeerd de vent die deze rondleidingen organiseerde over te halen om een van Chibs snookerzalen in zijn programma op te nemen. Chib was ook eigenaar van een aantal bars in deze buurt, en had net een daarvan bezocht voor de wekelijkse controle. Hij was realistisch genoeg om te weten dat het personeel geld achterover-drukte, maar hij wilde hun laten merken dat hij daarvan op de hoog-te was. Op die manier werden ze niet al te inhalig. En mocht de ver-leiding te groot zijn geworden, waardoor de inkomsten lager bleken dan het te verwachten gemiddelde, dan kwam Chib met de foto's van Donny Devlin op de proppen met de woorden: 'Dit doe ik dus met vrienden die me belazeren. Kan je nagaan wat ik met jullie doe als dat geld volgende week niet in mijn kassa is teruggetoverd.'

Tevreden met de omzet liep Chib de bar uit en beet op zijn bo-venlip. Die tent liep eigenlijk een beetje té goed. De bedrijfsleider had daarvoor gewerkt bij een grote pub-restaurantketen in het zui-den, en hij had Chib benaderd met de mededeling dat hij Edin-burgh miste en weer terug wilde. Hij was te hoog gekwalificeerd voor zijn baan, maar hij klaagde nooit, waardoor Chib zich afvroeg of deze gast soms een infiltrant, een tipgever van de politie of een undercoveragent van de centrale recherche was. Johnno en Glenn hadden zijn gangen zo grondig mogelijk nagegaan, maar dat wilde niet zoveel zeggen. Nu staken ze met Chib de straat over en liepen naar zijn auto, elk aan een zij, zoals het hoorde. Aan de overkant van de straat lag een park – eigenlijk geen echt park, alleen maar een paar voetbalveldjes, doorsneden met paden, en een paar ban-ken waarop 's avonds tieners rondhingen om oudere jongeren de stuipen op het lijf te jagen. Ongeveer twintig jaar geleden zou Chib daar ook hebben gezeten, goedkope drank zuipend, sigaretten paffend, schreeuwend en vloekend, steeds om zich heen kijkend of er geen indringers, vreemden, of slachtoffers in aantocht waren. He-lemaal in hun sas en dat ook door iedereen bevestigd willen zien.

'Wat is dat verdomme?'

Johnno kreeg als eerste de Hell's Angel in de gaten. Chibs auto was een BMW 5-serie, robuust maar niet te opzichtig. In de garage thuis stond nog een Bentley GT, maar die werd nooit voor zaken gebruikt. De onbekende zat met over elkaar geslagen benen op de motorkap van de BMW en wreef met zijn handen over zijn wangen terwijl de drie mannen naderbij kwamen. Hij droeg weliswaar schoenen, maar had zo te zien geen sokken aan. Op zijn blote enkels zaten ook tatoeages. Chib knipte in zijn vingers en Glenn stak zijn hand in de voorkant van zijn jas, hoewel daar niets zat. Dat kon de man natuurlijk niet weten, maar hij grinnikte toen hij dat gebaar zag, alsof hij het niet serieus nam. Zijn blik boorde zich in Chibs ogen.

'Als je de lak maar niet hebt beschadigd,' zei Chib waarschuwend. 'Als hij moet worden overgespoten, kost je dat een vermogen.'

De man liet zich van de motorkap zakken en ging staan met zijn armen langs zijn lichaam en gebalde vuisten.

HATE en HATE.

'Verwachtte u me niet, meneer Calloway?' De man sprak met een buitenlands accent. Dat lag nogal voor de hand. 'Ik ben hier uit naam van een aantal mensen, meneer Calloway, mensen die u maar beter niet kunt teleurstellen.'

Hij had het natuurlijk over de Noren, de motorbende uit Haugesund. Chib had wel gedacht dat hij daar problemen mee zou krijgen.

'U bent uw vrienden geld verschuldigd voor een transport, meneer Calloway, en u bent niet al te tegemoetkomend geweest.'

Johnno deed een stapje naar voren, maar Chib gaf hem een mep op zijn schouder. 'Ik heb toch tegen ze gezegd dat het geld onderweg is,' zei Chib met raspend stemgeluid.

'Herhaaldelijk, meneer Calloway, maar dat is toch nauwelijks een houdbare onderhandelingspositie te noemen, nietwaar?'

'Lijkt verdomme wel alsof-ie een woordenboek heeft ingeslikt,' zei Glenn grinnikend, waarop Johnno zachtjes begon te lachen.

De Hell's Angel draaide zijn gezicht naar Glenn. 'Wil je daarmee zeggen dat ik je moedertaal beter beheers dan jijzelf?'

'Je valt meneer Calloway niet zomaar lastig!' blafte Glenn hem toe. 'Je kunt wel een beetje meer respect tonen.'

'Hetzelfde soort respect dat hij tegenover mijn klanten heeft betoond?' De vraag klonk oprecht.

'Hoor je dan niet bij die bende?' viel Chib hem in de rede.

'Ik ben iemand die verschuldigde gelden incasseert, meneer Calloway.'

'Tegen een percentage?'

De man schudde langzaam zijn hoofd. 'Ik werk voor een vast honorarium, de helft bij vooruitbetaling.'

'En krijg je ook altijd de andere helft?'

'Tot nog toe wel.'

'Eens moet de eerste keer zijn,' snauwde Johnno, terwijl Glenn wees op een paar krassen op de motorkap van de BMW. De man schonk geen aandacht aan de twee mannen en had alleen maar oog voor Chib.

'Zeg maar tegen ze dat het geld eraan komt,' zei Chib. 'Ik heb ze nog nooit laten zitten, en eerlijk gezegd ben ik behoorlijk beledigd dat ze jou hebben gestuurd.' Hij bekeek de vreemdeling van top tot teen. 'Een loopjongen die ze hun zaakjes laten regelen.' Het leek Chib wel op zijn plaats om even met zijn vinger te zwaaien. 'Zeg maar tegen ze dat we volgende week verder praten.'

'Dat zal niet nodig zijn, meneer Calloway.'

Chib kneep zijn ogen tot spleetjes. 'Hoezo niet?'

De man glimlachte flauwtjes. 'Omdat ze volgende week hun geld terug hebben gekregen.'

Johnno's gezicht vertrok en hij schoot naar voren, maar de man deed behendig een stap opzij, greep hem bij de pols en draaide die om zodat Johnno op de grond viel van de pijn. Chib zag dat er een aantal toeschouwers waren: de bedrijfsleider van de bar was door een paar mensen die buiten stonden te roken gewaarschuwd om te komen kijken. Spijbelende schoolkinderen op hun crossfietsen waren blijven staan om het spektakel gade te slaan. Glenn stond op het punt in te grijpen, maar Chib hield hem tegen. Hij hield er niet van voor een publiek op te treden. Al niet meer sinds hij van school af was.

'Laat hem maar,' zei hij zachtjes.

De vreemdeling keek Chib nog even indringend aan en duwde toen Johnno's arm weg. Johnno bleef op straat zitten en wreef over de pijnlijke plek. De manier waarop de vreemdeling naar Chib keek sprak boekdelen: Johnno en Glenn konden net zo weinig uitrichten als kinderen in een speeltuin tegenover een gewapende overmacht.

'Ik blijf in de buurt,' zei de man. 'Ik eis dat ik vandaag nog iets van je hoor, in ieder geval morgen op zijn laatst. Daarna zijn we uitgepraat – begrijp je dat?'

Johnno probeerde stiekem met zijn voet naar de schenen van de vreemdeling uit te halen. De man negeerde hem en overhandigde Chib een opgevouwen stukje papier. Er stond een reeks cijfers op: een mobiel telefoonnummer. Toen Chib weer opkeek zag hij hem weglopen in de richting van het park.

'Hé!' riep Chib hem achterna. 'Hoe heet je, grote?'

De vreemdeling bleef staan. 'Mensen noemen me doorgaans Hate,' riep hij terug terwijl hij langs een haag van crossfietsen liep.

'Dat ligt nogal voor de hand,' mompelde Chib in zichzelf. Glenn had Johnno helpen opstaan.

'De eerstvolgende keer dat ik je tegenkom, ga je eraan – als je dat maar weet, gast!' schreeuwde Johnno. Hij wees met zijn vinger in de richting van de man. Glenn klopte hem op de rug om hem tot bedaren te brengen. Johnno keek zijn werkgever aan: 'We moeten hem koud maken, Chib. Zorg dat iemand dat regelt, breng alles en iedereen hiervan op de hoogte.'

'Volgens mij zou jij die klus wel voor je rekening willen nemen, hè Johnno?' zei Chib. 'Ik wil niet direct beweren dat je net helemaal in de kreukels lag, maar ik heb schrootbedrijven gezien met handel die er minder belazerd uitzag – en dat was nadat de shredder zijn werk had gedaan.'

'We kunnen hem toch volgen?' zei Glenn. 'Uitvinden waar hij verblijft en wat zijn echte naam is.'

Chib knikte bedachtzaam. 'Kennis is inderdaad macht, Glenn. Dacht je dat je hem kon volgen zonder dat hij het in de gaten heeft?'

'We kunnen het toch proberen,' opperde Glenn. Maar de reus was al meer dan halverwege de sportvelden. Geen sprake van dat ze hem te voet achterna konden gaan zonder dat hij het merkte. Ze konden zich nergens achter verbergen.

'Pleeg maar een paar telefoontjes,' stelde Chib voor als alternatief. 'Om te beginnen de bed-and-breakfasts. Zeg maar dat je van het bureau voor toerisme bent en dat een of andere Noorse gast zijn geld is verloren.'

Glenn knikte. 'En dat ik dat hem wil komen terugbrengen.'

'En geef zijn signalement door aan alle daklozen en alcoholisten – Dat zootje heeft ogen in hun achterhoofd en zouden zelfs hun grootje erbij lappen voor een fles Buckfast.'

Glenn keek zijn werkgever aandachtig aan. 'Heb ik het goed als ik denk dat je niet gaat betalen?'

'We zien wel,' was het enige dat Chib Calloway zei terwijl hij met de afstandsbediening zijn autoportier opende.

10

'Dit bevalt me niks,' zei Mike Mackenzie.

Hij was in het kantoor van Robert Gissing. De deur was op slot en de plattegrond van het pakhuis lag op het bureau uitgespreid, de hoeken werden op hun plaats gehouden door grote kunstboeken. Gissing was nog een keer naar het pakhuis gegaan en had vervolgens de plattegrond aangepast.

'Je bent er onaangekondigd binnengelopen,' stelde Mike vast. 'En dat zou met de komende overval in verband kunnen worden gebracht.'

De professor klopte Mike op de rug. 'Daar heb ik niet aan gedacht, Michael. Je hebt gelijk en ik zal in het vervolg eerst met jou overleggen. Maar om je gerust te stellen, ik doe dit ongeveer een à twee keer per jaar, en ik denk niet dat mijn aanwezigheid echt is opgemerkt. Ze hebben het veel te druk met ruimte zoeken voor alle spullen die zijn binnengebracht.'

Hiermee doelde hij op het uitgebreide kunstoverschot van het Royal Museum. Het museum onderging een ingrijpende renovatie, waardoor een belangrijk deel van de collectie tijdelijk ergens anders moest worden ondergebracht. Gissing had al opgemerkt dat het de klus er niet makkelijker op zou maken. Om ruimte te maken waren er misschien stukken verplaatst. Maar volgens hem zouden de schilderijen niet naar een andere plek verhuizen. Hij was ernaartoe gegaan om zich daarvan te verzekeren.

Mike bekeek de plattegrond. 'Portiershuisje,' somde hij op, 'videocamera's, bewakersruimte. Personeel dat als gids fungeert, plus alle mensen die aan de rondleiding deelnemen. Omdat jij in de vluchtauto blijft zitten, blijven we maar met zijn drieën over om alles te regelen.'

'In ieder geval moet minstens één van jullie de schilderijen ophalen.'

Mike knikte bedachtzaam, en schudde vervolgens zijn hoofd. 'Dat redden we nooit.'

'Krijg je het een beetje benauwd, Michael?'

'Ik wil alleen maar de zekerheid hebben dat we alle aspecten onder controle hebben.'

Gissing leek het hiermee eens te zijn. 'Maar misschien is Allan dan inmiddels een beetje huiverig geworden...'

Het was Allan niet gelukt om bij de vergadering aanwezig te zijn. Mike had hen op korte termijn bij elkaar geroepen en Allan had zich via een sms'je geëxcuseerd: hij kon niet weg vanwege zijn werk. Mike tikte nog een paar keer op de kaart, liep toen naar een stoel en plofte erop neer. Hij keek de kamer door en haalde zijn handen door zijn haar. Er stonden minder spullen in het kantoor dan de vorige keer, er was een aantal dozen met boeken weg en aan de muren ontbraken foto's.

'Er is niets aan de hand met Allan. Hij wil dat je een kopie van de plattegrond maakt, dan kan hij die thuis bestuderen.'

'Daar zal ik voor zorgen, maar nu moet je mij even geruststellen.'

'Hoezo dat?'

'Er zit je iets dwars.'

'Toen we hiermee begonnen leek het allemaal zo eenvoudig,' zei Mike met een zucht.

'Dat zijn de meeste plannen in eerste instantie,' merkte Gissing op.

'Waar het om gaat, Robert – we hebben het hier al tien keer over gehad...' Tijdens talloze telefoontjes laat op de avond; Mike die diep in gedachten verzonken door zijn kamer ijsbeerde. 'Je weet heel goed dat het steeds op hetzelfde neerkomt – we hebben meer mankracht nodig.'

Gissing sloeg zijn armen over elkaar en leunde tegen de rand van zijn bureau. Hij zorgde ervoor niet te luid te praten want zijn secretaresse zat aan de andere kant van de deur. Hij had Mike ook al gewaarschuwd dat ze niet al te vaak meer bijeen moesten komen, anders zou ze argwaan krijgen. 'Je kent toch wel het gezegde: "Te veel koks bederven de brij"?'

Mike haalde zijn schouders op. 'Het alternatief is dat het gewoon bij een plan blijft, *a nice dream*, zoals Westie zei, die nooit wordt verwezenlijkt.'

'Ik had de indruk, Michael, dat je je eigenlijk voortdurend zo hebt opgesteld: een uitdaging om de grijze cellen actief te houden. Of is de aantrekkingskracht van Lady Monboddo je eindelijk te machtig geworden?'

'Ik ben hier net zo serieus mee bezig als jij.'

'Fijn om te horen, want of je nou meedoet of niet, ik ga door met het plan.' *

Omdat Mike in gedachten met iets heel anders bezig was, negeerde hij deze opmerking. 'Er is nog iets,' zei hij. 'We kunnen die schilderijen niet in het pakhuis verwisselen. We zijn hooguit twintig minuten binnen – we komen daar nooit weg zonder dat iemand ziet dat we iets bij ons hebben.'

'Ook niet als we zelf het alarm in werking stellen?'

Mike schudde vastberaden zijn hoofd. Gissing was van plan de echte schilderijen voor de kopieën van Westie te verwisselen. Daarna zouden ze een alarm in werking stellen en hem dan smeren, zodat het leek alsof de dieven waren gestoord voordat ze iets konden meenemen.

'Als de recherche arriveert, zullen ze zich als eerste afvragen wat we in die twintig minuten hebben gedaan. Waarom hebben we niets meegenomen toen het alarm afging?'

'Misschien moeten we dan maar iets meenemen.'

Mike schudde weer zijn hoofd. 'We kunnen beter alles meenemen, zowel de originelen als de kopieën. Vervolgens laten we uit angst de vrachtwagen vol schilderijen achter. Iedereen zal zo opgelucht zijn dat de spullen weer terug zijn dat ze nergens anders meer aan denken.'

Gissings blik dwaalde af, waardoor Mike wist dat hij hierover nadacht. Toen glimlachte de professor.

'Je hebt echt flink wat denkwerk verzet, Michael. En dat zou nog wel eens een goede vondst kunnen zijn.'

'Maar dan hebben we wel weer een ander probleem. We hebben een bestelbusje nodig waarvan we ons kunnen ontdoen om geen spoor achter te laten. Weet jij hoe je een auto zonder contactsleutel aan de praat moet krijgen?'

'Wat denk je?'

'Ik ook niet en ik geloof ook niet dat Allan of Westie zo handig zijn. Dus kunnen we nog een bestelwagen aan ons boodschappenlijstje toevoegen, plus wapens en een paar extra krachten.' Mike stond op van zijn stoel, zodat hij oog in oog met Gissing stond, en vervolgde: 'We hebben echt iemand nodig die weet hoe een overval in zijn werk gaat... Iemand over wie Allan het aan het begin van dit project had. De overval op de First Caly, weet je nog?'

Gissings ogen werden groot van verbazing. 'We zouden wel gek zijn om hem hierbij te betrekken!' bracht hij perplex uit.

Mike deed nog een stap in zijn richting. 'Robert, je moet niet vergeten dat Calloway de knowhow, plus de mankracht heeft. Hij kan zorgen voor die bestelwagen en ook voor de nodige vuurwapens.'

'Ik dacht dat de onderwereld het altijd over "blaffers" had.'

Mike moest even lachen. 'Maar mocht je iemand te binnen schieten... iemand met dezelfde soort ervaring... Want als we nog meer amateurs zoals wij erbij betrekken, weten we nooit of we hen kunnen vertrouwen.'

'Ga je me nu vertellen dat Chib Calloway iemand is die je kunt vertrouwen?'

'Hij heeft veel meer te verliezen dan wij. Met het strafblad dat hij heeft zal de politie hard over hem heen vallen, net zo hard als de bakstenen van Carl Andres sculpturen zouden vallen.'

'Een heel toepasselijke vergelijking,' moest Gissing toegeven en hij sloeg zijn armen over elkaar. 'Maar waarom zou onze vriend Calloway ons zijn hulp willen aanbieden?'

Mike haalde zijn schouders op. 'Misschien doet hij dat ook niet, maar ik kan er wel een balletje over opgooien. Misschien kan ik hem ervan overtuigen dat het goed is voor de kunst. Calloway heeft daar inmiddels een soort obsessie voor en ik weet uit ervaring wat dat met iemand kan doen.'

Gissing was weer naar de andere kant van zijn bureau gelopen. 'Ik weet het niet, Michael,' zei hij terwijl hij zich op zijn stoel liet zakken. 'Ik ben er niet van overtuigd dat hij niet zal proberen ons opzij te schuiven.'

'Maar we kunnen het altijd nog afblazen,' stelde Mike voor. 'In dit stadium is er nog niets onherroepelijks gebeurd – behalve dan met mijn bankrekening als Westie compensatie zou eisen.'

Gissing schoot in de lach. 'Misschien heb je wel gelijk, jongen. Hoe langer ik erover nadenk, des te meer wordt het me duidelijk dat Calloway bepaalde... kwaliteiten aan dit project zou kunnen toevoegen.' Hij keek Mike aan. 'Hoe krijg je hem zover?'

'Ik denk dat Calloway wel iemand is die de waarde van een pak bankbiljetten inziet,' was het enige antwoord dat Mike wist te verzinnen.

'Dan heb je mijn zegen om met hem te gaan praten.'

Mike was verbaasd over zijn eigen overredingskracht. Alhoewel, het had eigenlijk heel weinig moeite gekost de professor te overtuigen.

'Goed voor de kunst?' herhaalde Chib Calloway en hij begon hard te lachen. 'Laat ik je wat zeggen, Mike, ik had de hele dag al behoefte aan een opkikker, dus bedankt. Hier word ik echt ontzettend vrolijk van...'

Ze zaten in Chibs BMW. Nadat ze in de Shining Star iets hadden gedronken hadden ze telefoonnummers uitgewisseld. Zodra Mike uit Gissings kantoor kwam, had hij Chib gebeld en een afspraak met hem gemaakt. Chib had Mike opgepikt bij de Last Drop, een pub op de Grassmarket. Johnno en Glenn zaten achterin en hielden in de gaten of niemand hen volgde.

'Voor de veiligheid,' had Chib gezegd vanaf zijn plek achter het stuur, waarna hij Mike aan zijn twee voetknechten had voorgesteld. Mike had ze al een keer in de Shining Star ontmoet, maar toen had Chib het te druk gehad met vragen over kunstveilingen om zich met namen bezig te houden. Mike knikte ter begroeting en vroeg vervolgens of er moeilijkheden waren. 'Geen moeilijkheden,' hadden ze hem verzekerd. Maar toch was Chib steeds links en rechts afgeslagen, en toen dezelfde weg teruggereden, zodat ze op een gegeven moment weer langs de Last Drop kwamen.

'Weet je waarom die zo heet?' had Chib gevraagd.

'Hier werden vroeger toch misdadigers opgehangen?' had Mike geantwoord.

'Mensen zoals ondergetekende. Dan liep de hele stad uit om te komen kijken, er werd een soort feestpartij van gemaakt. En het ging niet alleen om dieven en rovers, je werd ook opgehangen als je een covenanter of heks was. Ze vermoordden iedereen in die tijd.'

'Er is intussen wel het een en ander veranderd.'

'Ik wil wedden dat je voor een executie nog steeds mensen op de been zou krijgen.'

Op een gegeven moment werd vanaf de achterbank gemeld dat 'alles in orde' was, waarop Chib de auto aan de kant had gezet en tegen de mannen zei dat ze moesten uitstappen. Ze hadden nog een beetje tegengestribbeld, totdat hun baas hun een biljet van twintig pond voor een taxi in de hand drukte en tegen hen zei dat ze op hem moesten wachten in 'de snookerhal'.

'Weet je het zeker?' had Johnno met een kwaad gezicht gevraagd. Hij wreef de hele tijd over zijn pols alsof hij hem had verstuikt. Mike dacht dat hij waarschijnlijk iemand een dreun had verkocht.

'Ik weet het zeker,' zei Chib.

'Maar als die Viking nou...'

Chib luisterde niet meer en scheurde weg terwijl Johnno en

Glenn achterbleven op het trottoir. Mike vond het niet op zijn plaats om te vragen wie of wat de Viking was. Maar toen stelde Chib zelf een vraag. 'Nou, wat heb je te melden, Mike?'

En toen had Mike hem het hele verhaal verteld, vanaf het begin, net alsof hij het ergens had gehoord. *In de stad bevindt zich een collectie kunstwerken waarvan niet veel mensen het bestaan weten – en naar het zich laat aanzien is er een manier om aan een paar van die schilderijen te komen zonder dat iemand er hoogte van krijgt.*

En ere wie ere toekomt, Chib had niet lang hoeven nadenken over hoe de vork in de steel zat.

Tegen die tijd zaten ze in de auto op een parkeerplaats halverwege Arthur's Seat in Holyrood Park. Mike kwam hier maar heel zelden, het was een plek voor toeristen en mensen die hun hond uitlieten. Als je een bocht omging ontvouwde zich een ongelooflijk, winderig stedelijk panorama. Maar je kon ook het gevoel hebben dat je midden in de wildernis zat, want de heuvelachtige contouren van Arthur's Seat gaven je het idee dat je kilometers van de bewoonde wereld was verwijderd. Maar toch werd je helemaal omringd door Edinburgh, alleen waren de schoorsteenpijpen, torenspitsen en nieuwbouwprojecten net aan het oog onttrokken.

'Goed voor de kunst,' zei Chib nogmaals en hij schudde zijn hoofd. Maar toen snoof hij even, wreef met zijn vinger langs zijn neus en vroeg Mike om zijn verhaal nog een keer te vertellen. Dit keer onderbrak Chib hem steeds met vragen, ideeën en op- en aanmerkingen. De ideeën waren veel te uitvoerig, maar toch luisterde Mike geduldig en met bonzend hart. Toen hij in de auto was gestapt, of eigenlijk al daarvoor, had hij de koude rillingen gekregen. Terwijl hij buiten voor de pub stond te wachten en kantoorbedienden en bezoekers langsliepen, vroeg hij zich af wat ze zouden zeggen als hij zich de identiteit van de man op wie hij stond te wachten zou laten ontglippen, en de reden van hun afspraak.

Ik ben bezig een team samen te stellen...

Ik leid een bende...

De overval van de eeuw...

En toen was de auto gestopt. Hij had zich niet erg op zijn gemak gevoeld met die twee gorilla's achterin, en moest onwillekeurig denken aan al die andere mensen die de afgelopen jaren een ritje met Chib Calloway en zijn mannen hadden gemaakt, meestal angstig of gewoon doodsbang. Een aantal van hen was nooit meer teruggekomen. Maar toch voelde Mike voornamelijk opwinding. Chib had iets woests. Tijdens Mikes eerste week op de middelbare school werden de zwakste nieuwelingen eruit gepikt en kregen dan van de oudere jongens een halfslachtig pak slaag. Chib was ook nieuw, maar zijn reputatie was hem vooruitgesneld en hij werd al geaccepteerd door de oudere jongens. Mike had het pak slaag niet zo erg gevonden, het was beter om op je donder te krijgen dan helemaal te worden genegeerd. Maar dat laatste had Chib daarna gedaan – hem genegeerd. Een paar jaar later werd Chib van school gestuurd omdat hij de scheikundeleraar een kopstoot had gegeven, en restte van hem niets meer dan een legende. Er waren nog steeds rotjongens en kliekjes op school, maar niemand zoals Chib. In het vierde jaar had Mike zelf de nieuwe leerlingen onder handen genomen.

Daarna was Mike gaan studeren, en had hij een flat betrokken aan de rand van New Town. Afgezien van een paar vechtpartijen was hij erin geslaagd het milieu waarin hij was opgegroeid ver achter zich te laten – zijn ouders waren overleden en hij had alleen nog een zus, die in Canada woonde. Mike vond het interessant dat Chib niet alleen maar door woede werd gedreven, niet alleen maar het alfamannetje wilde zijn. In zijn priemende ogen was intelligentie te bespeuren, een soort honger – naar kennis misschien. Misschien was de gangster er inmiddels achter gekomen dat zijn wereldje wel heel erg klein was geworden.

En heel misschien, dacht Mike, gold dat ook voor hemzelf.

Hij zag dat Chib zonder verder nog iets te zeggen uit de auto stapte en naar de rand van de parkeerplaats liep, vanwaar hij uitzicht had op een nabijgelegen vijver. Mike besloot naar hem toe te gaan en stak een sigaret aan toen hij de auto uitstapte. Zijn handen trilden, maar niet al te erg. In het midden van de vijver lag een eilandje waar een zwaan op haar nest zat terwijl het mannetje daar beschermend in kringetjes omheen zwom. Er stond een vrouw met een peutertje brood te geven aan een stelletje herrie makende eenden, koeten en waterhoentjes. Maar Chib had alleen oog voor de zwanen. Met zijn handen in zijn zakken stond hij naar ze te kijken. Mike wilde dat hij wist wat er in deze man omging. Misschien verlangde hij wel naar dezelfde onverstoorbaarheid en zelfverzekerdheid, hetzelfde evenwicht. Mike bood hem een sigaret uit zijn pakje aan, maar Chib schudde zijn hoofd, en het duurde even voordat hij iets zei.

'Je hebt tegen me gelogen in het museum. Je zei dat je in de computers zat. Dat zal wel zo'n beetje kloppen, maar je wilde niet dat ik alles te weten zou komen. Meneer Succesverhaal, Meneer-met-een-Miljoen-op-de-Bank. Toen ik in een internetcafé een of ander gastje tien pond gaf, kreeg ik meer informatie over je dan ik aankon.' Hij wierp Mike een vluchtige blik toe. 'Bang dat ik midden in de nacht bij je zou aanbellen en om een voorschotje kwam bedelen?'

Mike haalde zijn schouders op. 'Ik wilde niet opscheppen.'

'Daar zijn wij Schotten niet echt goed in,' moest Chib toegeven. 'Ben je nog wel eens op school geweest? Hebben ze jou nooit uitgenodigd om prijzen uit te reiken, de kids met een paar wijze woorden te inspireren?'

'Nee.'

'Maar je hebt van je universiteit wel een eredoctoraat ontvangen. Wilden ze soms geld van je?'

'Dat zal nog wel komen,' zei Mike.

'Dat joch zei ook dat je je niet hebt aangemeld op van die sites waar je met vriendjes van vroeger in contact kan komen.'

'Ik heb je toch gezegd dat ik geen vriendjes van vroeger heb.'

'Nou, ik ook niet...' Chib boog zich voorover en spuugde in het water. 'Ik betwijfel of de types met wie ik op school heb gezeten me nog wel gedag zouden zeggen. Ze hebben afgelopen jaar een soort jaarfeest gehouden voor alle gasten van ons jaar – was jij daarvoor uitgenodigd?'

'Volgens mij wel.'

'Je had moeten gaan en voor die avond gewoon een Rolls en een stelletje mooie escortgirls moeten regelen... Om het ze lekker in te wrijven.'

'Dat had jij toch ook kunnen doen,' opperde Mike, waarop Chib moest glimlachen.

'Dat is heus wel door mijn hoofd gegaan, maar toen puntje bij paaltje kwam... Nou ja, sodemieter op.' Hij draaide even met zijn schouders, alsof er een koude wind stond. Toen keerde hij zich naar Mike om, met zijn handen nog steeds in zijn jaszakken. Mike moest denken aan hun ontmoeting in het museum en dat hij toen bang was dat de gangster een pistool of een mes bij zich had. Hij vroeg zich af of dat wel zo was geweest. Maar Calloway had problemen – misschien hadden die iets met 'de Viking' te maken. En nu had Mike ervoor gezorgd dat hij zijn zinnen kon verzetten – een nieuwe uitdaging. 'Je hebt een beetje gereedschap nodig, Mike, weet je dat? Om iedereen de stuipen op het lijf te jagen, ze het idee te geven dat je tot alles in staat bent.'

'Maar dat pistool hoeft toch niet echt te zijn?'

Chib schudde zijn hoofd. 'Het moet er alleen maar echt uitzien – als je dat tenminste wilt.'

'Meer hebben we niet nodig.'

'Maar dat luistert nauw, als een van die bewakers een ex-militair is en je duwt hem een luchtbuks in zijn gezicht, ziet hij dat meteen.'

'Een nepper dan.'

'Nog beter is het echte werk waaruit de slagpin is verwijderd.'

'Jij bent de expert, Chib.'

'Dat geef ik je op een briefje.' Hij hield even zijn mond. 'Er moeten nog vier man bij, schat ik. Eentje voor het portiershuisje en de bewakersruimte en twee om te zorgen dat de bezoekers zich gedeisd houden. Dan kunnen jullie met zijn drieën de schilderijen gaan zoeken en weghalen.'

'Hoe sneller we erin en eruit zijn, des te beter voor ons allemaal.'

'Maar ik snap het nog steeds niet, Mike. Jij, die bejaarde professor en dat watje van een vriendje van je? Hoe langer ik erover nadenk, hoe meer ik ervan overtuigd raak dat het op niets zal uitlopen.'

'Dus volgens jou gaat het niet lukken?'

'Het klinkt allemaal wel goed, hoor. Maar het gaat mij meer om de mensen die het plan bedacht hebben, dan het plan op zich.'

'Maar daar hoef jij je niet druk over te maken, Chib. Als het allemaal mislukt is het ons probleem – jij krijgt betaald en ook die vier anderen. Heb je al iemand in gedachten?'

'Je hebt jonge gasten nodig,' stelde Chib vast. 'Die willen wel en bovendien zitten die vol met testosteron... daardoor worden ze nog enger.'

'Wat moeten ze ervoor hebben?'

Chib schudde zijn hoofd. 'Wapens en mankracht zijn geen probleem. Die gasten hoeven niet eens te horen te krijgen voor wie ze werken – mijn woord is genoeg. Ze krijgen alleen maar een pakhuis te zien en weten niet wat er wordt gestolen.'

'Maar als ze in het bestelbusje zitten, komen ze daar toch achter? En nou ik het er toch over heb...'

'Makkelijk zat om aan een bestelbusje te komen – misschien met een vals nummerbord. Iets gewoons, bijvoorbeeld een Transit busje. Niemand let op zo'n auto met een geblindeerde achterruit.'

'Oké. Laten we het nu even over je honorering hebben...'

'Wat vind je van honderdvijftigduizend?'

Mike moest even slikken, waardoor zijn adamsappel hevig op en neer bewoog. 'Beetje aan de hoge kant,' wist hij er nog maar net uit te brengen. 'Zit je soms in de problemen?'

Chib begon keihard te lachen en haalde zijn hand uit zijn zak om Mike een pets op zijn arm te geven. 'Zal ik je eens wat zeggen,' begon hij. 'Ik ben bereid een schilderij over te nemen, als het tenminste evenveel waard is.'

'Wat bedoel je?'

'Ik snap niks van veilingen, Mike. Je bent van plan zeven schilderijen te jatten, volgens mij maakt het niet zoveel uit om er nog eentje bij te doen.'

'Maar je kunt het nooit verkopen, in ieder geval niet op de reguliere markt.'

'Ik ben helemaal niet van plan het te verkopen.'

'Als een van de vervalsingen wordt ontdekt,' ging Mike verder, 'dan gebeurt dat ook snel met de andere.'

Chibs gezicht kreeg een harde uitdrukking. 'Zoveel kost ik, Mike, tenzij je wilt dokken wat het aan geld waard is.'

Mike dacht als een bezetene na. 'Onze vervalser staat al heel erg onder druk,' was het enige wat hij wist uit te brengen.

'Nou, dan zetten we hem toch nog een beetje meer onder druk.'

Chib had zich naar Mike gebogen. En hoewel de gangster toch een paar centimeter kleiner was dan hij, had hij het gevoel dat deze man boven hem uittorende. De stad was niet meer te zien en de temperatuur was gedaald. De moeder en het kind die vogeltjes voerden, waren weg. Er kwamen geen auto's voorbij en er was niemand die hen kon horen.

'Zijn we het eens?' vroeg Chib nadrukkelijk. 'Of moet ik weer pissig worden omdat je tegen me hebt gelogen toen we in het museum waren?'

Een van de eenden verdween onder water. Mike kon zich indenken hoe dat moest voelen.

Een koerier had bij de receptie een grote envelop afgeleverd. Allan opende hem in zijn kantoor en was opgelucht dat hij dat niet aan zijn secretaresse had overgelaten – het was een fotokopie op schaal van Gissings tekening van het complex.

'Robert, stomme eikel,' mompelde Allan. Geen enkele waarschuwing vooraf, geen enkele notie van gevaar. En nu was er een ontvangstbewijs van de koerier, een spoedbestelling, documenten afkomstig van professor R. Gissing, Kunstacademie van Edinburgh, aan de heer A. Cruikshank, manager relatiebeheer, First Caledonian Bank. Allan schudde zijn hoofd. Dit was het begin van een papieren spoor, terwijl dat helemaal niet nodig was geweest. Maar hij was wel blij dat hij de plattegrond had. Hij deed hem in zijn aktetas, dan kon hij hem na werktijd mee naar huis nemen. Thuis zou hij meteen de gordijnen dichtdoen nadat hij zich ervan had verzekerd dat de voordeur op slot zat. Dan zou hij de plattegrond op de tafel uitspreiden, een glas rioja inschenken en het allemaal bestuderen.

Hij was vastbesloten zichzelf te bewijzen.

Vastbesloten zijn steentje bij te dragen.

Misschien zou hij zijn glas niet eens aanraken, om helder te zijn als een nachtelijk ritje naar het industrieterrein van Granton nodig mocht blijken.

11

Die avond ging Chib uit eten met een dame die een escortbureau runde. Een aantal jaren geleden had hij aangeboden haar met haar bedrijf te helpen, maar dat aanbod had ze zonder enige tact afgeslagen. Toch was Chib op haar gesteld geraakt. Ze was harder dan de meeste mannen die hij kende, in ieder geval harder dan Glenn. Om maar te zwijgen van Johnno, die zich nog steeds bezighield met het herstel van zijn pijnlijke pols en zijn gekrenkte trots. De kennismaking met de Viking leek wel eeuwen gleden. Er werd van Chib verwacht dat hij vanavond iets van zich zou laten horen, en op zijn laatst morgen. Hij had dat papiertje in zijn zak, maar wat moest hij dan zeggen?

Chib en deze vrouw hadden niet echt iets samen, ze gingen alleen af en toe uit eten en misschien naar de bioscoop of een theatervoorstelling. Ze wisselden nieuwtjes en roddels uit, hadden het over geruchten en verhalen die de ronde deden. Zo nu en dan stond hij haar zelfs toe de rekening te betalen. Zijn vrouw Liz was een paar jaar geleden aan longkanker overleden. Het was een afschuwelijke dood – net zoals met zijn eigen moeder het geval was geweest. Al geruime tijd voor hun huwelijk had hij tegen Liz gezegd dat hij geen kinderen wilde, alleen maar om te voorkomen dat ze zouden meemaken wat hij met zijn moeder had meegemaakt. Aan zijn vader had hij ook niet veel gehad, die was elke dag dronken en viel 's avonds met zijn kleren aan in slaap. 'Je bent wel een opgewekt kereltje, hè,' had Liz gezegd toen hij het haar voor het eerst vertelde. Hij was boos geworden dat ze er zo luchtig over deed, maar had het maar op de koop toe genomen – omdat hij zoveel van haar hield.

Vandaag hadden ze afgesproken in een nieuw restaurant dat zich in een van de opgeknapte gedeeltes van Leith bevond. Chib herinnerde zich Leith nog toen het alleen nog maar bestond uit havens, stoere kerels, drankholen met hoerenkasten erboven, straten vol tattooshops waar voor de goed ingewijden papiertjes met speed onder de toonbank lagen. Die dingen had je er nu nog, maar een groot gedeelte van het havengebied was opgekalefaterd. Er werden chique bars geopend en pakhuizen waren tot appartementen omgetoverd. Chib vroeg zich vaak af wat er na deze opknapbeurt van de oude bewoners was geworden. Maar in de hele stad veranderden de buurten. Op de plek waar Chib nu woonde waren pas twaalf jaar geleden de eerste huizen verschenen. Inmiddels had de buurt al een eigen treinstation. Het was soms niet meer bij te benen.

Hij had de rest van de middag over Mikes idiote plan zitten broeden, met als gevolg dat hij drie partijtjes snooker op een rij verloor. Johnno had hem gepest door te opperen dat er zeker een vrouw in het spel was. Er hing een bepaalde lucht in de snookerhal, Chib wist niet zeker of hij die al eens eerder had opgemerkt. Het was een vieze, zurige lucht. Het zweet van oude kerels en wanhoop, slechte eetgewoonten en verspilde tijd. Maar in dit restaurant – Chib had gehoord dat de chef zijn eerste Michelinster had gekregen – viel daar niets van te bespeuren. Er werden fruits de mer bereid en het keukenpersoneel was bezig de groenten fijn te snijden. De keuken werd door een raam gescheiden van het restaurant zodat je precies kon zien wat ze daar deden. Chib vond dat wel prettig. Als kind had hij meegemaakt dat de eigenaar van de patatzaak in zijn buurt de gewoonte had in de frituurpan te kwatten om te kijken of het vet wel heet genoeg was. Als Chib daaraan dacht, draaide zijn maag nog om.

Hij was een beetje aan de vroege kant voor zijn afspraakje, en hij was zelf in de Bentley hiernaartoe gereden. Hij nam Johnno en Glenn hier liever niet mee naartoe, zelfs niet als ze in de auto bleven wachten of aan een tafeltje een flink eind verderop zaten. Ze maakten de volgende dag altijd geintjes over zijn 'vriendin', of ze snurkte en hoe ze haar eieren bij het ontbijt wilde. Toen hij meldde dat hij hen niet nodig had, zeiden ze meteen dat hij moest uitkijken voor de Viking. In de stad was navraag gedaan en werd door mensen opgelet, maar niemand had iets van hem gezien. Hij kon elk moment opduiken...

'Weet je zeker dat je ons niet in de buurt wilt hebben, boss?'

'Absoluut.'

Chib zat aan zijn tafeltje in de hoek met vrij uitzicht op de ingang en besefte ineens dat hij naar de kunst aan de muur zat te kijken. Niet eens reproducties van dingen die de moeite waard waren, alleen maar kledderzooi die was aangeschaft om het lichtgele pleisterwerk te bedekken. Na zijn bezoek aan het veilinghuis was hij aan het lezen geslagen over dit onderwerp. In een boekhandel in de stad was hem aangeraden te beginnen met een aantal 'basisboeken' zoals de verkoopster het had uitgedrukt. 'Basisboeken' deden Chib denken aan de lagere school, dus had hij kribbig opgemerkt dat hij niet achterlijk was, neem me niet kwalijk, waarop de verkoopster met trillende stem probeerde uit te leggen wat ze bedoelde. Maar daarna hadden ze het prima met elkaar kunnen vinden. Op dit moment moest hij door het woord 'basisboeken' aan de middelbare school denken. Gek dat hij zich Mike niet kon herinneren. Maar hij herkende wel het type: iemand die nog steeds wilde dat de stoere jongens hem opmerkten, zelfs een jaar of twintig later. Het plan was niet eens zo maf, Chib had wel veel gekkere plannen onder ogen gekregen en daarvan waren er een heleboel geslaagd. Als er dit keer iets mis zou gaan, zou hij daar niet voor op hoeven te draaien. De gastjes met wie hij had afgesproken om hem te helpen, zouden wel uitkijken om hun mond voorbij te praten – je kon beter een tijdje achter de tralies zitten dan te maken krijgen met een Chib Calloway die was verlinkt. Mike en zijn vriendjes zouden misschien wel met de smerissen willen meewerken, maar daar zouden ze niet mee wegkomen, want Chib zou ze weten te vinden. Niemand zou dat schilderij in handen krijgen.

Dat kostbare schilderij. Jezus, ja! Natuurlijk!

Hij haalde een van zijn mobieltjes en het papiertje uit zijn zak. Hij toetste het nummer in en wachtte. Hij zag zijn vriendin binnenkomen en wuifde naar haar. Zoals gebruikelijk werd ze omstandig begroet door de gerant, die haar hielp haar jas uit te trekken. De rijke bezoekers van de betere restaurants in de stad kwamen af en toe in de verleiding om bij de gerant te informeren waar ze een meisje konden vinden om de avond mee door te brengen, iemand die hen een tijdje gezelschap kon houden. En dan wist de gerant precies waar ze moesten zijn – erg leuke meisjes; en allemaal heel discreet. Daarna stak hij een fooitje van de klant in zijn zak, en de volgende dag nog eentje, dit keer van Chibs vriendin. Ze drukte de gerant iets in handen en Chib wist zeker dat het twintig of misschien wel vijftig pond was.

De telefoon werd aangenomen en Chib streek met zijn tong over zijn lippen.

'Met Hate?'

'Calloway?'

'De enige echte. Ik zit steeds maar te denken dat we niet zo'n lekkere start hebben gemaakt, en ik wil het goedmaken.'

'Ik luister.'

'Zeg, ik ben bezig het geld bij elkaar te krijgen voor je opdrachtgevers, wat vind je van een vredesvoorstel? In de vorm van wat je een soort onderpand zou kunnen noemen. Alleen, het gaat nog wel een paar dagen duren voor ik het in orde heb – misschien wel een week – dus ik wil dat je je opdrachtgevers duidelijk maakt dat het zin heeft om nog even te wachten.'

'U speelt een spelletje met me.'

'Echt niet, geloof me nou. Ik heb het over iets wat de maffia altijd doet.'

'Wilt u soms het hoofd van een renpaard in mijn bed leggen? Doet u daarom zo uw best om achter mijn verblijfplaats te komen?'

Verdomme, die gast is niet gek...

'Ik ben wel tot betere dingen in staat, Hate. Veel betere.'

'Ik luister, meneer Calloway...'

Toen Chibs gast aan zijn tafeltje verscheen, was de afspraak gemaakt, en de verdere avond stond zijn mobieltje uit. Chib stond op en gaf haar een kus op haar geparfumeerde wang.

'Je ziet er waanzinnig goed uit,' zei hij.

'En jij...' ze dacht even na. 'Zelfvoldaan, dat is het woord dat in me opkomt. Net een kat die van de room heeft gesnoept.'

'En wie zegt dat dat niet zo is?' plaagde Chib. Hij ging weer zitten en griste zijn servet weg voordat een van de kelners het zou kunnen openvouwen en over zijn schoot kon leggen.

Daar had hij een bloedhekel aan. Echt een bloedhekel.

Toen Mike onder de douche vandaan kwam ging de telefoon. Tegen de tijd dat hij zich had afgedroogd – hij zag in de spiegel van de badkamer dat hij nodig zijn lidmaatschap van de sportschool moest verlengen – was het gerinkel opgehouden. Er was geen boodschap achtergelaten, maar hij herkende het nummer: Robert Gissing, die vanaf zijn huis belde. Mike deed zijn teenslippers aan, sloeg zijn badjas om, en terwijl hij vanuit de badkamer naar het balkon liep, toetste hij het nummer in.

'Wat is er, Robert?' vroeg hij zodra er werd opgenomen.

'Ik was gewoon benieuwd of Calloway met ons meedoet.'

'Volgens mij wel.'

'En hoeveel gaat ons dat kosten?'

'Hij wil een schilderij.' Mike hield zijn adem in, omdat hij wist wat er ging komen.

'Maar die man is godverdomme een barbaar! Hij weet niet eens een kunstwerk van een drol te onderscheiden!'

'Maarre...' Mike hoorde dat Gissing weer iets rustiger ademde. 'Het hangt er alleen van af of Westie genoeg tijd heeft om nog een vervalsing te produceren.'

'Dat laat ik helemaal aan jouw capaciteiten over, Michael.' Gissing klonk nog steeds geërgerd. 'Je lijkt zowel studenten als criminelen op hun waarde te kunnen beoordelen.'

'Daar ben ik nog niet zo zeker van.' Mike lachte even maar voelde zich toch gevleid.

'Trouwens,' zei de professor, 'ik heb nog eens nagedacht, en Calloway zou wel eens meer van pas kunnen komen dan we in eerste instantie dachten.'

'Hoezo?' De nachtlucht was kil. Mike ging weer naar binnen en schoof de deur dicht.

'De National Gallery heeft een conservator,' begon Gissing. 'En Chib Calloway zou wel eens de aangewezen figuur kunnen zijn om hem onder handen te nemen.'

'Hem onder handen te nemen?' Mike kneep zijn ogen samen en hij vroeg zich af of hij het wel goed had verstaan.

'Hem onder handen te nemen,' beaamde professor Gissing.

12

Allan Cruikshank bedacht dat hij eigenlijk alleen maar een goede bankier was omdat hij zo door en door saai was. In zijn hele leven had hij nog nauwelijks enig risico genomen. Hij was voorzichtig en zorgvuldig en daardoor wist hij te voorkomen dat zijn cliënten geld verloren. Maar het bankieren had hem ook cynisch gemaakt. Het was zonder meer waar dat het voor mensen die al geld hadden niet moeilijk was hun bezit te vergroten, en ze leken nooit echt dankbaar voor het werk dat Allan in opdracht van hen verzette. Een aantal van de zeer vermogende cliënten die hij onder zijn hoede had, bezat drie of vier huizen, jachten, renpaarden, privé-eilanden en talloze kunstobjecten. Toch leek het alsof ze dat allemaal niet echt waardeerden, omdat ze het veel te druk hadden met nog meer te vergaren. Hij vond hen afgestompt en kortzichtig, maar vroeg zich af of ze van hem niet hetzelfde vonden. En dan waren er nog zijn collega-accountmanagers bij de First Caledonian Bank, van wie een aantal nauwelijks van zijn bestaan wist. De algemeen directeur had hem wel tien keer ontmoet, maar als hij hem op borrels tegenkwam wist hij nog steeds niet wie Allan was. Met een glas in de ene hand en in de andere een canapé vergastte hij Allan steeds weer op dezelfde anekdote. Allan had altijd moeite om te blijven lachen en niet te roepen: 'Dat heb je me al een keer verteld, stomme lul!' Hij had zich de kunst eigen gemaakt geïnteresseerd te blijven kijken en verrast zijn mond open te laten vallen bij de voorspelbare clou.

Ik wil iets wat hij niet kan krijgen, dacht Allan dan bij zichzelf. Ik wil iets wat die lamlendige klanten van mij nooit in bezit krijgen.

Ik wil die twee Coultons.

Maar hij wilde niet naar de gevangenis.

De afgelopen nachten was hij zwetend wakker geworden, terwijl de adrenaline door zijn lijf gierde. Hij was in zijn ochtendjas aan de eettafel gaan zitten om over het plan na te denken. Hoe lang zou hij moeten brommen voor zijn aandeel in dit plan? Hoe zouden zijn kinderen reageren op een vader die achter slot en grendel zat? Waren een paar begerenswaardige schilderijen dit wel waard – schilderijen die hij aan niemand kon laten zien, waarover hij nooit kon opscheppen tegen zijn cliënten, collega's, zijn baas?

Maar had Margot, zijn ex, hem niet jarenlang verweten dat hij saai was? Zijn gesprekken waren saai, hij kookte saai, hij kleedde zich saai.

En hij vrijde ook saai.

Op het moment dat ze bij hem wegging, besefte hij pas hoeveel hij van haar hield. Maar toen had ze inmiddels al een ander, jonger exemplaar, iemand die zwarte lamswollen coltruien droeg en constant een zelfverzekerd glimlachje op zijn gezicht had. Dit had Allan er niet van weerhouden haar om de paar dagen op te bellen, met het voorstel even bij te praten tijdens de lunch. Hij had verschillende trendy bistro's voorgesteld, maar het bleek dat ze die allemaal al een keertje had bezocht en daar op een etentje of drankje was getrakteerd.

Toch was er één ding dat Allan wel en Lamswol niet kon: een perfecte misdaad uitvoeren. Daarom was hij ondanks al het gezweet en nare dromen vastbesloten door te gaan met de overval. Jezus, misschien zouden zijn kinderen hem alleen maar leuker gaan vinden, zelfs als hij in de bak zou belanden – in de ogen van de meeste tieners kon je beter berucht dan onbekend zijn.

'Weet je het zeker?' vroeg Mike hem voor de tachtigste keer toen ze de trap opliepen naar Westies flat op de derde verdieping.

'Absoluut,' antwoordde Allan, in de hoop dat het overtuigend klonk. Mike had benadrukt dat Allan de details voor zijn rekening zou nemen, maar iedere keer dat hij een probleem signaleerde of een suggestie deed, leek het alsof Mike daar allang aan had gedacht. Omdat Chib Calloway nu meedeed en voor mankracht en wapens zorgde, had Mike hem voorgehouden dat hij nog altijd kon afhaken als hij niet voor honderd procent achter dit project stond.

'Je zult heus geen gezichtsverlies leiden, hoor,' had hij gezegd.

'Mike,' had Allan gereageerd, 'wil je me eigenlijk niet gewoon weg hebben?'

Daarop had Mike zijn hoofd geschud, hem in de ogen gekeken en er verder het zwijgen toegedaan.

Ze waren op Westies verdieping aangekomen en bleven even voor de deur staan om op adem te komen. Mike knikte en drukte toen op de bel.

Westie zag er veel zenuwachtiger uit dan zijn beide bezoekers, iets wat Mike niet naliet op te merken toen de student met hen mee naar binnen liep.

'Jullie schuld,' snauwde Westie. 'Weet je hoeveel ik de afgelopen week heb geslapen? Ik leef op cafeïne, sigaretten en af en toe een bloody mary.'

'Met tabasco of worcestersaus?' vroeg Mike. Westie wierp hem een pissige blik toe.

Ze waren bij de woonkamer aangekomen. Het rook er naar verse verf, vernis en hout. Westie gebruikte zo veel mogelijk oud hout voor de spieramen. Lijsten waren niet nodig, die zouden ze op de dag zelf omwisselen. Bij gebrek aan oud hout had hij op sommige plekken gebruikgemaakt van grenen dat hij met een aantal lagen oploskoffie had ingesmeerd.

'Werkt perfect,' zei Westie toen Mike een van de spieramen oppakte en eraan snoof.

'Toch wel van Fair Trade, hoop ik,' was Mikes commentaar. Westie negeerde hem. Het leek wel alsof hij trotser was op de spieramen dan op de gekopieerde schilderijen. Maar toen Allan de schilderijen aandachtig bekeek zag hij dat ze geweldig waren, en dat zei hij dan ook. Mike gromde instemmend en Westie leek gevleid. Op de muren van het geïmproviseerde atelier waren reproducties van de schilderijen geprikt die Gissing uit boeken en catalogi had gescheurd. Er hingen ook detailfoto's van de afzonderlijke kunstwerken – met dank aan de bibliotheek van de kunstacademie. Vellen met uitgeprinte informatie – een aantal afkomstig van internet – vermeldden de werkwijze van de verschillende kunstenaars, voor zover mogelijk de exacte kleuren en de leveranciers van de gebruikte verf. Overal slingerden tubes olieverf, waarvan diverse helemaal uitgeknepen waren. Stukken triplex en karton hadden als palet dienstgedaan. Er stonden kwasten in potten met terpentijn. Sommige kwasten waren afgedankt omdat ze hard en onbruikbaar waren geworden.

Westie had een smoezelig T-shirt aan en een wijde korte broek tot op zijn knieën. Het was niet meer te zien welke kleur die twee kledingstukken oorspronkelijk hadden gehad.

'Ik heb toch gezegd dat ik het voor elkaar zou krijgen,' zei hij. Maar toen hij met een peuk een nieuwe sigaret aanstak begon hij te hoesten en streek zijn vettige haren uit zijn ogen.

'Volgens mij kun je beter even gaan liggen,' zei Allan.

'Probeer jij me maar eens te laten ophouden,' zei Westie kwaad.

'Tijd genoeg als dit achter de rug is,' zei Mike waarschuwend. 'Hoeveel zijn er al klaar?'

'Kijk zelf maar.' Westie wees naar de desbetreffende schilderijen. 'Vijf gespeeld, nog twee te gaan.'

'Drie,' corrigeerde Mike hem.

Westie keek hem dreigend aan. 'We hebben zeven afgesproken – twee voor ieder van jullie en eentje voor mij.'

'Er doet nog iemand mee.'

'Je kunt de spelregels nu niet meer veranderen.'

'O jawel. Onze nieuwe partner staat erop.'

Er volgde een woordenwisseling. Westie wilde meer geld, maar Allan zag tot zijn stille voldoening dat Mike voet bij stuk hield. Zijn vriend had een verandering ondergaan, hij was gegroeid in de rol die hij nu speelde – onderhandelaar, harde jongen, crimineel. Misschien had hij te veel met Chib Calloway opgetrokken, maar Allan vermoedde dat er meer aan de hand was: voor het eerst in lange tijd had Mike weer zin in dingen. De geestdrift die Allan voelde had ook van Mike bezit genomen, maar wel met een heel ander resultaat.

Mike was er helemaal klaar voor.

Hij was lang en had altijd iets gebogen schouders gehad, alsof hij zich voor zijn lengte schaamde. Maar nu zat hij beter in zijn vel, hij had zijn schouders naar achteren en een rechte rug. Hij keek iemand vaker in de ogen en sprak langzaam, maar met steeds meer overwicht. Zo had hij zich waarschijnlijk gedragen toen hij nog een bedrijf had, dacht Allan. Zo had hij de top bereikt. Met de verkoop van zijn bedrijf had Mike weliswaar sloten geld verdiend, maar dat was ten koste gegaan van zijn daadkracht. Het enige probleem was dat Allan deze nieuwe Mike iets minder graag mocht. Vroeger roddelden ze als ouwe wijven, vertelden elkaar moppen en anekdotes. En nu leek het wel alsof ze het alleen nog maar over de overval konden hebben. En wat zou er daarna gebeuren? Zou het hun vriendschap een nieuwe impuls geven of zou het een wig tussen hen drijven? Allan durfde er bijna niet over te beginnen. Dus hield hij zijn mond maar, hoewel hij zijn twijfels had over Chib Calloway. Hij was tegen de deelname van de gangster geweest, maar had zich uiteindelijk maar neergelegd bij de wens van Mike en de professor. Toch wist hij dat het een foute beslissing was. Een allesbehalve voorzichtige stap.

De mensen die Calloway zou leveren hoorden bij hem. Hij kon alles van ze gedaan krijgen. Maar zouden ze ook doen wat Mike, Allan of Gissing van hen vroegen? En wie hield Calloway tegen als hij hen na afloop helemaal uitschudde? Ze konden moeilijk naar de politie gaan. Toen hij dit te berde bracht, had Mike alleen maar geknikt, en was vervolgens met tegenargumenten gekomen. Wilde Allan soms zelf ergens wapens vandaan halen? Een auto stelen? De hulp inroepen van een paar halve criminelen? De open dag was al binnen een week. Calloway was de enige realistische optie.

We kunnen toch een tweedehands bestelbus kopen... valse namen opgeven en contant betalen... en hebben we nou echt wapens nodig?

Mike en Gissing hadden hun hand opgestoken, twee tegen een. En daarmee was Allans rol als 'man van het detail' uitgespeeld.

De vijf voltooide vervalsingen stonden op afzonderlijke ezels. Op de doeken glansde hier en daar de verf. Allan wist zeker dat ze nog plakten – olieverf droogde langzaam. Dat duurde dagen, herinnerde hij zich. En zouden ze zo nieuw blijven ruiken? Mike was hiernaartoe gegaan om te kijken of Westie niet in de verleiding was gekomen een paar versierinkjes aan te brengen: blikjes of vliegtuigjes ergens in een hoekje verstopt. Net als Allan had hij de schilderijen aandachtig bekeken.

'Ziet er goed uit, Westie,' zei Mike uiteindelijk. De student nam het tweede compliment met een buiging in ontvangst. Op dat moment wist Allan dat hij het achtste doek ook zou afmaken. Mike was de baas en die buiging bevestigde dit. Allan zag dat Mike vijf opgevouwen stukken papier uit zijn zak haalde. Gissing had een aantal waardevolle maar weinig bekende schilderijen uitgezocht, die relatief makkelijk te kopiëren zouden zijn.

'Jij mag kiezen,' zei Mike en overhandigde Westie de foto's. 'Neem er eentje die snel en makkelijk te doen is.'

'Onze nieuwe "partner" is dus geen pietlut, hè?' Westie bekeek het aanbod. 'Hij pakt alles wat we hem geven, toch?'

'Je bent snel van begrip, Westie. Maak een keuze.'

Westie hield een van de foto's omhoog. 'Deze.'

Met een hoofdknik richtte Mike zich tot Allan. 'Wat vind je ervan?'

De vraag overviel Allan. 'Van wat?' vroeg hij.

'Hiervan,' Mike wees op de ezels.

'Zien er goed uit. En ingelijst vast nog beter. Maar kun je hiermee een expert om de tuin leiden?'

'Hangt van de expert af,' antwoordde Mike. Hij stond voor Monboddo's portret van diens vrouw. Het was nog niet helemaal af – de achtergrond moest nog worden aangebracht – maar van een paar meter afstand kon Allan nauwelijks het verschil zien met het origineel. Hij wist nog dat Mike zich destijds met tegenzin van dit schilderij had losgemaakt om de rest van de tentoonstelling te bekijken. Allan had al twee keer een rondje door de ruimte gemaakt voordat hij Mike zover kon krijgen mee te komen, en het zag ernaar uit dat het nu niet anders was. Toen zag Allan vanuit zijn ooghoek iets bewegen – er stond iemand in de deuropening.

'Wat krijgen we...'

'Even lachen naar het vogeltje.' Het was de stem van een jonge vrouw. Ze hield een videocamera op hen gericht. Westie zwaaide even naar haar.

'Wie is dit?' vroeg Mike.

De vrouw gaf zelf antwoord. ' "Dit" is Alice.' Met de camera nog steeds voor haar gezicht liep ze langzaam de kamer binnen. 'Een van jullie is Mike, en de andere is Allan. Weet je, jullie kennen wel Westies echte naam en ook waar hij woont, maar hij weet bijna niks over jullie.'

Mike richtte zich tot Westie. 'Is er eigenlijk wel iets wat je níét aan je vriendinnetje hebt verteld?'

'Waarom zou hij geheimen voor me hebben?' Terwijl ze naar Mike toe liep richtte ze de camera naar beneden. Ze had een kort zwart rokje aan en een dikke zwarte maillot. Op haar T-shirt stond een foto van Al Pacino uit de film *Scarface*. 'Ben jij Mike of Allan?'

'Dit is Mike,' zei Westie, die deed alsof hij zich opgelaten voelde door de stunt die Alice uithaalde, maar Allan had het gevoel dat hij wel degelijk op de hoogte was, want hij keek totaal niet verrast en in zijn stem klonk geen enkele verwondering door.

Alice had inmiddels de camera in haar linkerhand zodat ze haar andere hand kon uitsteken, maar Mike was niet in de stemming voor plichtplegingen. Ze had het meteen in de gaten en richtte zich toen maar tot Allan.

'Allan?' vroeg ze.

'Jawel,' zei Allan en hij schudde de hem aangeboden hand. Hij wilde niet onnodig vijanden maken en dat probeerde hij met een blik aan Mike duidelijk te maken, maar Mike was een en al oog voor

Alice. Ze deed aanstellerig alsof ze de schilderijen bestudeerde en gaf de kunstenaar in het voorbijgaan een kus op zijn wang. 'Wat een ongelóóflijk talent,' mompelde ze. Toen gaf ze een aai over de wang die ze net had gekust en draaide zich weer om naar Mike.

'Staat dat ding nog aan?' vroeg hij.

'Ik heb hem toch op de vloer gericht,' voelde ze zich genoodzaakt te zeggen.

'Maar het geluid staat nog wel aan,' snauwde Mike.

Alice keek hem aan, glimlachte, deed de camera uit en bewoog hem heen en weer voor haar gezicht.

'Beschouw het maar als bescherming, om duidelijk te maken dat we hier met zijn allen bij betrokken zijn. Als jullie Westie laten zakken, komt dit bij de centrale recherche terecht. Jullie moeten toch kunnen waarderen dat ik alleen maar aan zijn belang denk.'

Allan zwaaide met zijn vinger in haar richting. 'Ik ken jou,' zei hij zacht. 'Ik heb je een keer in het filmhuis gezien.'

Ter bevestiging trok ze even haar mondhoeken op, maar ze was niet van haar stuk gebracht en hield haar blik op Mike gevestigd. 'Westie zegt dat je hem een bedrag hebt geboden. En je ziet wel dat hij dat dubbel en dwars verdient. Maar ik hoorde net dat jullie hem nog een schilderij willen aftroggelen, zonder meer te betalen. Dat lijkt me niet eerlijk, toch?'

'Wat wil je?'

'Ik wil het beste voor Westie. Ik vind het krankzinnig, maar hij zegt dat hij graag met die overval meedoet. En hij krijgt ook een schilderij waar we toevallig allebei heel erg dol op zijn, dus daar is niks mis mee...'

'Ik hoor iets van een "maar".'

'Maar,' gaf ze toe, 'het lijkt me redelijk om daar iets tegenover te stellen... we hadden duizend pond in gedachten.'

Mike klopte demonstratief op zijn zakken. 'Dat soort bedragen heb ik niet bij me.'

'Je kunt toch een cheque uitschrijven?' Ze hield even haar mond om het te laten doordringen. 'Maar dan komen we wel je achternaam te weten, hè, meneer Mike?' Ze glimlachte geringschattend en ging met het puntje van haar tong over haar bovenlip.

Mikes gezicht kreeg een harde uitdrukking en hij stak zijn handen in zijn zak. Allan had het idee dat zijn rechterhand zich tot een vuist balde, en hij was blij dat de wapens nog niet waren geleverd. Zijn vriend nam weer het woord en zei dreigend en monotoon:

'Ik kan voor het geld zorgen, maar daar moet ik wel wat voor terugkrijgen.'

'Dit?' opperde Alice, en ze zwaaide met de camera. Mike knikte langzaam.

'Dit is zó'n fijn dingetje,' zei ze pesterig, en ze deed alsof ze het apparaat grondig bekeek. 'Ik weet niet of ik daar wel afstand van kan doen.'

'Dat lukt vast wel voor vijfhonderd pond.'

'Duizend,' verbeterde ze hem. 'Wil je hem nu al hebben?' vroeg ze met opgetrokken wenkbrauwen toen Mike zijn hand uitstak. 'Voordat we een snipper geld hebben gezien?'

'Ik laat hem hier niet achter, Alice,' zei Mike zonder enige emotie in zijn stem. 'Je zou die film kunnen kopiëren, downloaden, van alles.'

'Maar als ik hem aan je geef, wil dat zeggen dat ik je vertrouw.'

'Neem een beslissing.' Mike veegde een denkbeeldig vuiltje van zijn jasje. 'Maar dan moet je wel weten dat je vanaf nu hierbij bent betrokken, en dat we een keten vormen.'

'Als een rozenkrans?' zei Alice.

'Of dominostenen, er hoeft maar eentje de verkeerde kant op te vallen.'

Haar glimlach was een beetje breder geworden, en de camera werd in Mikes hand gestopt.

'Als er eentje valt, gaan ze allemaal om,' zei Alice.

'Klopt.' Mike stopte de camera in zijn zak, en hoewel zijn ogen zich nog steeds in die van Alice boorden, had Allan het gevoel dat deze hele woordenwisseling net zo goed tot hem gericht had kunnen zijn.

13

'Het lukt je baas steeds beter om ons af te schudden,' zei inspecteur Ransome.

Hij zat in een koffiehuis in de High Street, vlak bij het parlementsgebouw en sprak in zijn mobieltje. De man tegen wie hij het had zat drie tafeltjes verder. Ze hadden oogcontact terwijl ze met elkaar belden, maar ze konden niet riskeren samen te worden gezien.

'Omdat ik niet mag rijden van hem,' zei Glenn Burns. 'En Johnno trouwens ook niet.'

'Denk je dat hij iets vermoedt?'

'Als ik dacht dat hij me in de gaten had, had ik allang mijn paspoort en een valse baard gepakt en was ik hem gesmeerd.'

'Hij is degene die vertrekt, Glenn,' zei Ransome vol overtuiging. 'En dan ligt dat kleine imperium van hem helemaal aan barrels.'

'En laat u het nu allemaal aan mij over? Hoe weet ik nou of u me niet te grazen wilt nemen, want dat wilt u met hem ook doen.'

'Daar hebben we het wel eens eerder over gehad, Glenn,' zei Ransome met een geruststellende grijns. 'Natuurlijk zal ik proberen je te grazen te nemen, maar wel als je dan de baas bent en niet alleen maar een soort wapenknecht. En je hebt me in de peiling.'

'Bovendien bent u me nog iets verschuldigd.'

'Dat is natuurlijk ook zo.' Ransome verbrak het oogcontact om een grote beker koffie aan zijn lippen te zetten. Het goedje was gloeiend heet en smaakte voornamelijk naar opgeklopte melk.

'Is dat de latte?' vroeg Glenn.

Ransome knikte. 'Wat heb jij?'

'Warme chocola met slagroom.'

'Gadverdamme.' Ransome veegde het schuim van zijn bovenlip. 'Wat is je werkgever van plan, Glenn?'

'Ik weet van niks.'

'Fijne informatie...'

'U hoeft niet zo sarcastisch te doen,' zei Glenn aangebrand. 'Maar hij is zeker iets van plan.'

'Je zei net dat je van niks wist.'

'Ik zei dat ik niet wist wát hij van plan was.'

'Maar er is dus wel wat aan de hand?'

Glenn knikte. De deurbel rinkelde en de twee mannen keken wie er binnenkwam, voor het geval het iemand was door wie ze niet gezien wilden worden. Maar het was slechts een jonge moeder met een kind in een wandelwagentje.

'Die koters zouden ze hier moeten verbieden,' was Glenns commentaar terwijl hij keek naar een tafel met moeders en jonge kinderen die de nieuwkomers begroetten. Een van de kinderen zat te dreinen en het zag er niet naar uit dat dit snel zou ophouden.

'Helemaal mee eens,' zei Ransome. 'En als het aan mij lag mochten scholieren hier ook niet meer komen.' Hij wierp een blik op een tiener die in zijn eentje zat, zijn koffie was allang op, en zijn laptop inclusief lesboek had hij uitgestald op een tafeltje voor vier personen. De laptop was aangesloten op een stopcontact in de buurt. 'Maar dan zou het hier halfleeg zijn,' zei de rechercheur vergoelijkend. 'En dan zouden we nog meer opvallen.'

'Vast wel,' beaamde Glenn.

'Zo, het belangrijkste van vandaag hebben we nu wel gehad. Zullen we het nu nog even hebben over je werkgever?'

'Hij wil Johnno en mij er niet bij betrekken.' Glenn klonk ge-kwetst, en nu begreep Ransome waarom deze man met hem had af-gesproken: hij moest stoom afblazen. 'Hij is in een aantal pubs op zoek naar kids geweest.'

'Kids?'

Glenn zag dat Ransome niet snapte wat hij bedoelde. 'Relschop-pers, voetbalvandalen... geen kleine kids.' Hij knikte naar de tafel met jonge moeders.

'Heb je namen?'

Glenn schudde zijn hoofd. 'Geen idee.'

'Waar heeft hij die voor nodig?'

'Kweenie. Het begon allemaal met die gast met wie hij op school heeft gezeten. Ik bedoel, hij zegt wel dat hij bij hem op school heeft gezeten, maar dat snap ik niet. Die vent is echt van een heel ande-re klasse, om het zo maar eens te zeggen. Een paar dagen geleden is hij met Chib in de auto gestapt en toen Chib terugkwam begon hij over het organiseren van een stelletje kids.'

'Volgens mij ben je buitenspel gezet, Glenn.'

Zelfs op deze afstand voelde Ransome de indringende blik van de man aan het andere tafeltje. 'Niemand zet mij buitenspel, me-neer Ransome.'

'Nou ja, als hij een "stelletje kids" heeft georganiseerd, zijn ze op iets uit.'

'Op iets of op iemand...' Glenn liet het in het ongewisse.

'Bedoel je dat hij iemand wil koudmaken?' Ransomes ogen wer-den groot. 'Wie zou hij dan willen mollen?'

'Nou, die grote gast met die tatoeages, een buitenlander, hij komt uit IJsland of zoiets. Hij is hier om de achterstallige betaling voor een partij handel te innen. Het probleem is namelijk dat jullie on-ze spullen in beslag hebben genomen. Die Hells Angels willen geld zien.'

'En Chib is niet van plan over de brug te komen?'

'Die denkt meer in de richting van een stuk of vijf randjongeren met biljartkeus.' Glenn zweeg weer even. 'Maar ik betwijfel of ze het deze kerel wel moeilijk zouden kunnen maken, tenzij ze echte wapens zouden hebben. En ook al zou dat zo zijn, er zijn er genoeg die het werk van Hate kunnen overnemen.'

Ransome dacht dat hij het verkeerd had verstaan. 'Hate?' herhaalde hij.

'Zo noemt hij zich.'

Ransome schreef vlug Glenns beschrijving van de man op, en bladerde toen terug in zijn notitieboekje. Hij keek naar de drie namen die Laura Stanton hem had gegeven: Mike Mackenzie, Allan Cruikshank, Robert Gissing. De naam Cruikshank zei hem niets, maar ze had gezegd dat hij bij de First Caly werkte. Gissing had lang geleden wel eens iets geschilderd en hij had ook een aantal boeken met saaie titels over kunst geschreven. Mackenzie... Nou ja, Mackenzie was een soort computerbons.

'Hoe ziet dat schoolvriendje van Chib eruit?' vroeg Ransome in zijn mobieltje. Glenns beschrijving van Mackenzie klopte precies..

'We zaten in een wijnbar en toen kwam Chib hem tegen. Geen flauw idee wat er daarna is gebeurd, maar opeens waren ze maatjes.'

Ransome tikte met zijn pen op zijn notitieboekje. 'Dat kan van alles betekenen, maar dat hoeft niet,' zei hij.

'Ja,' beaamde Glenn.

'En wat is er met Hate afgesproken? Zit hij alleen maar uit zijn neus te vreten terwijl hij op geld zit te wachten?'

'We hebben overal naar hem gezocht. Misschien slaapt hij wel onder de blote hemel op Arthur's Seat of zoiets. In de stad heeft niemand hem gezien, en ik kan u wel vertellen dat hij behoorlijk opvalt.'

'Schijt Chib in zijn broek voor hem?'

'Hij denkt dat hij iets van plan is.'

'Wat dan?'

'Dat zegt hij niet.'

'Misschien wil hij een slag slaan?'

'Misschien.'

Ransome slaakte een zucht. 'Christus te paard, Glenn, het is de bedoeling dat je voor mij de boel in de gaten houdt!'

'Krijgt u ook maar de pest, meneer Ransome. Ik kan dat gezeik van u er nou echt niet bij hebben.'

De inspecteur deed alsof hij stomverbaasd was. 'Vind je dit gezeik? Dit is nog maar het begin. Ik zit nog steeds braaf op de reservebank. Dat gezeik bewaar ik voor het moment dat ik Chib de handboeien omdoe. Maar ik wil niet wachten totdat ik een ouwe lul ben – en jij ook niet.'

'Snap ik.' Glenn keek naar zijn mobieltje en Ransome wist dat hij wilde weten hoe laat het was. 'Ik moet ervandoor. Geld ophalen bij een pub op Abbeyhill.'

'Kijk uit dat je niet te veel achteroverdrukt voordat je het geld aan onze vriend overhandigt.' Het bleef even stil aan de andere kant. Geld achteroverdrukken lag nogal gevoelig bij Glenn. Dat was namelijk de reden waarom hij hier zat. Op een dag was hij een van de bars van zijn baas in gelopen om de omzet te controleren, en na twintig minuten weer naar buiten gegaan met een tas in zijn hand en een jasje dat inmiddels aan de ene kant zwaarder was dan aan de andere. Opeens stond Ransome voor zijn neus die de zak van zijn jasje betastte, de muntstukken en de pakketjes bankbiljetten voelde en afkeurend zijn hoofd schudde.

En ik maar denken dat jij het brein van de hele organisatie was, Glenn. Maar misschien moeten we toch maar even een babbeltje maken...

Glenn wierp de rechercheur een ongelooflijk pissige blik toe, stond op en stopte zijn mobieltje in zijn zak. Hij banjerde naar de deur, en liep rakelings langs een paar vrouwelijke toeristen. Eentje had een plattegrond in haar hand en stond op het punt Glenn iets te vragen, maar toen ze zijn gezicht zag veranderde ze van gedachten. Ransome moest even gniffelen en zette de beker aan zijn mond.

'Heb je wel eens een pistool in handen gehad, Mike?'

'Als jongetje. Maar dat was wel van plastic en met klappertjes.' Mike voelde het gewicht van het pistool. Het had een donkere glans en rook een beetje olieachtig.

'Dit is een browning,' legde Chib hem uit. 'Het beste van het beste, dus ik hoop maar dat-ie je bevalt.'

Ze waren in een garage in Gorgie, niet ver verwijderd van de buurt waar ze waren opgegroeid en op loopafstand van hun oude school. Een aftandse Ford Sierra stond op de enige brug boven de smeerput. Overal lagen wielnaven, banden, verroeste uitlaten en koplampen met de bedrading er nog aan vast. Boven de werkbank hingen een paar eerbiedig gekoesterde kalenders met vrouwen met blote tieten. De automonteurs hadden hun dag erop zitten.

Mike was over het in duisternis gehulde voorterrein gelopen. Toen hij voor de deur stond wist hij dat dit zijn laatste kans was om zich zonder al te veel gezichtsverlies terug te trekken. Zodra hij naar binnen ging en het pistool aannam, was het een voldongen feit.

Chib had hem met de armen over elkaar en een grijns op zijn gezicht opgewacht. Ik wist wel dat je mee zou doen, zei de blik in zijn ogen.

De andere pistolen zaten in een slappe kartonnen doos waarin zakjes kroepoek hadden gezeten. Terwijl Mike aan het gevoel van de browning probeerde te wennen, haalde Chib een geweer met afgezaagde loop tevoorschijn.

'Beetje verouderd, maar goed genoeg om iemand mee te bedreigen,' merkte Chib op. Grinnikend richtte hij het wapen op Mike. Mike richtte op zijn beurt de browning op Chib. Chib spande de haan, richtte het geweer omhoog en haalde de trekker over. Er klonk een zachte klik. 'Ontmanteld, dat had ik toch beloofd. Normaal gesproken kosten die zo'n tweehonderd pond per dag...'

'Dat kan ik wel betalen,' zei Mike.

'Weet ik, Mike. Daarom vraag ik me af wat dit allemaal betekent. Volgens mij kun je verdomme alles kopen wat er in je kop opkomt.'

'En als iets niet te koop is?'

'Je vindt dat wel een lekker dingetje, hè?' Chib zag dat Mike de browning in zijn andere hand nam. 'Doe hem achter je riem en kijk even hoe dat voelt.'

Mike deed wat hem werd gezegd. 'Ik weet dat-ie er zit.'

'Maar ik ook, en dat is nou juist het probleem. Misschien moet je wel een langer jasje aantrekken, iets wat een stuk ruimer zit. Er zijn een paar startpistolen met losse flodders, voor het geval je een beetje herrie wilt maken. We hebben ook nog een imitatie van jouw browning en een zooitje ouwe troep van de Falkland Eilanden, Irak, of zoiets.'

'Dit is een revolver,' zei Mike en hij hield het wapen omhoog. 'Ik wist niet dat ze die nog steeds gebruikten in het leger.'

Chib haalde zijn schouders op. 'Je vriendje Allan en die student moeten maar een beetje gaan oefenen. Het moet er wel goed uitzien als ze daar binnenstormen.'

Mike knikte. 'En hoe zit het met de rest van de ploeg?'

'Die jongens van mij hebben wel vaker een blaffer in handen gehad, maak je daar maar geen zorgen over.'

Mike legde de revolver weer terug in de doos, en liet de browning onder zijn riem zitten. Vervolgens probeerde hij het geweer. Het voelde onhandig zwaar en miste evenwicht. 'En wanneer mogen we kennismaken met jouw "jongens"?'

'Op de dag zelf. Die zijn er helemaal klaar voor en krijgen de opdracht alles te doen wat je zegt.'

Mike knikte. 'En de bestelbus?'

'Vanavond gejat. Die staat ergens veilig in een garage. De valse nummerplaten worden waarschijnlijk op dit moment aangebracht.'

'Maar toch niet hier?'

Chib schudde zijn hoofd. 'Ik heb zo hier en daar wat plekken in de stad. Dus als je ooit een gammele kar hebt die gekeurd moet worden...'

Mike wist een glimlach tevoorschijn te toveren. 'Ik zal het onthouden. Je moet wel tegen die mannetjes van je zeggen dat ze een vermomming aan moeten. En geen glimmende sieraden, of iets waaraan ze kunnen worden herkend.'

'Moet je die expert nou horen,' zei Chib grinnikend. 'Zijn we nu klaar? Alles geregeld?'

Mike knikte langzaam. 'Overmorgen. Ik hoop dat de verf van de vervalsingen dan droog is.'

Chibs mobieltje ging en de gangster keek naar het nummer op het schermpje.

'Deze moet ik even opnemen,' zei hij ter verontschuldiging, en hij ging met zijn rug naar Mike toe staan. 'Ik dacht dat je hem was gesmeerd...' Mike luisterde mee terwijl hij deed alsof hij de wapens inspecteerde. 'Accepteert hij het?' vroeg Chib met gebogen hoofd en hij deed alsof hij zijn schoenen bekeek. 'Mooi zo... het is echt geen kattenpis, dat kan ik je wel vertellen... echt een prima onderpand... Op zijn hoogst twee of drie dagen... nou, de ballen.' Hij maakte een einde aan het gesprek en keerde zich met een brede grijns om naar Mike.

'Onderpand?' herhaalde Mike. Chib schudde zijn hoofd.

'Zijn we nu klaar?' herhaalde Chib, omdat hij de zaak snel wilde afronden.

'Volgens mij wel...' Maar toen schrok Mike even op. 'Nou ja, niet helemaal, ik was nog iets vergeten.'

'Zeg op.'

Mike deed zijn handen in zijn zakken, alsof hij zijn vraag heel terloops wilde doen voorkomen.

'Er is iemand in elkaar geslagen...'

Chibs ogen werden een beetje groter en toen kneep hij ze samen alsof hij het vatte. 'Wil je dat ik uitvogel wie het hebben gedaan en ze een lesje leer?'

'Dat nou niet direct.' Mike zweeg even om zijn woorden nog meer lading te geven. 'Het is namelijk nog niet gebeurd.'

Chib kneep opnieuw zijn ogen tot spleetjes. 'Snap ik niet,' zei hij.

'Luister nou even,' zei Mike, 'dat komt nog wel.'

14

'Chib was teleurgesteld,' zei Mike, 'toen ik hem vertelde dat de National Gallery zich geen Vettriano kon veroorloven.'

Gissing verslikte zich bijna in zijn drankje. De twee mannen zaten in een anonieme bar bij het station. Het was een zaak voor doorgewinterde drinkers; geen tv of jukebox, en alleen maar chips om de ergste honger te stillen. Omdat Mike zich al bijna tien jaar geen uitspatting had veroorloofd, bestelde hij twee zakjes kroepoek, en moest meteen denken aan de doos met wapens die bij gebrek aan een betere plek in de kofferbak van zijn auto lagen. Aan de bar zaten drie vaste klanten die Mike geen enkele aandacht schonken toen hij drankjes en snacks bestelde. Gissing zat aan een tafeltje, zo ver mogelijk bij de deur vandaan. Hij trok zijn neus op toen hij de chips zag en hield het bij zijn maltwhisky, afgewisseld met slokken India Pale Ale.

'Vettriano behoort niet echt tot de wereldtop,' zei hij terwijl hij het schuim van zijn mond veegde.

'Maar hij is wel populair,' bracht Mike ertegen in. Hij wist donders goed hoe de professor hierover dacht, maar Gissing trapte er niet in.

'Wat heeft onze onderwereldvriend dan uitgekozen?'

'Een Utterson.'

'*Rannoch Moor in de schemering*?'

'Ja, die. Volgens Westie is die niet moeilijk om te schilderen.'

'Heb je Calloway een afbeelding van het schilderij laten zien?'

'Jawel.'

'En, was het naar zijn zin?'

'Hij vroeg wat het waard was.'

Gissing rolde met zijn ogen. 'Nou, dat is dan goed geregeld, volgens mij.' Hij nam nog een slok bier.

Mike merkte dat de professor behoorlijk nerveus was, terwijl hij zelf met het uur rustiger werd. Van internet had hij een luchtfoto van de straten rond het pakhuis gehaald om de beste route voor de bestelbus uit te stippelen. Hij had met Chib afgesproken waar ze de vier extra mannen zouden oppikken en waar ze die na afloop zouden achterlaten. Zij zouden de wapens meenemen en zich er naderhand van ontdoen. Als hij zo naar Gissing keek, was hij blij dat deze oude knakker niet met een vuurwapen het pakhuis zou bestormen, want toen de professor zijn glas whisky pakte trilde zijn hand.

'Het komt allemaal goed.'

'Beste jongen, natuurlijk komt het goed. Je denkt toch niet dat ik daaraan twijfel?'

'Er kan nog steeds van alles misgaan.'

'Dat los je wel op, Mike.' De professor glimlachte vermoeid. 'Volgens mij heb je de smaak te pakken.'

'Een beetje, misschien,' gaf Mike toe. 'Maar vergeet niet dat het jouw idee was.'

'Toch zal ik er niet rouwig om zijn als het allemaal achter de rug is, terwijl ik stiekem het gevoel heb dat dat niet voor jou geldt.'

'Als we maar niet in de gevangenis belanden. Jezus, stel je nou eens voor – een chagrijnige Chib Calloway als celgenoot.'

Gissing stak zijn hand op. 'Om het maar eens modern uit te drukken: dat wil je niet meemaken.'

Ze schoten in de lach en richtten zich weer op hun drankjes.

Nog één dag. Mike wist dat hij de volgende dag flink bezig moest blijven, want anders zou hij gaan piekeren. Ze hadden het plan op papier bestudeerd en de details ongeveer tien keer doorgenomen. Daarna was Allan er nog een keer met de stofkam doorheen gegaan. Ze wisten wat hun te doen stond, en hoeveel tijd ze hadden. Toch waren er nog dingen die ze niet konden inschatten. Mike vroeg zich af of hij misschien daarom zo rustig was: een kwestie van *que sera sera*. Als zakenman had hij graag alles onder controle gehad, wilde hij op de hoogte blijven van wat er gebeurde, en alles wat zich voordeed in de hand houden. Maar toen hij de browning oppakte ging er een rilling van opwinding door hem heen. Door het gewicht, de mechanische details. Het was een kunstwerk op zich. Als kind speelde hij dolgraag met pistooltjes. Hij had vroeger een enorme verzameling plastic soldaatjes, cowboys en indianen. Jezus, als je hem een banaan gaf richtte hij die op alles wat in zijn buurt kwam. Een tante van hem had ooit uit Australië een boemerang voor hem meegenomen – daarmee deed hij hetzelfde: richten met één oog dicht, en dan het geluid van een pistoolschot nadoen.

Hij dacht aan Chib die vanuit de passagiersstoel van de BMW 5-serie deed alsof hij een pistool op hem richtte, en toen later in de garage het geweer met de afgezaagde loop ophief. Wanneer hij tegen de rugleuning van zijn stoel bewoog, voelde hij de browning in zijn riem zitten. Het was nogal onvoorzichtig van hem om hem bij zich te dragen – wat zou er gebeuren als iemand het in de gaten kreeg en hem aangaf? Maar hij kon er niets aan doen. Hij zou het maar tot zaterdagmiddag bij zich hebben. Terwijl hij terugdacht aan het Indiase restaurant vroeg hij zich af hoe die dronken kantoorlullen zouden hebben gereageerd als hij een pistool had getrokken. Niet in het restaurant, daar waren te veel getuigen. Maar als hij hen buiten, in het donker had opgewacht tot ze naar buiten kwamen waggelen...

Toen de deur van de bar openging, draaide Mike zijn hoofd om. Op zijn hoede en wantrouwig, maar het was gewoon een cafébezoeker. Nog geen twee weken geleden zou hij daar helemaal geen acht op hebben geslagen, toen reikte zijn bestaan niet verder dan de lengte van zijn arm. Maar nu was het allemaal anders. Hij vroeg zich af of hij zijn oude leven ooit weer zou kunnen oppakken: starend naar het beeldscherm in de logeerkamer van zijn flat, waar al zijn computerspullen stonden, met af en toe een blik op de tekenen die zijn belangrijkheid onderstreepten – de zakelijke onderscheidingen en ingelijste eervolle vermeldingen (Uitmuntend Zakenman; Creatieve Geest; Schotse Ondernemer). Wat betekende het eigenlijk allemaal?

De nieuwe bezoeker was bij zijn vrienden aan de bar gaan zitten. De deur was weer dichtgezwaaid, en Mike moest denken aan de dag in het veilinghuis.

Als de ene deur dichtgaat, gaat een andere deur open.

En natuurlijk vice versa.

'We gaan het echt doen, hè?' Gissing wreef met zijn vuist in zijn hand.

'Zeker wel,' bevestigde Mike. 'Er is nu geen weg terug meer.'

'Die weg terug is het probleem niet. We moeten ons concentreren hoe we ermee wégkomen. En wat gaat er daarna gebeuren, Michael?'

'We zijn vrijheidsstrijders, weet je nog... naderhand zullen we ons goed voelen.'

Mike haalde zijn schouders op. Hij wist er niet zo gauw iets aan toe te voegen. De professor viel stil, slaakte een zucht en staarde naar het restje bier in zijn glas.

'Nog niet zo lang geleden is uit een Zwitsers museum Cézannes *Jongen met het rode vest* gestolen. Ze gaan ervan uit dat het in opdracht is gebeurd. Dat hangt nu bij iemand thuis aan de muur.'

'Heb ik over gehoord. Interpol schat dat er elk jaar voor zes miljard dollar wordt gestolen. En hoeveel wordt daarvan teruggevonden? Niet veel.' Mike zag de onderzoekende blik in Gissings ogen. 'Ik heb mijn huiswerk gedaan, Robert. Een paar muisklikken, en daar stond het. Op de wereldranglijst van criminele delicten staat kunstroof op de vierde plaats, na drugshandel, wapenhandel en het witwassen van geld. En dat is goed nieuws voor ons, want wanneer onze kleine escapade wordt ontdekt, zal de politie de aandacht richten op criminele bendes.'

'En dat zijn wij niet?'

'Niet op de manier zoals de smerissen hier erover denken.'

'Je ziet jezelf dus meer als een soort Thomas Crown,' plaagde Gissing. 'En dan is Laura zeker jouw Faye Dunaway?'

'Ik kan echt niet tippen aan Steve McQueen, professor, en zelfs niet aan Pierce Brosnan...'

Ze schoten allebei in de lach.

'"De stille uren van de nacht,"' zei Gissing toen.

'Dat klinkt als een citaat.'

'Van Adam Worth, een victoriaanse geveltoerist, van wie wordt beweerd dat hij model heeft gestaan voor Moriarty. Hij had een Gainsborough gestolen om die, zoals hij zei, in "de stille uren van de nacht" te kunnen bewonderen.'

'Ik hoop maar dat hij het schilderij ook overdag kon bewonderen.'

Gissing knikte, in gedachten verzonken.

'Wil je er nog een?' bood Mike aan.

Gissing schudde zijn hoofd. 'Ik maak het niet laat vanavond,' zei hij. 'Wat voor excuus had Allan nu weer?'

'Etentje met een klant. Hij wist niet hoe laat het zou worden. Maar voor morgen heeft hij niets op het programma.'

'Nou, dat is dan in ieder geval iets.' Gissing stond langzaam op, zag toen dat er nog een slok whisky in zijn glas zat, dronk het op en liet luidruchtig zijn adem ontsnappen. 'Ik zie je morgen, Michael. Probeer een beetje te slapen.'

'Zal ik je naar huis brengen?'

Gissing sloeg het aanbod af en liep naar de deur. Mike wachtte een paar minuten, leegde toen ook zijn glas en knikte goedenavond naar de barkeeper terwijl hij naar de uitgang liep. Zijn auto stond op een gele parkeerstrook, een meter of vijftig verderop in de straat. Van de professor was geen spoor meer te bekennen.

Het was een straat met galeries. Mike tuurde door het raam van de dichtstbijzijnde en zag alleen vage vormen op de muren. Hij keek om zich heen maar zag niets verontrustends. Hij deed zijn auto van het slot, ging in de chauffeursstoel zitten en besloot op weg naar huis langs Allans flat te rijden. Die was vlak bij Leith Walk, een nogal nietszeggende buurt in de New Town. Het was niettemin wel een prettige woning, nooit narigheid in de buurt, wat voor een groot deel te danken was aan de aanwezigheid van het politiebureau dat zich pal tegenover zijn flat bevond. Mike liet zijn knipperlichten aan toen hij naast twee politieauto's stopte. Ze stonden tegen de stoep geparkeerd, op slot, en er zat niemand in. Allans flat was op de tweede verdieping. Achter de gordijnen scheen licht. Dat wilde niet zeggen dat hij thuis was, misschien was het uit voorzorg. Het wilde ook niet zeggen dat hij over dat etentje had gelogen. Het wilde niet zeggen dat hij een blok aan het been aan het worden was.

Nog niet.

Het waren de details die voor problemen zorgden. Mike had Allan gevraagd te kijken of er gaten in hun plan konden worden geschoten, en na te denken over de zwakke plekken – wat er allemaal verkeerd kon gaan – liever dan een kick te krijgen van het avontuur. Allan had een bezoekje aan Granton gebracht, was langs en rond het pakhuis gereden, had notities gemaakt van de activiteiten en het personeel en daarna melding gemaakt van een tiental problemen en tegenvallers. Mike kreeg de indruk dat de opdracht Allan inmiddels boven het hoofd begon te groeien. Mike had zelf precies het tegenovergestelde gevoel. Zelfs Chib Calloway – Chib Calloway! – danste naar zijn pijpen. Hij schuurde tegen de rugleuning, en voelde het pistool in zijn broekriem. Met een helder verlicht politiebureau op nog geen vijf meter afstand.

Hij had alles onder controle.

Hij was de baas.

Zijn zintuigen in de hoogste staat van paraatheid.

Mike deed zijn knipperlichten uit en reed met zijn Maserati de heuvel af naar het centrum van de New Town.

15

Ze hadden afgesproken in Mikes flat in Murrayfield. Gissing nam even de tijd om de kunstwerken aan de muur te bezichtigen, en Allan vroeg of hij een kijkje mocht nemen in Mikes werkkamer. Hij wilde weten wat voor eigenschappen zijn computer allemaal had en gaf commentaar op de uitgestalde onderscheidingen.

Mike had in de gaten dat ze alleen maar bezig waren met het uitstellen van het onvermijdelijke. Hij was bezig koffie te zetten, met Miles Davis als achtergrondmuziek. De flat was uitgerust met een centraal audiosysteem, zodat alles wat op zijn iPod stond in alle kamers te beluisteren viel. Aan het plafond hingen luidsprekers, waarvan een aantal het niet meer deed. Hetzelfde gold voor het beeldscherm aan de muur van de woonkamer. Dat was het vervelende van een 'slimme woning': hoe slimmer, des te meer er mis kon gaan. Een van de ingebouwde spots in de keuken had het ook begeven, maar het was een rotklus om zo'n halogeenlamp te vervangen. Mike zei wel eens voor de lol dat hij maar moest verhuizen als zijn laatste lamp het begaf.

Hij nam de koffie op een dienblad mee naar de huiskamer en zette het op de eettafel, vlak naast de kartonnen doos.

'Het staat klaar,' zei hij.

Zijn gasten pakten stilzwijgend de koffie aan, en probeerden net te doen alsof de doos met inhoud hen niet interesseerde. Gissing had een lijstje meegenomen met de verzonnen namen van de zeven mensen die de volgende dag aan de rondleiding zouden deelnemen.

'Wanneer heb je die rondleiding geboekt?' vroeg Mike.

'Het is meestal heel snel vol,' reageerde Gissing.

'Wanneer?' drong Mike aan.

De professor haalde zijn schouders op. 'Drie... vier weken geleden.'

'Nog voordat we het plan hadden gemaakt?'

Gissing trok ter bevestiging even met zijn mond. 'Mike, ik heb je toch gezegd dat ik hier al heel lang over heb zitten denken. Vorig jaar heb ik ook een aantal namen voor de rondleiding gereserveerd.'

'Maar toen ben je ermee genokt?' giste Allan.

'Ik kon niemand verzinnen die me zou willen helpen.' De professor slurpte van zijn koffie. 'Ik kende je toen nauwelijks, Allan.'

'En mij al helemaal niet,' voegde Mike eraan toe.

Gissing knikte. 'Een idee hebben is één ding, maar het uitvoeren is andere koek.' Met zijn koffiekop maakte hij een gebaar alsof hij een toost uitbracht.

'We zijn er nog niet,' zei Mike voorzichtig. 'Hoe heb je geboekt?'

'Telefonisch.'

'Heb je je eigen naam gebruikt?'

'Alleen maar valse namen. Ik had wel verwacht dat ze om contactgegevens zouden vragen, en toen heb ik de telefoonnummers van een aantal Indiase en Chinese restaurants opgegeven. Ze bellen alleen wanneer de rondleiding zou worden geannuleerd.'

'En dat gebeurt dit jaar niet?'

Gissing schudde zijn hoofd. 'Ik heb gisteren mijn secretaresse gevraagd te bellen met de vraag of er nog een student op een van de rondleidingen mee kon. Ze kreeg te horen dat alle rondleidingen vol waren, dus gaan ze door.'

Mike dacht even na. 'Oké,' zei hij alsof hij was gerustgesteld. Toen deed hij de doos open en haalde er een pistool uit. Hij legde het op tafel, gevolgd door een tweede, derde en een vierde. 'Kies maar uit. Wat overblijft, gaat naar Chibs jongens.'

'En dat geweer met afgezaagde loop?' Allan keek naar het wapen dat met de loop omhoog gericht nog in de doos lag.

'Dat is ook voor hen.'

Gissing woog het startpistool in zijn handen. 'Je zult het misschien niet geloven, maar als jongen heb ik ook met pistolen geschoten. Mijn school had een cadettenopleiding. Af en toe mochten we zelfs met scherp schieten.'

'Maar morgen niet,' zei Mike.

'Zwaarder dan het eruitziet,' reageerde Allan terwijl hij een van de pistolen oppakte. Hij bekeek het nauwlettend. 'Moet het serienummer er niet af worden gevijld?'

'Het valt niet te achterhalen waar ze vandaan komen,' verzekerde Mike hem.

'Dat heeft je vriendje Chib zeker gezegd,' merkte Allan op. Hij hield één oog dicht en richtte op het raam. 'Maar als we zwaaiend met deze dingen naar binnen gaan, schrikken die bewakers zich rot en storten ze zich op ons.'

'Dan hebben we Chibs jongens om hen tegen te houden.'

'Maar stel dat iemand op me afkomt,' ging Allan door. 'Moet ik dan soms de trekker overhalen en "pang!" roepen?'

'Verzin maar wat,' snauwde Gissing.

'Die startpistolen hebben alleen losse flodders,' legde Mike uit. 'Het lawaai moet voldoende zijn om iedereen te laten verstijven.'

Gissing pakte de revolver op. 'Maar deze is wel echt, hè?'

'Nog uit de Falkland- of de Golfoorlog,' beaamde Mike. 'Je weet er blijkbaar wel wat vanaf.'

'Volgens mij is mijn kennis over deze dingen behoorlijk ver weggezakt. En jij, Michael? Heb jij nog voorkeur?'

Mike ging met zijn hand naar zijn broekriem. Hij had een ruimvallend t-shirt aan en hij toverde de browning in één vloeiende beweging tevoorschijn.

'Jezus, Mike,' zei Allan. 'Het lijkt wel alsof je hebt geoefend.'

Mike schoot in de lach. 'Ik had hem gisteren in die bar ook bij me.'

'Echt waar?' zei Gissing. 'Dat is geen seconde bij me opgekomen.'

'Als je die tevoorschijn had gehaald, was de bediening er vast een stuk op vooruitgegaan,' voegde Allan eraan toe.

'Als jullie je keus hebben gemaakt,' ging Mike verder, 'wil ik dat jullie het pistool bij je houden en dat jullie proberen ermee om te gaan.'

'Maar ik zal het mijne niet hoeven te gebruiken,' stelde Gissing vast.

'Niet als je in de bestelbus zit, maar we weten niet hoe de situatie op het terrein zal zijn. Als ze één extra bewaker hebben ingezet om de omgeving te controleren, hebben we een probleem. Daarom heb jij dat ding.' Mike wees naar Gissings pistool.

'Ik snap het,' zei de professor.

'Dit was trouwens mijn idee,' zei Allan. 'Het terrein is namelijk behoorlijk groot, en dus kwetsbaar.'

'Fijn dat je ook je steentje bijdraagt,' reageerde Gissing. 'Eerlijk gezegd begon ik zo mijn twijfels te krijgen toen je het gisteravond liet afweten...'

'Nu we het er toch over hebben,' kwam Mike tussenbeide, 'hoe is dat etentje afgelopen?'

'Goed,' zei Allan net iets te snel, en zijn ogen schoten alle kanten op om de blik van zijn vriend te ontwijken.

Gissing en Mike keken elkaar even aan. De professor liet het pistool door zijn handen gaan. Hij probeerde het in de binnenzak van zijn tweedjasje te stoppen, maar daar dreigde het uit te vallen. 'Misschien moet ik morgen maar iets met grotere zakken aantrekken.'

'Maakt niet uit wat je aanhebt, het moet toch worden weggegooid,' bracht Mike hun in herinnering. 'Geen favoriete overhemden of jassen. We moeten ons daarna van alles ontdoen.'

'Goed,' zei Allan. Hij stopte zijn pistool in de voorkant van zijn broek. 'Als ik ga zitten, steekt dat ding in mijn lies,' klaagde hij. Hij verschoof het pistool naar achteren. 'Zo, dat is beter,' zei hij.

'Dus we zijn er allemaal klaar voor?' Mike wachtte op het bevestigende hoofdknikje van zijn twee vrienden. Toch zat het hem niet helemaal lekker. Zeven valse namen voor de rondleiding... die al weken geleden door Gissing was geboekt. Die oude man wist toen dus al dat ze versterking nodig hadden. Hij maakte hierover een opmerking tegen Gissing.

'Ik dacht helemaal niet aan versterking,' zei de professor. 'Mijn grondgedachte was hoe meer 'nepbezoekers' des te minder echte deelnemers met wie we rekening hoefden te houden. Er waren nog zeven plaatsen over, dus heb ik zeven namen opgegeven. Dat is het hele verhaal.'

Mike richtte zich tot Allan – de 'man van het detail'. Allan trok met zijn mond en schraapte zijn keel.

'Het enige wat me nog steeds dwarszit,' zei hij, 'is die vriendin van Westie.'

'Mee eens,' bromde Gissing. 'Ik wil over dat geintje nog wel eens een hartig woordje met onze jonge vriend spreken.'

'Pas als hij zijn werk af heeft,' suggereerde Mike. 'Hij moet zijn aandacht erbij houden.'

'We moeten allemaal onze aandacht erbij houden,' voegde Allan eraan toe.

'Wat ook inhoudt dat je wel eens een etentje moet afzeggen,' merkte Gissing berispend op.

'Wil je dat ik van mijn normale patroon afwijk?'

'Allan heeft gelijk,' kwam Mike tussenbeide. 'Alles moet zo gewoon mogelijk lijken.' Op dat moment ging Allans mobieltje. Hij bekeek het sms'je. Mike had zin de telefoon uit zijn handen te slaan, maar hij dacht dat dat niet zo bevorderlijk zou zijn voor de teamgeest.

Gissing merkte wat er in Mike omging, glimlachte even scheef naar hem, en vormde met zijn mond de woorden 'zo gewoon mogelijk'. Vervolgens richtte hij zijn pistool op de telefoon en deed alsof hij hem aan flarden schoot.

Mike had voorgesteld met zijn Quattroporte te gaan, maar Allan had daartegen ingebracht dat zo'n auto te veel zou opvallen, dus namen ze Allans Audi. Gissing had voorin plaatsgenomen en Mike boog zich vanaf de achterbank naar voren, met zijn hoofd tussen de voorste stoelen. Gissing had voorgesteld achterin te gaan zitten, maar toen zei Allan dat hij de volgende dag moest rijden, en dat het beter was als hij vast wende aan het zicht voorin.

'Je hebt inderdaad overal aan gedacht,' zei Gissing.

'Vast niet,' waarschuwde Mike. 'Vandaar deze verkenningstocht.'

Er was geen snellere route. In het centrum van de stad werden in bepaalde delen trambanen aangelegd, en dat betekende weg-werkzaamheden, verkeersopstoppingen en tijdelijke verkeerslich-ten. Op de autoradio stond Classic FM aan, zogenaamd om de ze-nuwen te kalmeren. Gissing vroeg of ze deze route de volgende dag ook zouden nemen.

'Hangt ervan af of we bij mij verzamelen,' zei Mike, 'of dat jul-lie op eigen gelegenheid naar de plek gaan waar we worden opge-pikt.'

'En waar is dat?'

'Gracemount, daar rijden we nu naartoe. Ik weet nog niet pre-cies waar de bestelbus zal staan. Dat sms't Chib me morgenochtend vroeg.'

'We kunnen de bestelbus dus niet van tevoren uitproberen?' Gis-sing klonk sceptisch. 'Is dat niet riskant?'

'Dat zei ik ook al,' voegde Allan eraan toe.

'Chib heeft me verzekerd dat dat ding uitstekend zijn werk zal doen,' zei Mike met nadruk.

'Hij is een expert, hè?'

Mike keek de professor aan. 'Daar moet ik wel ja op antwoor-den, dat is hij absoluut, zeker vergeleken met ons.'

'Dan moet ik maar op jou afgaan.'

Mike haalde een paar in vieren gevouwen vellen papier uit zijn jaszak tevoorschijn. 'Dit heb ik van internet geplukt – de beste rou-te van Gracemount naar Westies flat, en vanaf daar naar Granton.' Hij gaf ze aan de professor. 'Het is zaterdag dus niet echt spitsuur, maar ik heb Leith Walk buiten beschouwing gelaten.'

'Vanwege de werkzaamheden aan de trambaan.' Allan knikte goedkeurend.

'Ik wist niet eens waar Gracemount was,' mompelde Gissing, die de kaart en de bijbehorende aantekeningen bestudeerde.

'Daarom gaan we daar nu naartoe,' legde Mike uit. Hij had al eerder bedacht dat Gracemount Drive, net voorbij de school, het startpunt zou worden voor het avontuur van vandaag. Toen ze daar aankwamen vroeg Allan aan Gissing of hij van plaats wilde ruilen, maar als antwoord schudde deze het grijze hoofd.

'Hier voorin krijg ik meer idee van de route.'

'Nu we het er toch over hebben,' zei Allan, 'jij moet in de bestelbus blijven zitten als we in het pakhuis zijn, maar moet je ook echt rijden?'

'Denk je soms dat ik daar niet toe in staat ben?' Gissing had zijn hoofd omgedraaid en keek Allan nijdig aan. 'In mijn jonge jaren heb ik nog in een MG gereden.'

'En wat is er met dat ding gebeurd?' vroeg Mike glimlachend.

'Ik vond hem niet passen bij een man van in de zestig. Toen een van de andere docenten op zijn vijfenvijftigste een Porsche aanschafte, besloot ik op dat moment de MG weg te doen.'

'Omdat de Porsche jouw auto overtroefde?' giste Allan.

'Helemaal niet,' reageerde Gissing kortaf. 'Maar toen zag ik pas hoe volkomen idioot een man op leeftijd er in een sportwagen uitziet.'

'Mijn Quattroporte is ook een sportauto,' bracht Mike hem in herinnering.

'Maar jij hebt er helemaal de juiste leeftijd voor,' stelde Gissing vast.

'Volgens mij,' zei Allan, die zich tot Mike richtte, 'wil de professor de bestelauto besturen.'

'Mijn zegen heeft hij,' stemde Mike toe.

Gissing snoof even luidruchtig en hield zich toen weer bezig met de kaart.

Vanaf de school reden ze weer terug naar Westies flat – de volgende dag zouden ze hem daar samen met de schilderijen ophalen. Ze bleven een paar minuten voor het woonblok stilstaan, maar toen een conciërge hen in de gaten kreeg, voegden ze zich weer in het verkeer en reden naar de Mound en de New Town.

'Wat ga je doen na je pensionering?' vroeg Allan aan de professor.

'Alles verkopen en wegwezen,' antwoordde Gissing. 'Met het geld dat ik voor mijn huis krijg, kan ik wel een cottage ergens aan de westkust kopen. Die zet ik vol met boeken en kunst en dan ga ik van het uitzicht genieten.'

'Zul je Edinburgh niet missen?'

'Daarvoor heb ik het veel te druk met wandelen langs het strand.'

'Heb je al een plek in gedachten?'

'Eerst mijn huis te koop zetten, dan weet ik hoeveel geld ik te spenderen heb.'

'Ze zullen je vast wel missen op de academie,' zei Allan. Door te zwijgen sprak Gissing hem niet tegen.

Mike schraapte zijn keel. 'Meen je dat nou van de westkust? Volgens mij zei je een tijdje geleden dat je naar Spanje ging.'

'Een mens kan toch van gedachten veranderen,' zei Gissing nijdig. 'Maakt me niet uit, als het maar niet in deze klotestad is...'

Al snel kwamen ze op Inverleith Row, reden langs de botanische tuinen, en namen toen Ferry Road, waarbij ze recht voor hen uit een glimp van de Firth of Forth opvingen. Terwijl ze over Starbank Road reden, vroeg Allan of Mike wel zeker wist dat dit de kortste route was.

'Misschien niet de snelste, maar wel de gemakkelijkste.'

Via Google Earth was Mike aan een print van de omgeving rond het pakhuis gekomen. Het industrieterrein was in het weekend vrijwel verlaten, maar het was nu vrijdag rond lunchtijd en het stond vol vrachtwagens en bestelbussen. Volgens Mike hielden de chauffeurs zich misschien in gedachten bezig met een bezoekje aan de pub na het werk, morgen naar het voetballen of winkelen en zondag uitslapen. Plotseling kreeg hij het waanzinnige idee dat er een andere ploeg overvallers in spe tussen zou kunnen zitten, die hetzelfde als Gissing hadden bedacht en nu hun eigen plan aan het trekken waren. Maar toen ze stapvoets langs het portiershuisje reden, zag hij dat de bij de stoeprand geparkeerde auto's leeg waren en wachtten op hun eigenaars die aan het eind van de dag van hun werk kwamen. Voor een bestelbus waar warme snacks werden verkocht stond een rijtje mensen. De mannen rookten een sigaret, maakten geintjes en schuifelden met hun voeten. Mike snakte naar een sigaret – het zou die dag pas zijn tweede zijn. Allan parkeerde de Audi op de eerstvolgende vrije plek en zette de motor af. Mike vroeg of hij het sleuteltje weer wilde omdraaien zodat de elektriciteit het weer deed, liet het achterraampje zakken en stak een sigaret op. Allan nam er ook een en deed eveneens zijn raampje naar beneden.

'Kunnen we even onze benen strekken of denk je dat we dan door het videosysteem worden geregistreerd?' vroeg Mike.

'Weet ik niet,' moest Allan bekennen. 'Er zijn wel camera's.' Hij gebaarde in de richting daarvan. 'Maar die staan op de hekken en het binnenterrein gericht. Ik betwijfel of ze ons kunnen waarnemen, maar je weet maar nooit...'

'Je bent hier toch al een keer geweest?' vroeg Gissing.

'Volgens mij diverse keren,' antwoordde Mike in Allans plaats. Hij opende het portier en stapte uit de auto. Even later deed Allan hetzelfde, Gissing bleef zitten.

Mike boog zich voorover en vroeg door het openstaande raampje: 'Kom je niet mee?'

'Je weet toch dat ik hier een bekend gezicht ben, Michael. Als een van die bewakers plotseling trek krijgt in een hamburger of een broodje bacon, herkennen ze me misschien.'

Mike knikte instemmend. Met de sigaret in zijn mond bekeek Allan het gebouw waar ze net langs waren gereden. 'Ziet er behoorlijk onopvallend uit, vind je niet?'

Er was geen enkel bord te bekennen, niets wat voorbijgangers erop zou attenderen dat dit grijze betonnen pakhuis een bezit van vele miljoenen herbergde. De bewaker in het portiershuisje zat de krant te lezen en at een chocoladereep. Het hek was hoog en goed onderhouden, met bovenaan prikkeldraad. Maar hetzelfde gold voor alle andere complexen in de buurt. Op eentje stond dat er een showroom voor dubbele beglazing in was gevestigd. Het bord op het hek vermeldde de waarschuwing dat het complex vierentwintig uur per etmaal werd bewaakt met waakhonden. Mike keek Allan aan.

'Waakhonden?'

'Alleen bij de nachtploeg. Dan wordt de ronde gedaan door een vent in een bestelbus.'

Mike knikte en concentreerde zich weer op zijn sigaret.

'Heb je trek in iets?' vroeg hij aan Allan.

'Je wilt toch niet dat die patatboer ons signalement aan de politie doorgeeft?'

Mike haalde zijn schouders op. Hij hoorde zijn maag knorren. Wat zou het verrukkelijk zijn om daar naartoe te lopen, een babbeltje te maken, met zijn pistool in zijn broekriem en criminele bedoelingen. Het was bijna onverdraaglijk, onweerstaanbaar.

En een waanzinnig stom idee.

Vier auto's van de Audi vandaan parkeerde een Rover in. Er kwam een gezette man uit in een streepjespak dat net als zijn eigenaar betere tijden had gekend. De man deed de auto op slot en wandelde langs de twee sigaretten rokende mannen in de richting van de bestelbus. Hij knikte even ter begroeting, liep door en draaide zich toen om.

'Fijne bak, chef.'

'Dank je,' zei Allan.

Het pak liep door naar de patatauto. Allan zag dat de mensen die in de rij stonden inmiddels ook geïnteresseerd naar de auto keken. Hij gooide zijn half opgerookte sigaret in de goot. 'Godzijdank zijn we niet met de Maserati,' merkte hij op en hij kroop weer achter het stuur. Mike wilde met alle geweld zijn sigaret oproken en trapte daarna de peuk uit. Toen ging hij weer achterin zitten.

'Zou die snackbar er 's zaterdags ook staan?'

'Denk het niet,' zei Allan en hij startte de motor. 'Dat heeft geen zin, want dan zijn er geen arbeiders hier.' Hij reed weg, sloeg af bij de eerste de beste hoek en trapte toen op de rem. 'Hier staan we morgen,' zei hij.

'Vanaf hier kunnen we wel de poort zien, maar de bewakers zien ons niet,' bevestigde Gissing.

'En we hebben zicht op de bezoekers,' voegde Mike eraan toe.

Allan keerde de auto en bleef toen weer stilstaan op een plek tegenover het pakhuis om te kijken of zijn intuïtie klopte. Waren er camera's op de weg gericht? Nee. Het was een doodlopende straat, dus geen doorgaand verkeer. Vanaf daar hadden ze onbelemmerd zicht op iedereen die het terrein verliet of betrad. Perfecter kon bijna niet.

'Jij staat dus hier geparkeerd, Robert,' zei Mike. 'Wij gaan naar binnen, je wacht een paar minuten en dan rij je weg.'

Mike pakte het draaiboek erbij. 'Een van Chibs jongens staat dan inmiddels bij het portiershuisje. Hij doet de slagboom voor je open.'

'Dan rij ik achteruit het laadplatform op.'

'En dan?' vroeg Mike om hem te testen.

'Dan wacht ik,' kwam het antwoord.

'En als we binnen een kwartier niet buiten zijn?'

'Dan rij ik weg en laat jullie aan je lot over.' Gissing glimlachte koeltjes. 'Maar moet ik dan wel die crimineel bij het portiershuisje meenemen, of mag ik die ook laten staan?'

'Dat moet je zelf weten,' besloot Mike. 'Is iedereen tevreden met zoals het er voorstaat?'

'Toch maak ik me zorgen over een paar dingen,' merkte Allan op. 'Die gasten van Chib zijn totaal onvoorbereid.'

'Zolang wij maar weten wat we doen, hoeft dat geen problemen op te leveren. Het is trouwens in ons voordeel dat ze niet te veel weten.' Mike zweeg even. 'Nog meer?'

'Waarom is Westie hier niet? Hij komt morgen toch met ons mee?'

'Hij heeft zijn handen vol aan het kopiëren van die Utterson,' zei Mike. 'Maar ik neem het allemaal nog met hem door, maak je geen zorgen.'

Allan knikte, zo te zien tevredengesteld, maar toch bleef Mike hem via de achteruitkijkspiegel net zo lang aankijken tot hij merkte dat zijn vriend echt was gerustgesteld.

'Ik vind het nog steeds onvoorstelbaar dat we die verdomde misdadiger een schilderij geven,' mompelde Gissing.

'Dat is nu eenmaal zo,' snauwde Mike, 'dus hou erover op.' Er viel een stilte en de mannen keken alle drie in gedachten verzonken naar het pakhuis.

'Oké,' zei Mike ten slotte. 'Het gaat nu alleen nog om de vluchtauto. Ik was van plan de Maserati op Marine Drive achter te laten, maar ik weet niet zeker...'

'Met de Audi is het veiliger,' opperde Allan. 'Die trekt lang niet zoveel aandacht.'

'En vind je het niet riskant hem een paar uurtjes op Marine Drive te laten staan?'

'Ik zie niet in waarom.'

'En ik mag ervan uitgaan dat hij ons niet in de steek zal laten?'

'Hij heeft pas een servicebeurt gehad.' Allan wreef met zijn handen over het stuur alsof hij de gekwetste gevoelens van de auto wilde sussen.

'Waarom huren we niet een paar auto's?' vroeg Gissing.

'Beter van niet,' zei Mike. 'Dan laat je een papieren spoor achter.'

'Heeft je vriendje Calloway dat tegen je gezegd?'

Mike deed net alsof hij dat niet had gehoord. 'Is je kofferbak groot genoeg voor al die schilderijen?' wilde hij van Allan weten.

'Kijk zelf maar.'

'Wil je hem hier al vanavond neerzetten of morgenochtend vroeg?'

'Morgenochtend vroeg,' besloot Allan. 'Er wordt regen voorspeld, dus misschien zijn er zelfs geen mensen die hun hond uitlaten.'

'Dan zie ik je daar. We kunnen bij mij thuis ontbijten en daarna naar Gracemount gaan.'

'Vind je het goed als ik rechtstreeks naar Gracemount kom?' vroeg Gissing.

'Dat moet je zelf weten, professor,' zei Mike.

'Ik denk dat ik dat dan doe – ik neem een taxi.'

'En je betaalt contant,' reageerde Allan. 'Maak geen gebruik van een rekening, want we willen geen papieren spoor hebben, zoals we net zeiden.'

'Eigenlijk kun je het beste met de bus naar de stad gaan en vanaf daar een taxi nemen.'

'Jezus,' bromde Gissing. 'Het lijkt allemaal wel echt.'

'Dat is het ook,' bracht Allan hem in herinnering. 'Heren, doe je riem om. Het is een klein eindje naar Marine Drive, maar ik wil niet dat we door de verkeerspolitie worden aangehouden.'

W estie was gesloopt, maar toch genoot hij van de uitdaging. Hij had tegen Alice geklaagd dat er niets te eten in de koelkast lag, en er geen drank in de kast stond. Ze had hem aan zijn verstand gebracht dat het maar twee minuten lopen was naar de dichtstbijzijnde winkel.

'Denk je dat ik twee minuten vrij kan nemen?' had hij tegen haar geschreeuwd.

'Als je even ophield met om het kwartier een joint te rollen, kon je de hele klotemiddag vrij nemen,' had ze terug gesnauwd.

'Ik doe dit allemaal voor jou, hoor.'

'Ja, dat zal wel...'

Daarop was ze driftig het atelier uit gebeend, onderwijl een pizzadoos wegschoppend. Maar in de doos had iets gerammeld, die was dus niet helemaal leeg. Er zaten nog twee korsten in met een beetje tomatensaus erop – een feestmaal in die omstandigheden. Westie had onder het werk muziek aan staan: Bob Marley, John Zorn, Jacques Brel, P.J. Harvey. De cd van Brel had een tijdje terug op een feestje per ongeluk als onderzettertje voor de glazen gediend, waardoor hij steeds een stukje oversloeg. Omdat Westie toch geen Frans verstond, kon het hem niet zoveel schelen. Hij wilde dezelfde vervoering als de zanger. Dezelfde hartstocht, verfijning en worsteling.

'Zelfde golflengte,' mompelde hij in zichzelf. Hij pakte een kwast en streek met de hard geworden haren tegen de ezel. Hij moest inwendig glimlachen toen hij aan zijn geheimpje dacht. Als hij er met zijn neus bovenop ging staan, kon hij het zien. Westie legde zijn vinger tegen zijn lippen.

'Ssst,' zei hij.

Grinnikend propte hij het laatste stuk pizzakorst in zijn mond, stak toen een half opgerookte joint aan en ging weer aan de slag.

Ransome moest aan een oud cliché denken: het was allemaal veel te rustig.

Hij had geprobeerd de man die Hate heette op te sporen, maar zonder resultaat. Glenn had net zomin geluk gehad, hoewel al het tuig in de stad ook aan de zoektocht had meegedaan. Hate hield zich waarschijnlijk ergens buiten Edinburgh op, daarom had Ransome het gebied uitgebreid naar Oost en West Lothian, en zelfs over de Forth Bridge naar Fife Constabulary. Het had allemaal niets opgeleverd.

Er was een flink aantal kampeerterreinen en caravanparken, maar tot dusver had Ransome ook daar nul op het rekest gekregen. Toen besloot hij het vanaf 'de overzijde', zoals hij het noemde, aan te pakken. Hij was heel even huiverig geweest om contact op te nemen met Interpol – hij wilde eigenlijk niet toegeven dat hij zich daarvoor schaamde, maar dat was wel zo. Hij gaf hun het signalement: waarschijnlijk gelieerd aan de Hell's Angels, Scandinavisch. Wat wilden ze nog meer weten?

Nou, om te beginnen een naam, had iemand per e-mail gegrapt. Als laatste redmiddel had hij een vriendje bij de Scottish Criminal Record Office aangesproken, hoewel hij betwijfelde of Hate in Groot-Brittannië een strafblad had.

'Ik verwacht er net zo weinig van als jij,' had het vriendje gezegd, 'maar ik kan hem wel door een paar bestanden halen.'

Ransome was ook naar de Shining Star gegaan en hij had het personeel vragen gesteld over Chib Calloway en Michael Mackenzie. Mackenzie kenden ze nauwelijks en over Calloway wilden ze het niet hebben.

'Nooit gedoe met hem,' was het oordeel van de bedrijfsleidster.

'Dat komt nog wel,' had Ransome haar gewaarschuwd. Hij vond het zo raak opgemerkt dat hij het meteen aan Ben Brewster vertelde toen hij weer terug was op het bureau. Ben glimlachte flauwtjes, en hield zijn blik gericht op de stapel papierwerk die op het bureau van zijn collega torende.

'Dat ga ik heus wel doen,' had Ransome nijdig gezegd.

Maar Calloway nam hem veel te veel in beslag, niet alleen overdag maar ook in zijn slaap. Hij droomde dat hij door de straten van een grote stad achter de gangster aan rende. Zijn prooi kende de plek beter dan hij, en was hem in hotels, kantoorgebouwen en fabrieken steeds te slim af. Toen Ransome op een gegeven moment in een gang met een mooie vrouw stond te praten, werd hij er zich langzaam van bewust dat Calloway vlak naast hem in een kast zat en hoorde dat hij de vrouw aan het verleiden was.

Jezus, hij had een borrel nodig. Hij had geprobeerd Laura te bellen om te kijken of ze vrij was na haar werk. Inmiddels had hij drie boodschappen ingesproken. Hij zat achter zijn bureau in het kantoor van recherchebureau Torphichen Place en had het benauwd. Het leek wel alsof er geen zuurstof meer in de kamer was. Hij was al naar de wc geweest en had water in zijn gezicht geplensd. Te veel koffie gedronken, zei hij tegen zichzelf. Te veel stress. Zijn vrouw Sandra had op de avondschool een kookcursus gevolgd: Thais, Chinees, gerechten uit Kasjmir, fusion. Ransomes spijsvertering had het zwaar te verduren gehad van de hem tot nu toe onbekende kruidige gerechten waarmee hij 's avonds werd overvallen. Maar dat kon hij natuurlijk niet tegen Sandra zeggen. Hij had een voorraadje rennies in zijn bureaula, maar die konden niet voorkomen dat het zweet hem af en toe uitbrak.

Kon er maar een raam open...

Zijn verzoek om Calloway vierentwintig uur per dag te laten schaduwen was door zijn meerderen met hoongelach ontvangen.

De bezuinigingen hakten erin, waar moesten ze het geld voor over-werk vandaan halen? De recherche moest het toch al met zo wei-nig personeel doen. Ransome had geen krimp gegeven, was de ka-mer uit gelopen en had de eer aan zichzelf gehouden. Hij was in de avond naar de nieuwe woonwijk gereden waar Calloways huis stond. De auto stond op de oprit, in de woonkamer brandde licht, geen spoor van Johnno of Glenn te bekennen.

Glenn... nog iemand die hem een sms'je, telefoontje of berichtje schuldig was.

Goedgelovige Glenn. Hij zou een makkelijke prooi zijn voor de recherche als Calloway eenmaal achter de tralies zat. Hij ging er steeds maar van uit dat Johnno hem zonder slag of stoot de plaats van hun baas zou laten innemen. Glenn mocht dan wel de slimste zijn, maar Johnno kon bogen op een behoorlijk boosaardig karak-ter. Als Calloway uit beeld was, zou hij zijn kans schoon zien. En wie zouden de leden van Chibs oude team eerder volgen – de her-sens of de spieren? Het maakte Ransome niet zoveel uit. De hele or-ganisatie stond op punt van instorten.

Toen het tijd was om naar huis te gaan, stelde Brewster voor nog snel even iets te gaan drinken. Maar dat ging nooit snel. Om te be-ginnen konden ze in de buurt van het bureau nergens iets gebrui-ken, de kans was te groot mensen tegen te komen die ze niet wil-den zien: boeven die net uit de cel waren ontslagen, vol rancune. Dus dat betekende een avondje stappen en Ransome had helemaal geen zin om met zijn collega te gaan stappen.

'Doe je het weekend nog iets?' had hij maar gevraagd, in een po-ging iets van interesse te tonen.

'Het is morgen open dag, dan ga ik met de kinderen naar St. Ber-nard's Well.'

'Wat is dat, is dat hier in de buurt?'

'Het is bij het Water of Leith... vroeger was het een minerale bron, maar die is nu niet meer voor publiek toegankelijk.'

'Ik bedoelde, wat is een open dag?'

'Dan kun je een heleboel gebouwen bezoeken die anders niet voor publiek toegankelijk zijn. Vrijmetselaarsloges, bankgebouwen en zo. Volgens mij stelt het bureau van Leith ook zijn deuren open.'

'Lijkt me te gek.'

'Het is echt wel leuk. Ellie zegt dat het ook leerzaam voor de meisjes is.'

'Nou, veel plezier dan maar.' Ransome wist dat Brewster twee dochters had die net aan het puberen waren en een vrouw die net als Sandra altijd haar zin kreeg. De meisjes gingen naar een privé-school, wat een flinke aanslag op hun besteedbare inkomen bete-kende. Nog een goede reden om niet aan kinderen te beginnen. Niet dat Sandra ooit belangstelling in die richting had getoond.

Ransome bleef achter zijn bureau zitten tot iedereen weg was. Hij vond het prettig op zijn kamer wanneer het kantoor stil en ver-laten was. Maar terwijl hij naar zijn beeldscherm zat te staren, kon hij niet iets verzinnen wat hij wilde doen. Er was natuurlijk genoeg papierwerk, maar dat kon wachten. Misschien kwam hij morgen of zondag even – een paar uurtjes zou genoeg zijn om de achterstand weg te werken, en dan had Brewster maandagmorgen iets om zich over te verbazen.

Anderhalf uur later was Ransome al thuis geweest, had Pesjwa-ri lamsvlees gegeten, andere kleren aangetrokken, en nu zat hij in de buurtkroeg in Balgreen Road. Er werd gedart, en normaal ge-sproken zou hij hebben meegedaan, maar vanavond niet. Er werden mensen gevraagd voor een pubquiz, maar ook dat wist hij af te wim-pelen. Hij dacht aan Chib Calloway en al zijn geld... en Michael Mackenzie met al zíjn geld. Ze hadden inderdaad bij elkaar op school gezeten, hij had de archieven gecheckt en het klopte. Het kon ook best waar zijn dat ze, zoals Glenn had gezegd, elkaar toe-vallig waren tegengekomen. Maar misschien belazerde Glenn hem wel; of misschien had Chib tegen Glenn gelogen. Mackenzie had een smak geld verdiend met computers. Chib had hem ongetwijfeld ergens voor nodig – om hem kaal te plukken of hem onder bedrei-ging bescherming aan te bieden.

Het kon ook zijn dat Calloway Mackenzie nodig had omdat hij een bepaalde kennis bezat. Ransome dacht aan hacken. Het was zon-neklaar dat als je een bank als de First Caly wilde beroven je tegenwoordig geen ramkraak hoefde te plegen of sloten te forceren, je hoefde alleen maar de digitale bescherming af te breken. En dat kon vanaf elke willekeurige plek gebeuren.

Hij bleef nog een uurtje hangen, en belde toen een ander bureau om te vragen of er nog iets was gebeurd. Hij deed dit 's avonds wel vaker en soms ook op zijn vrije dagen. Dan belde hij de centrale in Bilston of de meldkamer in Torphichen Place.

'Met Ransome.'

Meestal hoefde hij niet meer te zeggen. Ze kenden hem inmiddels goed genoeg en somden dan in één ruk alle gegevens op. Gejatte of in brand gestoken auto's, inbraken, vechtpartijen, huiselijke ruzies. Dealers die waren opgepakt, potloodventers die in de kraag waren gevat, winkeldieven die na een achtervolging waren aangehouden. Wat het aantal en de aard van de overtredingen betrof was vrijdagavond net iets minder erg dan 's zaterdags. En vanavond was het niet anders. 'We zijn nog steeds op zoek naar een paar gestolen auto's en bestelbussen,' kreeg Ransome te horen. 'Twee dronkenlappen die uit een vrijgezellenparty waren gegooid en overlast bezorgden op Lothian Road. En een arme ouwe man die bij het kanaal in elkaar is geslagen.'

Het verbaasde Ransome niets: net als zoveel plekken in Edinburgh was het kanaal gevaarlijker dan het eruitzag. Waarschijnlijk jochies uit Polwarth of Dalry.

'Wat moest die man daar?'

'Niks verdachts, voor zover we weten. Hij woonde in een van die nieuwe flats bij de voormalige autoshowroom van Arnold Clark.'

Gewoon pech dus – verkeerd tijdstip, verkeerde plek. 'Nog iets?' vroeg hij.

'Een paar winkeldieven eerder op de dag, en in Shandon iemand die is doorgereden na een aanrijding. Tieners die zaten te blowen in de Meadows – wacht nou maar tot later vanavond, dan krijg je de gebruikelijke slachtoffers door drank en vechtpartijen.'

Ransome zuchtte en stopte zijn mobieltje weg. Hij had Sandra beloofd het niet laat te maken, hoewel vrijdagavond altijd zijn avondje uit was. Maar terwijl hij om zich heen keek vroeg hij zich af of dit nou de moeite waard was. De darters waren nog bezig. Er waren nog steeds niet genoeg gegadigden voor de quiz. Niemand speelde op de gokautomaat. Sinds het rookverbod was deze tent op sterven na dood.

'Veel te stil,' mompelde Ransome in zichzelf, dronk zijn glas leeg en besloot dat het zo welletjes was.

Mike zat op zijn balkon een sigaret te roken toen de telefoon ging. Hij nam op en hoorde even alleen maar een statisch geruis. Toen een stem die hij meteen herkende.

'Michael, ouwe rukker, hoe gaat-ie?'

Mike glimlachte en ging zitten. De afgelopen dagen had hij elke keer dat de telefoon ging het ergste verwacht: Westie was ontploft of Allan was naar de politie gegaan om schoon schip te maken. Maar dit was gewoon zijn voormalige zakenpartner die hem de ogen uit wilde steken.

'Waar zit je?' vroeg Mike.

'In Sydney, natuurlijk.'

'Hoe laat is het?'

'Morgen. Beetje fris hier op het dek, maar het is wel lekker. Waar ben je mee bezig?'

Mike overdacht alle mogelijke antwoorden. 'Niets bijzonders,' zei hij ten slotte. 'Ik rook nog een halve sigaret en dan ga ik naar bed.'

'Je bent wel een beetje zielig, Michael. Het is toch vrijdag bij jullie? Moet je niet de bloemetjes buiten zetten en je leuter uitkloppen? Ik kan wel een van de meisjes die ik hier ken naar je toesturen.'

'Vast wel. En waar ben jij allemaal mee bezig? Kom op, maak me maar jaloers.'

'De gewone dingen – feestjes en nog eens feestjes, zon, zand en zee. Straks ga ik een boot afhuren.'

'Dat klinkt afschuwelijk.'

Aan de andere kant van de lijn werd gelachen. 'Nou ja, je hield altijd al van een beetje rustig leventje – niet te veel op de voorgrond, bedoel ik.'

'Jij toch ook, Gerry. Wat is er gebeurd?'

'Het leven, jongen.' Hij had altijd hetzelfde antwoord. 'Misschien gebeurt het jou ook nog wel eens.'

'In Edinburgh?'

'Daar heb je gelijk in – kom nou maar als de sodemieter hierheen. Hoe vaak moet ik het nog zeggen?'

'Het staat op mijn lijstje, Gerry.' Waarom ook niet? Wat bond hem aan Schotland? Maar ja, wat stond hem ergens anders te wachten?

'Hoe is het met je portefeuille?'

'Ik ben net op tijd uit het onroerend goed gestapt,' Mike hoorde zijn vriend puffen. 'Ik heb nu delfstoffen, goud en een paar nieuwe technische fondsen.'

'Je zou eigenlijk weer aan de slag moeten, Gerry. De wereld heeft hersens zoals die van jou nodig.'

'Op sterk water bedoel je zeker?' Mike hoorde een vrouwenstem. Gerry bedekte de hoorn met zijn hand.

'Wie is dat?' vroeg Mike.

'Gewoon, iemand die ik ken.'

'Het is wel netjes om in ieder geval iemands voornaam te noemen.'

'Dat is een harde, Michael.' Er viel een stilte. 'Maar die heb ik ook.' Gevolgd door een lachexplosie vanaf de andere kant van de wereld. 'Ik ga maar even kijken of ik haar blij kan maken.'

'Je doet maar.'

'Kom me opzoeken, Michael – wat zouden we een lol hebben.'

'Goeienacht, Gerry.'

'Goeiemorgen, gabber.'

Het was de gebruikelijk manier van elkaar gedag zeggen. Mike glimlachte nog steeds met de telefoon op schoot. Hij haalde even diep adem en keek uit over de stad, een grillig silhouet met lichtpuntjes.

Wat is er gebeurd?

Het leven...

Was dat niet de waarheid? Hij wist dat hij Gerry best over de overval had kunnen vertellen, en als het allemaal lukte, zou hij dat ook nog wel een keertje doen. Trouwens, misschien ook wel als het niet lukte. Gerry zou een kreet van enthousiasme slaken, op zijn dijen slaan en vol verwondering zijn hoofd schudden. Net zoals die keer toen Mike het kantoor was binnengelopen en het bedrag had genoemd dat het consortium voor hun bedrijf had geboden.

Zou je niet de bloemetjes buiten moeten zetten?

Maar met wie dan? Zijn vrienden waren 'partners in zaken' geworden. Wat zou Chib Calloway aan het doen zijn? Bars en nachtclubs, *Wein, Weib und Gesang*? Allemaal heel leuk, maar Mikes hoofd moest de volgende dag helder zijn, hij moest elke stap nog een laatste keer doornemen. Op welk punt zou hij niet meer terug kunnen? En had hij dat punt inmiddels al niet bereikt?

Wat is er gebeurd?

'Er is een deur opengegaan,' zei hij tegen zichzelf, en hij schoot de sigarettenpeuk de nachtlucht in.

17

Zaterdag was het open dag in Edinburgh. Het miezerde zachtjes en er stond een kille wind, maar dat zou de bezoekers niet afschrikken. Voor sommige inwoners was de open dag net zo'n welkome jaarlijkse afwisseling als de diverse festivals. Ze planden een dagtour, waarbij ze bijvoorbeeld een bezoek brachten aan de Castle, het Vrijmetselaarsgebouw, het observatorium of de centrale moskee. Sommigen namen boterhammen en een thermoskan met thee mee. De meeste van de voor het publiek toegankelijke gebouwen bevonden zich in het centrum van de stad en stonden allemaal op de Werelderfgoedlijst van de UNESCO. Er waren er ook een paar die een beetje buiten de stad lagen, waaronder een elektriciteitscentrale en een rioleringsinstallatie.

En niet te vergeten het pakhuis bij de kade in Granton waar de galeries en musea hun overschot aan kunstwerken hadden opgeslagen. Een groot deel van Granton stond nog op de lijst om gemoderniseerd te worden, zoals al in het naburige Leith was gebeurd. Langs de industrieterreinen en verlaten fabrieken liepen wegen met kuilen en gaten. Af en toe viel er achter de hekken en gebouwen een glimp van de grijze Noordzee op te vangen, waardoor bezoe-

kers eraan werden herinnerd dat Edinburgh zijn positie als kust-
plaats nog steeds niet ten volle had benut.

Op dezelfde manier herinnerde het pakhuis eraan dat de stedelijke musea en galeries, hoewel ze zo goed mogelijk met hun collecties omsprongen, door omstandigheden gedwongen waren het
grootste deel van hun bezit te verstoppen.

'Dat gebeurt er nou,' mompelde professor Gissing, 'wanneer een
cultuur inhalig wordt.'

Hij zat achter het stuur van de gestolen bestelbus. Zijn vermomming bestond uit een zonnebril, een platte tweedpet en een geruit
overhemd.

'Geen corduroy vandaag, Robert?' had Allan Cruikshank nerveus
gegrapt toen ze in Gracemount waren samengekomen. Allan had
een bruine pruik op met een blauw basketbalpetje en had zijn pak
verruild voor een wijde spijkerbroek en een vormeloos sweatshirt.
De rest van de ploeg zat achter in de bestelbus: Mike Mackenzie,
Westie, en de vier randjongeren die Chib had aangedragen. De tieners hadden als vermomming alleen maar een basketbalpet waarvan ze de klep diep over hun ogen hadden getrokken en een soort
Burberrysjaal om het onderste deel van hun gezicht te bedekken.
Tot nu toe hadden ze geen ander geluid laten horen dan gegrom en
een soort gemompel. Geen namen, geen bewijzen.

En dat beviel Mike prima. Hij keek weer op zijn horloge. Ze stonden op de zijweg geparkeerd vanwaar ze het portiershuisje konden
zien. Het was een kwartier geleden sinds de groep van de laatste
rondleiding uit het pakhuis naar buiten was gekomen. Allan had
twaalf personen geteld. Ze waren veertig minuten binnen geweest.
Tussen de verschillende rondleidingen viel een gat van vijfentwin-
tig minuten, wat betekende dat de volgende groep zich over vijf minuten zou aandienen. Die bestond uit twaalf namen, die van tevoren
waren geboekt. Maar deze keer zouden zeven namen vals zijn. Gissing en Allan hadden vanaf de voorbank een veel beter zicht op de
mensen die komen en gingen. Niemand zou overwegen hier lopend
naartoe te komen, het pakhuis lag te ver uit de buurt van het openbaar vervoer. Er waren een paar taxi's komen aanrijden om goed ge-

klede echtparen op te pikken, waardoor Mike zich afvroeg of de kans bestond dat er iemand zou opduiken die hij kende. De prof zou bij de bestelbus blijven, maar Mike en Allan zouden in het pakhuis zijn. De meeste mensen die de open dag bezochten waren gewoon nieuwsgierigen, aangetrokken door het feit dat er nu deuren opengingen die normaal voor het publiek gesloten bleven. Maar dit was een verlengstuk van de National Gallery, en er was alle kans dat dit een uitstapje was voor kunstliefhebbers – dezelfde soort mensen die Mike en Allan op tentoonstellingen en veilingen tegenkwamen.

Gissing had opdracht gekregen alleen in het geval van uiterste nood uit de bestelbus te stappen. Maar inmiddels had Mike liever gewild dat de overval zou kunnen plaatsvinden zonder dat hij en Allan iets hoefden te zeggen. En hetzelfde gold voor Westie: kunstliefhebbers bezochten meestal alle eindexamenexposities, en stemmen werden net zo gemakkelijk herkend als gezichten. Er liep een straaltje zweet langs Mikes ruggengraat. Met dit soort dingen was geen rekening gehouden – als de jongens van Chibs ploeg wat eerder waren geïnformeerd, hadden zij het woord kunnen voeren. Maar die hadden tot nu toe alleen maar zitten luisteren, en Mike was bang dat het gesprek tussen Gissing en Allan te veel aanwijzingen had bevat. Ze hadden het over bouwprojecten in de stad en de financiering ervan gehad, waarbij duidelijk werd dat Allan zeer goed op de hoogte was. Vervolgens had Gissing zitten kletsen over verschillende kunst- en antiekcollecties, en daarbij blijk gegeven van een grondige kennis. Het zou voor deze tieners toch niet zo moeilijk zijn het een met het ander in verband te brengen? Als ze ooit gearresteerd zouden worden, zouden ze het dan niet op een akkoordje willen gooien door te vertellen wat ze wisten? Zouden ze voldoende ontzag voor Chib Calloway hebben om ook op de lange duur hun mond te houden?

Er was één meevaller: de snackwagen was dit weekend gesloten, dat betekende in ieder geval één potentiële getuige minder.

'Daar komen de eerste twee,' zei Allan.

Mikes hart ging tekeer, hij hoorde het bloed in zijn oren suizen. Hij zag dat Westie zijn handen tussen zijn knieën had gestopt, alsof hij het trillen wilde tegengaan. Westie had zich trouwens goed van zijn taak gekweten. De bestelbus was als eerste bij zijn flat gestopt, waar ze de valse schilderijen hadden ingeladen. Gissing had ze alle acht nog een keer goed bekeken en ze het predicaat 'eersteklas' meegegeven. Hij had eraan toegevoegd dat Westie voor zijn eindexamenexpositie op dezelfde beoordeling kon rekenen. Waarschijnlijk had hij dit gezegd om de student op zijn gemak te stellen, maar op Mike had dit juist het tegenovergestelde effect, want Chibs jongens zaten al in de bestelbus toen de schilderijen werden ingeladen en geïnspecteerd en wisten nu dat er een student in hun midden was, en ook iemand die hem waarschijnlijk les had gegeven. Westie had te kennen gegeven dat hij 'kapot' was, en hij zag er inderdaad niet goed uit: bleek en afgetobd, en zijn ogen vielen bijna dicht van de slaap. Mike had het idee dat alleen cafeïne hem nog overeind kon houden. Ze konden het nu echt niet gebruiken dat iemand van de ploeg in slaap viel of zich tijdens de overval niet meer kon concentreren.

Overval: alleen al bij het woord gierden de zenuwen door zijn lijf.

Maar hier stonden ze dan, klaar om in actie te komen.

'Weer twee,' zei Allan. 'Er moet er nu nog eentje komen.'

In Westies flat was geen spoor van Alice te bekennen geweest. Mike was over de brug gekomen met het geld dat ze had gevraagd, met de vermelding dat het eigenlijk een voorschot was en geen extra geld. Daarna was hij met de Maserati een paar keer over de videocamera gereden totdat die aan gruzelementen was. Om niets aan het toeval over te laten had hij wat ervan over was op diverse plekken in de stad gedumpt. Maar wilde hij zichzelf nou voor de gek houden? Er waren al zoveel losse eindjes, en dit waren niet de laatste. Hij keek naar de stapel oningelijste schilderijen die op de vloer van de bestelbus lagen. Toen ze bij Westies flat vertrokken, had hij iedereen op het hart gedrukt er niet per ongeluk op te gaan staan.

'Dan krijg je met mij te maken,' had Westie gesnauwd, waarop Chibs jongens alleen maar hadden gelachen.

Tot dusver was alles goed gegaan. Mike had om zeven uur met

Allan op Marine Drive afgesproken, waarna ze de Audi hadden achtergelaten en met de Maserati terug naar Mikes penthouse waren gereden. De sandwiches met bacon waren er niet echt in gegaan, ze hadden alleen maar sinaasappelsap en koffie gedronken en daarna hun vermomming aangedaan. Mike was in lachen uitgebarsten toen Allan de woonkamer binnenkwam met een pruik op, en zijn bril voor contactlenzen had verwisseld.

'Heb ik in een rommelwinkeltje gekocht,' had Allan gezegd, doelend op de pruik. 'Hij jeukt wel een beetje.'

Gissing wachtte hen op in Gracemount. Hij zag er opgewonden uit, en trok nogal de aandacht terwijl hij daar heen en weer beende. Mike had zijn Maserati aan de kant gezet, en hoopte maar dat niemand de auto zou opmerken, of er aanstoot aan zou nemen. Vijf minuten later was de bestelbus komen aanrijden, met vier man. Calloway was in geen velden of wegen te bekennen. Mike had opgelucht ademgehaald. Hij had min of meer verwacht dat de gangster ook mee had willen komen. Om het ijs te breken had hij geprobeerd een praatje met de tieners aan te knopen, maar die hadden hem te kennen gegeven dat meneer Calloway had gezegd dat ze moesten doen wat hun was opgedragen en voor de rest hun 'waffel' moesten houden.

'Sorry, hoor,' had eentje van hen gezegd, en was toen achter in de bestelbus gekropen. Vanaf dat moment kwamen daar alleen gegrom, keelklanken en een constante sigarettenwalm vandaan. Het schoot Mike te binnen dat dat verboden was, omdat in Schotland op geen enkele werkplek meer mocht worden gerookt, ook niet in bestelauto's.

Nou nou, dacht hij bij zichzelf. We zijn in overtreding. Hij wreef met zijn hand over zijn gezicht. Net als de anderen had hij rubberhandschoenen aan, die ze bij een drogist in Bruntsfield hadden gekocht.

'De laatste gaat nu naar binnen,' zei Allan plotseling, terwijl zijn stem ongeveer een halve octaaf omhoogschoot.

'We hebben nog twee minuten,' stelde Mike vast terwijl hij op zijn horloge keek. Gewoonlijk droeg hij een Cartier, of ook wel het antieke zakhorloge van Bonnar. Maar Allan had gezegd dat hij iets minder opvallends moest dragen. Wat hij nu om had had nog geen tien pond gekost, afkomstig uit dezelfde drogisterij als waar ze de handschoenen vandaan hadden. Het ding deed het in ieder geval, hoewel de secondewijzer nu over de wijzerplaat leek te kruipen. Was de batterij soms op?

'Negentig seconden.'

Hij vertrouwde op Allans aftellen. Als er nu maar geen andere bezoekers kwamen opdagen...

'Zestig...'

Nu kon hij niet meer terug. Hij wierp een blik in Westies richting. Westie keek hem aan met een grimmige uitdrukking op zijn gezicht, maar misschien was hij alleen maar suf. Zijn vermomming bestond uit een wollen muts en een zonnebril. Hij zette de zonnebril net op.

'Dertig...'

'Oké, en nu niet de boel verklooien,' zei een van Chibs jongens tegen zijn drie maten. Er werd geknikt en gebromd. Ze zetten hun basketbalpetjes op en deden de sjaals om. Zelfs Gissing knikte instemmend, zijn handen om het stuur geklemd.

'Is de kust veilig?' vroeg Mike, en hij hoopte maar dat zijn stem niet trilde.

'Alles in orde,' bevestigde Allan.

Mike haalde even diep adem maar was niet in staat het commando te geven. Alsof hij dat voelde, had Gissing zich half omgedraaid en nam het van hem over.

'Nu!'

De deuren van de bestelbus gingen knarsend open en ze sprongen er met zijn zevenen razendsnel uit, renden de hoek om, en kregen het portiershuisje in het vizier.

We hadden ons moeten verspreiden, dacht Mike, zo lijken we echt op een gang. Een van Chibs jongens rende vooruit, allesbehalve ontspannen lopend. Mike had het zich ongeveer als de beginscène van *Reservoir Dogs* voorgesteld: rustig, beheerst, alsof ze naar hun werk gingen. Maar hij kon zijn benen nog maar net bijhouden.

De bewaker scheen het allemaal niet verontrustend te vinden. Hij was uit zijn gemakkelijke stoeltje opgestaan, schoof het raam open en pakte zijn klembord. Meestal had hij een uniformpet op, maar vandaag niet.

'Jullie zijn laat,' zei hij berispend. 'Mag ik even jullie namen?'

Toen hij de deur hoorde opengaan draaide hij zijn hoofd om, kwam even overeind uit zijn stoel toen hij onder een jack de afgezaagde loop tevoorschijn zag komen, en werd toen teruggeduwd door een van Chibs jongens. De anderen wachtten niet, maar liepen door over het pad naar de deur van het pakhuis. Die bevond zich naast het centrale laadplatform. Er stond een bestelwagen van het museum op geparkeerd, maar er was nog voldoende ruimte om een andere auto ernaast te wurmen. Mike hoorde een mechanische klik achter zich en wist dat dat de slagboom was die omhoogging.

'Dit is het,' zei hij en hij greep de deurkruk.

'Ga dan,' werd er gezegd.

Mike deed de deur open en stapte naar binnen. Het was precies wat hij had verwacht – een pakhuis. Allemaal spullen op stellingen, de meeste voorwerpen verpakt in jute en noppenfolie. De bewakersruimte was aan de rechterkant. De vijf bezoekers die al binnen waren, werden toegesproken door een lid van het museumpersoneel, misschien was de bestelbus die buiten stond wel van hem. Hij had een pak aan met een stropdas en een naamplaatje op zijn revers.

Een van Chibs jongens was inmiddels op weg naar de bewakersruimte. Hij liep naar binnen en trok zijn pistool. Er zaten twee bewakers voor een serie beeldschermen. Mike zag door het raam dat ze hun handen omhoog deden, hun ogen strak op het vuurwapen gericht.

Terwijl Mike ook zijn pistool tevoorschijn haalde, besefte hij dat hij nu iets moest zeggen. Vanaf het moment dat hij de deur had opengedaan waren hoogstens tien tot vijftien seconden verstreken, maar het leken wel minuten. Hij had gerepeteerd wat hij zou gaan zeggen, geoefend op de toon, barser dan gewoonlijk, een korte grauw. De manier waarop hij dat uit zijn jeugd kende.

'Tegen de muur allemaal.'

De bezoekers aarzelden, misschien waren ze in de veronderstelling dat het een misselijke grap was. Toen de museummedewerker protesteerde, zette een van de twee overgebleven jongens van Chib de loop van het pistool tegen zijn oor.

'Wil je dat je klotehersens op de vloer spatten?'

Dat wilde de museummedewerker zeker niet. Hij gaf zich over door zijn handen op te steken en liep achteruit naar de muur; de rest van het gezelschap volgde zijn voorbeeld.

Het drong tot Mike door dat Allan en Westie al verder het pakhuis in waren gelopen. Mike liep de bewakersruimte binnen, zonder verdere aandacht aan de gijzeling te besteden, en pakte uit een openstaand kastje aan de muur de sleutels die hij nodig had. Hij had de nummers in zijn hoofd geprent, aangedragen door professor Gissing, die hem ook had uitgelegd dat het kastje normaal gesproken op slot zat. Maar niet op de open dag.

Heel even kon hij niet op een van de nummers komen, maar toen herinnerde hij zich het weer. Jezus, Mike, zei hij in zichzelf, dat is toch niet zo moeilijk? Maar drie klotenummers...

Drie kluizen. Nou ja, eigenlijk waren het geen echte kluizen, Gissing had gezegd dat het meer een soort metalen inloopkasten waren. Terwijl hij de bewakersruimte uitliep knikte Mike even, waarop de bezoekers en hun gids naar binnen werden geleid. Het zou wel gezellig worden daarbinnen. De bewakingscamera's waren uitgeschakeld, de rolluiken neergelaten. Niemand kon zien wat er gebeurde: geen vermommingen die werden geregistreerd, geen fysieke kenmerken om te worden opgeslagen voor later onderzoek.

Het kostte Mike langer dan hij had gedacht om Westie te vinden. Hij dacht dat hij de plattegrond wel kende, maar ze hadden geen rekening gehouden met de opslag van het museum in Chambers Street. Er zaten enorme stukken tussen, waar omheen moest worden gelopen. Westie sloeg zijn ogen ten hemel toen hij hem zag, maar Mike nam niet de moeite zich te verontschuldigen, wierp hem de sleutel toe en ging toen op zoek naar Allan. Hij probeerde zich niet te laten afleiden, maar dat viel niet mee met zoveel schatten om zich heen. Plank na plank met kunstvoorwerpen, waarvan er maar een paar herkenbaar waren. Keltisch, Maya, Grieks, Romeins... niet na te gaan hoeveel culturen en perioden hier waren vertegenwoordigd. Hij liep langs een vélocipède en een grote ingepakte vorm die best een olifant had kunnen zijn. Zoals Gissing al had gezegd, kon iemand hier weken doorbrengen en dan nog niet uitgekeken raken. Mike bedacht opeens dat dit zijn eerste en tevens laatste bezoek zou zijn, hij zou hier nooit meer kunnen komen. Het was zelfs de vraag of ze ooit nog de deuren voor het publiek zouden openstellen.

Allan had een grijns op zijn bezwete gezicht en had zijn pruik afgedaan om op zijn hoofd te kunnen krabben.

'Gaat alles goed?' vroeg hij. Mike wist dat een verkeerd antwoord de nekslag voor zijn vriend zou betekenen. Hij knikte en gaf hem de sleutel terwijl Allan zijn pruik weer opzette.

'Zaten er nog bekenden bij de deelnemers aan de rondleiding?' wilde Mike nog weten.

Allan schudde zijn hoofd, waardoor zijn pruik scheef zakte. 'Maar ik heb er niet echt op gelet,' zei hij verontschuldigend.

'Ik ook niet,' gaf Mike toe en hij draaide zich om, op zoek naar zijn eigen kluis.

Die had nummer 37. Er hing een labeltje aan de sleutel; Gissing had hem gewaarschuwd dat de kluizen niet doorgenummerd waren. Aan de ene kant van het pakhuis lagen de even nummers en daartegenover de oneven nummers. Door een pad tussen de stellingen liep hij naar de andere kant, en terwijl hij het juiste nummer in de rij zocht stopte hij het pistool weer in zijn broekband. Er waren geen andere bewakers, geen afgedwaalde bezoekers. Wel een heleboel camera's, die hopelijk uitgeschakeld waren. Wat zou er gebeuren als Chibs jongens er een waren vergeten? Allan met zijn pruik af, terwijl hij op zijn hoofd stond te krabben. Maar het was nu te laat terwijl hij daarover in te zitten. Kluis 37. Hij stak de sleutel in het slot en duwde tegen de zware deur, die zacht piepend openging. Er hing een lamp aan de bovenkant, zoals Gissing had gezegd. Ingelijste doeken, tientallen. Hij wist welke nummers hij zocht. De schilderijen stonden zij aan zij naast elkaar, verpakt in een dubbele laag noppenfolie en doek; aan de zijkant hingen labels. Hij schoof de beide schilderijen eruit, stopte ze onder zijn armen en ging weer terug. God mocht weten wat hij daar allemaal achterliet. Als hij tijd genoeg had gehad, had hij misschien wel wat anders uitgekozen. Hij voelde de Monboddo, het was het kleinste schilderij van de twee. Als hij het nu op een lopen zou moeten zetten, wist hij wel welk schilderij hij als eerste zou laten vallen.

Achter de gesloten deur van de bewakersruimte was alles rustig. Mike hoopte maar dat Chibs jongen zich een beetje gedroegen. Een van hen had de deuren naar het laadplatform opengedaan, waardoor er daglicht binnenviel en de geur van frisse lucht en vrijheid binnendrong. Mike zag de bestelbus staan. Gissing had hem op zijn plek gezet en de achterdeuren stonden al open. Hij stond achter in de bestelbus en keek opgelucht toen hij Mike zag aankomen, waardoor Mike zich afvroeg of er misschien iets mis was met Allan en Westie. Waar waren ze verdomme? Hij gaf Gissing het eerste schilderij – een Cadell. De professor pakte het uit en Mike pakte het duplicaat van de vloer. Gissing haalde het doek uit de lijst. Met zijn ervaren handen kostte het hem maar een halve minuut. Er zaten houten wiggen in de lijst om het doek op spanning te houden, en die verwijderde hij eerst, met krachtige en vaste hand.

Mike hield zijn adem in toen de originele lijst om Westies vervalsing werd gelegd. Hij paste perfect, en Mike siste even van bewondering. Gissing zette de stukjes hout weer op hun plaats en keek toen op de achterkant en het spieraam van het originele doek of er nog merktekens op stonden. Als hij iets zou ontdekken, zouden ze dat nooit kunnen kopiëren, dat vereiste grote deskundigheid. En ze hadden maar weinig tijd. Maar Gissing zei dat het 'in orde' was. Zoals Gissing had voorspeld zaten de merktekens en etiketten meestal op de lijst en niet op het kunstwerk zelf. Dit was een van de redenen dat ze voor kleinere doeken hadden gekozen: dan liep je minder kans op een kruisverband. En daardoor één oppervlak minder waar merktekens op konden staan.

'Pak in,' gromde Gissing, die al met het tweede meesterwerk in de weer was: het portret van Monboddo. Mike hoorde iets, draaide zich om en zag Allan en Westie uit het pakhuis komen, ieder met drie schilderijen. Hoe had hij zo stom kunnen zijn? Daarom was hij eerder klaar dan zij! Ze hadden er drie en hij maar twee.

'Geen problemen?' vroeg hij met licht trillende stem.

'Geen problemen,' bevestigde Allan terwijl het zweet van zijn kin droop. Mike kreeg opeens een bizarre gedachte: konden ze door middel van zweet DNA vaststellen? Dit was niet het moment om het te vragen. Westie was inmiddels bezig een van zijn eigen doeken uit te pakken. Net als Gissing wist hij precies wat hij aan het doen was, en ook dat het een race tegen de klok was. Het was niet te voorspellen of de volgende groep bezoekers misschien te vroeg zou komen. Mike keek langs de bestelauto naar het poorthuis. Er viel geen bewaker te bekennen, waarschijnlijk lag hij op de grond. Op zijn plek zat een jongen van Chib met de uniformpet op, een leuk detail, maar Mike betwijfelde of iemand er van dichtbij in zou trappen, zeker niet omdat deze tiener nog steeds een sjaal over het onderste deel van zijn gezicht had.

Weer terug in de auto zag Mike dat Gissing stond te hijgen. De professor was echter nog steeds bij de tijd want hij drukte hun op het hart dat als de kopieën weer waren ingepakt, de labels goed zichtbaar moesten zijn.

'Ze moeten er weer net zo uitzien als daarvoor...'

'Dat weten we heus wel,' zei Westie verongelijkt. 'Maar ik blijf erbij dat we dit ook ergens anders hadden kunnen doen,' voegde hij eraan toe.

Mike had hem dit al eerder horen zeggen, maar hij was het meteen met Allan eens geweest: het alarm zou pas afgaan als ze het terrein hadden verlaten. Daarna werd het pas echt een race tegen de klok. Het was beter om de schilderijen nu te verwisselen, dan konden ze sneller en beter wegkomen als de politie hun op de hielen zat.

'Nog drie,' zei Allan met zijn blik gericht op Westie en Gissing, die druk aan het werk waren. Mike keek weer op zijn horloge. Twaalf minuten geleden waren ze het pakhuis binnengegaan. Het liep gesmeerd, of eigenlijk liep het net zo goed als zijn goedkope horloge. Hij forceerde een glimlach en gaf Allan een klopje op de rug.

'Daar zou ik nog maar even mee wachten,' snauwde Gissing en hij veegde het zweet uit zijn ogen. 'Gaan jullie maar weer terug naar binnen en controleer de boel voor de laatste keer.'

De laatste controle: de kluisdeuren stonden wagenwijd open met de sleutel in het slot. Ze zouden sporen achterlaten, had Westie gezegd, want dat wist hij van al die politieseries waar hij met Alice naar keek. Een verdwaalde haar, of vezels van kleding, vage schoenafdrukken. Maar hoe minder ze achterlieten, des te beter. Mike en Allan stonden in het midden van het pakhuis en knikten elkaar toe. Toen liep Allan terug naar de bestelauto en Mike deed de deur van de bewakersruimte open. Er werd een pistool op hem gericht, maar toen degene die het vasthield hem herkende, liet hij het zakken. Mike stak drie vingers op om aan te geven dat ze nog drie minuten hadden. De 'gegijzelden' zaten geknield op de vloer, met de handen op hun hoofd en hun ogen stijf dichtgeknepen. De videoschermen waren donker.

Terug in de auto ging Allan in de passagiersstoel zitten en veegde zijn gezicht af met een zakdoek. Westie was nog bezig een schilderij in te pakken. Gissing hield zijn hand tegen de borst gedrukt, maar liet Mike met een hoofdknikje weten dat alles met hem in orde was.

'Beetje buiten adem.'

'Ga zitten,' zei Mike. 'Ik rij.' Hij ging in de bestuurdersstoel zitten en keek of het sleuteltje in het contact zat.

'Hoe staat het ervoor?' vroeg hij aan Allan.

'Het zou wel fijn zijn als we nu weg konden.'

Mike hoorde een geluid en tuurde in de achteruitkijkspiegel: er kwamen drie gedaantes aan die achter in de bestelbus sprongen. De deuren gingen knarsend dicht en Mike zette de motor aan. Iemand drukte hem vanaf de achterbank iets in handen: een sleutel.

'Ik heb ze in de bewakersruimte opgesloten,' kreeg hij te horen.

'Geweldig,' zei Mike en hij liet de sleutel in de asbak van de bestelauto vallen. 'Maar als je hun mobieltjes niet hebt afgepakt, zal dat niet veel tijd schelen.'

De bestelbus reed hortend en stotend naar het portiershuisje. 'Niet te snel,' waarschuwde Gissing hem. Hij had gelijk, ze mochten absoluut niet opvallen bij het langskomend verkeer of een patrouillerende politieauto. Mike stopte bij het portiershuisje om de laatste passagier op te pikken. De jongen had de uniformpet meegenomen, en zijn vrienden begonnen te lachen.

'Die blijft in de bestelbus,' waarschuwde Mike hem.

Allan keek hem overdreven nauwlettend aan. 'Meneer de prof,' bromde hij.

'Rijden!' zei een van de jongens achterin. In de zijspiegel zag Mike een bewaker uit zijn verblijf komen. Hij trapte het gaspedaal in.

'Je had hem een dreun moeten verkopen,' zei iemand.

'Kon ik niet,' werd er geantwoord. 'Die gast is een supporter van Hearts. Ik zag een kalender, clubblaadje, dat soort gein.'

'Hij heeft ons kentekennummer,' zei Allan.

'Dat zal nogal veel helpen,' zei Mike tegen Westie. 'Daarom hebben we het op deze manier gedaan.'

Westie snoof even en hield verder zijn mond. Stilzwijgend reden ze door, hun oren gespitst op het geluid van sirenes.

'We hadden een cb-ontvanger mee moeten nemen,' zei een van de jongens. 'Dan hadden we kunnen afstemmen op de golflengte van de smerissen.'

Mike en Allan keken elkaar aan – nog iets waaraan ze niet hadden gedacht.

Mike had het gevoel alsof al zijn zintuigen op scherp stonden. Het geluid van het teermacadam onder de wielen van de bestelbus werd versterkt, hij rook de hopgeur van een brouwerij in de verte. Zijn bloed tintelde en hij had de smaak van adrenaline in zijn mond.

Dit is het gevoel dat je leeft, dacht hij. Het was alsof zijn zenuwstelsel was aangesloten op een soort superaccu.

Allans Audi stond nog steeds op dezelfde plek. Er waren geen andere auto's te zien, behalve een oude Rover met doorgeroeste strips. Het was harder gaan regenen en de hondenuitlaters lieten het afweten. De oningelijste schilderijen werden overgeheveld naar de ruime kofferbak van de Audi. Een van Chibs jongens maakte aanstalten de deuren van de bestelbus dicht te doen, maar Mike zei tegen hem dat hij ze open moest laten.

'We hadden toch zogenaamd haast?' legde hij uit.

De Rover was voor de vier tieners bestemd. Het contactsleuteltje was tussen een van de voorwielen verstopt. Mike wilde hun een hand geven, maar de vier jonge mannen staarden er alleen maar naar. Toen vroeg eentje om de wapens. Ze werden aan hen overhandigd – Mike leverde het zijne met grote tegenzin in – en in de kofferbak van de Rover gelegd. Voordat ze wegreden, controleerde Mike of de uniformpet zoals afgesproken in de bestelbus was achtergebleven.

Allan wuifde even naar ze. 'Fijn stelletje,' zei hij en hij keek naar de auto die met gierende banden verdween. Gissing en Westie zaten al in de Audi.

'Laten we gaan,' zei Gissing.

'Wacht even,' zei Mike, en hij liep terug naar de bestelauto. Hij haalde er een paar ingepakte schilderijen uit en liet ze op de weg vallen. Toen hij terug was in de Audi vroeg Gissing wat dat te betekenen had.

'De dieven zijn in paniek gevlucht,' lichtte Mike toe. 'Net toen de overdracht plaatsvond. Voegt een beetje drama toe aan het geheel, vind je niet?'

Westie toetste een nummer in op zijn mobieltje. Hij had gevraagd of hij het telefoontje mocht plegen. De telefoon was een cadeautje van Calloway dat bij de wapens in de doos had gezeten. Chib had bezworen dat het niet te achterhalen was en gewaarschuwd dat er maar twee minuten beltegoed op zat. Westie haalde even diep adem en knipoogde toen overdreven naar de anderen. Toen begon hij:

'Met de politie?' De manier waarop hij dit zei verloochende zijn arbeidersafkomst uit de Fife niet. 'Moet u horen, ik heb verdomme net iets heel mafs gezien op Marine Drive... een aantal gasten die achter in een witte bestelbus zaten, het leek wel alsof ze lijken aan het dumpen waren. Ik denk dat ze zich de klere schrokken toen ze me zagen, maar ik heb hun kenteken...'

Hij raffelde het af, beëindigde het gesprek en maakte toen een buiging voorover.

'Lijken aan het dumpen waren?' herhaalde Mike.

'Jij bent echt niet de enige die kan improviseren.' Westie draaide zijn raampje naar beneden en gooide het mobieltje in een greppel naast de weg.

'Hé, jongens,' zei Allan. 'Mogen deze klotedingen nu uit?' Hij doelde op de rubberhandschoenen.

Mike knikte. Ze waren veilig. Ze waren onderweg. Ze hadden het geflikt.

Ze hadden het geflikt!

18

In Mikes woonkamer stonden verspreid over twee banken en twee gemakkelijke stoelen zeven schilderijen zonder lijst uitgestald, en drie mannen stonden ernaar te kijken met een champagneflûte in hun hand. Ze hadden zich van hun vermomming ontdaan en zich in Mikes badkamer opgefrist; het zweet, het stof en de stank van de handschoenen van zich afgespoeld. Allan zat onafgebroken op zijn hoofd te krabben, en hij was bang dat de 'beestjes' uit de pruik in zijn haar waren gaan zitten.

De Maserati was tijdens het korte verblijf in Gracemount niet aan vandalisme ten prooi gevallen, maar aan de vingerafdrukken op de ramen was te zien dat er kinderen naar binnen hadden staan gluren. Ze hadden Westie bij zijn flat afgezet, en hem er nog een keer aan herinnerd dat hij zijn schilderij moest verstoppen. Hij had Mike gevraagd hoe het met de rest van het geld zat.

'Dat staat morgen op je rekening,' had Mike hem verzekerd.

Westie had breed geglimlacht en tegen iedereen gezegd dat het zo goed was gegaan, en zo te zien had hij eigenlijk helemaal geen zin gehad uit de auto te stappen.

'Volgens mij had ik er gewoon twee moeten eisen,' had hij gemompeld.

'Krijg nou niet de goudkoorts, jongeman,' had Gissing nors gezegd.

Westie had verontschuldigend zijn handen opgestoken. 'Ik maakte maar een geintje... om de boel een beetje op te vrolijken. Jullie zien eruit alsof jullie net iemand hebben begraven.'

'Ga jij nou maar slapen,' had Mike tegen hem gezegd. 'En maak er zondag een rustig dagje met Alice van – en geen geld over de balk smijten, hè?'

'Geen geld over de balk smijten,' herhaalde Westie, die eindelijk het portier opendeed en met het schilderij onder zijn arm uitstapte.

'Ik vind die twee van jullie beter,' zei Allan tegen Gissing terwijl ze samen naar de minitentoonstelling keken.

'Te gek,' zei de professor met een zuinig lachje.

'En hoe zit het met die Utterson van Calloway?' vroeg Allan.

'Ik zorg er wel voor dat die bij zijn nieuwe eigenaar komt,' zei Mike.

'Maar kunnen we hem wel vertrouwen?' vroeg Allan. Hij drukte een vinger tegen zijn ooglid, in een poging het kloppen tegen te gaan. 'Robert had het over goudkoorts... zou het niet voor de hand liggen dat Calloway ook onze doeken zal willen hebben?'

'Die is wel tevreden,' probeerde Mike zijn vriend gerust te stellen. 'Laat hem maar aan mij over.'

'Weet hij dat hij het schilderij verborgen moet houden?' drong Allan aan.

'Dat weet hij heus wel,' zei Mike geprikkeld. Hij pakte de afstandsbediening van de salontafel, deed het plasmascherm aan en zapte langs kanalen, om te kijken of er nieuws was.

'Het is misschien nog een beetje te vroeg,' zei Allan en hij wreef over zijn rood geworden ogen. Hij had nog steeds de gehate wegwerplenzen in die deel uitmaakten van zijn vermomming. Mike negeerde hem. Eigenlijk wilde hij dat ze weggingen zodat hij zijn aandacht kon wijden aan het portret van Monboddo's vrouw. Hij had het nog maar heel even kunnen vasthouden. Gissing maakte een rondje door de kamer. Hij had nauwelijks naar zijn eigen keuzes gekeken, maar stond in plaats daarvan aandachtig een van Mikes veilingaankopen te bestuderen.

'Er schoot me net iets te binnen,' zei Allan. 'Wat gebeurt er als iemand daar eerder is dan de politie? Op Marine Drive, bedoel ik, en hem smeert met een lading van Westies prachtige vervalsingen?'

'Dan wordt hij door de politie aangehouden in de veronderstelling dat ze de dief te pakken hebben,' antwoordde Mike.

'Dat is waar ook,' moest Allan toegeven. Zijn flûte was leeg, maar Mike had besloten dat één fles champagne wel genoeg was, bovendien moest Allan nog naar huis. De professor had op een gegeven moment ook een lift nodig, want Mike ging beslist geen taxi bellen voor iemand met een kostbaar schilderij onder zijn arm.

Over het scherm rolden de woorden BREAKING NEWS. Boven de schouder van de nieuwslezer was een oude foto van Edinburgh Castle te zien. Die maakte plaats voor een plattegrond van de stad en er werd ingezoomd op de omgeving van Granton.

'Daar gaan we,' mompelde Mike in zichzelf. 'Nu begint de lol pas echt.' Hij zette het geluid harder, maar toen ging een mobiele telefoon. Het was die van Gissing, waarop Mike het geluid afzette. Toen Gissing naar hem glimlachte, knikte Mike terug. Ze wisten wie het zou zijn... in ieder geval hoopten ze dat het diegene zou zijn. Gissing legde waarschuwend zijn vinger tegen zijn lippen en nam op.

'Professor Robert Gissing,' zei hij ter introductie, en vervolgde na een paar seconden met: 'Ja, ik zie het nu op de tv... absoluut verschrikkelijk. Hebben ze iets meegenomen?' Er volgde een iets langere pauze waarbij hij zijn blik vestigde op het raam en het donker wordende uitzicht. 'Ik snap het... maar wat kan ik hieraan bijdragen? Je moet Jimmy Allison hebben voor dit soort...' Gissing werd onderbroken. Hij luisterde en trok intussen demonstratief zijn wenkbrauw op. 'Wat ontzettend! Tegenwoordig is niemand meer veilig op straat, Alasdair.'

Dit was voor Mike de bevestiging dat Gissing in gesprek was met de directeur van de National Galleries of Scotland, Alasdair Noone.

'Ja, natuurlijk,' zei Gissing. 'Zo snel mogelijk, Alasdair. Nee, ik kom wel op eigen gelegenheid... over een halfuur?'

Mike maakte vlug een berekening – jawel, vanaf het huis van de professor kon je makkelijk in een halfuur op Marine Drive zijn.

'O, echt waar?' Gissing wierp een blik in Mikes richting. 'Nou, daar heb ik een beetje problemen mee. Of misschien stond de tv te hard. Sorry. Ja, ja, ik kom eraan, Alasdair. Dag.'

Gissing beëindigde het gesprek en keek Mike weer aan.

'Hij heeft geprobeerd je vaste nummer te bellen,' veronderstelde Mike. 'Toen je niet opnam heeft hij je mobiele nummer geprobeerd. Maar je hebt intussen wel gezegd dat je thuis was.'

'Daar zoekt hij niks achter,' verzekerde Gissing hem.

'Maar de politie misschien wel,' was Allans commentaar. 'Kleine details, inconsistenties...'

'Hij heeft al genoeg aan zijn hoofd,' hield Gissing vol. 'Ik durf er honderd pond om te verwedden dat hij het nu al is vergeten.' Hij keek op zijn horloge. 'Zo, ik zal maar eens gaan.'

'Wacht nog een paar minuten,' zei Mike. 'Vanaf hier is het met de taxi maar een kwartier naar Marine Drive.'

'Daar heb je gelijk in.'

'Ontspan een beetje.'

'Misschien een klein glaasje whisky...'

'Je wilt toch niet dat ze merken dat hun expert naar drank ruikt – ik geef je wel een glas water.' Mike liep naar de keuken, en Allan liep achter hem aan.

'Het komt toch wel goed?' vroeg Allan, en hij zette zijn flûte op het smetteloze aanrecht. Volgens Mike zou dit niet de laatste keer zijn dat zijn vriend hem deze vraag zou stellen.

'Tot dusver is alles op rolletjes gegaan. Dankzij de goede planning. Het gaat er nu alleen maar om dat we onze zenuwen in bedwang houden.' Mike gaf hem een knipoog, vulde een groot glas met water en liep ermee terug naar de woonkamer. Gissing drukte twee vierkante tabletjes uit een strip.

'Maagzuur,' verklaarde hij en hij pakte het glas aan.

'Heeft Alasdair nog gezegd hoe het met meneer Allison ging?' informeerde Mike.

Gissing kauwde de tabletten weg. 'Hij is uit het ziekenhuis, maar hij heeft wel een hersenschudding en blauwe plekken.' Hij wierp Mike een nijdige blik toe. 'Volgens mij is je vriend een tikkeltje te ver gegaan.'

'Net genoeg om te voorkomen dat zijn hulp kon worden ingeroepen,' reageerde Mike. 'Wanneer je klaar bent op Marine Drive, neem je een taxi hiernaartoe, dan brengt Allan of ik je naar huis.' Mikes eigen mobieltje ging. Geen gesprek, maar een boodschap van Chib Calloway.

HEB GEHOORD DAT MIJN BOYS HET OK DEDEN! ONDERPAND Z.S.M. NODIG. ZIT JE BIJ TV?

Mike besloot niet te reageren. Onderpand: letterlijk het woord dat Chib had gebruikt tijdens dat telefoongesprekje. Een prima onderpand. Op het nieuws was nu een of andere overstroming in Engeland. De journalist ter plekke zei iets over de bewoners die bang waren dat het hen 'boven het hoofd zou stijgen'. Gissing nam met trillende handen nog een derde tablet, terwijl Allan over zijn kloppende ooglid wreef en als een hyperactief jongetje met zijn voeten bewoog.

Boven het hoofd? Ze wisten nog niet half hoever.

19

Inspecteur Ransome zat aan zijn bureau in het lege kantoor van de centrale recherche toen hij het bericht hoorde.

Hij had de radio aanstaan voor een beetje achtergrondmuziek en gebabbel. Het was een of andere lokale zender, waarop 'gouwe ouwe' werden afgewisseld met verkeers- en weerberichten. Ransome zat nu al een dikke twee uur op kantoor en had ongeveer een centimeter uit zijn bakje weggewerkt. Hij moest de komende twee weken drie keer in de rechtszaal verschijnen en al zijn bewijsstukken nog grondig doornemen. Het was schandalig hoeveel tijd agenten – zowel die in uniform als van de recherche – hun tijd verspilden in de diverse gerechtsgebouwen. Het kwam dikwijls voor dat iemand op het allerlaatste moment in ruil voor een schuldbekentenis strafvermindering kreeg, waardoor de agenten niet eens in de getuigenbank plaats hoefden te nemen. Hij kende een agent die terwijl hij wachtte tot hij zijn woordje mocht doen, de tijd buiten de verschillende rechtszalen had doorgebracht met studeren en het schrijven van verhandelingen, en hiermee een titel van de Open Universiteit had behaald.

Ransome vroeg zich af wat hij zou gaan studeren als hij de kans zou krijgen, en op dat moment hoorde hij de dj aankondigen dat er een 'inbraak op een industrieterrein in Granton' had plaatsgevonden. Ransome wilde de zender wegdraaien, maar toen hoorde hij de woorden 'kostbare kunstwerken'. Wat deden die verdomme in een pakhuis in Granton? Bezit van verschillende stedelijke musea... personeel en bezoekers bedreigd met vuurwapens... nog niet bekend welke kunstwerken worden vermist...

Kunstwerken en wapens.

Wapens en kunstwerken.

Ransome belde Laura in het veilinghuis, maar hij kreeg geen gehoor. Hetzelfde liedje met haar mobieltje. Zachtjes vloekend liep hij naar de parkeerplaats. Hij kon binnen twintig minuten op Marine Drive zijn. Dat vond hij nou een van de prettige dingen van deze stad: je was nooit meer dan een halfuur van iets verwijderd. Je had af en toe het gevoel dat het meer op een dorp leek, waardoor zijn gedachten meteen een andere kant opgingen: een overval op een pakhuis, kunstwerken gestolen... en een van de grootste onderwereldfiguren van Edinburgh die sinds kort in schilderijen was geïnteresseerd. Hij herinnerde zich de dag in de National Gallery, toen Calloway thee zat te drinken met zijn oude schoolmakker Michael Mackenzie. Mackenzie de computerbons, de kunstverzamelaar. Ze vormden een eigenaardig stel, dat was zeker.

Rond de witte Transit bus was blauw-witte politietape gespannen. Agenten in uniform leidden het verkeer om. Er was een forensisch team aan het werk, dat de omgeving uitkamde en foto's nam. Zo te zien had ene inspecteur Hendricks de leiding van het onderzoek, waardoor Ransome een lichte rilling kreeg toen hij uit zijn auto stapte. Hij beschouwde Hendricks als een serieuze concurrent in de strijd om promotie. Hij was ongeveer van dezelfde leeftijd als Ransome, had een uitstekende staat van dienst, zag er goed uit en wist zichzelf uitstekend te presenteren, zowel in het openbaar als bij de hoge omes van het politiekorps. Op de Tulliallan Politieacademie waren Ransome en hij van dezelfde lichting, en Ransome wilde er niet eens meer aan denken hoe lang geleden dat was. Als kersverse rekruten hadden ze op een gegeven moment de opdracht gekregen geld voor een goed doel in te zamelen. Hoewel Ransome zijn beste beentje voor had gezet, had Hendricks met ruime voorsprong gewonnen door in Stirling een diner voor sportlui te organiseren, waarvoor hij een aantal prominente voetballers had weten te strikken om een praatje te houden. Ransome was er naderhand achtergekomen dat Hendricks een oom had die voorzitter van de voetbalbond was. Een duidelijk geval van vriendjespolitiek.

Toch was er nooit sprake van enige vijandschap tussen hen beiden – Ransome keek wel uit om zijn concurrent tegen zich in het harnas te jagen. In het openbaar benaderden ze elkaar zakelijk en voorkomend en zo nu en dan werkten ze zelfs samen. Bovendien zagen ze elkaar niet vaak omdat Ransome gestationeerd was in het bureau in West End en Hendricks in Gayfield Square, aan de andere kant van de stad. Ransome vroeg zich af of Hendricks was opgeroepen of zich ongevraagd met het onderzoek bemoeide. Hij had een trendy pak aan en zo te zien waren zijn overhemd en stropdas nieuw. Misschien had hij net als Ransome, zonder ervoor betaald te krijgen, vele uren achter zijn bureau doorgebracht in de hoop iets interessants te kunnen meepikken.

Er was inmiddels een tv-ploeg ter plekke, vergezeld van radio- en krantenverslaggevers. Vanaf het strand waren mensen die hun hond uitlieten komen aanlopen. De mensen van de media stonden op een kluitje en vergeleken hun aantekeningen. Een van de journalisten herkende Ransome en kwam met grote stappen op hem af. Op de vraag of hij nog iets meer wist, schudde Ransome zijn hoofd. Het was een zaak die alle aandacht zou krijgen... en die moest nu uitgerekend Hendricks in de schoot vallen.

'Ransome? Wat doe jij hier?' Hendricks deed zijn best het kameraadschappelijk te laten klinken. Hij stak zijn handen in zijn broekzakken en liep kwiek op Ransome af. Zijn haar zat goed en zijn snor was keurig bijgewerkt, maar zijn instapschoenen zagen er goedkoop uit. Dat vond Ransome in ieder geval een troost.

'Gavin, je kent me toch. Ik ben nu eenmaal nieuwsgierig. Zeg, hoe is het in Gayfield Square?'

'Een heel stuk rustiger sinds je weet wel met pensioen is. Nou, leuk om je te zien, maar ik moet echt...' Hendricks wees met zijn duim naar achteren. Hij was druk druk druk, er was werk aan de winkel.

Belangrijke man.

Ransome knikte vol begrip. 'Trek je van mij maar niks aan, Gavin,'

'Maar niet in de weg lopen, hè.' Hendricks lachte erbij alsof hij een grapje maakte, maar hij was bloedserieus. Ransome werd met-een nijdig en dacht erover om terug te komen als Hendricks weer weg was. Hij liep een stukje naar voren en zag dat de deuren van de bestelbus wijd open stonden en dat er een schilderij op de grond lag. De verpakking was losgeraakt en Ransome kon een krullerige goudkleurige lijst zien. Terwijl hij ernaar stond te kijken, maakte een van de agenten van de technische recherche foto's.

'Ik heb gehoord dat het een schilderij van ene Utterson is,' zei de agent.

'Nooit van gehoord.'

'Hij heeft het onder in de hoek gesigneerd. Een van de journa-listen zei dat het ongeveer tweehonderdduizend pond waard is. Mijn huis heeft nog niet eens de helft gekost.'

Voor zover Ransome kon zien was het een saai landschap, van ongeveer vijfenzeventig bij vijftig centimeter. Aan de muur van zijn buurtkroeg had hij betere dingen zien hangen. 'Met wie staat Hen-dricks te praten?' vroeg hij.

De TR-man keek naar Hendricks, die in gesprek was met een ka-lende, zorgelijk kijkende kleine man. Hij haalde zijn schouders op en schudde zijn hoofd. Ransome liep terug naar de journalist van zojuist en stelde hem dezelfde vraag.

'Goh, u bent dus niet op de hoogte?' zei de journalist plagerig. Ransome bleef hem aankijken. 'Dat is de directeur van de National Galleries,' zei de man uiteindelijk. 'En die vent die daar net bij komt staan...' Ransome keek in de richting die hem werd aangewezen. Er was een taxi komen aanrijden, en er stapte iemand uit. 'Hoofd van de stedelijke musea. Ik heb nu iets van u tegoed, inspecteur.'

Ransome ging er niet op in, en keek naar de man die net was ver-schenen. Hij was groter, rustiger en resoluter dan de baas van de

National Galleries. Hij schudde hem de hand en gaf hem toen een bemoedigend klapje op de schouder. Ransome ging naar voren tot hij kon horen wat er werd gezegd.

'Volgens ons waren ze bezig de boel over te hevelen,' legde Hendricks aan de nieuwkomer uit. 'Er is gebeld door een voorbijganger, waarschijnlijk heeft hij hen gestoord, zijn ze in paniek geraakt en er halsoverkop vandoor gegaan.'

'Gelukkig maar voor jou, Alasdair,' zei de museumbaas tegen zijn collega, en hij gaf hem nog een ogenschijnlijk meevoelend klopje. Alasdair leek dit nogal onaangenaam te vinden en schoof een stukje uit de buurt van zijn kwelgeest.

'We weten nog niet of alles is teruggevonden,' zei Alasdair en hij wreef over zijn voorhoofd.

'Volgens getuigen werd de eigenlijke roof maar door drie of vier man uitgevoerd,' lichtte Hendricks toe. 'De anderen hielden de gegijzelden in bedwang. Het was in tien à vijftien minuten gepiept. Ze hebben nooit veel kunnen meenemen...'

'Moet er niet een volledige inventarisatie worden gemaakt?' vroeg de museumbaas aan Alasdair. 'Die stond toch sowieso op het programma?'

'Jij bent ook nog niet uit de problemen, Donald,' snauwde Alasdair. 'Ze hebben van álles mee kunnen nemen. De meeste schilderijen staan in kluizen, maar het grootste deel van jóúw spullen ligt gewoon in stellingen – met name de stukken die zijn binnengekomen vanwege de renovatie van Chambers Street.'

De uitdrukking op Donalds gezicht leek Alasdair een beetje op te monteren. Het was alsof er een last van zijn schouders was gevallen.

Niet alleen maar collega's, dacht Ransome, maar ook concurrenten...

'U heeft gelijk, meneer,' zei Hendricks tegen Donald. 'Hoe eerder we een inventarisatie kunnen maken, des te beter. Mag ik u vragen hoeveel mensen wisten wat zich in het pakhuis bevond?'

'De hele stad verdomme,' zei Donald nijdig. 'Je weet toch dat het vandaag open dag is? De enige dag dat ze zomaar naar binnen konden lopen en meenemen wat van hun gading was.' Hij wees naar de inhoud van de bestelbus. 'Voor zover ik heb gezien zijn het allemaal schilderijen, ondanks de kluizen.'

Het leek alsof Alasdair hier iets tegen in wilde brengen, maar ze werden afgeleid door het geronk van een dieselmotor van een tweede taxi die kwam aanrijden.

'Aha,' zei Alasdair. 'Daar hebben we onze expert.' Hij beende naar de taxi en rukte het achterportier open. Er werden handen geschud, en een beschaafd uitziende heer werd naar het groepje meegeloodst. Inmiddels had Hendricks Ransome weer in het oog gekregen en hem op een nadrukkelijk pissige blik vergast. Maar Ransome wist zeker dat zijn collega geen scène zou maken in aanwezigheid van het Edinburghse establishment (Donald had zelfs een das van de New Club om), dus bleef hij op zijn plek staan.

'Onze hoofdconservator is gisteravond op straat in elkaar geslagen, vlak bij zijn huis...' lichtte Alasdair toe. 'Maar we zijn blij dat professor Gissing, directeur van de kunstacademie en zelf geen gering expert, ons van dienst wil zijn.'

'Ik dacht dat je met pensioen was, Robert,' zei Donald en hij schudde Gissing de hand. Gissing gaf hier geen antwoord op en liet zich aan inspecteur Hendricks voorstellen. Terwijl ze in gesprek verwikkeld raakten, leek het alsof Gissing merkte dat hij van buiten het kringetje om hem heen nauwlettend werd gadegeslagen. Hij wierp schielijk een blik in Ransomes richting, waarop Ransome zich net iets te laat omdraaide.

'Wat akelig van Jimmy,' zei de professor. Ransome herinnerde zich de overval op een man bij het kanaal. Het bleek dus dat het slachtoffer een expert was. Tsjongejonge. En nu was Gissing hier... professor Robert Gissing... vriend van Michael Mackenzie... een van Laura's 'Drie Musketiers'. Hij was op dezelfde dag in het veilinghuis geweest als Calloway. En ze waren met zijn allen naar de wijnbar verderop in de straat gegaan. Ja hoor, Edinburgh was inderdaad maar een klein stadje. Terwijl hij naar Hendricks' rug keek, wist Ransome dat hij dit allemaal voor zichzelf zou houden. De verbanden, toevalligheden, personen, combinaties en mogelijkheden.

Alasdair vertelde Gissing dat ze de identiteit en authenticiteit van de achtergelaten schilderijen moesten vaststellen en zich ervan moesten verzekeren dat ze onbeschadigd waren.

'We moeten ze ook op vingerafdrukken onderzoeken,' zei Hendricks. 'Misschien zijn de dieven slordig te werk gegaan.'

'Dat kan je wel vergeten,' mompelde de vriendelijke TR-agent die naast Ransome stond. 'Die bestelbus is brandschoon.'

'Weet je al waar die bus vandaan komt?' vroeg Ransome met gedempte stem. De TR-man schudde zijn hoofd.

'Die is vast in opdracht gestolen, let maar op, waarschijnlijk zijn de nummerplaten verwisseld en zo...'

Ransome knikte instemmend, en keek toen weer naar Gissing. Hij stond met zijn armen over elkaar geslagen naar Hendricks te luisteren. Het zou kunnen dat hij vol aandacht was, maar in Ransomes ogen straalde zijn lichaamstaal een en al verdediging uit. Misschien vonden ze inderdaad geen vingerafdrukken – de mannen van de technische recherche hadden het zelden bij het verkeerde eind – maar toch fluisterde een stemmetje een naam in zijn oor.

De naam van Charles 'Chib' Calloway.

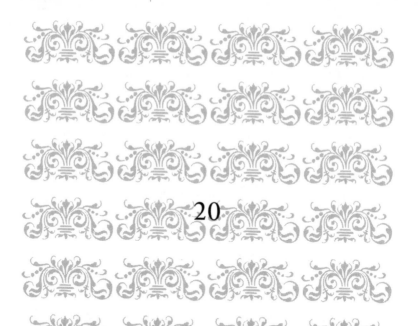

20

'Er zijn niet zoveel snookerzalen meer,' zei Calloway tegen
Mike Mackenzie. 'Ik bedoel een beetje behoorlijke, met de
grootste maat leistenen tafels. Weet je hoeveel die wegen? Je moet
goed uitkijken dat je vloer het niet begeeft.' De gangster deed een
paar lampen aan in de spelonkachtige, muf ruikende ruimte. Mike
zag zes tafels, allemaal in niet al te beste staat. Over twee daarvan
lagen gescheurde en bevlekte stoflakens, het groene laken van de
andere vier vertoonde krassen, scheuren en opgelapte stukken. Op
een van de tafels lag een onderbroken spel. Mike gaf de roze bal met
zijn pink een zetje zodat die in de middelste pocket viel.

'Waarom is het hier dicht op zaterdagavond?' vroeg hij.

'Bedrijfskosten,' legde Chib uit. 'Die kosten me meer dan het op-
levert. Ik kan hier altijd nog biljarttafels neerzetten, en misschien
een paar gokautomaten.' Er verschenen rimpels in zijn vechterskop.
'Maar het zal er wel op neerkomen dat ik de boel verkoop. Een pro-
jectontwikkelaar zou het kunnen verbouwen tot appartementen of
zo'n enorm supercafé.'

'Waarom doe je dat zelf niet?'

'Met mijn reputatie?' Chib grinnikte laatdunkend. 'Wat voor

kans heb ik volgens jou om een vergunning voor een verbouwing te krijgen, laat staan een drankvergunning?'

'Je kunt toch een paar raadsleden omkopen?'

Chib had een keu opgepakt, maar keurde hem af. Met veel lawaai zette hij hem terug in het rek. 'Dat had een paar jaar geleden nog gekund, Mike. Maar de tijden zijn veranderd.'

'Je kunt toch een dekmantelfirma opzetten, dan weet niemand dat jij daarachter zit...'

Chib grinnikte weer, maar nu iets hartelijker. 'Moet je jezelf nou eens horen, Michael. Moeten we niet een keer met elkaar ruilen? Het lijkt wel alsof je met de dag meer op een crimineel gaat lijken.'

'Misschien kom dat omdat ik ook een crimineel ben.'

'Dat ben je zeker,' zei Chib en hij knikte instemmend. 'En hoe voelt dat?'

Mike haalde zijn schouders op. 'Vraag me dat later nog maar een keer.'

Chib had een rondje rond de tafel gelopen en hij wees naar het pakket dat Mike onder zijn arm had. Mike legde het neer op het stoffige groene laken en haalde zorgvuldig het bruine papier ervan af. Hij had het zelf ingepakt, in de hoop dat het zo minder zou lijken op de gestolen kunstwerken van Marine Drive voor het geval hij zou worden aangehouden en zijn kofferbak moest openmaken. Chib had nog twee sms'jes gestuurd, waarop Mike had besloten de transactie meteen af te handelen en hij had Allan in zijn penthouse achtergelaten om te wachten tot Gissing zou terugkomen.

'Een geweldig fraaie Utterson uit zijn latere periode,' zei hij tegen de gangster.

'Ik had eigenlijk liever iets van Jack the Vee gehad.' Chib nam toch de tijd om het schilderij grondig te bekijken en ging met zijn vinger langs de rand van het doek. 'Niet erg groot, hè? Met een lijst erom lijken ze groter.'

'Klopt,' beaamde Mike. 'En nu we het er toch over hebben...'

'Weet ik, weet ik, ik kan er niet mee naar een winkel om er een nieuwe lijst om te laten doen. En ik kan het ook niet op een opvallende plek hangen.' Hij slaakte een zucht om te doen alsof hij teleurgesteld was. 'Eigenlijk was het de moeite niet waard.' Toen keek hij Mike glimlachend en met twinkelende ogen aan. 'Waren die jongetjes van me een beetje oké? Hebben ze gedaan wat ze moesten doen?'

'Ze waren geweldig.'

'En de blaffers?'

'Werkten perfect. We hebben ze na afloop allemaal teruggegeven.'

'Weet ik.' Chib zweeg even en sloeg zijn armen over elkaar. 'Ik dacht half en half dat je de jouwe wel had willen houden, je leek er inmiddels behoorlijk aan gehecht. Ik heb het nog, mocht je het willen hebben.'

'Verleidelijk,' moest Mike toegeven. 'Maar het is in alle opzichten beter als ze gewoon verdwijnen.'

'Mee eens. Er is dus niemand gewond, hè?'

'Het was een fluitje van een cent,' zei Mike lachend en hij streek met zijn hand door zijn haar. 'Als ik de kans kreeg het nog een keer te doen, zou ik twee keer zo veel meepikken.'

'Je hebt de smaak te pakken, hè Mike?'

'Zonder jou hadden we het nooit klaargespeeld.'

Chib pakte zijn Utterson op en deed alsof hij het schilderij bestudeerde. 'Toch blijf ik erbij dat je die schilderijen gewoon had kunnen omruilen, die toer met de bestelbus was helemaal niet nodig geweest.'

'Wat voor indruk had het gemaakt als we dat pakhuis waren uitgelopen zonder dat er daarna iets werd vermist? Nu denken ze dat ze de gestolen stukken terug hebben en zullen ze eerder opgelucht zijn dan dat ze achterdocht koesteren.'

'Het lijkt wel alsof je met de dag meer op een crimineel gaat lijken,' herhaalde Chib. 'Zo, en wat gaat er nu gebeuren?'

'De professor is op Marine Drive om te bevestigen dat de originele schilderijen zijn teruggevonden.'

'En geloven ze hem zomaar op zijn woord?'

'Ze hebben geen enkele reden om aan hem te twijfelen. Trouwens, hij is de enige expert die voorhanden is.'

'Als ik had geweten dat die smerissen zo makkelijk om de tuin te leiden zijn, had ik al een hele poos geleden zoiets gedaan.'

'Maar jij kende niet iemand zoals Westie, het plan steunde op hem en het was het idee van de professor om hem erbij te betrekken.'

'Denk je dat Gissing zijn zenuwen de baas kan blijven?' Chib legde het schilderij weer op het groene laken.

'Niks aan de hand met hem.'

Chib leek dit in overweging te nemen. 'Je hebt het goed gedaan, Mike. Ik wou dat we al een paar jaar eerder hadden samengewerkt.'

'Het plan kwam van Gissing, weet je nog?'

Chib deed alsof hij dit niet had gehoord. 'En hoe zit het met dat andere vriendje van je?'

'Allan?' Mike zag dat Chib knikte. 'Niets aan de hand met hem.'

'Weet je dat zeker? Kijk, we hebben nu een relatie. En er is er maar eentje die ik vertrouw, en dat ben ikzelf.' Hij wees met zijn vinger naar zichzelf en richtte die toen op Mike. 'Ik moet er zeker van kunnen zijn dat niemand zijn bek opentrekt als de politie vragen gaat stellen.'

'Dat gebeurt niet,' zei Mike stellig.

'Ik ken die hele Westie niet, maar ik weet uit ervaring dat studenten altijd voor problemen zorgen.'

'Maar hij weet toch helemaal niets van jou.'

'Denkt hij soms dat die blaffers en die gastjes van mij uit de lucht zijn komen vallen?'

'Volgens mij is hij niet zo nieuwsgierig.' Mike vond dat hij Chib maar niets over Alice moest vertellen. 'Maar ben je niet...'

'Wat bedoel je?'

'De Utterson, ik dacht dat je er wel blijer mee zou zijn.'

Bij de deur klonk geluid. Er verscheen een glimlachje op Chibs gezicht. 'Nu ben ik pas blij,' zei hij. Hij snoof even en wreef over zijn neus. 'Omdat je zo de smaak te pakken hebt gekregen, Mike, vond ik dat ik je hier ook maar bij moest betrekken.'

Mike kreeg een onaangenaam gevoel. 'Waarbij?'

Maar Chib negeerde hem en liep naar de deur. Hij deed open en er kwam een reusachtige man binnen met een paardenstaartje, tatoeages, in een bij zijn verschijning uit de toon vallend kobaltblauw overhemd en schoenen zonder sokken. Chib nam hem mee naar de tafel, terwijl Mike zijn schouders rechtte in een poging langer en zwaarder te lijken.

'Dit is Mr. Hate,' zei Chib bij wijze van introductie. 'Hate, mag ik je voorstellen aan de vriend over wie ik het had – eigenlijk zou je hem als mijn compagnon kunnen beschouwen – Mike Mackenzie.'

De manier waarop Chib zijn naam noemde, zei Mike dat er iets aan de hand was. De man die naar de naam Hate luisterde negeerde hem intussen volkomen, waardoor Mike de kans kreeg hem nog eens goed te bekijken. Er liep een stippellijn over zijn keel, en toen hij zijn vlezige handen op de hoek van de snookertafel legde, zag Mike dat op de knokkels van zijn beide handen het woord HATE was getatoeëerd.

'Is dit het onderpand?' vroeg Hate, zonder verdere plichtplegingen.

'Jawel,' zei Chib.

'En wat zou volgens jou de waarde hiervan bedragen?' Hij sprak met een Scandinavisch accent dat Mike verder niet kon plaatsen.

'Mike is de expert op dit gebied,' zei Chib. Mike keek hem doordringend aan, maar dat bracht Chib totaal niet van zijn stuk.

'Het is een stuk rotzooi,' stelde de reus vast.

'Maar wel een stuk rotzooi dat op de markt ongeveer tweehonderdduizend pond waard is,' stelde Mike vast.

Hate snoof minachtend en pakte de Utterson niet al te zachtzinnig op. Mike was bang dat het spieraam zou knappen. De grote man draaide het om en bekeek de achterkant.

Onderpand, dacht Mike. Hij had al zoiets vermoed, en dit moest dus de 'Viking' zijn over wie Johnno het die dag in de auto had gehad. Calloway was helemaal niet geïnteresseerd in het schilderij. Niet echt tenminste. Hij wilde het in handen geven van dit monster, een monster dat nu ook Mikes naam kende en hem van nu af aan met dit schilderij in verband zou brengen. Als zou blijken dat het schilderij niet het genoemde bedrag waard was, zou het dan verkeerd uitpakken? Hij wist opeens ook waarom Chib ervoor had gezorgd dat Hate zijn naam wist, en waarom de gangster hem bij het sluiten van deze deal wilde hebben. *We hebben nu een relatie.* Dat had Chib toch zelf gezegd? En als de hel losbarstte zou Chib hem als menslijk schild gebruiken.

Mike Mackenzie, waar ben je verdomme in verzeild geraakt?

Hate snoof ondertussen aan het schilderij – hij snoof er echt aan. 'Het ruikt niet erg oud,' was zijn commentaar.

'Hou op,' zei Chib nijdig en hij zwaaide met zijn vinger. 'Denk je soms dat ik je een streek wil leveren? Als je het niet gelooft, haal je er maar iemand bij die het kan bevestigen – Mike kent iemand van de kunstacademie.'

Jezus, nu probeert hij ook nog de professor erbij te betrekken.

Mike hief waarschuwend zijn hand op. 'Het schilderij is gestolen, volgens mij wist je dat al. En mocht je jezelf nog een keer willen overtuigen dan kijk je vanavond maar naar het nieuws. Maar dat zal alleen maar worden ontdekt als iemand, wie dan ook, het onder ogen krijgt.'

'Dus moet ik je maar vertrouwen?' Hates ogen waren van een melkachtig blauw, met pupillen als donkere vlekjes.

'Je kunt op internet kijken,' stelde Mike voor. 'Bekijk de andere werken van deze kunstenaar – hij is behoorlijk beroemd. Zie maar wat die onlangs op de veiling hebben opgebracht. Samuel Utterson – hij heeft tentoonstellingen gehad, er zijn boeken over hem.'

Hate keek de beide mannen om beurten aan. 'Tweehonderdduizend pond,' zei hij langzaam.

'Haal je nou niks in je hoofd,' zei Chib, die weer met zijn vinger zwaaide en een kort lachje produceerde. 'Het is een tijdelijke waarborg, het geld komt eraan.'

Hate keek hem indringend aan. 'Je mannetjes zijn nog steeds naar me op zoek, hè? Je zou wel gek zijn als dat niet zo was. Maar ze vinden me nooit, Calloway. En als dat wel zo mocht zijn, dan zouden ze daar heel snel spijt van krijgen.'

'Begrepen,' zei Chib.

Hate richtte zijn aandacht weer op het schilderij dat hij nog steeds vasthield. Mike was bang dat hij er een gat in zou maken, maar toen legde Hate het met een min of meer zorgvuldig gebaar weer terug op de tafel. Mike kreeg de indruk dat hij in ieder geval half overtuigd was en deed het bruine papier er weer omheen.

'Alles kits dus?' vroeg Chib. Door de opluchting die in Chibs stem doorklonk besefte Mike nu pas hoe nerveus de gangster sinds de komst van Hate was geweest.

'Dat moet ik eerst met mijn klant overleggen.' Hate stopte het pakket onder zijn arm.

'Ik laat je hier echt niet weggaan zonder dat we tot overeenstemming zijn gekomen.'

Chibs opluchting was zo te horen heel snel in overmoed omgeslagen, dacht Mike.

Hate keek hem recht in de ogen. 'Dan zul je me moeten tegenhouden,' stelde hij voor, en hij liep naar de deur. Chib keek om zich heen en zijn blik bleef hangen op het rek met snookerkeus. Maar toen hij even naar Mike keek, schudde die zijn hoofd en riep de reus vervolgens na: 'Waarom in het Engels?'

De man bleef staan en draaide zijn hoofd half om.

'Je tatoeages – het woord "Hate",' verduidelijkte Mike. 'Hoezo in het Engels?'

Als enig antwoord haalde de man zijn schouders op, rukte de deur open en gooide die met een knal achter zich dicht. Mike wachtte even tot het geluid was weggeëbd en knikte toen in de richting van de snookerkeus.

'Misschien als ze negen millimeter dik waren geweest.'

'Volgens mij had eentje van negen millimeter die klootzak heus niet tegengehouden.' Chib wreef met zijn hand over zijn gezicht.

'In jouw branche kom je echt de meest sympathieke klanten tegen.'

'Niet veel erger dan bij andere handel.'

'Zou best eens kunnen,' beaamde Mike. De twee mannen schoten in de lach, waardoor de spanning een beetje werd doorbroken. 'Trouwens,' voegde Mike eraan toe, 'ik wil echt niet weten waar dit over gaat.'

'Je bent zo'n linkmiegel, Mike, dat je daar volgens mij allang ach-

ter bent. Ze krijgen nog geld van me voor een deal – door de Utterson heb ik wat meer tijd.'

'Ik weet dat de maffia hetzelfde doet met oude meesters.'

'Nou, en nu gebeurt het ook in Edinburgh. Wil je iets drinken?'
In de hoek was een bar. Chib maakte een van de kasten open en
pakte er een halfvolle fles whisky en twee glazen uit.

Mike veegde het stof van een kruk en ging zitten.

'Gek genoeg is het nog niet zo onverstandig,' zei hij.

Chib leegde zijn glas en ademde uit. 'Wat niet?'

'Als het schilderij niet in jouw bezit is, kan de politie het ook
nooit bij jou vinden.'

'Dat is waar – misschien proberen ze Hate wel op te pakken.'
Chib snoof even en schonk zijn glas nog eens vol. 'Weet je zeker dat
je niet met me van beroep wilt ruilen?'

'Ik heb geen beroep.'

'Dat is waar ook. Je bent een man in goeden doen, zoals ze dat
zeggen. Of heb je liever "gentleman-dief" in je paspoort staan?'

'Dit was echt een eenmalige deal, Chib.' Mikes mobieltje trilde.
Hij haalde het uit zijn zak en keek op het schermpje – het was Robert Gissing.

'De professor,' verduidelijkte hij en hij nam aan. 'Hoe ging het,
Robert?'

'Ik ben net klaar.' Gissing sprak zacht – er stonden blijkbaar mensen om hem heen.

'Vergeet niet om je huisadres op te geven als je een taxi bestelt,'
zei Mike. 'Voor het geval er iemand meeluistert. Als je eenmaal onderweg bent kun je tegen de taxichauffeur zeggen dat je naar mij
gaat.'

'Zo stom ben ik niet, Mike!'

'Wat is er aan de hand?' Mike hoorde iets in Gissings stem door-
klinken.

Het glas whisky bleef halverwege Chibs mond steken.

'Ben je bij onze vriend?' vroeg Gissing.

'Zoals afgesproken. Hij is blij met het spul.'

'Maakt niet uit. Ik stuur je een foto. Absoluut geweldige dingen, die mobieltjes met fotocamera. Volgens mij heb ik hem genomen zonder dat hij er erg in had.'

'Wat heb je genomen?' vroeg Mike en hij kneep zijn ogen tot spleetjes.

'Een foto, kun jij foto's ontvangen op je mobiel?'

'Waar heb je het over, Robert?'

'Ik wil alleen maar weten of we een probleem hebben.' Chib was naast Mike komen staan en luisterde mee. Hij rook een beetje naar zweet, dwars door de whisky en aftershave heen. 'Het beviel me niets zoals hij naar me keek,' zei Gissing. 'Bel me over vijf minuten terug.'

Er werd opgehangen. Mike keek naar het blanco schermpje.

'Maakte hij een rotopmerking over mij?' vroeg Chib.

'Hoezo?'

'Het beviel me niks zoals hij...'

'Godsamme, nee. Hij wil ons alleen iets laten zien.'

'Ga me niet vertellen dat de verf nog nat is op die maaksels van die studentenvriend van je.'

Mikes mobieltje trilde, er kwam een foto door. Chib tuurde naar het schermpje dat Mike tussen hen in hield. De professor had een kwaliteitsmobieltje – hij had het onlangs nog gebruikt om er foto's mee te maken voor een fototentoonstelling op de academie. De allerhoogste resolutie, zoom, alles erop en eraan. Mikes mobieltje was ook het nieuwste model, met een mooi groot scherm. De foto verscheen in drie horizontale blokken terwijl hij werd gedownload. Er stond een man op, en profil tot aan zijn middel. Hij was vanaf een redelijke afstand genomen en zo veel mogelijk ingezoomd, waardoor het beeld een beetje wazig was. Toch liet Chib fluitend zijn adem ontsnappen.

'Dat is Ransome,' gromde hij. 'Een rechercheur die me al sinds ik weet niet hoe lang op de hielen zit.'

'Dacht je dat hij achter je aan zat toen we naar Arthur's Seat gingen?' Mike zag dat Chib langzaam knikte. 'Zo, en nu heeft hij een soort ongezonde belangstelling voor professor Gissing opgevat.'

Chib vertelde hem dat Ransome hem van tijd tot tijd schaduwde. Daarom nam hij altijd sluiproutes als hij ergens in de stad moest zijn. Omdat Chib hem al een tijdje niet meer in de peiling had gehad, dacht hij dat de inspecteur de strijd had opgegeven, maar toen...

'Ik wist dat hij me op de dag dat wij elkaar in het museum tegen het lijf liepen, probeerde te schaduwen.'

'Kan het zijn dat hij ons daar heeft gezien?' vroeg Mike, zonder dat hij een antwoord verwachtte. 'Dat is dan behoorlijk verontrustend.' Hij bleef nog even naar Ransomes foto kijken en belde toen Gissing terug.

'Houston,' begon hij, 'we hebben inderdaad een probleem.'

De man die zichzelf Hate noemde had toen hij naar Schotland ging zijn laptop meegenomen. Eigenlijk ging hij nooit zonder dat ding op reis, maar hij zorgde er wel voor dat er niets op zijn harde schijf stond wat de politie van de landen die hij aandeed zou kunnen interesseren. Hij zat in zijn huurauto met in de achterbak het – waarschijnlijk waardeloze – schilderij van Samuel Utterson. Hij deed zijn computer aan en zocht op internet naar de naam van de kunstenaar. Als hij hier niets kon vinden wat hem overtuigde, ging hij misschien wel naar een boekwinkel of een bibliotheek voor verdere informatie. De man in de snookerhal – Mackenzie, als dat zijn echte naam was – had hem gewaarschuwd dat het schilderij was gestolen. Maar dat was toch niet Hates probleem? Het werd pas zijn probleem wanneer bleek dat het minder waard was dan het bedrag dat Calloway was verschuldigd. Hate moest erachter zien te komen, maar dat zou betekenen dat hij het iemand moest vragen. Dan was hij gedwongen het schilderij te laten zien, met alle mogelijke gevolgen.

Hate had zijn klant al een sms'je gestuurd met de boodschap dat hij de Utterson in ontvangst had genomen. Net zoals hij hadden ze nog nooit van deze kunstenaar gehoord. Ook geen onoverkomelijk probleem, geld was geld. Op de BBC-site met regionaal nieuws zag hij dat er eerder op de dag bij een pakhuis van de National Galleries of Scotland was ingebroken. Maar 'een aantal schilderijen' was naderhand teruggevonden. Het was niet bekend of er nog iets werd vermist. Terwijl Hate zijn opties overdacht, trok hij aan zijn oorlelletje. Hij kon het gaatje voelen waar normaal gesproken een oorringetje in zat. Als hij niet aan het werk was liep hij het liefst in een spijkerbroek en een T-shirt, maar hij wist dat een pak ontzag inboezemde, of liever gezegd dat de combinatie van een pak en de man die daar instak ontzag inboezemde. Hate popelde om naar huis te gaan. Hij had een hekel aan Edinburgh. Het was alleen maar buitenkant, een soort straatoplichterij, waarbij bezoekers ongemerkt het geld uit de zak werd geklopt. Maar de galeries en musea waren tenminste gratis. Hate had er een aantal bezocht om naar schilderijen te kijken, in de hoop dat deze exercitie van nut zou zijn, en hem zou helpen een vervalsing te herkennen. Het had er alleen maar toe geleid dat het museumpersoneel achter hem aan liep, alsof ze hun ogen niet geloofden. Misschien verwachtten ze wel dat hij een van hun kostbare doeken met een mes of scheermes te lijf zou gaan. Toen Calloway hem had voorgesteld een schilderij als onderpand te nemen, had hij er niet bij gezegd waar dat vandaan zou komen en ook niet de naam van de kunstenaar genoemd. Hate kon zich niet herinneren dat hij in de musea die hij had bezocht een Utterson had gezien, maar inmiddels wist hij van internet dat de doeken van deze man verzamelobjecten waren. Sotheby's, Christie's en Bonham's hadden de afgelopen jaren allemaal werken van hem verkocht. De hoogste prijs die een van zijn werken op een veiling had opgebracht was driehonderdduizend pond, dus misschien had de man die zich Mackenzie noemde niet overdreven. In een opwelling besloot Hate ook even Mackenzies naam op te zoeken.

En toen kreeg hij net zoveel hits als voor Samuel Utterson.

Hij kwam terecht op de website van een tijdschrift met foto's van Mackenzies penthouse. Zo te zien hingen er een paar aardige schilderijen aan de muur. Het was zonder twijfel dezelfde vent – er stond een fotootje van hem bij – *a man of wealth and taste* zoals Hates favoriete liedje het zou uitdrukken. Hate trok weer aan zijn oorlelletje. Hij moest zijn mening over Charles 'Chib' Calloway herzien. Deze man mocht dan wel een boerenlul, een sukkel en een smerig onderkruipsel zijn.

Maar hij had wel een partner met stijl.

Laura was bij een etentje in Heriot Row. De gastheer had net een aantal schilderijen op Laura's veiling verkocht, maar geen van beide waren voor het hoogst geschatte bedrag van de hand gegaan. Ze had verwacht dat ze hierover zou worden doorgezaagd, maar godzijdank had iedereen het alleen maar over die brutale, stompzinnige overval, en dat het maar een haartje had gescheeld. Ze had er nog even aan gedacht om Mike te vragen met haar mee te gaan, maar uiteindelijk had ze toch de moed niet kunnen opbrengen. Met als gevolg dat de gastheer en gastvrouw haar naast een advocaat hadden gezet, wiens recente scheiding klaarblijkelijk een diepe wond had geslagen waarvan de pijn alleen maar met alcohol kon worden verdoofd. Toen ze bijna klaar waren met het dessert ging tot haar enorme opluchting haar mobieltje. Ze mompelde verontschuldigend dat ze was vergeten het ding af te zetten, haalde het uit haar schoudertas en zei tegen het gezelschap dat ze het telefoontje moest beantwoorden. Terwijl ze snel de gang op liep, slaakte ze een zucht van verlichting alvorens het mobieltje tegen haar oor te drukken.

'Wat kan ik voor je betekenen, Ransome?'

'Ik stoor je toch niet, hoop ik?'

'Dat doe je wel, ik zit bij een etentje.'

'Ik ben gekwetst dat ik niet op de gastenlijst sta.'

'Ik ben hier niet de gastvrouw.'

'Maar ik had toch kunnen chaperonneren...'

Ze zuchtte nogmaals. 'Iets belangrijks, Ransome?'

'Ik wilde een paar dingen van je weten. Het heeft te maken met dat pakhuis in Granton. Volgens mij heb je daar vast wel over gehoord.'

Laura trok een wenkbrauw op. 'Hou jij je daar mee bezig?' Ze moest even een stap opzij doen om een van de in een keurig pakje gestoken serveersters – ingehuurd via een bureau –langs te laten, die met een kaastrolley naar de eetkamer liep.

'Niet alleen ik,' zei Ransome. 'Je vriend professor Gissing helpt ook een handje mee.'

'Dat is niet echt een vriend van me, hoor.'

'Maar hij is toch wel een soort autoriteit?'

'Hangt af van de periode.' Laura zag dat de gastvrouw haar hoofd om de deur stak, en ze knikte om te laten weten dat ze bijna klaar was. 'Ik moet ophangen, Ransome.'

'Zullen we straks iets gaan drinken?'

'Vanavond niet.'

'Je hebt zeker andere plannen, hè? Wie is de gelukkige?'

'Dag, Ransome,' zei Laura en ze maakte een einde aan het gesprek. Ze ging de kamer weer binnen en verontschuldigde zich nogmaals. De advocaat stond op om haar in haar stoel te helpen.

'Toch niet iets ongelegens?' vroeg hij bezorgd, met een van de drank rood aangelopen gezicht.

'Nee hoor,' verzekerde ze hem. Wie had het tegenwoordig nou nog over iets 'ongelegens'? Nou ja, Robert Gissing had het bijvoorbeeld ook kunnen zegen. Was Robert Gissing nou echt de meest capabele figuur om deze schilderijen te onderzoeken? Ze betwijfelde het. Ze dacht aan de laatste keer dat ze hem had gezien, toen hij op de veiling in de deuropening stond. Mike was naar hem toegelopen en ze waren samen vertrokken. En Allan Cruikshank was niet lang daarna achter hen aan gegaan. Allan had haar aan Mike voorgesteld op de openingsavond van de overzichtstentoonstelling van Monboddo. Ze herinnerde zich nog dat hij Mike toen ook aan Gissing had voorgesteld. Ze had met Mike staan praten en hem heel plezierig gezelschap gevonden. Naar zijn lichaamstaal te oordelen had hij haar gezelschap ook op prijs gesteld. Maar toen hadden Allan en Gissing zich bij hen gevoegd, waarop Gissing het hele gesprek had overgenomen en maar had doorgedramd over 'het belang van smaak en kritisch oordeel'. Uiteindelijk was Laura ergens anders gaan staan en had ze een gesprek aangeknoopt met kennissen, terwijl ze nog steeds af en toe Mikes blik op zich gevestigd wist.

Je hebt net een paar maanden een relatie van twee jaar achter de rug, zei ze tegen zichzelf. Haal het niet in je hoofd om je nu af te reageren.

'Een stukje brie, Laura?' vroeg de gastvrouw, waarbij ze haar mes boven de trolley liet zweven. 'Wil je kweepeergelei of druiven erbij?'

'Nee, dank je,' zei Laura terwijl ze zich ervan bewust was dat de advocaat zijn blik op haar borsten hield gericht toen hij haar glas bijschonk.

'Jij had toch een Monboddo?' vroeg iemand aan de gastheer.

'Heb ik tien jaar geleden verkocht,' werd er gezegd. 'Schoolgeld...' De gastheer haalde zijn schouders op.

'Ze hebben bij die overval geprobeerd een Monboddo te stelen,' informeerde de vrouwelijke gast de andere aanwezigen. 'Het portret van de vrouw van de kunstenaar.' Ze richtte zich tot Laura. 'Weet je welk schilderij ik bedoel?'

Laura knikte. Dat wist ze maar al te goed. En ze herinnerde zich ook de laatste keer dat ze het had gezien.

En ook wie daar zo veel belangstelling voor had getoond.

Die avond aten Westie en Alice in hun favoriete Chinese restaurant, en daarna bezochten ze nog een paar bars en een nachtclub waar ze al dansend iets van hun opwinding konden kwijtraken. Het abstracte schilderij van DeRasse had een ereplaatsje gekregen in Westies atelier, op een ezel die kort daarvoor nog door een van zijn vervalsingen in beslag werd genomen. Westie was met een wild idee gekomen: hij zou de DeRasse opnemen in zijn portfolio en net doen alsof het een kopie was die hij had gemaakt.

'En dat ziet Gissing dan en die laat je alle hoeken van de kamer zien,' had Alice uitgegild en er samen met hem om gelachen.

Dansend gingen ze de zondag in.

Intussen lag Ransome klaarwakker in bed en staarde naar het plafond; hij probeerde zo min mogelijk te bewegen om zijn vrouw niet wakker te maken, hoewel de zenuwen door zijn lijf gierden en zijn hart tekeer ging. Hij had laat gegeten en de pittige couscous lag als een baksteen op zijn maag.

Allan lag ook wakker. Zijn ogen deden nog steeds zeer van de lenzen, en zijn hoofdhuid bleef maar jeuken, hoewel hij had gedoucht en een halve fles shampoo had gebruikt. Hij stond bij het raam in de donkere woonkamer en keek over een grasveldje naar het politiebureau van Gayfield Square. Het was een komen en gaan geweest van tv-ploegen, met verslaggevers die in het licht van de lampen hun verhaal voor de camera deden. Elke keer dat er een politieauto kwam voorrijden verwachtte hij Westie, Mike of de professor met handboeien om te zien uitstappen. Hij wilde het aan iemand vertellen – aan Margot of een van de kinderen. Of gewoon de telefoon pakken, een willekeurig nummer intoetsen en het er allemaal uitgooien tegen de eerste de beste die opnam.

Maar in plaats daarvan bleef hij bij het raam staan wachten.

Robert Gissing had nog een drukke nacht voor de boeg, maar nam toch even de tijd om zijn schilderijen te bekijken. Ze vormden een mooie aanvulling op zijn bescheiden verzameling. Allan had hem met de auto naar huis gebracht en onderweg niet veel gezegd. Die inspecteur Ransome baarde hem zorgen. Maar Michael had hem gewaarschuwd niets tegen Allan te zeggen, en daarmee Gissings angstige vermoedens bevestigd. Als iemand uit de school zou klappen, dan was het Allan Cruikshank.

En dat kon ieder ogenblik gebeuren, vandaar dat hij een drukke nacht voor de boeg had. Maar dat maakte hem niets uit. Slapen kon altijd nog. Als alles achter de rug was, had hij tijd in overvloed. Hij zei het zelfs hardop: 'Tijd in overvloed.' Hij glimlachte, omdat hij wist dat dit allesbehalve waar was.

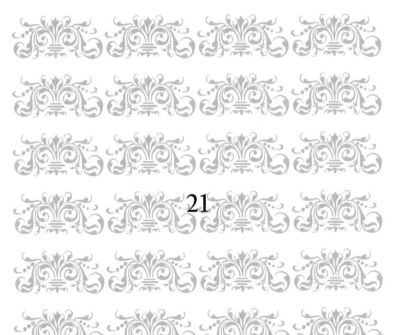

21

In Edinburgh heerste zondagochtendrust: het ritmische gebeier van de kerkklokken, een warm zonnetje, inwoners en toeristen die aan cafétafeltjes de krant lazen.

Fijne dag voor een autoritje, hoewel niet veel mensen Granton als hun bestemming zouden hebben gekozen. Aan de waterkant krijsten de meeuwen die zich tegoed deden aan de restjes fastfood die de avond daarvoor waren achtergelaten. Niet ver daarvandaan tekende het zoveelste nieuwbouwproject van hoge gebouwen zich tegen de hemel af, omringd door braakliggend terrein en gashouders.

Ransome vroeg zich voor de zoveelste keer af waarom de National Gallery of Scotland uitgerekend hier een pakhuis voor zijn overtollige stukken had uitgekozen. Hij snapte überhaupt niet waarom een pakhuis nodig was. Ze konden al die schilderijen en beelden toch uitlenen aan minder goed bedeelde collecties in het land? In steden als Dundee, Aberdeen en Inverness zou toch wel plaats zijn? Zou Kirkcaldy niet blij zijn met een paar tekeningen of de buste van een beroemde historische figuur? Het regende niet meer en door de nevel die nu over het kalme water van de Firth of Forth lag, kon hij Kirkcaldy bijna zien.

Er stond een andere bewaker bij het hek van het pakhuis; zijn collega hoefde niet te werken omdat hij vragen van de politie moest beantwoorden.

Vragen als: hoeveel hebben ze je betaald? Met 'ze' bedoelden ze dan de dieven. Ransome wist wat Hendricks zou denken: ze hebben hulp van binnenuit gekregen. De overvallers kenden de plattegrond van het gebouw, wisten hoeveel bewakers er waren en waar die zaten. De videocamera's waren uitgeschakeld, en de kluizen waren gericht uitgekozen. Natuurlijk duidde dit allemaal op hulp van binnenuit, en zo zouden Hendricks en zijn team de zaak ook benaderen.

Ransome vermoedde dat hij wel beter wist, en dat was dan ook de reden dat hij op deze ochtend in Granton was. Hij had zijn auto naast de gesloten snackwagen neergezet. Doordeweeks was hij open, dus misschien hadden de eigenaar of de klanten iets gezien. Een beetje fatsoenlijke bende zou de omgeving toch hebben verkend. Op het late tv-nieuws was gespeculeerd over de timing van de overval. Die viel niet alleen samen met de open dag, maar ook met het feit dat het pakhuis op dit moment onderdak bood aan de collectie van het wegens renovatie gesloten National Museum. Toeval? De verslaggever dacht van niet, had hij recht in de camera gezegd vanaf een waarnemingspost voor het portiershuisje. Ransome liep nu die kant op. Zijn identiteitsbewijs was grondig gecheckt door een bewaker in uniform, en zijn gegevens waren geregistreerd. Hij liep met zijn handen in zijn zakken naar het laadplatform, en keek oplettend naar de grond om te zien of het forensisch team misschien iets over het hoofd had gezien. Toen deed hij de deur open met het opschrift PRIVÉ – ALLEEN VOOR PERSONEEL en ging naar binnen.

Het onderzoek was in volle gang. Curators van de musea en de National Gallery waren begonnen met een algehele inventarisatie. Hoewel Ransome niets met dit onderzoek te maken had, had hij toch gebeld met een vriendje van hem dat op Hendricks' bureau werkte. Die had hem verteld wat hij wist. Getuigen hadden gezegd dat de dieven niet langer dan twintig minuten binnen waren geweest, al had het 'wel uren geleken'. Twintig minuten was volgens

Ransome ruim voldoende. Toch hadden ze maar acht schilderijen meegenomen. Die acht waren qua verzekeringswaarde dan wel goed voor meer dan een miljoen pond, maar toch klopte het niet. Hij wist wat Hendricks zou denken: gestolen in opdracht van rijke en gewetenloze verzamelaars die geld wilden neertellen voor dingen die ze anders nooit in bezit zouden krijgen. Aan deskundigen zou om hun mening worden gevraagd – net zoals gisteravond op de tv. Ze hadden het gehad over kunstwerken die door de maffia als onderpand werden gebruikt, er werd gesproken over gevallen waarin kostbare schilderijen in verband gebracht werden met gangsterbazen en schatrijke liefhebbers. In het verleden was het ook wel voorgekomen dat dieven een overval hadden gepleegd alleen maar omdat ze zichzelf wilden bewijzen.

Toen hij genoeg had van de tv – hij was daarvoor op zijn tenen uit de slaapkamer naar beneden gelopen – had hij Laura Stanton nog een keer gebeld. Ze had gemopperd dat ze al sliep, waardoor Ransome besefte dat het al na middernacht was. Hij verontschuldigde zich en vroeg toen of er iemand bij haar in bed lag.

'Altijd maar gericht op één ding, hè, Ransome.'

'Daarom ben ik ook zo'n goeie smeris. Nou... heb je nog namen voor me?'

'Namen?'

'Kunstliefhebbers die samen een bende zouden kunnen vormen.'

'We zijn in Edinburgh, hoor.'

Dat was waar, moest hij beamen. Toen kwam hij met de naam van Robert Gissing op de proppen en vroeg of ze nog iets meer over hem kon vertellen.

'Hoezo?'

'Ik vraag me af of hij wel zo'n goede expert is.'

'Hij is echt wel een expert,' zei ze gapend.

'De vorige keer leek je daar niet zo zeker van.'

'Maar nu wel.'

'Toch raar hè, dat de expert van de National Gallery zich de avond voordat ze hem nodig hebben in elkaar laat slaan.'

'Wat wil je daarmee zeggen, Ransome?'

'Wil je me op de hoogte houden, Laura?'

Hij had opgehangen en een slok thee genomen – Rooibos, ideetje van Sandra. Scheen goed te zijn voor de spijsvertering.

Nu stond hij in het pakhuis, met een droge mond en een maag die van streek was, en keek naar de beheerders. Ze hadden dunne, witte katoenen handschoenen aan. Bijna iedereen had die aan, zowel de mensen die een pak en stropdas droegen als die in overall. De agenten droegen rubberhandschoenen. Alasdair Noone was ook aanwezig, nog steeds zorgelijk kijkend na een lange dag. Hij zag eruit alsof hij maar een kwartiertje had geslapen. Zijn museumcollega, Donald Farmer, was er eveneens, maar die zag er wat meer ontspannen uit. Het leek Ransome dat de bezittingen uit de museumcollectie onaangeroerd waren gebleven. Dat had Farmer de vorige avond op tv al vertrouwelijk meegedeeld, met een aan zelfvoldaanheid grenzende uitdrukking op zijn gezicht. En nu had zijn gezicht nog steeds diezelfde uitdrukking. Er stonden bewakers bij de deuren van de laadruimte geposteerd, volgens Ransome een duidelijk geval van de put dempen wanneer het kalf verdronken is. En ook typerend voor Hendricks, die dat vrijwel zeker had verordonneerd. Dat zou een goede indruk maken als de hoge omes kwamen kijken, die hielden wel van bedrijvigheid waarbij alles onder controle was. Maar van Hendricks zelf was nog geen spoor te bekennen. Ransome betwijfelde of hij had uitgeslapen. Misschien was hij in de bewakersruimte, of had hij de leiding bij de ondervragingen op het politiebureau. Ransome nam geen risico en liep vlug door een van de gangpaden tussen de hoge, propvolle stellages. Hij wilde absoluut voorkomen dat zijn collega annex concurrent zou vragen wat hij hier verdomme te zoeken had. Hij kon altijd wel een smoes verzinnen, maar hij dacht niet dat Hendricks daar in zou trappen.

Ik veeg de vloer aan met die zaak van jou, zei hij tegen zichzelf. En als alles achter de rug is, krijg ik gelijk en jij niet... en ben ik degene die promotie kan verwachten.

De drie kluizen stonden nog steeds open, of waren opnieuw geopend om het forensisch team toegang te verschaffen. Er stonden nog genoeg schilderijen in. De schilderijen die de dieven hadden meegenomen, werden pas weer teruggeplaatst als ze helemaal waren onderzocht. Er was al gemeld dat het om de originelen ging en dat ze onbeschadigd waren – vastgesteld door professor Robert Gissing – maar ze zouden nog worden onderzocht op vingerafdrukken en vezels. Gisteravond had de verslaggever op de tv gemeld dat 'er opluchting heerste in de Schotse kunstwereld en ongetwijfeld ook elders'. Mooi zo, maar waarom hadden ze de bestelbus achtergelaten? In de media werd gespeculeerd dat de dieven waren gestoord en in paniek waren geraakt. Waarschijnlijk waren ze bezig geweest de schilderijen in een andere auto te laden. Een voorbijganger had achterdocht gekregen en het aan de politie gemeld. Ransome had zijn vriendje op Hendricks' bureau al gevraagd naar de identiteit van de man die had gebeld, maar die had zijn naam niet gegeven, en het nummer moest nog worden achterhaald. Er was toen natuurlijk al alarm geslagen door de bewaker bij het portiershuisje, die het signalement en het kenteken van de bestelbus had doorgegeven. De bus was een aantal dagen daarvoor gestolen uit een straat in Broxburn. De nummerplaten waren vals. De eigenaar, een huisschilder en stukadoor, had de bestelbus geïdentificeerd en had er de pest in dat ze zijn gereedschap ergens onderweg hadden weggegooid.

Dus: een succesvolle kraak, gevolgd door een mislukte transfer waarbij de buit was achtergelaten. Hendricks vond dit allemaal logisch klinken, maar Ransome niet. De auto achterlaten? Ja, zou kunnen. Maar waarom hadden ze dan niet een paar schilderijen meegenomen? Er werd geschat dat er zes tot tien mensen bij betrokken waren geweest, en er waren maar acht schilderijen teruggevonden, waarvan de grootste een meter vijftig bij een twintig, ingelijst en wel. Waarom hadden ze die niet meegenomen? Het was allemaal zorgvuldig gepland en vlekkeloos uitgevoerd. Zou dit soort gasten in paniek raken van een langsrijdende auto of iemand de zijn hond uitliet? Ze hadden wapens bij zich, dus wat hadden ze in godsnaam te vrezen?

Hoe langer Ransome erover nadacht – en volgens hem had hij

de afgelopen twintig uur niet veel meer geslapen dan Alasdair Noone – des te onwaarschijnlijker het leek. Zijn conclusie was simpel: of ze nou hulp van binnenuit hadden gehad of niet, de dieven hadden geen reden gehad om in paniek te raken.

Dus had hij zijn zondagochtend opgeofferd om de plaats van het misdrijf te onderzoeken, een paar vragen te stellen en zelf wat gegevens bij elkaar te sprokkelen. Hij keek in de drie openstaande kluizen. De schilderijen waren in rekken opgeborgen met de zijkant naar voren, waaraan bruine kartonnen labels hingen met alleen een nummer erop. Nog een argument voor de theorie dat ze hulp van binnenuit hadden gekregen. Als de schilderijen in opdracht waren gestolen, wisten ze welke ze moesten hebben. Wie had er behalve het personeel toegang tot de nummerregistratie? Zijn vriend op Hendricks' bureau had daar geen antwoord op kunnen geven. De man van de technische recherche die Ransome de dag daarvoor op Marine Drive had gesproken, had net met een soort zaklantaarn de vloer van een van de kluizen afgezocht.

'Iets gevonden?' vroeg Ransome.

'Een paar vezels... een halve voetafdruk. Levert waarschijnlijk niets op.'

'Zouden ze hun kleren hebben weggegooid?' opperde Ransome.

De TR-man knikte. 'De haren die we tot nu toe hebben gevonden zijn synthetisch.'

'Pruiken?' veronderstelde Ransome, waarop hij een mismoedig knikje ten antwoord kreeg.

'Terwijl ik hier mijn tijd aan het verdoen ben stapelt het werk zich op.'

'Je bent niet de enige.' Ransome draaide zich om en liep terug naar de bewakersruimte. Tijdens de overval waren de bewakers en bezoekers hier naar binnen gebracht en gedwongen neer te knielen. Ze hadden niets gezien wat bruikbaar was, wist Ransome. En ook niets gehoord. De gijzelaars hadden alleen maar grommend met elkaar gecommuniceerd. Het enige wat de curator die de rondleiding deed was opgevallen, was dat de mannen die hen hadden vastgehouden jonger leken dan de mannen die de roof hadden gepleegd.

Ransome herinnerde zich weer wat Glenn had gezegd: Vier of vijf randjongeren met biljartkeus. Glenn was ervan uitgegaan dat het ging om een bende die Hate moest intimideren. Maar misschien had hij het mis. De vermomming van de jongens mocht geen naam hebben: basketbalpetjes met de klep over hun ogen en sjaals om hun mond en neus te bedekken.

Ransome zag niemand in de bewakersruimte en ging naar binnen. De beeldschermen stonden weer aan en vertoonden beelden van het interieur en de buitenkant van het pakhuis. Het portiershuisje was maar half te zien, want de camera stond gericht op de slagboom, en het voetpad achter het poorthuis was onzichtbaar. Hij wist dat Hendricks hierover al had geklaagd bij de directeur van de National Gallery. Ransome ging aan het bureau zitten en keek door het raam het pakhuis in. Vanaf deze plek waren de bewuste kluizen niet te zien. Het pakhuis en wat erin stond waren een gemakkelijke prooi – eigenlijk een wonder dat niemand eerder op het idee was gekomen het pakhuis te beroven.

Er werd op de openstaande deur geklopt. Ransome draaide snel zijn hoofd om, in de verwachting zijn wreker daar te zien staan. Maar het was iemand anders, iemand die hij herkende. Professor Robert Gissing.

'O,' begon de hoogleraar, duidelijk zenuwachtig. 'Ik was op zoek naar inspecteur Hendricks.'

Ransome stond op en liep naar voren. 'Hij is er niet,' zei hij en hij stak zijn hand uit. 'Ik ben een collega, inspecteur Ransome.'

'Ja, ik heb u op Marine Drive gezien.'

'O, echt?'

'En waar is Alasdair Noone?' Gissing keek naar de grond.

'Hij loopt hier ergens rond.'

'Bedankt.' Gissing had zijn blik nog steeds op de grond gericht. 'Nou, ik moest maar eens even een babbeltje met hem gaan maken.'

Maar Ransome wilde hem niet zonder slag of stoot laten gaan. 'Professor?'

Gissing aarzelde. 'Ja?' Eindelijk keek hij de inspecteur in de ogen. Ransome keek hem recht in zijn gezicht. Gissing was een flink stuk groter, maar dat maakte niks uit. 'Ik vroeg me af of u me kunt vertellen wat u ervan denkt. Gaat u ervan uit dat het een mislukte overval met hulp van binnenuit is?'

Gissing sloeg zijn armen over elkaar – alweer verdedigend –, en keek nadenkend. 'Ik moet zeggen dat er fantasievollere scenario's zijn, dat heb ik vandaag wel in de krant gezien. Maar het is niet mijn werk om wilde veronderstellingen te doen, inspecteur.'

'U heeft gelijk. Het was uw opdracht om de schilderijen te controleren, maar dat heeft u gisteren al gedaan, waarom bent u dan nu hier?'

Gissing rechtte zijn rug. 'Alasdair Noone had om mijn aanwezigheid verzocht. Hij is blijkbaar van mening dat ik in staat ben vast te stellen of er stukken ontbreken aan de negentiende- en twintigste-eeuwse Schotse kunstverzameling.'

'Omdat de dieven zich daaraan hebben vergrepen?'

'Dat klopt.'

'Behoorlijk specialistische handel, toch, meneer?'

'Niet echt – er zijn verzamelaars van Canada tot Sjanghai.'

'Maar het is wel uw vakgebied.'

'Ja, ik dacht het wel.'

'Nou, ik zal u niet verder lastigvallen, ze zijn al druk bezig met de inventarisatie.'

Nu pas scheen Gissing de bedrijvigheid om hem heen op te merken.

'Dat zou over een paar weken toch gebeuren?' voegde Ransome eraan toe. 'De overval heeft het alleen maar verhaast.'

'Inspecteur, ik begrijp niet wat dit aan uw onderzoek kan bijdragen.'

'O, het is niet míjn onderzoek, professor Gissing, ik ben gewoon nieuwsgierig, meer niet.' Ransome zweeg even om dit tot Gissing te laten doordringen. 'Wat erg van de heer Allison, vind u niet?'

Deze opmerking overviel de hoogleraar.

'Omdat hij toch de vaste expert is, en zo,' drong Ransome aan. 'Kent u hem? Volgens mij is hij behoorlijk aangeslagen...'

'Uitermate vervelende toestand,' beaamde Gissing.

'Maar wel een meevaller, hè?'

'Ik begrijp niet wat u bedoelt.'

Ransome haalde zijn schouders op. 'Ik wil alleen maar zeggen dat het een meevaller was dat u kon inspringen.'

'Ja, nou...' Gissing wist niets meer te zeggen en wilde weglopen.

'Ziet u Chib Calloway nog wel eens?'

Gissing bleef even met zijn rug naar de inspecteur toe staan, en draaide toen zijn hoofd om. 'Neemt u me niet kwalijk, wie zei u?'

Ransome glimlachte alleen maar en gaf hem een knipoog.

22

De twee schilderijen stonden nog steeds op een van de banken in Mikes penthouse. Hij had die dag nog geen kans gezien voldoende tijd aan Lady Monboddo te besteden, omdat hij zich bezig had gehouden met op internet kijken in hoeverre de overval nationaal en internationaal de aandacht had getrokken. Volgens zeggen had de National Gallery of 'waanzinnig veel geluk gehad', of anders waren de dieven 'ongelooflijke dilettanten' geweest.

'Twee linkerhanden zeiden ze vroeger,' had Allan Cruikshank opgemerkt toen hij in de flat arriveerde. Hij had ook gezegd dat Mike over een bergplaats voor de twee schilderijen moest nadenken.

'Wat heb je met de jouwe gedaan?' vroeg Mike op zijn beurt.

'Onder het bureau in mijn studeerkamer.'

'Dus als de politie zou komen kijken, vinden ze ze vast niet?'

'Wat moet ik verdomme dan doen? Ze naar de bank brengen om ze in een kluis te stoppen?'

Mike haalde zijn schouders op. Allan zag er verschrikkelijk uit. Hij liep voortdurend naar het raam om naar de parkeerplaats te kijken, alsof hij bang was dat er elk moment blauwe zwaailichten konden verschijnen. Toen ze met zijn tweeën op het balkon een sigaret stonden te roken, moest Mike steeds maar de gedachte verdringen dat zijn vriend op het punt stond eraf te springen, en was opgelucht toen ze weer naar binnen gingen. Mike had pepermuntthee gezet, waarop Allan zei dat hij zich niet kon herinneren daarom te hebben gevraagd. Hij hield de beker met twee handen vast.

'Dat helpt om te ontspannen,' zei Mike.

'Ontspannen?' riep Allan uit en hij rolde met zijn ogen.

'Heb je vannacht nog een beetje geslapen?'

'Weinig,' moest Allan toegeven. 'Zeg, heb je wel eens wat van Edgar Allan Poe gelezen? *Het Verraderlijke Hart* bijvoorbeeld?'

'We moeten onze zenuwen in bedwang houden, Allan. Nog een paar dagen gedoe en dan houdt het vanzelf op – dat zul je zien.'

'Hoe kan je dat nou zeggen?' Er plensde een slok thee op de vloer, maar Allan leek het niet te merken. 'Dan weten wij toch nog wel wat we hebben gedaan?'

'Kan je nog een beetje harder schreeuwen? Daar doe je de buren vast een plezier mee.'

Allans ogen werden groot en hij sloeg zijn hand voor zijn mond. Mike zei maar niet dat hij expres had overdreven – de flat was behoorlijk geluiddicht. Toen hij hier net was komen wonen, had hij de geluidsinstallatie keihard gezet en was toen naar beneden gelopen om de buren – hij was restaurateur, zij interieurontwerpster – te vragen of ze iets konden horen.

'Sorry,' mompelde Allan, nog steeds met zijn hand voor zijn mond. Hij ging zitten, maar toen viel zijn oog weer op de schilderijen. 'Je moet ze echt verbergen,' zei hij met trillende stem.

'Als iemand ernaar vraagt, zeg ik dat het kopieën zijn,' verklaarde Mike geruststellend. 'Dat kun jij ook doen, ze gewoon aan de muur hangen. Misschien zijn die Coultons beter in staat je te kalmeren dan een eenvoudige sterveling als ik.'

'Ze zijn veel beter dan wat er in de First Caly hangt,' zei Allan.

'Zeker wel,' beaamde Mike. 'Kijk, het doel van deze onderneming – als je tenminste even wilt terugdenken – was om een paar meesterwerken in ons bezit te krijgen en daarvan te kunnen genieten. De professor heeft inmiddels iedereen ervan overtuigd dat de schilderijen weer terug zijn. Vandaag zal hij dat in het pakhuis nog een keer bevestigen – er wordt niets vermist, alles is verantwoord. De aandacht van de media zal daarna in rook opgaan.'

'Ik zou willen dat ik in rook kon opgaan.' Allan sprong weer overeind en liep naar het raam. 'En hoe zit het met die smeris over wie je het had?'

'Had ik maar niks gezegd,' mompelde Mike in zichzelf. Nadat hij tegen Gissing had gezegd dat hij zijn mond moest houden, had hij toch besloten dat Allan van Ransome moest weten. Ze waren tenslotte een team en daarbij ook nog vrienden. Voor je vrienden hield je geen dingen achter. Maar toen Mike hem hierover had opgebeld, had Allan gezegd dat hij meteen naar hem toe kwam.

'Hij is ons al op het spoor,' hield Allan vol.

'Hij weet niks. Zelfs als hij mocht denken dat er iets niet in de haak is, heeft hij geen enkel bewijs.'

Maar Allan liet zich niet geruststellen. 'En als ik de mijne nou eens teruggeef? Of ze gewoon ergens achterlaat?'

'Leuk bedacht...' zei Mike streng tegen zijn vriend. 'Dan komen ze erachter dat de schilderijen die ze in de bestelauto hebben gevonden kopieën zijn en gaan ze zich afvragen waarom de gerenommeerde professor niets heeft gezegd.'

Allan knarste wanhopig met zijn tanden. 'Neem jij ze dan. Ik geef ze aan jou. Ik doe geen oog dicht met die dingen in huis.'

Mike dacht even na en legde toen zijn hand op Allans schouder. 'Oké. Wat vind je hiervan: we halen ze hier naartoe, en ik pas een paar dagen op ze, misschien zelfs een week of twee. Net zolang totdat je ze weer aankunt.'

Allan dacht even na en knikte toen langzaam.

'Maar laten we wel duidelijk zijn,' hield Mike aan. 'Ik bewaar ze voor je, ik neem ze niet van je over. Afgesproken?' Hij wachtte even tot hij Allan ja zag knikken. 'En we zeggen het tegen niemand,' voegde hij eraan toe. 'Het blijft helemaal tussen ons.'

Mike wilde absoluut niet dat iemand erachter kwam dat Allan het op zijn zenuwen had gekregen – en zeker niet Chib Calloway.

Hij hoopte maar dat het door de schok kwam, en dat het wel weer zou overgaan.

Elke keer dat Mike de gelegenheid had gekregen het portret van Monboddo's vrouw te bekijken, zag hij een ander gezicht erin – deze keer niet dat van Laura, maar het gezicht van de man die zich Hate noemde. Ook al zou Mike zich nooit meer met die man in één ruimte bevinden, dan nog zou hij steeds worden achtervolgd door het beeld van zijn gezicht en gestalte.

Het gezicht, de gestalte, en die satanische tatoeages.

Het was natuurlijk niet Mikes zaak aan wie Chib zijn schilderij gaf, maar het bleef gevaarlijk. Bij het oorspronkelijke plan waren slechts drie vrienden betrokken geweest: Mike, Allan en Gissing. Westie was er uit noodzaak bijgekomen, maar nu deed Westies vriendinnetje ook nog mee. En Chib. Chib was Mikes idee geweest, en het zou zíjn schuld zijn als het misging. Chib, die vier jongens van hem, en nu Hate. En wie weet waar Hate nog toe zou leiden...

'Waar denk je aan?' vroeg Allan.

'Niks bijzonders,' antwoordde Mike. *Ik lieg tegen hem en ik houd ook dingen voor hem achter...*

'Ik zal nooit mijn mond voorbij praten, Mike, dat weet je toch? Ik bedoel, we zijn vrienden en dat blijft zo. Zo zit het.'

'Natuurlijk.'

Allan deed een poging tot een glimlach. Zijn gezicht was grauw en bezweet. 'Jij bent zo beheerst, Mike. Je hebt het hier altijd op een rijtje.' Hij tikte tegen zijn hoofd. 'Je hebt echt een kick gekregen van gisteren, hè?'

'Zeker,' bekende Mike met een glimlach. Maar de ontmoeting met de geldincasseerder had hem een heel andere kick gegeven, in de wetenschap dat hij nu in het gezelschap verkeerde van de grote jongens op het speelplein.

Hij deed mee met de rotjongens.

En die zouden niet eerlijk spelen, en zich niet laten weerhouden door sentimenten, emoties of vriendschap.

Allan plofte weer neer in zijn stoel en morste nog meer thee.

Vrienden... en dat blijft zo. Nou, je weet maar nooit, dacht Mike.

'Laten we je schilderijen ophalen,' stelde hij voor. 'Dan krijg je tenminste een beetje rust.'

'Even slapen zou wel fijn zijn,' beaamde Allan. 'Waarom hebben we niets meer van Robert gehoord?'

'Hij kan vanuit het pakhuis niet gemakkelijk bellen,' informeerde Mike hem, hoewel hij zelf ook wel wilde weten wat daar allemaal aan de hand was. Hij keek op zijn horloge. 'Weet je zeker dat we de schilderijen nu kunnen ophalen?'

'Waarom niet?'

'Het is zondag, Allan. Ik wil er zeker van zijn dat je geen afspraken moet afzeggen – je krijgt 's zondags toch altijd je kinderen?'

'Margot is met ze naar Londen voor een of andere theatervoorstelling.'

Mike knikte tevreden. Het was een hele opluchting dat Allan geen moeite zou hoeven doen het over ditjes en datjes te hebben met zijn zoons terwijl ze aan het winkelen waren in Princes Street of in een restaurant zaten te eten.

'Is er nog iets wat je normaal gesproken op zondag doet?' vroeg hij. 'Je moet je zoveel mogelijk bij je normale bezigheden houden.'

'Wij gaan soms samen wel iets drinken,' bracht Allan hem in herinnering.

'Dat is zo... vind je het erg als we het deze keer overslaan?'

'Ik vind het prima. Maar ik voel me wel beter nu we even hebben gepraat. Ik ben blij dat ik even langs mocht komen.' Allan keek om zich heen. 'Waar heb ik nou mijn jasje gelaten?'

'Dat heb je aan,' zei Mike.

Toen Westie met een kater van de vorige avond bij de pinautomaat zijn rekening checkte, zag hij dat het geld was bijgeschreven. Het volledige bedrag voor bewezen diensten: acht schilderijen die precies op het origineel leken, nou ja, eigenlijk negen, maar wie zou ze tellen? Het ging erom dat zijn werk ervoor had gezorgd dat de kunstwereld op dit moment een rad voor ogen werd gedraaid en iedereen dacht dat de overval was mislukt.

'Helemaal te gek,' zei hij hardop en bleef nog even naar het bedrag op het scherm kijken. Hij printte een dagafschrift uit, en alleen maar omdat het mogelijk was nam hij tweehonderd pond op. Hij liep naar de espressobar waar Alice met een stapel kranten voor haar neus zat te wachten. Ze waren pas tegen de ochtend naar bed gegaan en ze was nog steeds duf.

'Het staat bijna overal op de voorpagina,' stelde ze hem op de hoogte. 'Tenminste, van de gewone kranten. Wat de tabloids betreft, moet je het afleggen tegen actrices die net nieuwe tieten hebben gekregen.'

'Iedereen kan je horen,' waarschuwde hij, en hij gaf haar het bonnetje van de pinautomaat. Ze slaakte een gilletje en boog zich over de tafel om hem een zoen te geven. Toen hij achteroverleunde en zijn cappuccino optilde, zag ze dat er bankbiljetten uit een van de kranten staken. Ze slaakte een nog iets harder gilletje en sprong op om hem een knuffel te geven. Er viel een plens koffie over de voorpagina van een van de kranten, maar dat kon hun allebei niks schelen. De andere klanten gaven geen enkele sjoege – ze waren te verdiept in zondagbijlagen of studieboeken, druk bezig met sms'jes te versturen of zaten door koptelefoontjes naar de allerlaatste muzikale voortbrengselen te luisteren. De espressobar was nog vrij nieuw en bevond zich naast de Meadows op de plek waar het oude ziekenhuis werd omgebouwd tot dure appartementen. Handig voor de kunstacademie, maar Alice en Westie waren geen vaste klanten. Daarom waren ze ook hiernaartoe gegaan, én omdat er een bank in de buurt was.

Alice was weer gaan zitten. Ze depte het plasje koffie op met een servet. 'Weet je wat ik voor gevoel heb?' vroeg ze. 'Alsof ik in een film van Tarantino zit, een vroege Tarantino, en wij zijn het jonge verliefde stelletje dat er met het geld vandoor gaat!' Nadat ze dit had gezegd pakte ze de bankbiljetten, vouwde ze op en stopte ze in haar portemonneetje.

Westie moest grinniken, hoewel hij dat geld best zelf had willen houden. Maar er was nog genoeg. Toch wilde hij haar nog even waarschuwen. 'We gaan het niet allemaal over de balk smijten, je weet toch dat we hiermee je filmopleiding moeten bekostigen. Je moet me alleen beloven dat je dit verhaal niet in je eerste script gaat verwerken.'

'Maar misschien wel in het derde of vierde,' zei ze toegeeflijk. Ze zaten nog steeds te lachen toen de serveerster – was ze Pools? – een focaccia kwam brengen die Alice had besteld. Voordat ze een grote hap van het broodje nam zei Alice dat ze zich voor één keer wel een fooitje konden veroorloven. Westie gaf haar een knipoog en leunde toen achterover om over zijn wapenfeiten te lezen. Hij had geen honger want de dampen van de verf en het vernis zaten nog in zijn longen. Maar hij vond het wel lekker om hier een poosje te zitten, de kranten door te nemen, nog een kop koffie te bestellen, en te zien hoe het licht veranderde, de schaduwen langer werden en de namiddag overging in de avond...

En dat ging allemaal door hem heen toen hij zag dat Alice opgehouden was met lezen en uit het raam staarde. Hij betwijfelde of zij de wereld wel op dezelfde manier zag als hij. Ze pulkte met haar roze pinknagel stukjes brood tussen haar tanden vandaan.

'Waar zit je aan te denken?' vroeg hij.

Ze haalde haar schouders op, ze moest kennelijk nadenken over het antwoord. Toen keek ze hem aan, plantte haar ellebogen op tafel en liet haar kin op haar handen rusten.

'Ik vroeg me gewoon af,' begon ze, alsof ze hardop zat te denken, 'waarom zij twee stukken hebben gekregen en wij maar eentje.'

'De man die voor die spierballen heeft gezorgd heeft er ook maar eentje gekregen,' corrigeerde hij haar.

'Maar hij was er niet eens bij, toch? Hij was niet in het pakhuis en liep niet het risico te worden gearresteerd. Moet je kijken hoeveel werk je eraan hebt gehad, dagen- en nachtenlang, niemand heeft zich meer ingezet dan jij, Westie.'

'Ik heb toch betaald gekregen?'

Ze knikte bedachtzaam. 'Dat bedoel ik nou net. Dat was voor het werk dat je hebt afgeleverd, maar je hebt echt wel meer gedaan. Je hebt meegedaan aan de overval, je hebt geholpen die lijsten te verwisselen. Je zei zelf dat professor Gissing er uren over deed en bijna een hartaanval kreeg. Het kwam allemaal op jou neer, Westie, en daardoor kwam het allemaal in orde.' Ze pakte met één hand zijn hand vast. Er zaten nog steeds vegen rood, blauw, wit en groen op zijn knokkels. De vrouw van Monboddo had hem de meeste tijd gekost, met al die plooien in de stof van haar jurk...

Alice' kin rustte nu ook niet meer op haar andere hand en ze duwde met haar vinger tegen een van de kranten. 'Er wordt beweerd dat het werk van sommige kunstenaars bedragen met vijf nullen opbrengt... en wij worden afgescheept met een lullige DeRasse.'

Westie voelde zich in zijn wiek geschoten. 'Dat is wel een van onze favoriete kunstenaars, hoor,' wreef hij haar onder de neus. DeRasse was beïnvloed door Mondriaan, gezien door een prisma aan alternatieve stromingen uit de jaren zestig. Alice trok een gezicht, en Westie wist wat dat betekende: ze was niet te overtuigen.

'Ik wil alleen maar zeggen dat het niet eerlijk is, Westie.'

'Nou, het is nu wel een beetje te laat om daar nog iets aan te doen,' wierp hij tegen en dronk zijn laatste slok koffie op. Toen ze hem aankeek had hij het gevoel dat ze hem met haar ogen doorboorde.

'O, is dat zo?' zei ze. 'Is het echt te laat?'

Westie zette zijn kopje langzaam neer op het schoteltje.

Mike was alleen thuis. Hij zette muziek op zonder erbij na te denken wat het was. De Coultons van Allan stonden op een stoel naast de open haard. Mike was nooit een liefhebber geweest van zijn abstracte schilderijen. Ze bestonden uit grote kleurvlakken met kleine krabbeltjes die volgens Allan 'symbolische cartouches' waren. Mike zat met een glas whisky in zijn hand naar het portret van Monboddo's vrouw te kijken. Het leek wel alsof het doek licht uitstraalde. Hij zette het glas neer, pakte het schilderij op en drukte zachtjes een kus op de lippen van de lieflijk glimlachende vrouw. Van dichtbij gezien zat het schilderij vol craquelé. Nou, jammer dan, hij kon moeilijk een restaurateur in de arm nemen. Monboddo had het werk niet gesigneerd, dat deed hij trouwens zelden. Op de tentoonstelling waar Mike voor het eerst het schilderij had gezien dat hij nu in zijn handen had, hingen veel werken die eertijds ten onrechte aan een bepaalde kunstenaar waren toegeschreven, totdat de voortschrijdende wetenschap daar verandering in had gebracht. Desondanks hingen er nog schilderijen met de vermelding 'toegeschreven aan' of 'de school van'. Maar dat gold niet voor de vrouw. De vrouw was honderd procent echt. Haar naam... Mike liep naar de boekenkast en haalde de biografie van de kunstenaar tevoorschijn. Ze heette Beatrice. Het schilderij had de titel *Een moment van bespiegeling,* maar de vrouw die had geposeerd was absoluut Beatrice. Ze kwam op ten minste nog vier andere werken van Monboddo voor. De schrijver van de biografie was van mening dat de kunstenaar haar zo flatterend mogelijk had afgebeeld, 'waarschijnlijk om een verderfelijke misstap van zichzelf te vergoelijken'.

Verderfelijk.

Misstap.

Mike kreeg een wee gevoel in zijn maag en hij besloot dat hij nu wel genoeg whisky had gedronken. Gissing had nog steeds niet gebeld, maar ze hadden dan ook afgesproken dat ze het contact tot een minimum zouden beperken. Het stof moest weer gaan liggen. Mike zette de Monboddo op de bank en pakte zijn mobieltje – het kon toch geen kwaad de professor een sms'je te sturen. Houd het kort en nonchalant, gewoon een berichtje dat je naar een vriend zou sturen. Hoe gaat het? Laten we snel iets gaan drinken. Nog iets meegemaakt? Hij pakte de telefoon over met zijn andere hand en liet hem bijna vallen toen hij begon te zoemen. Inkomend bericht. En wel van Gissing. Toen Mike het toetsje indrukte om de tekst op te halen, trilde zijn hand.

Onderwerp van foto zet door. Zorg dat hij niets kan beginnen.

Het was lekker vaag. Mike wist precies wat er werd bedoeld, maar iemand anders zou geen idee hebben. Calloway had de smeris van de foto een naam gegeven: Ransome. Ransome zat op de overval, en hij had met Calloway te maken gehad. Het was verre van ideaal, maar dat konden ze wel aan. Natuurlijk konden ze dat.

Wat moesten ze anders?

Mike merkte dat hij zonder er bij na te denken zijn glas weer had volgeschonken. Hij liep naar de keuken en kieperde het glas leeg in de gootsteen. Hij kon nu echt geen kater gebruiken. Nou ja, er waren eigenlijk een heleboel dingen die hij nog veel minder kon gebruiken dan een kater. Op dit moment behoorde een kater niet eens tot de top vijf. Nadat hij zijn glas had afgespoeld en had weggezet om te laten uitdruipen, liep hij terug naar de woonkamer en plofte neer tussen de twee schilderijen op de bank. Het andere schilderij had hij nog niet eens goed bekeken. Het was een vroege Cadell, een strandgezicht. Westie had zich er nogal geringschattend over uitgelaten: dikke lagen verf en hoekige vormen. Die kan ik met mijn ogen dicht, had Westie gezegd.

Mike had zin om Gissing te bellen, hij wilde dat hij hem geruststelde. Hij wilde hem het verhaal vertellen van Calloways 'onderpand'. Dat kon nooit via een sms'je. Hij draaide het mobieltje rond in zijn hand, haalde even diep adem, toetste het nummer van de professor in en luisterde naar het signaal. Gissing had nummerherkenning en wist dus wie er belde. Maar er werd niet opgenomen. Hij kreeg het antwoordapparaat, een vriendelijke robotachtige vrouwenstem. Mike hing op.

Morgen, het kon wel tot morgen wachten. Hij ging nog een keer op internet naar het nieuws kijken, en hield het dan voor gezien.

Hij nam Beatrice mee onder zijn arm.

23

'Hoe ben je aan dit adres gekomen?'

Maandagochtend. Mike had nog niet ontbeten en nu deed hij de deur open voor Chib Calloway. De gangster liep langs hem heen, zonder af te wachten of hem gevraagd werd binnen te komen.

'Lekker huis,' zei hij terwijl hij de open woonkamer binnenliep. 'Geweldig uitzicht. Ik heb ook altijd een huis met uitzicht op de Castle willen hebben.'

'Je hebt nog geen antwoord gegeven op mijn vraag,' zei Mike kil.

Chib keek hem aan. 'We hebben toch geen geheimen voor elkaar, Mike? Als jij zin hebt om mijn huis te zien, dan zeg je het maar. Ruik ik koffie?'

'Was ik net aan het zetten.'

'Met melk en één klontje suiker,' zei Chib.

Mike aarzelde even en liep toen naar de keuken.

'Wat vond jij nou van die Hate?' riep Chib.

Mike sliep nog half, maar hij begon de adrenaline al te voelen. Wat deed Calloway verdomme hier?

'Heb je nog iets van hem gehoord?' riep hij terug. Hij kon de helft van de woonkamer zien, maar Chib was net uit het zicht.

214

'Nog niet. Je hebt een heleboel kunst aan de muur, Mike. Ik heb nog een beetje naar je geïnformeerd, en voor zover ik kan nagaan bulk je van de poen. Dus vraag ik me af...'

'Wat vraag je je af?'

'Waarom je schilderijen wilt jatten als je ze makkelijk kunt kopen?'

'De schilderijen die je wilt hebben, komen vaak niet op de markt.' Mike kwam met de twee bekers koffie aan lopen en merkte dat Chib had rondgesnuffeld. Glimlachend gebaarde Chib naar een plek achter een van de crèmekleurige leren banken.

'Niet echt een goeie verstopplek, Michael. Je zou haast denken dat je wilt worden gesnapt.'

'Ik had geen tijd,' zei Mike verontschuldigend. 'Toen je aanbelde stonden ze nog op de bank.'

'Mag ik even kijken?' Chib wachtte niet op toestemming en haalde de schilderijen tevoorschijn. 'Vier?' zei hij.

'Twee zijn er van Allan – ik bewaar ze voor hem.'

'Mag ik vragen waarom?'

'Hij heeft een vriendin,' zei Mike terwijl hij zijn mond achter de beker met koffie verborg. 'En die weet een beetje van kunst af, dus hij wil niet dat zij ze ziet.' Hij hoopte maar dat Chib in deze leugen zou trappen.

'Welke zijn dan van jou?'

'Het portret en het landschap.'

'Blij dat te horen – die dingen van Allan lijken wel iets van een kleuterschool.' Chib bekeek de Monboddo en de Cadell. 'Leuk,' zei hij. 'Zijn ze net zoveel waard als de mijne?'

'Ongeveer, waarschijnlijk iets minder.'

'Maar ja, ik heb er maar eentje en jij hebt nou vier van die beauty's.'

'Je wilde er maar eentje.'

Chib knikte alsof hij nog steeds vol waardering voor de schilderijen was. 'Dit portret lijkt op die griet van het veilinghuis.'

'Was me nog niet opgevallen,' zei Mike.

Calloway nam zijn beker koffie aan en gromde een bedankje.

'Ze lijkt er echt op,' zei hij peinzend, met zijn blik op Beatrice en haar decolleté gevestigd. 'Denk je dat ze me een beetje aardiger zal vinden als ze weet dat ik een Utterson heb?'

'Laura Stanton, bedoel je? Ze zal je eerder aangeven.'

'Ja, dat zal wel...' Calloway snoof even misprijzend en nam toen een slok van zijn koffie. 'Ik ben hier omdat ik nog eens heb nagedacht over die eikel van een smeris.'

'Ransome?'

'Ja, die. Heb je nog iets van de prof gehoord?'

'Alleen een sms'je dat alles in orde is.' Mike verborg zijn gezicht weer half achter de beker. 'Volgens de media heeft een zekere Hendricks de leiding over het onderzoek.'

'Gav Hendricks is een watje, maar die Ransome moeten we in de gaten houden.' Chib deed een stap in Mikes richting. 'Stel je voor dat hij je vriendje Allan gaat ondervragen.'

'Allan is oké.'

'Dat is 'm geraden.'

Mike wilde niet dat Calloway nog dichter in zijn buurt kwam, dus liep hij maar naar het raam, en realiseerde zich te laat dat dit juist een nerveuze indruk maakte. Had Allan niet precies hetzelfde gedaan? Hij keek toch maar even uit het raam en zag het dak van Chibs BMW 5-serie. Er stonden twee mannen tegen de auto geleund, eentje rookte een sigaret en de andere checkte zijn mobieltje.

'Je hebt je jongens meegenomen,' zei Mike.

'Maak je niet druk, ze weten niet dat ik bij jou ben.'

'Hoezo niet?'

Chib haalde zijn schouders op. 'Je weet tegenwoordig niet meer wie je kunt vertrouwen, en het is best fijn om een paar geheimen te hebben, vind je niet?'

'Dat zal allemaal wel, maar je hebt toch maar mooi mijn naam genoemd tegen Hate.'

'Laat die Hate nou maar aan mij over, Mike.' Chib zwaaide met zijn vinger. Hij vond dat hij de schilderijen nu wel genoeg had bewonderd, en liep een rondje door de kamer. 'Sommige mensen hebben het echt voor mekaar, hè? Ik bedoel, neem jezelf nou, je hebt geld op de bank, kunst aan de muren van je penthouse, en ook nog achter de bank! Je hebt echt een luxeleventje, Michael Mackenzie.' Calloway grinnikte even laatdunkend. 'Andere mensen moeten nog steeds knokken voor hun bestaan. Deze koffie is trouwens zwaar in orde. Heb je nog wat?'

Mike pakte de lege beker en liep naar de keuken. Het beviel hem maar niets dat Chib wist waar hij woonde, en al helemaal niet dat die twee gorilla's buiten stonden en Chib nu wist dat er zich vier meesterwerken in zijn flat bevonden, en niet te vergeten de iets mindere stukken die aan de muur hingen. Hij hoorde een piepje uit de woonkamer komen en begreep dat Chib aan het bellen was of een sms'je verstuurde. Hij hoopte maar dat hij de gorilla's niet uitnodigde ook van de partij te zijn, misschien waren ze wel net zo gek op koffie.

Toen hij terugkwam met een volle beker, wees Chib naar de salontafel waarop Mikes mobieltje lag.

'Volgens mij heb je een berichtje.'

'Bedankt,' zei Mike. Hij gaf Calloway de koffie, liep naar de tafel en aarzelde toen even. Zijn telefoon had toch in de binnenzak van zijn jasje gezeten? Het jasje dat nog steeds over de rugleuning van een stoel hing? Hij wierp een blik op Chib, maar die stond hoofdschuddend naar de twee Coultons te kijken. Mike pakte de telefoon en keek naar het schermpje. Twee berichten. Het eerste was van Laura. *Moet je spreken*, stond er alleen maar. Onder normale omstandigheden was Mikes hart opgesprongen, maar dit waren allesbehalve normale omstandigheden, zoals het tweede berichtje liet zien.

Westie is belazerd. Nog een schilderij of anders 20 mille, je mag kiezen. Alice.

'Niets dringends, hoop ik?' vroeg Chib.

'Niet echt.' Mike deed alsof hij een antwoord intoetste, want hij voelde Chibs ogen in zijn rug branden.

'Dus je hebt nogal wat vertrouwen in je vriendje Allan.'

Deze vraag bracht Mike van zijn stuk. 'Natuurlijk,' zei hij onzeker. 'Waarom zou ik dat niet hebben?'

'Nou, bijvoorbeeld vanwege zijn smaak op het gebied van kunst.'

Mike produceerde iets waarvan hij hoopte dat het op een lach leek, en Chib glimlachte beleefd terug. Hij rechtte zijn rug, deed zijn handen achter zijn hoofd en keek de kamer rond alsof hij de boel wilde opkopen.

'Erg leuk,' merkte hij op. 'Heeft vast een paar pond gekost.'

'Wel een paar.'

'Hypotheek?'

'Nee.'

'Had ik ook niet gedacht van iemand met jouw talent. Hoe heet het ook weer als je zegt dat een zakenman weet waar hij mee bezig is? Acuutheid?'

'Acuïteit,' verbeterde Mike hem.

'Dat bedoel ik dus.' Chib knikte langzaam. 'Mike, doe ons allemaal alsjeblieft een plezier.' Hij ging tegenover Mike staan alsof hij hem tegen de muur wilde drukken. 'Maak een beetje gebruik van die acuïteit van jou om te zorgen dat er niks misgaat, om te beginnen met je goede vriend Allan Cruikshank. Een ketting is net zo sterk als de zwakste schakel, zeggen ze toch?'

De twee mannen stonden maar een paar centimeter van elkaar en Mike kon de adem van de gangster op zijn gezicht voelen. Het duurde even voordat hij zichzelf weer in de hand had.

'Zoals ik het zie,' zei Mike, 'is die idioot van een Hate de zwakste schakel. Als hij je te grazen wil nemen hoeft hij alleen maar via een anonieme tip de politie op je af te sturen.'

'Maar dan kunnen die klanten van hem het wel schudden dat ze hun geld krijgen. Eigenlijk komt het erop neer dat zij zakenmensen zijn, net zoals jij. Zit daar nou maar niet over in en zorg dat je alles rond hebt.'

'Een ketting is altijd rond,' zei Mike kalm.

'En een ketting heeft alleen maar schakels,' snauwde Calloway. Ze keken elkaar even in de ogen en toen draaide de gangster zich om. Mike dacht dat hij op het punt stond weg te gaan. De beker, die nog tot drie kwart vol zat met koffie, werd weer op de salontafel gezet. Chib liep naar de lange gang en Mike ging achter hem aan.

'De volgende keer krijg ik wel een complete rondleiding, hè?' Calloway gebaarde naar de kunstwerken aan de muur. 'En wat mij betreft, je kunt altijd bij me langskomen. Het is er natuurlijk lang niet zo jofel als hier, een beetje met deuken hier en daar, net als de eigenaar.'

Het probleem is dat ik niet weet waar jij woont, maar jij weet nu wel waar ík woon, dacht Mike bij zichzelf. De voordeur stond open, Chib liep het trapportaal in en wuifde nog even achterom. Mike deed de deur achter hem dicht en leunde ertegenaan alsof hij eventuele indringers zou willen tegenhouden. Hij luisterde of hij het geluid van de lift hoorde en drukte zijn oog tegen het kijkgaatje in de deur. Toen de liftdeuren langzaam dichtschoven, draaide hij zich om, ging terug naar de woonkamer, pakte zijn telefoon en liep naar het raam. De gangster was nog steeds niet in het zicht. Omdat Mike niet wilde dat Calloway zag dat hij telefoneerde – hij kon zich afvragen wie Mike belde – deed hij een paar stappen terug en toetste toen het nummer van Gissing in.

Laura moet me spreken.

Westies vriendinnetje wordt inhalig.

Maar hij wilde met Gissing praten, misschien wist de professor een oplossing, en hoewel de zaken er niet best voorstonden, kon hij Mike misschien geruststellen dat zijn bestaan niet op instorten stond.

Er werd opgenomen. 'Jongeman, dit is onverwacht.' De verbinding was waardeloos, en Gissings stem kwam slecht door.

'Waar zit je?' vroeg Mike.

'Zoals we hebben afgesproken, houd ik me op de achtergrond. Tenminste, volgens mij was dat toch de afspraak...'

'Wat weet Ransome allemaal?'

'Hij weet blijkbaar dat ik Charles Calloway ken.'

'Hoe kan dat?'

'Als je het weet, mag je het zeggen.'

'De boel begint een beetje te rammelen.'

Mike hoorde dat de motor van de BMW werd gestart.

'Ik denk dat je overdrijft, Michael.' Gissing klonk zo rustig dat

Mike de boel niet wilde verpesten, en hij nam een besluit. Hij zou het nieuws over Allans schilderijen, Hates onderpand en Chibs bezoekje maar voor zich houden.

In ieder geval voorlopig.

'Even tussendoor,' zei Mike, 'ik heb Allan over Ransome verteld.'

'En hoe reageerde hij?'

'Gewoon.' Mike zweeg even. 'Hoe is het gisteren in het pakhuis gegaan?'

'Ik heb gedaan wat er van me werd gevraagd, grondig zoals altijd. Ze hebben zelfs aangeboden me te betalen voor de uren die ik erin heb gestoken.'

'In je berichtje zei je dat Ransome dingen aan het onderzoeken is – wat heeft dat te betekenen?'

'Zoals ik al zei, neemt hij niet deel aan het officiële onderzoek, maar hij is wel aan het rondsnuffelen, als een hond die op zoek is naar truffels. Dat heb ik min of meer ook tegen inspecteur Hendricks gezegd. En dat viel bij hem in heel slechte aarde.'

'Goed gedaan, Robert.'

'Dat vond ik ook,' zei de professor gevleid. 'Voorlopig moeten we proberen rustig te blijven en zo veel mogelijk ons eigen gangetje te gaan, tenzij we ernstig in het nauw komen te zitten.'

We zitten al ernstig in het nauw, had Mike willen zeggen, maar terwijl hij naar de BMW keek die langzaam de oprit af reed, zei hij dat de professor gelijk had. Met een zucht streek hij door zijn haar en vroeg Gissing waar hij nu was.

'Ik ben thuis, bezig met beoordelingen. Maar als de verveling toeslaat, heb ik wel een paar dingen waar ik vol bewondering en verwondering naar kan kijken. We zijn echt gezegend, vind je niet, Michael?'

'Echt gezegend,' herhaalde Michael toen Chib en zijn mannen eindelijk uit het zicht verdwenen.

24

Chib Calloway was naar zijn auto gelopen. Johnno had zijn sigaret weggegooid, en Glenn hield het achterportier open voor hun baas.

'Of wil je zelf rijden?'

Maar Chib vond het best om achterin te zitten. Hij keek nog achterom maar hij zag niemand boven bij het raam.

'Goeie bespreking?'

'Gaat je niks aan,' had Chib gesnauwd terwijl hij op zijn duimnagel beet en over eventuele verdere stappen nadacht. Natuurlijk kon hij zich er eigenlijk niet mee bemoeien. Het verzoek was aan Mike gericht – twintig mille of een van de schilderijen. Die Alice moest Westies vriendinnetje zijn. Chib wist wel van Westie af, maar niemand had eraan gedacht hem te vertellen dat er ook nog een griet in het spel was.

En nu werden die twee hebberig. Chib had er geen goed woord voor over, maar tegelijkertijd bewonderde hij hun ongelooflijke lef. Wat zouden ze doen – naar de politie lopen? Niet waarschijnlijk, omdat ze alle twee medeplichtig waren. Ze stelden Mike gewoon op de proef, dat was alles, net als Chib zojuist ook had gedaan. Maar

Mike was niet echt het probleem, dat was dat vriendje van hem. Allan Cruikshank. Die was aan het doorslaan. Mikes smoes over die vriendin had misschien wel aannemelijk geklonken als hij de tijd had gekregen hem een beetje bij te schaven. In zijn professionele bestaan had Chib ongeveer honderdduizend smoezen gehoord, waarvan de meeste zo'n beetje perfect waren. Maar die van Mike kwam daar niet bij in de buurt. Die zat er zelfs helemaal naast.

Er was nog een reden waarom Chib hem een bezoekje had gebracht: hij wilde precies weten hoe rijk Michael Mackenzie was. Dat hij eigenaar van een bedrijf was geweest en dingen aan de man had gebracht, wilde niet zeggen dat hij niet naar de kloten was. Chib kende genoeg gasten die poen hadden verdiend en daarna de boot in waren gegaan door verkeerde aandelen of verkeerde tips voor racepaarden. Maar Mike had het helemaal voor mekaar, zonder meer. Chib betwijfelde of de schilderijen die hij aan de muur had hangen reproducties waren. Die flatscreen-tv had minstens drie of vier mille gekost. En het appartement – dat was zeker een miljoen waard. Jezus, zoals het er nu in Edinburgh voorstond misschien wel vijf of zes.

Des te beter: Chib hield van mensen met geld.

Mike kon het probleem met Westie gemakkelijk oplossen door met geld te gaan strooien, maar dan zouden ze misschien toch steeds meer willen – dat zou de volgende week kunnen zijn of volgend jaar, maar het zou gebeuren. En nou hij er toch over nadacht, als de Viking niet akkoord ging met het schilderij, zou Mike Chibs geldprobleem ook kunnen oplossen. Het plannen, de geheime bijeenkomsten... het verwisselen van auto's om eventuele achtervolgers af te schudden... het overhandigen van de blaffers... dit had allemaal iets in Mike Mackenzie losgemaakt. Het was hem allemaal wel bevallen. Maar het was misschien wel een vergissing geweest om hem met Hate te laten kennismaken – daar was Mike niet tegen opgewassen geweest. Hate had hem de stuipen op het lijf gejaagd, en Mike moest weer helemaal zijn vroegere zelfvertrouwen terugkrijgen. Toch had hij zichzelf vanmorgen goed in de hand weten te houden.

Hoe ben je aan dit adres gekomen?

Chib moest erom glimlachen – het enige wat hij had hoeven doen, was bij een makelaar informeren. Ze kenden allemaal 'het optrekje van Mackenzie' en konden meteen de tijdschriften en bijlagen opsommen waarin dat was verschenen. Goeie reden, dacht Chib, niet de blits te maken met je geld en de plek waar je woonde. Je wilde toch niet dat iedere willekeurige klootzak wist hoe je ervoor stond en dat je misschien wel een bezoekje waard was.

'Waar gaan we heen, boss?' vroeg Glenn, die achter het stuur zat.

'Naar huis,' zei Chib. Het andere berichtje was van Laura geweest. Toen Chib zei dat ze op het portret leek, had Mike heel nonchalant gereageerd: Laura Stanton, bedoel je? Maar die twee kenden elkaar goed. Ze stuurde hem sms'jes, sprak hem alleen aan met zijn voornaam, en leek er nogal op gebrand om haar vriendje de miljonair te spreken. Chib zou ook met deze vertakkingen rekening moeten houden. Maar nu ging zijn eigen mobieltje. Hij herkende het nummer en dacht er even over om niet op te nemen, maar zei toen tegen Glenn dat hij de auto aan de kant moest zetten. Voordat de bmw goed en wel tot stilstand was gekomen, deed Chib het portier open. Hij haalde even diep adem en klapte toen zijn telefoontje open.

'Calloway?' zei een rustige stem.

'Hi, Edvard.' Dat was de enige naam die Chib van deze man had. Edvard. De grote baas van een afdeling van de Hells Angels in de rimboe van Noorwegen. Ze smokkelden drugs van Denemarken naar Zweden, van Rusland naar Finland, van Noorwegen naar Groot-Brittannië. 'Tevreden met het onderpand?' Chib zag dat hij langs een hekwerk stond. Daarachter lag een afgetrapt stuk gras waar een paar jongens aan het voetballen waren.

Een kwart eeuw geleden stond ik daar ook. Niemand had de moed de bal van me af te pakken.

'Daarom wilde ik je spreken,' zei Edvard. Hij klonk beschaafd, niet dreigend. Chib had al in het begin van hun relatie te horen gekregen dat hij de eigenaar van de stem nooit zou ontmoeten. Misschien had zelfs Hate Edvard nog nooit ontmoet.

'Geen probleem, hoop ik?' Chib keek naar het wedstrijdje zonder echt op te letten. Er blafte een hond. Hij zat aan een van de doelpalen vastgebonden.

'Tot dusver niet, integendeel. Je weet toch wel dat het soort onderpand als het jouwe als betrouwbaar betaalmiddel kan fungeren?'

'Dat ding dat jij hebt is niet eens als vermist opgegeven.' Toen Chib zich naar de auto omkeerde zag hij dat het raampje aan de kant van de passagier naar beneden was gedraaid, wat betekende dat Glenn en Johnno meeluisterden. Natuurlijk deden ze dat. Chib wist dat hij niets van betekenis moest zeggen en liep een stukje verder over de stoep.

'Heel goed, echt heel goed.' Edvards stem klonk zo geruststellend als een slaapliedje. 'Zeg, om een lang verhaal kort te maken, misschien kunnen we in de toekomst onze transacties op dezelfde manier afhandelen?'

Dat betwijfelde Chib.

'Zeker,' antwoordde hij enthousiast. 'Geen enkel punt, Edvard. Je houdt wel van kunst, hè? Ik ook.'

'Ik hou meer van geld, Calloway.' De stem klonk nu kil. 'En waar ik echt helemaal gek op ben is het geld dat je me nog steeds bent verschuldigd.'

'Het komt eraan, Edvard...'

'Fijn dat te horen. Ik neem nog contact op over verdere transacties.'

Er werd opgehangen. Edvard belde altijd kort, voor het geval dat. Chib klapte het mobieltje dicht en tikte ermee tegen zijn tanden. Hij ging het gesprek nog eens na en kromp toen een beetje in elkaar bij het: 'Je houdt wel van kunst, hè?' Als er iemand had meegeluisterd, als zijn telefoon bijvoorbeeld werd afgetapt, had hij net duidelijk gezegd wat dat kloteonderpand inhield.

Goed gedaan, Chib... Lekker verkloot...

Maar Edvard wilde nog steeds zaken met hem doen. Nog meer schilderijen als onderpand voor allerlei deals. Tik, tik, tik, klonk het geluid van de telefoon tegen zijn tanden. De hond jankte inmiddels van frustratie. De BMW kwam naast hem rijden waardoor Chib besefte dat hij was doorgelopen. Hij dacht aan Edvard en de mensen met wie Edvard zakendeed, op duizenden kilometers afstand van Edinburgh. Wat wisten die van kunst? Wat wisten ze van de Glasgow Boys en de Scottish Colourists? Schilderijen die niks meer betekenden dan een onderpand, alleen maar iets dat je in bezit had terwijl een deal werd afgewikkeld.

Professor Gissing beschouwde die gozer Westie als een meestervervalser, en daar begon Chib nu ook aan te twijfelen. Dat hield hem bezig toen hij weer in de auto stapte en het hield hem nog steeds bezig toen ze wegreden. Westie en Alice, Alice en Westie.

Westie is belazerd.

'Ik weet hoe je je voelt, vriend,' zei Chib hardop.

'Boss?' informeerde Glenn.

'Laat maar.'

'Wie belde er, Hate?'

Chib boog zich voorover zodat zijn gezicht vlak naast dat van Glenn was. 'Als je die grote gok van je nog één keer in mijn zaken steekt, knijp ik je strot dicht – begrepen?'

'Duidelijk,' antwoordde Glenn, weer helemaal terug in zijn hok. 'Ik dacht alleen...' Hij moest even slikken alsof hij bang was voor de handen van zijn baas. 'Als je problemen hebt, willen Johnno en ik je helpen.'

'Daarvoor zijn we er toch?' voegde Johnno eraan toe.

'Goh, ik ben helemaal geroerd,' zei Chib.

'Maar we hebben het gevoel dat je ons niet helemaal meer vertrouwt,' vervolgde Glenn.

'O ja? En bij wie willen jullie dan gaan klagen – bij de personeelschef? Denk nou effe na, Glenn. Je wilt helemaal niet weten waar ik soms mee bezig ben. Ik krijg al meer dan genoeg op mijn bordje, alleen maar om te zorgen dat jullie twee buiten schot blijven, snap je wat ik bedoel?'

'Niet echt, boss,' moest Johnno toegeven. Chib gromde iets en ging weer achterover zitten. Hij had hoofdpijn gekregen van Mackenzies koffie. Het zou wel aan de koffie liggen. Of anders was het een hersentumor van zijn mobieltje. Het was het een of het ander.

Waar zou het anders van komen?

Naast het veilinghuis was een restaurant. Het was vroeger een bank geweest en kon zich nog steeds beroemen op een rococo interieur met grote geribbelde pilaren en uitbundig geornamenteerde kroonlijsten. 's Morgens werden de tafeltjes onbezet gehouden voor de drukte tijdens de lunch, maar in een van de afgeschermde zitjes bij het raam werd ontbijt geserveerd. Laura roerde in haar schuimige cappuccino toen Mike binnenkwam. Hij gaf haar een kus op beide wangen, bestelde water – *frizzante* – bij de ober en ging op de bank tegenover haar zitten.

'Geen koffie?' vroeg ze. Voor haar stond een bordje met wat restjes kruimels van een croissant. De kuipjes met jam en boter waren onaangeroerd gebleven.

'Ik heb vanmorgen al genoeg shots gehad,' zei hij. 'Sinds de veilingdag heb ik je niet meer gezien, hoe is het gegaan?'

'Niet echt een record gebroken.' Ze roerde langzaam met haar lepeltje door het laatste restje koffie. 'Heb je het gehoord van het pakhuis?'

Mike trok zijn manchetten recht en had het idee dat ze hem nauwlettend bleef aankijken.

'Ja,' zei hij en hij sperde zijn ogen open. 'Ongelooflijk, vind je niet?'

'Ongelooflijk,' herhaalde ze.

'Waarschijnlijk ken je wel mensen bij de National Gallery, die hebben vast een rolberoerte gekregen.'

'Dat zou ik me kunnen voorstellen.'

'Wat een mazzel dat het die bende niet gelukt is.'

'Zeker mazzel...' zei ze afwezig, maar ze hield haar blik op hem gericht.

'Niets zeggen,' zei Mike met een geforceerd lachje. 'Zit er scheerschuim op mijn oorlel?' Hij deed omstandig alsof hij het probeerde na te gaan, maar kreeg zelfs geen glimlachje als beloning.

'Een van de schilderijen was een portret van Monboddo's vrouw Beatrice.' Ze sprak de naam op z'n Italiaans uit. 'Ik herinner me nog dat je er op de expositie bijna je ogen niet van kon afhouden...' Ze wachtte tot hij iets zou zeggen.

'Fijn om te weten dat er op me werd gelet,' was het enige wat hij als reactie kon bedenken.

'Allan pestte me ermee,' ging ze verder. 'Hij zei dat je er zo dol op was omdat ze op mij leek.'

'Nou ja, daar zit wel iets in.'

'Je kunt je de avond van de expositie toch nog wel herinneren? We zijn daarna nog met een paar mensen naar een restaurant gegaan...'

Mike kromp even in elkaar. 'Hou op,' zei hij. Tijdens de voorbezichtiging had hij te veel wijn gedronken en was hij een beetje licht in het hoofd door de nieuwe wereld die hij binnen was gestapt, een wereld waarin mensen verstand hadden van kunst en er vol gevoel over praatten. In het restaurant had hij iets te veel brandy gedronken. Hij had een paar keer naar Laura gekeken en ze had steeds naar hem geglimlacht. Toen ze naar de wc ging was hij haar achterna gelopen en had hij haar geprobeerd te kussen...

'Ken jij een zekere Ransome?' vroeg ze plotseling, waardoor Mike weer in het heden belandde.

'Zou dat moeten?'

'Ik ken hem van de middelbare school – hij heeft ooit op een feestje hetzelfde geprobeerd. Is me achterna gelopen naar de plee...' Toen ze de gepijnigde uitdrukking op Mikes gezicht zag, ging ze maar niet door. 'Ik had hem al een tijdje niet gezien,' zei ze vervolgens. 'Maar op de dag van de veiling kwam hij me na afloop opzoeken. Hij zei dat hij geïnteresseerd was in een plaatselijke onderwereldfiguur die Chib Calloway heette, en die samen met twee van zijn bodyguards op de eerste rij had gezeten.'

'Ik stond met de handelaars op een kluitje achterin.'

'Heb je die Calloway niet gezien?' Ze zag dat hij zijn hoofd schudde. 'Maar je weet wel wie ik bedoel?'

'Ik ken hem van naam,' zei hij en hij strekte zijn hals om te kijken waar de ober bleef. 'Maar wat heeft dat met mij te maken?'

'Ik mag dit eigenlijk niet vertellen, maar Ransome dacht dat jij Calloway misschien naar de veiling hebt meegenomen.'

'Ik?' Mike trok zijn wenkbrauwen op. 'Hoe komt hij daar nu bij?'

'Dat heeft hij niet gezegd, maar hij wist je wel te beschrijven.' Ze zweeg even en keek hem indringend aan. 'En ook Allan en de professor. Hij wilde jullie namen weten en ik zag niet in waarom ik die niet zou geven.'

'Waar blijft mijn water?' mompelde Mike en hij strekte zijn nek weer. Zijn gedachten gingen razendsnel. Ransome had Chib die dag vast in de gaten gehouden, waarschijnlijk was hij Chib en zijn mannen naar het veilinghuis gevolgd en was toen buiten blijven wachten. Hij had gezien dat Mike samen met Gissing en Allan het veilinghuis verliet, en hen in de richting van de Shining Star zien gaan, met Chib en zijn mannen in hun kielzog. Was Ransome ook in de bar geweest en had hij hem met Chib zien praten? Nee, er was daar bijna niemand en Chib zou hem, achterdochtig als hij was, zeker hebben opgemerkt. Dus waarom bracht hij Mike en de anderen met Chib in verband? Het antwoord was kennelijk heel simpel: hij was in de National Gallery geweest en had Chib en Mike in de cafetaria gezien. Maar het belangrijkste was dat hij nu van iedereen de naam wist.

'Na de overval,' ging Laura verder, 'belde Ransome me. Twee keer in feite. Het was zaterdagavond dus het zal wel belangrijk voor hem zijn geweest, hoewel hij nogal luchtig klonk.'

'Wilde hij soms nog een zoen?'

Laura glimlachte een beetje treurig en keek naar haar kopje. 'Dat is niet de goeie vraag, Mike. Je hoort me te vragen wie die Ransome is. En wat hij met wat dan ook te maken heeft. Maar dat weet je al, waar of niet?'

'Ik heb geen flauw idee waar je het over hebt.'

'Hij werkt bij de Lothian and Border Police, Mike, en hij heeft me vragen gesteld over de professor.' Ze leunde achterover en zweeg om te horen wat Mike hierop had te zeggen.

'Geen flauw idee,' zei hij nogmaals.

Laura slaakte een zucht, sloeg haar armen over elkaar en keek zo intens naar haar cappuccino dat het leek alsof ze het kopje wilde laten zweven.

'Ik bedoel...' ging hij verder. 'Nou, ik weet eigenlijk niet wat ik bedoel.' Het water werd op tafel gezet op een zilveren dienblad, met een hoog, smal glas met ijs en limoen. De ober vulde het glas met water en vroeg of ze nog iets anders wilden.

Jawel, had Mike tegen hem willen zeggen, een vluchtweg. Maar hij schudde tegelijk met Laura zijn hoofd. De jongeman liep weg. Laura deed haar armen van elkaar en legde haar vingertoppen op de tafelrand. Lange vingers, met keurig verzorgde nagels.

'Ik kende Ransome behoorlijk goed toen ik nog op de middelbare school zat,' zei ze zacht. 'Hij was toen ook al zo'n vasthoudend type. Op dat bewuste feestje moest ik hem een knietje geven. Maar ik weet niet zeker of dat in jouw geval zou werken...' Ze kneep haar ogen dicht en Mike was bang dat ze zou gaan huilen. Hij legde zijn hand op de hare.

'Er is echt niets aan de hand, Laura. Hij zit waarschijnlijk achter een smerig zaakje van die Calloway aan. Toen hij ons samen op de veiling zag heeft hij zich waarschijnlijk allerlei samenzweringen in het hoofd gehaald. Niets om je druk over te maken. Ransome maakt niet eens deel uit van het team dat de overval onderzoekt...' Hij merkte dat hij hardop zat te denken en hield snel zijn mond, maar te laat. Laura had haar ogen weer opengedaan.

'Je bedoelt de mislukte overval.'

'Natuurlijk... ja.'

'Maar hoe weet je dat dan?'

Hij wist waar ze het over had, en beet op zijn onderlip.

'Hoe weet je dat Ransome geen deel uitmaakt van het team?'

Mike keek haar recht in de ogen. Hij wist dat hij iets moest zeggen, haar moest geruststellen. Haar ogen glansden en de intelligentie spatte van haar gezicht, dat zoveel levendiger was dan dat van Lady Monboddo. Mike wist dat het niet uitmaakte wat hij zou zeggen, ze zou het doorhebben. Ze zou nog meer vragen stellen, en hij zou nog meer leugens verkopen, en zo zou het van kwaad tot erger worden. Dingen die hij haar niet kon vertellen, verklaringen en excuses die hij haar niet kon geven. Hij glipte uit de bank, haalde geld uit zijn zak en legde dat naast het glas neer. Laura had haar hoofd gebogen en keek naar het tafelblad. Hij helde naar haar over om haar een kus op het haar te geven, en bleef heel even zo staan om haar subtiele parfum in te ademen. Toen ging hij rechtop staan en liep naar de deur.

'Mike?' riep ze hem achterna. 'Wat het ook is, misschien kan ik je helpen.'

Hij knikte langzaam met zijn hoofd, en hoewel hij met zijn rug naar haar toe stond hoopte hij dat ze dat gebaar zag. De ober stond bij de deur, hield hem voor Mike open en wenste hem nog een plezierige dag.

'Dank je,' antwoordde Mike, en hij ging de richting op van George Street. 'Maar dat weet ik nog niet zo zeker.'

Glenn Burns had inmiddels vierenhalf jaar voor Chib Calloway gewerkt, en hij wist in ieder geval twee dingen zeker: zijn baas zat in de problemen, en zoals de zaken er nu voorstonden en alles bij elkaar genomen zou hij het zelf allemaal veel beter aanpakken. Het speet hem om te zeggen, maar Chib kon absoluut niet met mensen omgaan, het ontbrak hem aan visie en hij leek van de ene crisis in de andere te verzeilen. Glenn wist dit omdat hij in zijn vrije tijd wel eens een handleiding voor ondernemers had bestudeerd. Eén les had hij ter harte genomen: zorg dat je aanpapt met de vijand. Niet dat hij inspecteur Ransome in zijn hol was gekropen, maar hij had hem wel een paar lieve dingetjes in het oor gefluisterd, in de hoop dat Chibs ondergang snel en zonder bloedvergieten zou verlopen. Tot dusver was daar nog niets van terechtgekomen, maar nu zat hij hier weer met Ransome, en deze keer had de inspecteur foto's bij zich.

'Ja, die ken ik,' bekende Glenn. 'Ik bedoel, ik ken ze niet echt, maar Chib heeft ze een keer in een bar de stuipen op het lijf gejaagd.'

'In de Shining Star?'

'Klopt. Daarna wilde hij met alle geweld naar die vervelende kloteveiling, en daar waren zij ook. We zijn toen nog een keer naar de Shining Star gegaan, en daar zaten ze weer, op precies dezelfde plek als de vorige keer. En hij...' Glenn tikte op een foto die uit een tijdschrift was geknipt. 'Die gast heeft met Chib op school gezeten – dat zegt Chib tenminste.'

'Dat klopt, ik heb het gecontroleerd.'

'Om kort te gaan, toen we die dag in de Shining Star zaten en die andere twee waren vertrokken, kwam dat schoolvriendje een praatje met Chib maken.'

'Waar hadden ze het over?' Ransome keek door de voorruit. Ze stonden geparkeerd op Calton Hill, in de buurt van Princes Street. Prachtig uitzicht over Edinburgh als je er oog voor had. Het enige wat Glenn tot nu toe had gedaan was uit zijn auto stappen en in de auto van de inspecteur gaan zitten. De auto rook naar leer. Glenn stopte een propje kauwgum in de nog lege asbak, waarop Ransome een zuur gezicht trok.

'Ze zaten te ouwehoeren over de veiling – wie in waarde steeg of daalde, en wie helemaal niet verkocht. Ik moet u eerlijk zeggen dat ik ben afgehaakt, saaier kon het niet. Chib wilde van alles weten over bieden en betalen, of ze contant geld accepteerden, en die gast vertelde het allemaal... Hij heet toch Mackenzie?'

'Mike Mackenzie,' bevestigde Ransome. Hij vond het niet fijn dat er kauwgum in de asbak lag, maar toen Glenn een nieuw stuk uit de verpakking haalde en het hem aanbood, nam hij het gretig aan en kauwde erop alsof het chateaubriand was. 'De andere twee heten Gissing en Cruikshank,' ging hij door. 'De ene werkt aan de kunstacademie en de andere werkt bij de First Caledonian Bank. Maar je baas kent die Mike het beste, toch?'

'Ja. Ze hebben nog een keer afgesproken. We pikten Mike op aan de Grassmarket, voor de pub Last Drop. Maar Chib schopte Johnno en mij uit de auto, dus ik weet bij God niet waar ze naartoe zijn gegaan of waar ze het over hebben gehad. Wie is die Mike eigenlijk?'

'Een of andere gast die rijk is geworden met computers. Hij woont in een luxe penthouse in Murrayfield.'

'Dat is nou ook toevallig.' Glenn fronste zijn wenkbrauwen.

'Wat bedoel je?'

'Daar waren we vanochtend vroeg nog. In Henderland Heights,

een chic adres. Chib wilde niet zeggen wat hij ging doen...' Glenn hield plotseling zijn mond, met stomheid geslagen door een plotseling inzicht.

Inspecteur Ransome probeerde tegelijkertijd te grinniken en te fluiten.

Ransome wist wat hij eigenlijk hoorde te doen. Hij zou zijn chef op de hoogte moeten stellen van zijn verdenkingen, bewijs en conclusies. Maar dan zou zijn chef zeggen: 'Waarom heb je dit allemaal niet tegen Hendricks gezegd? Hij heeft toch de leiding in deze zaak?' Waardoor Hendricks uiteindelijk alle lof toegezwaaid zou krijgen en met de eer ging strijken. En dan maakte het niks uit dat Ransome al het zware werk had gedaan.

Hij had nog meer nodig.

Hij had het bewijs nodig dat zou leiden tot arrestaties voor een gewapende overval. Mackenzie en de twee anderen hadden op een of andere manier samengespannen om Calloway de overval te laten uitvoeren. Ransome twijfelde er niet aan dat Chib hierachter zat. Hij was in de stad op zoek gegaan naar spierballen om hem te helpen, dat had Glenn duidelijk gezegd. Of misschien was het wel die vreemde gast Hate, die aan het hoofd stond van een bende Hells Angels: de aangewezen personen om aan geweren met afgezaagde loop en dat soort dingen te komen. Maar het was nooit gelukt zonder hulp van binnenuit. En hier verschenen de 'Drie Musketiers' op het toneel. Absolute amateurs die via mooie beloftes of bedreigingen zover waren gegaan dat ze er nu tot over hun oren in zaten. Het zou niet moeilijk zijn hen te breken, veel makkelijker dan Chib zelf aan de tand te voelen. En als ze doorsloegen, had hij de gangster waar hij hem hebben wilde.

En dat gold trouwens ook voor Hendricks. Hendricks had hem over de telefoon de huid vol gescholden. Op een of andere manier had hij gehoord dat Ransome een bezoekje aan het pakhuis had gebracht. 'Blijf godverdomme uit de buurt,' had Hendricks hem opgedragen. Ransome had daarop zelf een paar pittige opmerkingen gemaakt, opgehangen en niet opgenomen toen Hendricks terugbelde. Hij kon de klere krijgen. Ze konden allemaal de klere krijgen. Hij had harde bewijzen nodig, of een bekentenis. Zonder huiszoekingsbevel viel het niet mee om aan bewijs te komen. Zijn vermoedens en het kleine beetje schaduwen dat hij had gedaan, zouden nooit genoeg zijn. Zelfs zijn geheime bron kon Calloway alleen maar zijdelings met de overval in verband brengen.

Hij had echt meer nodig.

Harde bewijzen of een bekentenis.

Ineens wist Ransome precies wat hij moest doen. En bij wie.

25

Dinsdagochtend, net na elven. Westie was bezig met zijn eind-examenexpositie. Hij zat ergens in de kelder van de kunst-academie, dus geen ramen en geen daglicht. Westie had dit opge-lost door een paar tl-balken schuin tegen de muur te plaatsen, waardoor de schilderijen die daar in de buurt hingen grillige scha-duwen door de ruimte zouden werpen. Het enige probleem was dat de schilderijen zelf niet goed zichtbaar waren. Daarbij kwam nog dat de vloer niet veilig was: vanaf de lampen liepen kronkelende elektriciteitssnoeren naar een overbelaste kabeldoos. De conciërge had hem gezegd dat hij de veiligheidsvoorschriften in acht moest nemen, en een van zijn docenten had opgemerkt dat 'de kunst van het tentoonstellen' deel uitmaakte van de expositie. Met andere woorden: als Westie niet kon zorgen voor behoorlijke verlichting en een omgeving die niet levensgevaarlijk was, zou hij waarschijn-lijk een lager cijfer krijgen.

Niet dat Westie zich zorgen hoefde te maken. Hij floot een op-gewekt melodietje – 'So What?' van Miles Davis – onder het werk, in de zekerheid dat de buiten het studieprogramma vallende acti-viteiten voor professor Gissing en zijn vrienden hem hadden verzekerd van een hoog cijfer voor zijn examen, en misschien wel een eervolle vermelding.

'Maar dat wil nog niet zeggen dat je er met de pet naar kunt gooien,' had Gissing hem gewaarschuwd. 'Je expositie moet er wel blijk van geven dat je aan de basisvaardigheden voldoet, anders zal je honorering nogal verdacht lijken.'

Westie ging ervan uit dat hij die 'vaardigheden' wel onder de knie had. En hij was trots op de zeven doeken die hij had uitverkoren: pastiches op schilderijen van Runciman, Nasmyth, Raeburn (tweemaal), Wilkie, Hornel en Peploe. Met name de Peploe was zijn favoriet: een stilleven met potplant en fruitschaal, en helemaal aan de zijkant van het doek een fles tomatenketchup. Gissing, die een bewonderaar van Peploe was, vond het afschuwelijk, en daarom had Westie het als belangrijkste stuk uitgekozen. Hij wilde horen hoe Gissing het doek aan de bezoekers aanprees, ook al gebeurde dat tandenknarsend.

De financiële injectie die Westies bankrekening onlangs had gekregen, had ervoor gezorgd dat hij zich kon uitleven wat zijn lijsten betrof en niet meer op strooptocht hoefde langs uitdragerijen en afvalcontainers. Hij had er een paar gekocht bij een restaurateur van antiquiteiten in Leith. De lijsten waren verguld, barok, origineel en helemaal gaaf. Verder had hij nog wat geld uitgegeven aan etentjes buiten de deur en hij dacht erover om een behoorlijk atelier te huren zodat Alice haar woonkamer weer terug had.

'Dat betekent wel een aanslag op het geld voor mijn filmopleiding,' had ze geklaagd. 'Tenzij we er iets aan doen.'

Hij had heel wat moeten praten om haar ervan te weerhouden Mike om nog meer geld te vragen. Maar toen had ze gezegd dat ze dan maar de DeRasse moesten verkopen en daar zo veel mogelijk voor moesten opstrijken.

'Het heeft toch geen zin als we het moeten verbergen – ik zou trouwens net zo blij zijn met een van jouw kopieën.'

Hij had gevraagd aan wie ze het schilderij dan zouden moeten verkopen, maar ze had alleen maar haar schouders opgehaald. 'Er zal toch wel iemand zijn die het wil hebben en geen vragen stelt. Ik weet zeker dat we er makkelijk vijftig mille voor krijgen.'

Niks makkelijk, dacht Westie nu bij zichzelf. Ze had heel wat moeite moeten doen om te voorkomen dat hij de DeRasse in zijn expositie opnam. Hij merkte dat hij door al deze gedachten opgehouden was met fluiten. Gaan we weer, Miles... Elke keer dat hij aan de overval dacht, schoot hij in de lach. Het leek verdomme wel *The Lavender Hill Mob*. Gissing die naar zijn borst greep alsof hij het loodje zou leggen – dát zou trouwens pas interessant zijn geweest. Allan met die idiote pruik op zijn hoofd terwijl het zweet van zijn gezicht gutste. Mike had het trouwens wel goed gedaan – hij was de hele tijd kalm gebleven. Die was er helemaal geknipt voor. Ook daarom wilde Westie geen ruzie maken over een groter aandeel: Mike had iets. Die vier gangstertjes waren Mikes werk geweest. Ondanks zijn kapsel en handgemaakte schoenen had je bij Mike het gevoel dat hij bepaalde mensen kende. Mensen die jij in ieder geval niet wilde kennen.

Mike zou trouwens zelf ook wel zijn mannetje staan, terwijl Westie in hart en nieren pacifist was – *give peace a chance* en zo.

'Wat een zootje bagger,' klonk een norse stem vanuit de deuropening. Westie keek naar de man die de ruimte binnen kwam struinen. Kaal hoofd, leren jas, gouden ringen en halsketting. 'Ik snap niet waarom je al die moeite doet, knul, niemand weet je hier te vinden tenzij je broodkruimeltjes hebt gestrooid.'

'Kan ik iets voor u doen?' vroeg Westie terwijl de man stond te grinniken om zijn eigen grap.

'Dat kan je zeker, Westie. Anders zou ik hier niet zijn.' De man stak zijn vlezige hand uit. Westie had kunnen zweren dat er een litteken op zijn knokkels zat. 'Chib Calloway. Het is volgens mij de hoogste tijd dat we een keer een onderonsje hebben.'

'Chib Calloway?'

De man knikte. 'Te zien aan je mond die zowat op je knieën hangt, zegt die naam je wel iets. Des te beter, dat bespaart me dan weer een heel verhaal.'

'Ik weet wie u bent,' gaf Westie toe.

'En weet je dan ook waarom ik hier ben?'

Westie voelde zijn knieën knikken. 'N-nee... geen idee waarom u hier bent.'

'Heeft niemand de moeite genomen je dat te vertellen, Mr Westwater? Ach gossie..'

'Om me wat te vertellen?'

Calloway grinnikte weer en sloeg hem op de schouder. Westie zakte bijna door zijn knieën. 'Dacht je soms dat die extra jongens in jullie team van afgelopen zaterdag uit de lucht zijn komen vallen? De blaffers en de bestelwagen... wie heeft dat verdomme allemaal geregeld, denk je?'

'U?' wist Westie met moeite uit te brengen.

'Ik,' bevestigde Chib Calloway. 'Ik ben trouwens nogal onder de indruk, ik had echt gedacht dat iemand wel zijn mond voorbij zou praten. Goed dat de aandacht niet op mij is gevestigd. En toch vond ik het opeens nodig hier te komen.' Afkeurend mompelend liep de gangster door het atelier. Westie wilde vragen wat er aan de hand was, maar eigenlijk wilde hij dat helemaal niet weten. Er waren nog maar een paar schilderijen opgehangen, de rest stond tegen een van de witgekalkte muren. Calloway ging op zijn hurken zitten om die te bekijken, en zei niets. Uiteindelijk stond hij weer op en wreef denkbeeldig stof van zijn handpalmen. 'Ik weet niet zoveel van kunst,' zei hij verontschuldigend. 'Alleen van de edele kunst, natuurlijk. Weet je wat dat is, Westie?'

'Boksen?'

'Helemaal goed – boksen.' De gangster liep naar de deur. 'Gevolgd door beuken, rammen, schoppen, snijden, ogen uitdrukken en steken.' Hij draaide zich met een glimlach om. 'Maar als het zover komt is er natuurlijk niet zoveel edels meer aan.'

'L-luister, meneer Calloway, ik heb alleen maar gedaan wat van me werd gevraagd. Niemand heeft me verteld dat u er iets mee... ik bedoel, u hoeft zich wat mij betreft nergens zorgen over te maken.'

Calloway kwam langzaam op Westie af. 'Bedoel je dan dat het allemaal van je vriendinnetje komt? Hoe is het trouwens met Alice?'

Westie keek stomverbaasd. 'Ik snap het niet.'

Calloway haalde even diep adem. 'Die lieve, schattige Alice van je heeft mijn vriend Mackenzie een waarschuwing gestuurd. Ze zei dat je twintig mille extra wilt hebben, of anders nog een schilderij. Volgens haar heb je het gevoel dat je bent belazerd. Heb ik gelijk of niet, Westie? Voel je je bekocht?'

Maar de student kon geen woord meer uitbrengen.

'Nou,' zei Calloway, blijkbaar tevreden met Westies reactie. 'En hoe denk je dat ze aan Mikes mobiele nummer is gekomen? Wil je voor de helft gaan of het publiek een vraag stellen? Nee? Want dat heeft ze van jou, Westie. Dat heeft ze van jou gekregen.' Calloway prikte met zijn vinger in Westies borst. Het voelde als het lemmet van een mes, de loop van een pistool. Calloway boog zich naar hem toe zodat hij oog in oog met de student stond. 'Tenzij je met een hoogst overtuigende verklaring op de proppen komt.' Er kwam speeksel in Westies gezicht. Hij durfde het pas af te vegen toen Calloway weer een rondje door de ruimte maakte, waarbij hij zorgvuldig probeerde niet op een van de kabels te stappen. 'Gevaarlijke toestand, mietje,' zei hij, 'als mensen een beetje over hun toeren raken, een beetje doordraaien.'

'Ik wist helemaal niet dat die stomme trut dat sms'je had verstuurd!'

'Maar je wist toch wel dat ze daar over nadacht? Je wist dat het een sms'je was, terwijl ik dat woord helemaal niet in mijn mond heb genomen.' Calloway had zich weer omgedraaid en liep op Westie af. Hij had zijn handen uit zijn zakken gehaald en tot vuisten gebald. 'Jullie hebben het met zijn tweetjes besproken, een beetje aan de woordjes gesleuteld tot het klopte...'

'We dachten alleen maar...'

De stoot trof Westie vol in zijn maag waardoor hij tegen de muur kwakte, tussen twee schilderijen in. Calloway greep hem bij de keel.

'Het is maar goed dat we elkaar nu eindelijk hebben ontmoet,' snauwde hij, 'want je gaat iets voor me doen. Twee dingen eigenlijk. Allereerst ga je die gratenkut van een vriendin van je aan haar verstand brengen dat als er iemand te grazen wordt genomen, zij dat zelf is.'

Westies ogen puilden uit zijn hoofd en hij knikte voor zover dat nog mogelijk was. Calloway liet zijn greep verslappen en de student zakte hoestend en met een sliert speeksel uit zijn mond door zijn knieën. Vervolgens hurkte Calloway naast hem neer en legde zijn handen op Westies beide schouders.

'Afgesproken?'

'Tuurlijk, meneer Calloway,' wist Westie uit te brengen. 'Ik zal er meteen voor zorgen.' Het lukte hem te slikken. 'En wat was het tweede?'

'Het tweede, Westie, is dat wij samen een team gaan vormen.' Calloway knikte even alsof hij deze uitspraak kracht wilde bijzetten.

'Een team?' Westies oren suisden en het leek alsof zijn mond vol zand zat. Er stond een pak vruchtensap naast hem op de vloer, maar hij dacht dat het nu niet het geschikte moment was voor een verfrissing.

'Het ziet ernaar uit dat die vervalsingen van jou goed hun werk hebben gedaan, jongeman,' zei Calloway. 'In mijn opinie betekent dat dat je weet wat je kunt. En ik heb gehoord dat je nog snel hebt geleverd ook. Dus nu ga je er voor mij nog een paar maken.'

'Nog meer kopieën?'

Calloway knikte weer. 'Er zijn nog genoeg schilderijen in dat pakhuis.'

'Dat meent u niet.'

'Maak je geen zorgen.' De gangster glimlachte innemend. 'We gaan daar niet nog een keer de boel beroven – zie ik er echt zo stom uit?'

'Zijn ze dan voor uzelf?'

'Bij wijze van spreken.'

Westie ontspande een beetje. 'Natuurlijk kan ik dat doen, meneer Calloway. Wat maakt het tenslotte uit of je een kopie of een echt schilderij aan de muur hebt hangen?'

'Als het een perfecte vervalsing is, maakt het helemaal niks uit.' Calloway hielp Westie overeind en klopte het stof van zijn schouders.

'Heeft u al iets speciaals in gedachten?' vroeg Westie. 'Het hoeft niet per se uit het pakhuis te komen, ik kan ook de *Mona Lisa* maken als u dat wilt.'

'Nee Westie, geen *Mona Lisa*. Het moeten schilderijen zijn die niet onder de ogen van het publiek komen.'

'En over hoeveel hebben we het dan?'

'Een stuk of twintig is genoeg.'

Westie bolde zijn wangen. 'Dat is een heleboel werk.'

Calloways gezicht verstrakte. 'Je vergeet dat je nog heel wat hebt goed te maken vanwege dat geintje dat Alice probeerde uit te halen.'

Westie stak zijn handen op alsof hij zich overgaf. 'Geen probleem,' zei hij. 'Voor u niet, meneer Calloway. Ik ben vereerd dat u me goed genoeg vindt.' Toen hij zag dat het gezicht van de gangster ontspande, durfde hij een vraag te stellen. 'Trouwens, welk schilderij heeft u aan de overval overgehouden?'

'Een schilderij van een of andere Utterson – *Rannoch Moor bij avondschemering*. En jij?'

'Een DeRasse,' wist Westie nog net uit te brengen, ondanks de plotselinge golf van misselijkheid die bij hem opkwam.

'Nooit van gehoord.' Calloways handen lagen nog steeds op Westies schouders. 'Is hij een beetje goed?'

Westie schraapte zijn keel. 'Nogal. Experimenteel. Een beetje in de stijl van Jasper Johns, maar dan hipper... Wilt u misschien ruilen?'

De gangster schoot in de lach alsof Westie een grap had gemaakt. Westie probeerde een glimlach te produceren om niets te laten merken, maar inwendig krijste hij het uit.

De Utterson! Waarom moest het nou uitgerekend die klote Utterson zijn?

26

Allan Cruikshank zat in zijn kantoor op het hoofdkantoor van de First Caledonian Bank op de hoek van George Street en St. Andrews Square. Het gebouw was inmiddels een beetje te klein aan het worden, maar omdat het op de monumentenlijst stond waren er geen mogelijkheden het aan de eisen van de eenentwintigste eeuw aan te passen. Allans kantoor besloeg de helft van de oorspronkelijke ruimte, en was door een muur afgescheiden van het andere deel. Het enige overgebleven raam bood uitzicht op een afgrijselijke kantoorkolos uit de jaren zeventig aan de achterzijde van het gebouw. Net zoals alle anderen op zijn positie werkte Allan met maandelijkse targets. Zijn prestaties ten behoeve van de lijst vermogende cliënten waren de laatste tijd onder de maat gebleven. Hij zou een paar mensen moeten bellen, een aantal lunch- of borrelafspraken moeten organiseren, met als doel hen over te halen nog meer geld in de richting van de bank te sluizen. Hij wist dat als hij het zou vragen Mike Mackenzie zo als klant zou instappen, maar dan zouden ze niet alleen maar vrienden meer zijn; de zakelijke overeenkomst zou dan tussen hen in staan en alles veranderen.

Maar wat probeerde Allan zichzelf nou wijs te maken? Ze waren inmiddels niet meer 'alleen maar vrienden'. Ze hadden samen een overval beraamd, en Allan had nu iets wat hij altijd had gewild – theoretisch gesproken dan. Hij was de bezitter van twee schilderijen die de First Caledonian ondanks zijn macht, uitgebreide kunstportefeuille en eigen beheerder nooit in handen zou krijgen.

En hij vond het verschrikkelijk. Volgens hem had hij Mike niet alleen maar uit lafheid de schilderijen in bewaring gegeven. Het kwam gewoon omdat de Coultons hem niets zeiden. Hij besefte dat hij net zo blij was geweest met de reproducties van Westie. Die had hij tenminste kunnen ophangen. Hij streek met zijn vinger over een sneetje op zijn kin. Hij had zich 's morgens nogal ongeconcentreerd geschoren. En sinds zaterdag had hij ook niet erg veel geslapen. Hij had maar liggen woelen en draaien en zag zichzelf al in de politiecel, de rechtszaal, de gevangenis.

'Je bent hartstikke gek geweest, Allan,' zei hij hardop. Het idee was niet van hem, niet echt tenminste. Gissing was met het oorspronkelijke plan op de proppen gekomen en Mike had het uitgewerkt. Als Mike niet de link had gelegd met Chib Calloway, waren ze er waarschijnlijk niet mee doorgegaan. Allan had een secundaire rol vervuld, die te verwaarlozen was. Jezus christus, het leek wel alsof hij zich stond te verdedigen tegenover de officier van justitie.

Toen de bel ging schoot hij overeind. Het was de telefoon maar, het signaal duidde op een intern gesprek. Hij nam op.

'Met Allan Cruikshank,' zei hij, en hij onderdrukte een geeuw.

'Met de receptie, meneer Cruikshank. Er is hier een meneer die u wil spreken.'

Allans agenda lag opengeslagen voor hem, tot 's middags had hij geen afspraken. Hij wist wat de receptioniste zou gaan zeggen en toch kreeg hij een koude rilling toen hij het hoorde.

'Hij is van de politie – inspecteur Ransome. Kan ik hem naar boven sturen?'

'Wil je zeggen dat ik midden in een vergadering zit?' Allan wachtte tot de boodschap werd doorgegeven.

'Hij zegt dat hij graag wil blijven wachten,' zei de receptioniste zangerig. 'En hij hoeft maar vijf minuten beslag op u te leggen.'

'Vraag maar of hij in de hal wil wachten. Ik ben nog ongeveer een kwartiertje bezig.' Allan kwakte de hoorn op de haak en sprong overeind. Het raam zag er uitnodigend uit: vier verdiepingen en daaronder wachtte de straat en vergetelheid. Maar hij wist dat het raam niet verder open kon dan een centimeter of drie – bij de First Caly hielden ze niet van ongelukken. Als hij vanuit zijn kantoor naar de lift liep kwam hij langs een trappenhuis dat gebruikt werd in geval van brand. Maar hij wist niet waar dat op uitkwam. Misschien wel in de hal waar zijn engel der wrake op hem zat te wachten.

'Godkelere,' mompelde hij en pakte weer de telefoon op. Mike nam thuis niet op dus probeerde hij zijn mobiele nimmer. Dit keer werd er wel opgenomen.

'Hallo?' zei een stem.

'Die kutinspecteur is hier,' flapte Allan eruit. 'Hij wil me spreken. Hij weet het, Mike. Hij wéét het. Kom onmiddellijk hierheen.'

'Met wie spreek ik?'

Vol afschuw keek Allan naar de display. Hij had twee cijfers van Mikes nummer verwisseld. Hij hing op, kneep zijn ogen dicht en had zin te huilen. Toen haalde hij diep adem en deed een nieuwe poging; ditmaal vergewiste hij zichzelf ervan dat Mike zou opnemen.

'Het gaat vast over de overval, Mike,' verklaarde hij. 'Je moet me helpen.'

'Door op stel en sprong naar je toe te komen?' vroeg Mike na een lange stilte. 'En wat zou dat voor indruk maken, Allan? Je moet je gewoon zelfverzekerd en brutaal opstellen.'

'Waarom is hij verdomme hier? Heeft er iemand gekletst?'

'Hij is alleen maar aan het vissen.'

'Dat weet je toch niet!'

'We weten pas iets nadat jij met hem hebt gesproken. Heb je misschien iets om je te kalmeren?'

'Misschien als iemand me een rotklap met een hamer geeft.' Allan had het nog niet gezegd of hij had er alweer spijt van. Hij wilde niet dat Mike dingen in zijn hoofd haalde, dingen die hij misschien aan zijn nieuwe vriend Chib Calloway zou doorbrieven. Hij

243

vermande zich en ademde even flink diep in. 'Niks aan de hand. Mike. Sorry dat ik een beetje overdreven reageerde.'

'Bel me als je klaar met hem bent.' Mikes stem klonk ijskoud.

'Altijd gedacht dat je recht had op één telefoontje.'

Het was een flauwe grap, maar Mike schoot toch in de lach. 'Wees nou maar gewoon jezelf, Allan. Vergeet niet dat je gewend bent deals te sluiten. En Ransome neemt niet eens deel aan het officiële onderzoek. Voor zover ik weet zit hij achter Chib aan. Waarschijnlijk is hij bij iedereen die hem kent een beetje aan het vissen.'

'Maar hoe komt hij daar nou bij?'

'Het kan best dat hij ons op de veiling heeft gezien, en misschien ook daarna in de Shining Star.'

'Dus weet hij dat we van kunst en een drankje houden.'

'Geloof nou maar dat ik ook op zijn lijstje sta. Allan, je hebt Chib alleen maar vluchtig ontmoet, en dat is het enige wat je tegen hem moet zeggen.'

'Oké,' zei Allan. 'Bedankt, Mike.'

'Bel me meteen als het afgelopen is.'

'Zeker.' Allan legde de hoorn neer, pakte hem weer op en vroeg aan zijn secretaresse of ze over een paar minuten naar beneden naar de receptie wilde gaan om ene meneer Ransome in te schrijven. Hij zei maar niet wie Ransome was. Daar kwam ze aan het eind van de dag toch wel achter, want receptionistes en secretaresses waren twee handen op één buik. Allan nam de tijd een beetje tot zichzelf te komen. Hij haalde een aantal paperassen uit zijn la, spreidde die uit over zijn bureau en zette de tv aan op de pagina met de beursnoteringen. Toen er op de deur werd geklopt zat hij achter zijn bureau, met opgerolde mouwen, zijn rekenmachientje in de hand en zijn jasje over de rugleuning van zijn directiestoel gedrapeerd.

'Binnen,' riep hij.

Ransome was jonger dan hij had verwacht en zag er nogal goed verzorgd uit. Hij kende vermogende cliënten die minder stijl hadden.

'Fijne werkplek,' zei de inspecteur als openingszet. Allan richtte zich net voldoende op om de inspecteur over zijn bureau de hand te kunnen schudden. Hij gebaarde dat Ransome kon gaan zitten. 'Veel dure kunst aan de muur,' ging Ransome verder. 'Beneden in de hal... in de gangen...'

'De First Caledonian heeft een eigen beheerder in dienst,' informeerde Allan hem. 'We hebben voor meer dan een miljoen in portefeuille.'

Ransome floot even. 'Mag het personeel wel eens iets lenen voor een paar avondjes?'

'Geen mensen van mijn bescheiden positie.' Allan probeerde een verongelijkt glimlachje te produceren. 'Waar wilt u het over hebben, inspecteur? Ik moet zeggen dat ik nogal benieuwd ben.'

'Het viel niet mee om u op te sporen, meneer Cruikshank. Ik heb me toch een paar hindernissen moeten nemen.' De inspecteur schudde zijn hoofd. 'Ik wist namelijk alleen maar uw naam. Plus de naam van uw bank. Heeft u wel eens problemen gehad met het witwassen van geld?'

'Absoluut niet, daar zorgen de voorschriften wel voor.'

'Maar een bankier zou toch wel een nuttige contactpersoon kunnen zijn? Als je inderdaad geld wilt witwassen.'

'Integendeel. Zoals ik zal zei zijn we verplicht alle ongewone transacties te melden.'

Ransome leek niet echt geïnteresseerd in Allans antwoorden. Maar toch bleef hij doorvragen. 'Ik heb begrepen dat u met meervermogenden werkt, meneer Cruikshank?'

'Dat klopt.'

'Is Michael Mackenzie een cliënt van u?'

'Dit valt onder het hoofdstuk vertrouwelijke informatie, inspecteur. Is Mike iets overkomen?'

'U kent hem dus?'

'We zijn iets meer dan een jaar bevriend.'

'En Charles Calloway?' Ransome onderbrak zichzelf. 'Sorry, misschien kent u hem beter als "Chib".'

'Die ken ik niet echt – we zijn hem een keer tegen het lijf gelopen in een wijnbar, maar dat is alles.'

'Was dat soms de wijnbar Shining Star, hier verderop in de straat?'

'Ja.' Allan had een opgeslagen notitieboekje met pen verwacht, of misschien een onbeholpen jonge collega die als zwijgende schildwacht bij de deur stond. Maar Ransome zat daar gewoon maar, met zijn vingertoppen tegen elkaar, en zijn ene been over het andere geslagen.

'U zegt dat u hem "tegen het lijf" bent gelopen.'

'Meer was het niet. Hij zag dat we naar hem keken, toen kwam hij naar ons tafeltje en begon een beetje te snauwen en te katten.'

'Daar is Calloway goed in, hè?'

'Alsof hij ervoor gemaakt is, zou je zeggen.'

'En u zat daar alleen met meneer Mackenzie...?'

'Er was nog een andere vriend bij – professor Robert Gissing.'

Ransome trok een wenkbrauw op. 'Die naam komt me bekend voor. Dat was toch de man die werd gevraagd om een blik te werpen op de schilderijen van de overval in Granton?'

'Precies. Hij is directeur van de kunstacademie.'

Ransome knikte bedachtzaam. 'Dus u heeft Chib niet gesproken op de veiling?'

'Welke veiling?'

'Die van een paar weken geleden... heel toevallig ook hier verderop in de straat.'

'Geen idee dat meneer Calloway in veilingen was geïnteresseerd.' Allan leunde achterover in zijn stoel en legde zijn handen achter zijn hoofd. Ransome glimlachte en leek na te denken.

'Ik vraag me echt af waar dit over gaat, inspecteur.'

'U zei dat Calloway naar uw tafeltje kwam en er een paar woorden werden gewisseld.'

'Ja, en?'

'En waarom ging uw vriend Mackenzie toen naar Calloway om iets met hem te drinken en een praatje te maken?'

'Toen was ik waarschijnlijk al weg,' verzon Allan ter plekke.

'Loyaliteit is een bewonderenswaardige eigenschap, meneer Cruikshank, alleen niet op het verkeerde moment. En waar zouden ze het over hebben gehad, denkt u?'

'Ik weet niet, over school misschien.'

'Over school?'

Allan gleed met zijn tong over zijn uitgedroogde lippen. 'Ze hebben korte tijd bij elkaar op school gezeten.'

Allan zag aan de manier waarop de inspecteur knikte dat dit geen nieuws voor hem was. 'Dat zou dan wellicht verklaren waarom ze de laatste tijd zoveel met elkaar zijn opgetrokken,' giste Ransome. 'Ik zag hen toevallig bij de National Gallery, daarna bij de veiling en ook nog eens in de Shining Star. En ik weet ook dat ze ritjes met de auto hebben gemaakt. Weet u zeker dat u daar niet bij was, meneer Cruikshank?'

'Ik kan u wel verzekeren van niet.'

Ransome boog zich voorover. 'En wat denkt u hiervan: Calloway is bij Mackenzie thuis geweest in Henderland Heights. Waar wijst dat volgens u op, meneer Cruikshank?'

'Volgens mij wijst dat nergens op.'

'Uw vriend Mackenzie verzamelt toch kunst? Dat heeft iemand van het veilinghuis me tenminste verteld. Vervolgens brengt hij met een notoire crimineel een bezoekje aan de nationale collectie, daarna gaan ze samen naar een veilingdag, om de huidige waarde van verschillende kunstenaars te verifiëren. Gaat er dan niet een heel klein lichtje bij u branden, meneer Cruikshank?'

'Helemaal niet.' Allan klemde zijn handen achter zijn hoofd ineen, om te voorkomen dat hij zou opspringen en de smeris naar de strot zou vliegen. In plaats daarvan verontschuldigde hij zich dat hij Ransome geen koffie of thee had aangeboden.

'Dat heeft uw secretaresse al gedaan. Ik heb gezegd dat ik zo weer weg was. Maar zo te zien kunt u best een koud drankje gebruiken, als u me niet kwalijk neemt.' Ransome maakte een gebaar, en het drong tot Allan door dat zijn oksels te zien waren en dat zijn hemd nat was van het zweet. Hij deed zijn handen naar beneden en legde ze in zijn schoot. De inspecteur zuchtte en haalde een kleine cassetterecorder uit zijn jaszak. 'Nu ik er toch aan denk,' zei hij. 'Zou u hier even naar willen luisteren?' Hij stak het apparaatje naar voren en drukte een knopje in. Allan hoorde Westies telefoontje naar het alarmnummer.

Iets heel mafs... een witte bestelbus... lijken aan het dumpen...

Toen het telefoontje werd afgebroken drukte Ransome op stop. 'Komt die stem u bekend voor, meneer Cruikshank?'

Allan schudde langzaam en beslist zijn hoofd.

'De originele opname is in het bezit van ons forensisch team,' zei de inspecteur terwijl hij naar het opnameapparaatje keek en het toen weer in zijn jaszak stopte. 'Echt niet te geloven wat ze tegenwoordig allemaal kunnen. Een lopende motor op de achtergrond... ze kunnen het geluid eruit pikken en aan de hand daarvan het merk van de auto vaststellen. Dat is toch echt ongelooflijk?'

'Ongelooflijk,' herhaalde Allan, en hij dacht aan zijn Audi. Had zijn motor gelopen? Hij kon het zich op dit moment niet herinneren.

'Er bestaat zoiets als gerechtelijke immuniteit, weet u,' zei de inspecteur terwijl hij opstond. 'Ik denk gewoon maar een beetje hardop, maar iemand die ons helpt Chib Calloway achter de tralies te krijgen is een held, klaar uit. En u gaat me toch niet vertellen dat u nooit een held heeft willen zijn, meneer Cruikshank?'

'Ik heb toch gezegd dat ik die man nauwelijks ken.'

'Maar u bent goed bevriend met Michael Mackenzie. En Mackenzie kent hem wel.'

'Gaat u dan met Mike praten.'

Ransome knikte langzaam. 'Ik vond dat ik eerst maar eens met u moest praten, u komt op me over als een rationeel iemand, iemand met gezond verstand.' Ransome was inmiddels halverwege de deur en bleef toen staan. 'Het gaat niet alleen om immuniteit, we hebben het ook over anonimiteit. Daar zijn we tegenwoordig nogal op gebrand als het gaat om mensen die ons helpen types als Calloway van de straat te halen.' Ransome wierp nog een laatste blik om zich heen. 'Er is hier toch een keer ingebroken? Ik bedoel in de First Caly, een paar jaar geleden.'

'Dat klopt.'

'Het gerucht ging dat Calloway erachter zat.'

'Dan is hij niet erg slim, we hebben hier geen goudstaven in bewaring.'

'Maar hij heeft er wel aardig wat aan overgehouden, toch?' Ransome snoof en ging met zijn vinger langs de onderkant van zijn neus. 'Nog een ander gerucht was dat hij destijds hulp zou hebben gekregen.'

'Hulp?

'Iemand van binnenuit.'

'Wat wilt u daar nou eigenlijk mee zeggen?' vroeg Allan op scherpe toon.

'Niks, meneer Cruikshank. Alleen maar dat hij eerder met dit bijltje heeft gehakt: contacten, mensen die hij bang kan maken of kan omkopen om hem te helpen. Fijn dat u even tijd voor me kon vrijmaken. Een beetje eigenaardig, trouwens, want toen ik uw secretaresse ernaar vroeg, zei ze dat u vanochtend geen vergaderingen had.' Hij maakte een lichte buiging, glimlachte en tikte toen op zijn horloge. 'Ik zei toch dat ik maar vijf minuten nodig had.'

En daarmee was hij weg.

Ja, dacht Allan, vijf minuten om iemand een zenuwinzinking te bezorgen en zijn leven overhoop te halen. Hij had frisse lucht nodig, hij moest de adrenaline eruit lopen, maar hij kon nu niet weg – Ransome hing misschien nog steeds ergens rond. Hij moest Mike bellen en hem alles vertellen. De inspecteur was in Mike geïnteresseerd. Mike kon hem rechtstreeks naar Calloway leiden. Bij Allan thuis was niet eens een spoortje van bewijs – wat had hij te vrezen?

Terwijl hij door zijn kantoor beende zag hij iets liggen op de stoel waarop Ransome had gezeten. Iets wat er daarnet nog niet had gelegen. Het was het visitekaartje van de inspecteur, met een mobiel telefoonnummer erop gekrabbeld. Toen zijn eigen mobieltje ging nam hij op zonder er bij na te denken.

'Maakt niet uit wie je bent,' zei een stem. 'Maar ik heb echt de schurft aan practical jokes.'

Het was de man die de telefoon opnam toen Allan voor de eerste keer Mike had gebeld. Verkeerd verbonden. Allan mompelde een verontschuldiging, hing op en zette zijn telefoon uit. Mike kon wel wachten. Alles kon wachten.

Tot hij er helemaal klaar voor was.

27

Mike Mackenzie keek naar zijn mobieltje en wilde bellen. Na een wandeling langs de Water of Leith was hij in een broodjeszaak in Stockbridge beland. Dit was altijd al zijn favoriete route geweest als hij over dingen moest nadenken of voor problemen stond. Maar deze keer had de wandeling wonderen verricht. Hij had nagedacht over wat hij met het dreigement van Westies vriendinnetje moest doen. Eén telefoontje naar zijn bank zou voldoende zijn om nog eens twintig mille op de rekening van de student over te maken. Maar Mike was nog niet helemaal toe aan een dergelijke beslissing. Misschien zou Gissing Westie de wacht aan kunnen zeggen of hem in ieder geval tot andere gedachten kunnen brengen, maar de professor beantwoordde geen enkele boodschap of sms'je. De laatste keer dat Mike hem had gebeld, had hij een boodschap ingesproken om Gissing te waarschuwen dat Ransome hun op de hielen zat en waarschijnlijk bij hen alle twee zou aankloppen. Maar tot dusver had hij geen reactie gekregen.

Maar net op het moment dat Mike de broodjeszaak binnenging, kwam er een berichtje.

Sorry wat Alice betreft. Niks doen. W.

Dus niets aan de hand, zolang Westie nog overwicht op zijn vriendin had. In ieder geval kon Mike dit probleem in het bakje 'nog te doen' plaatsen. Hij werd gestoord door Allans telefoontje toen hij net aan een ciabatta met geitenkaas en rucola was begonnen. Waarom belde Allan niet terug? Zou Ransome hem inderdaad mee naar het bureau hebben genomen om hem te ondervragen? Zijn zakken leeggehaald, zijn riem en stropdas af en zijn veters uit zijn schoenen – gingen ze op die manier te werk?

Altijd gedacht dat je recht had op één telefoontje...

Was Allan doorgeslagen en had hij de inspecteur alles verteld? Toen uiteindelijk de telefoon ging, schrok Mike zo, dat de slok koffie die hij net had genomen weer in zijn kopje terechtkwam. Maar toen hij op de display keek was het Laura en niet Allan.

'Laura,' zei hij toen hij opnam. 'Sorry dat ik zomaar ben weggelopen. Het was nogal onbeschoft van me, ik wilde je steeds bellen om mijn verontschuldigingen aan te bieden.'

'Geeft niet,' zei ze. 'Ze zijn bezig met een algehele inventarisatie van het pakhuis.'

'Een ondankbare taak, volgens mij.' Hij wilde het luchtig houden.

'Luister nou, verdomme. Ik heb gehoord dat er hiaten zijn.'

'Hiaten?'

'In de collectie – die vermiste schilderijen.'

Mike fronste zijn wenkbrauwen. 'Maar de schilderijen zaten toch in de bestelauto?'

'Nee, die bedoel ik niet! Ik heb het over de schilderijen die nog steeds worden vermist. De schilderijen waarmee die bende aan de haal is gegaan.'

'Aan de haal is gegaan?' herhaalde Mike. Hij dacht koortsachtig na. 'En over hoeveel heb je het dan?'

'Tot nu toe een stuk of zes, en ze zijn nog niet eens halverwege met de controle van de inventaris. Er is ook een schetsboek van Fergusson verdwenen en nog een boek met gesigneerde etsen van Picasso.'

'Jezus.'

'Als je ook maar íéts weet, Mike, iets wat je aan de politie kunt melden...' Laura's stem klonk smekend.

'En dan?'

'Je moet met ze praten. Je kunt altijd Ransome nog bellen – ik kan wel als tussenpersoon fungeren, als je dat wilt. Ik weet zeker dat als de schilderijen toevallig konden worden gevonden, je weet wel, als ze ergens zijn achtergelaten...'

'Lief dat je ervan uitgaat dat ik daar iets mee te maken heb.' Mike merkte dat een vrouw aan een naburig tafeltje naar hem zat te kijken. Ze vroeg zich waarschijnlijk af waarom hij met een mes in zijn koud geworden ciabatta zat te hakken. Hij glimlachte naar haar en legde zijn mes neer.

'Heeft Ransome je al gesproken?'

'Laura, ik heb je toch gezegd dat hij niet met deze zaak bezig is – hij zit achter Chib Calloway aan. En zijn paranoia strekt zich uit tot Allan, de professor en mij.'

'Hoezo Allan?'

'Hè?'

'Waarom noemde je Allan als eerste?'

Mike wreef over zijn slapen alsof hij op die manier zijn hoofdpijn wilde kwijtraken. Naast de broodjeszaak was een apotheek en hij moest aspirines hebben. Een stuk of honderd zou genoeg moeten zijn...

'Zomaar,' zei hij na een korte pauze, in de wetenschap dat hij door even te zwijgen had aangegeven dat hij zat te liegen.

'Als Calloway de schilderijen heeft, kun je er misschien met hem over praten,' opperde Laura.

'Komt hij op jou over als iemand met wie te praten valt?'

'Wil je hiermee zeggen dat hij ze dus inderdaad heeft?'

'Jezus, nee, ik weet helemaal niks van die vermiste schilderijen! Ik wil alleen maar zeggen dat ik hem daar niet recht in zijn gezicht van zou willen beschuldigen.'

'Mike... in hoeverre ben je hierbij betrokken?'

'Toevallig helemaal niet.' Hij hoorde Laura een zucht van teleurstelling slaken. 'Er is niks met me aan de hand, en dit loopt allemaal met een sisser af, vertrouw mij nou maar.'

'Maar kan ik dat wel, Mike? Kan ik je echt wel vertrouwen?'

Een goeie vraag, dacht Mike. Hij vroeg zichzelf ook af wie hij kon vertrouwen nu het spel zo'n andere wending had genomen. Was er misschien een nieuwe handleiding beschikbaar?

Alice kwam laat thuis uit de bioscoop. Ze had weer als gastvrouw opgetreden bij een van haar quizavondjes in de bar. Dit keer met een thema, en als onderwerp de 'Amerikaanse New Wave'. Het maakte blijkbaar niets uit, want het was altijd hetzelfde team van vier personen dat won. Waarschijnlijk kwam het daardoor dat er steeds minder mensen op afkwamen. Dat was een probleem, en ze wist nog niet wat ze hier nou aan moest doen. Terwijl ze de trap naar haar voordeur op liep, probeerde ze zich te herinneren of er wel eten in huis was. Ach, wat maakte het ook uit, ze konden altijd iets te eten bestellen. Ze ging ervan uit dat Mike wel over de brug zou komen met het extra geld, niet alles natuurlijk; er zou nog wel een beetje worden onderhandeld. Maar wel genoeg om haar dromen waar te kunnen maken. Het verbaasde haar dat ze nog niets van hem had gehoord – misschien moest ze hem nog een sms'je sturen, een deadline vaststellen. Terwijl ze de sleutel in het slot omdraaide, werd de deur van binnenuit geopend. Westies ogen puilden uit zijn hoofd en hij stonk naar drank. Zijn kleren konden zo in de vuilnisbak.

'Wat heb je godverdomme gedaan?' schreeuwde hij terwijl hij haar aan haar arm naar binnen trok en de deur dichtsmeet.

'Weet ik veel,' zei ze geërgerd. 'Kun je misschien wat duidelijker zijn?'

'Jij stomme, stomme trut.' Hij draaide zich om en beende naar de woonkamer, met zijn handen tegen zijn hoofd alsof hij bang was dat het uit elkaar zou spatten.

Ze had hem wel eens meer razend gezien, maar nooit zoals nu.

'Luister nou,' zei ze. 'Ik heb alleen maar om een beetje meer geld gevraagd – dat kun je toch altijd proberen? Mike heeft je vast...'

'Mike? Mike?' Het speeksel spatte uit zijn mond. 'Was het maar waar...' Hij draaide zich naar haar om. 'Je weet toch wel dat ik je heb verteld dat er nog iemand op de achtergrond meedeed. En dat ik voor hem nog een extra vervalsing moest schilderen. Dat blijkt dus Chib Calloway te zijn.'

Alice keek hem niet-begrijpend aan. 'En wie is Chib Calloway?'

'De Edinburghse variant van de maffia. En niet iemand die je op je nek wilt krijgen.'

'Dus Mike is naar hem toegegaan?'

'Calloway is die man op de achtergrond! Hij heeft ons de wapens, de bestelwagen en de extra mankracht geleverd. Calloway kwam me vandaag op de kunstacademie opzoeken. Hij had twee boodschappen voor me. De eerste was dat we geen extra poen krijgen. En de tweede dat ik nog meer schilderijen voor hem moet maken.'

'Waarom?'

'Wat maakt dat nou uit? Het gaat erom dat dat maffe plannetje van je alles heeft verkankerd en dat ik nou in de stront zit. Hoe kon je zo stom zijn?'

Alice' gezicht verstrakte. 'Ik dacht alleen maar aan ons, Westie – ik dacht aan jou. Ze hebben je niet goed behandeld.'

'Ik hoefde in ieder geval niet dood, en dat valt nog te bezien wanneer ik me niet aan mijn afspraak met Chib Calloway houd. Echt niet te geloven dat je me dit hebt aangedaan.'

'Je wat heb aangedaan?'

'Dat je Mike hebt geprobeerd te chanteren.'

Ze boog zich naar voren zodat haar gezicht vlak bij het zijne kwam. 'Stel je niet aan, Westie. Je kunt toch nee zeggen tegen die gast – wat kan hij dan doen? Als hij iets probeert, lopen we zo naar het dichtstbijzijnde politiebureau.'

Westie bleef haar even aankijken en liet zich toen op de bank zakken, met zijn ellebogen op zijn knieën en zijn hoofd in zijn handen. 'Je snapt het niet,' mompelde hij. 'Je snapt het gewoon niet.'

'O, daar gaan we weer.' Alice sloeg haar ogen ten hemel. 'De gekwelde kunstenaar – dat heb ik nou al honderd keer gezien.'

'Wil je nu weggaan?'

'Weggaan?' Ze schreeuwde bijna. 'Het is verdomme mijn flat,

weet je nog wel!' Hij bewoog zich niet en zei niets. 'Nou, ik ga zeker weg,' zei ze. 'Probeer me maar eens tegen te houden!'

Westie hoorde dat ze haar spullen pakte en wegging. Toen hij eindelijk opkeek zag hij de kamer door een waas van tranen.

Ransome en zijn IOGI waren in een pub in Rose Street, ze stonden elk aan een kant van de bar en praatten met elkaar via hun mobieltjes. IOGI stond voor Informant op Geheime Informatiepositie zoals dat in modern politiejargon heette. Maar Ransome wist precies wat Glenn was – hij was zijn tipgever, verlinker, verklikker, aanbrenger.

Zijn mol in de organisatie van Chib Calloway.

'Binnenkort neem jij de hele handel over,' zei Ransome tegen de gangster, hoewel hij er niet over piekerde om Glenn in de voetsporen van Calloway te laten treden. Het enige waar hij in mocht treden was dezelfde gevangeniscel als zijn baas. Zou dat niet voor een hoop lol en vertier zorgen als Chib erachter kwam welke rol zijn voormalige rechterhand bij zijn ondergang had gespeeld? 'Chibs mannen vertrouwen jou allemaal,' vervolgde Ransome. 'Het enige wat we nu moeten doen, is hem oppakken voor die kunstroof. Volgens de laatste telling worden er nu meer dan tien schilderijen vermist. Die moeten toch ergens zijn verborgen.'

'Ik dacht dat de dieven ze in de bestelauto hadden achtergelaten?'

'Even bij de les blijven, Glenn – tijdens de inventarisatie is gebleken dat er nog meer schilderijen ontbreken.'

'Hebben ze er dus toch nog een paar mee kunnen nemen?'

'Blijkbaar wel – niets in het huis van je baas, of in de kofferbak van zijn auto?'

'Die kofferbak heb ik al heel lang niet meer opengemaakt... Ik zou eens kunnen kijken.'

'En als je dan toch bezig bent, verzin een smoes om bij hem binnen te komen – ga daar eens een beetje rondsnuffelen. Zijn er nog andere plekken waar hij ze zou kunnen verbergen?'

'Weet u om te beginnen wel zeker dat hij het heeft gedaan?'

'Kom op nou, Glenn... Hij heeft toch wel íéts losgelaten?'

'Helemaal niets.'

'Dan wilde hij je er niet bij hebben. Misschien zijn jullie wel op weg naar de reservebank, Glenn. Jij en Johnno. Misschien is Chib bezig een nieuw team samen te stellen.' Ransome hield zijn whiskyglas onder zijn neus en rook zeewier en turfrook, en zelfs een vleugje warm asfalt. Het was een product van een distilleerderij aan de kust, ergens ver ten noordwesten van Edinburgh. Maar hij zou het bij één drankje houden, want hij kon zich verheugen op Sandra's Vietnamese eend. Om oogcontact met Glenn te vermijden, dwong hij zichzelf naar de rij maatdoppen te kijken. Tussen hen in zaten genoeg klanten aan de bar.

'Wat drink jij, Glenn?' vroeg hij.

'Smirnoff met ijs. Proost alvast, meneer Ransome.'

'Ik bood je niet iets te drinken aan. Als ik tegen de barman zeg dat hij een drankje aan de andere kant van de bar moet brengen, lijkt het wel of ik je wil versieren.'

'Waarom vroeg u het dan?'

'Gewoon uit nieuwsgierigheid, net zoals ik benieuwd ben waar die schilderijen uithangen.'

'Er was nog iets vreemds,' zei Glenn. 'Ik heb u toch verteld dat we naar Henderland Heights zijn geweest?'

'Het appartement van Mike Mackenzie, ja.'

'Nou, op de terugweg kreeg Chib een telefoontje van iemand. Ene Edward, maar dan een beetje gek uitgesproken. Chib had het met hem over een "onderpand" en dat het niet eens als vermist was opgegeven.'

'Wat bedoelde hij daarmee?'

'Kweenie. Hij merkte dat Johnno en ik nieuwsgierig waren en zorgde ervoor dat we de rest niet meer konden horen.'

'Wat het ook mag zijn, hij moet het ergens hebben verborgen.'

'In de club en de pubs zijn allemaal kelders en opslagruimten. En dan heb je ook nog de snooker- en biljartzalen – tientallen plekken.'

'Je kunt zo her en der vragen of Chib ergens zonder jouw medeweten is geweest.'

'Als hij daar lucht van krijgt...'

'Zorg dan maar dat dat niet gebeurt. Ben je er trouwens wel zeker van dat Mike Mackenzie nog niet zo lang deel uitmaakt van Chibs sociale leven?'

'Absoluut zeker. Maar misschien betekent dat wel dat Mackenzie de schilderijen voor Chib verbergt.'

'Dat was ook al bij me opgekomen. Maar toch zal het niet meevallen een huiszoekingsbevel te krijgen.' Ransome slaakte een luide zucht. 'Kijk, Glenn, eigenlijk is het allemaal heel eenvoudig. Als we je baas kunnen oppakken in verband met dat pakhuis, komt er verder niets naar buiten. Dan hoeft niemand te weten dat jij er überhaupt een rol in hebt gespeeld. Des te makkelijker zal jouw successie verlopen.'

'Mijn wat?'

Ransome sloot even zijn ogen. 'Dat je Chibs plaats inneemt als nummer een in de stad,' legde hij uit.

'Oké dan.'

De dubbele deuren van de pub vlogen open en er kwamen mensen van een vrijgezellenavondje binnengestormd. De aanstaande bruidegom was makkelijk te herkennen, want hij had alleen een onderbroek, schoenen en een t-shirt aan; het laatste was beklad met teksten en zat onder de eierstruif. Ransome draaide zich weg van het luidruchtige gezelschap.

'Houd je ogen en je oren open, Glenn. De komende dagen zijn belangrijk. Geloof me maar, Chibs imperium staat op het punt in te storten. Het is nu of nooit voor jou, vriend. Ben je er klaar voor om de troon van de baas te bestijgen?'

'Klaar voor wat?' Glenn had zijn vinger in zijn andere oor gestopt. 'Het laatste verstond ik niet, meneer Ransome. Te veel lawaai. Hallo? Meneer Ransome?' Glenn deed een paar stappen achteruit zodat hij de andere kant van de bar beter kon zien. Maar de inspecteur was al weg, de avond in gelopen.

28

Pas om acht uur woensdagochtend lukte het Mike om Chib te bereiken. Ze spraken af elkaar om tien uur in de niet meer in gebruik zijnde snookerhal te ontmoeten. Mike was weinig mededeelzaam geweest aan de telefoon en had het kort gehouden, want hij wilde zijn woede bewaren voor de ontmoeting zelf. Maar toen besefte hij weer wat en wie Chib was, en herzag vervolgens zijn strategie.

Toen Mike de deur openduwde stond Chib achter een van de onverlichte snookertafels. Het gezicht van de gangster was in het duister gehuld terwijl hij een aantal rode ballen tegen de biljartrand liet rollen, en hun baan en snelheid bestudeerde.

'Wat heb je op je lever, Michael?' vroeg Chib op ijskoude toon.

'Volgens mij weet je dat wel.'

'Laten we even doen alsof dat niet zo is.'

Mike stopte zijn handen in zijn jaszak. 'Er worden een paar schilderijen uit het pakhuis vermist, Chib. Een stuk of twaalf, is gebleken – waardoor er van ons briljante plan geen spaan meer heel is. Ze hebben dan wel niet ontdekt dat de schilderijen zijn verwisseld, maar wel dat er dingen zijn gestolen, want ze missen opeens twaalf meesterwerken!'

Er botsten twee snookerballen tegen elkaar en eentje draaide om zijn as. 'Ik heb het op het nieuws gezien,' zei Chib. 'Een van de redenen waarom ik gisteravond niet te bereiken was. Als we toen hadden afgesproken, had ik me misschien een beetje heethoofdig gedragen. Maar ik kan nog steeds niet zeggen dat ik hier blij mee ben...'

'Als je een seconde had nagedacht, maar één seconde, was het tot je doorgedrongen dat ze op het punt stonden de hele inventaris te controleren.' Mike zweeg even. 'Of zijn die vier slimme jongens van je een beetje inhalig geworden en hebben zij die doeken voor zichzelf gepikt?'

'Sorry, Mike, ik snap het niet helemaal.' Calloway leunde met zijn ellebogen op de rand van het biljart. Zijn gezicht was niet langer in het donker gehuld en hij keek Mike onderzoekend aan. 'Je hebt diezelfde vier jongens toch ingezet om de bewakers binnen en in het portiershuisje in bedwang te houden, zodat jij en je vriendjes de kluizen konden leeghalen?'

Vol ongeloof schoot Mike in de lach. 'Je hebt de hele nacht de tijd gehad om met een verhaal te komen, is dit nou het enige wat je kunt verzinnen?'

'Dat zou ik net zo goed van jou kunnen zeggen.'

'Je wilt toch niet insinueren dat wij deze schilderijen achterover hebben gedrukt? Dan hadden we ze zeker onder onze trui moeten verstoppen?'

'Weet ik veel? Ik was er niet bij – en mijn jongens ook niet. Die hielden een oogje op de gegijzelden terwijl jullie je gang gingen. Hoe hadden ze dit kunststukje voor elkaar moeten krijgen? Zichzelf onzichtbaar maken zodat ze bij de kluizen langs jullie heen konden lopen zonder dat iemand het in de gaten had?'

Mike sloeg hard met zijn vuist op het groene laken waardoor er een stofwolk opdwarrelde. 'Waarom zouden wij verdomme die schilderijen stelen? We hebben al die moeite gedaan om ze te verwisselen zodat niemand het zou merken.'

'Misschien is een van jullie hebberig geworden.'

'Dat had ik dan geweten.'

'O ja? Heb je er steeds met je neus bovenop gestaan toen je vrienden hun kluis leeghaalden?' Chib slaakte een zucht. 'Je praatjes zijn goed, Mike. Zo iemand als jij zou ik bijna in mijn team kunnen gebruiken.'

'Dit is krankzinnig!' Mike liep weg van de tafel en woelde verwoed met zijn handen door zijn haar, hij trok het er nog net niet uit.

'Weet je wat krankzinnig is?' zei Chib kalm. 'Dat je vriendje Allan gisteren Ransome op bezoek heeft gehad.'

'Hoe weet jij dat?'

Chib stond weer rechtop, en tegen de donkere achtergrond was alleen zijn grijnzende mond te zien, sprekend die van de Cheshire Cat. 'Ik had aan Johnno gevraagd om die klootzak een paar uurtjes te volgen, ik wilde weten waar hij mee bezig is. Ransome heeft een bezoekje gebracht aan de First Caledonian Bank – ik herinnerde me dat jij zei dat Allan daar werkte.'

'Het was niks bijzonders – Allan heeft me gebeld om te zeggen wat er aan de hand was.'

'En?' Chib liep langzaam om de tafel heen.

'En niks – ik heb Allan daarna nog gesproken. Ransome kwam alleen maar om te vissen, meer niet.'

'Weet je dat zeker?'

'Zeg, probeer je me soms af te leiden? Ik maak me op dit moment meer druk over die vermiste schilderijen.'

'Wie waren er bij je in het pakhuis?'

'Westie en Allan.'

'De professor niet?'

'Die zat in de auto – hij kon niet het risico lopen te worden herkend.'

Chib stond nu pal voor Mike. 'En daarna?'

'Wat bedoel je?'

Chib streek met zijn hand over zijn kaak. Hij had zich al een paar dagen niet geschoren en er klonk een schurend geluid toen hij over zijn grijzende stoppeltjes wreef. 'Ik heb er wel eens wat over gehoord... een bank wordt beroofd... nou ja, het hoeft geen bank te zijn, kan ook een benzinestation, supermarkt, of eigenlijk van alles zijn. Als de dieven hem zijn gesmeerd, belt het personeel de politie, maar daar moeten ze nog een minuut of vijf, tien op wachten, terwijl al die spullen nog rondslingeren, en alles wat pootjes heeft gekregen zal de dieven in de schoenen worden geschoven.'

Mike kneep zijn ogen samen. 'Wil je zeggen dat de bewakers van het pakhuis... maar dan hadden de bezoekers toch iets moeten zien?' Hij schudde langzaam zijn hoofd. 'Nee, dat gaat er bij mij niet in.'

'Blijf je liever denken dat ik het heb gedaan?' Mike voelde Chibs adem in zijn gezicht – er had de vorige avond duidelijk knoflook in zijn eten gezeten. En hij rook ook de geur van thee met melk, waarschijnlijk bij het ontbijt. 'Er waren maar drie van mijn jongens in het pakhuis,' ging Chib verder, 'dus zouden ze, pak hem beet – per persoon vier schilderijen hebben meegenomen. Wat voor kleren hebben ze dan in godsnaam aangehad, een tent?' Chib grinnikte even vreugdeloos. 'Nee vriend, dit was het werk van jouw makkers, en ik weet zeker dat als je het Westie en Allan lief zou vragen, ze het achterste van hun tong zouden laten zien – zelfs letterlijk, als het nodig mocht zijn.'

'En als je het nou eens eerst aan die jongens van jou vraagt?'

'Dat hoeft niet.'

'Het zou niet de eerste keer zijn dat een randcrimineeltje de verleiding niet kon weerstaan.'

Ze bleven elkaar ongeveer een seconde of tien aanstaren. Chib knipperde als eerste met zijn ogen toen hij in zijn zak naar zijn telefoontje tastte. Mike probeerde zo regelmatig mogelijk adem te halen en zich niet van zijn stuk te laten brengen. De afgelopen nacht had hij niet veel geslapen – en er waren veel te veel vragen. Natuurlijk had hij dezelfde verdenkingen gekoesterd die Chib net had geuit. Kleine zinnetjes die steeds maar door zijn hoofd gingen: de perfecte misdaad bestaat niet... erecode onder dieven... een verrader onder hen... Chib hield nog steeds zijn blik op hem gevestigd terwijl hij een nummer intoetste. Mike wist dat Chib gelijk had, het bestond niet dat die vier jongens iets onder hun jas hadden verstopt, en het kon ook niet dat ze zoveel extra schilderijen, schetsblokken en geïllustreerde boeken achter in de bestelbus hadden kunnen verbergen. Mike had behoefte na te denken, met Allan en Westie te praten. Hij had besloten hen niet meteen te bellen, maar af te wachten tot zij hem zouden bellen als ze het nieuws hadden gehoord. Maar zelfs geen piepje. Aan de andere kant, misschien volgden ze alleen maar orders op – Gissings orders: houd je gedeisd.

'Glenn?' zei Chib. 'Ik wil dat je Billy, Kev, Dodds en Bellboy opsnort. Zeg maar dat ze onmiddellijk naar de snookerhal moeten komen.' Toen hij zijn mobieltje dichtklapte, ging die van Mike over. Westies nummer verscheen op het schermpje.

'Vind je het erg als ik even naar buiten ga?' vroeg hij aan Chib.

'Iemand over wie ik niks mag weten?'

'Gewoon privé,' zei Mike en hij deed de deur open. Toen hij eenmaal buiten op de stoep stond, ademde hij een paar keer diep in alvorens het telefoontje aan te nemen.

'Hallo?' zei hij terwijl hij zich afvroeg of het Westie zou zijn of zijn vriendin.

'Met Mike?' Het was Westie.

'Wat kan ik voor je doen?' vroeg Mike.

'Ik wilde alleen... ik wilde alleen maar sorry zeggen. Ik wist echt niet dat Alice je dat sms'je zou sturen. Het spreekt natuurlijk vanzelf dat ze het niet echt meende. We willen... Ik wil helemaal niet meer geld. En ook geen schilderij. Ik ben hartstikke tevreden.'

Maar zo klonk hij niet. 'Heb je dan genoeg schilderijen?'

'Ja, vast wel.' Westie klonk beduusd.

'En hoeveel zijn dat er dan, Westie?'

'Wat bedoel je? Alleen de DeRasse, dat weet je toch, Mike. Nu is het weer goed tussen ons, toch?'

'Dat weet ik nog niet, Westie.'

'Weet je, ik wil je een gunst vragen.'

Mike voelde spanning in zijn schouders. Het was midden op de ochtend en het was rustig op straat: een krantenkiosk op de hoek, en een winkel in tweedehands spullen die nog open moest gaan. Aan de overkant van de straat etagewoningen, maar achter de groezelige ramen was niemand te zien. 'Misschien ben ik daar wel niet voor in de stemming,' zei hij tegen Westie.

'Dat kan ik begrijpen, Mike. Maar ik heb toch mijn verontschuldigingen aangeboden, dus misschien kun je ervoor zorgen... nou ja...'

'Wat?'

'Dat Calloway me met rust laat!' Hij schreeuwde het zo ongeveer uit, zodat de woorden vervormd en met gekraak overkwamen.

'Ik wist niet eens dat hij zich met je bemoeide.'

'Heb jij hem dan niet naar me toegestuurd om me bang te maken?'

Mike fronste zijn wenkbrauwen. 'Wat heeft hij tegen je gezegd, Westie?'

'Hij wil dat ik een paar vervalsingen voor hem maak – eigenlijk een heleboel. En ik ben bang, Mike, bang om nee te zeggen, maar ook bang wat er gaat gebeuren als ik ja zeg.'

Mike had zich omgedraaid naar de raamloze snookerhal. Op het naambord stond in afbladderende letters: DIAMOND JIM's. Had er ooit een Diamond Jim bestaan? En zo ja, wat was er dan van hem geworden? 'Waar wil hij ze voor hebben, Westie?'

'Dacht je dat ik hem dat ging vragen? Hij is een monster, Mike, dat weet iedereen. Hij heeft een keer een vent van het Scott Monument af gegooid.'

'Gedreigd dat hij dat zou doen,' verbeterde Mike hem. 'Heeft hij gezegd welke schilderijen hij wil?'

'Volgens mij weet hij dat nog niet. Hij zei dat het net zoiets moest worden als de schilderijen die we hebben meegenomen – je weet wel, die niet zo snel worden vermist.'

Mike knikte. 'Heb je naar het nieuws gekeken, Westie?'

'Jezus, nee – er is haar toch niks overkomen?'

Mike luisterde niet echt. Hij keek naar een opengescheurde vuilniszak die in de ruimte tussen twee woonblokken lag. Een rat deed zich te goed aan de inhoud en glipte over de restjes afhaalmaaltijden en bierblikjes. Het kwam bij Mike op dat hij heel ver van huis was. Westie had Calloway een monster genoemd – daar kon hij het moeilijk mee oneens zijn. En trouwens, was Edinburgh niet de stad die *Dr. Jekyll en Mr. Hyde* had voortgebracht? Mike legde zijn hand tegen de klamme, gehavende muur van de snookerhal en voelde dat er iets op zijn handpalm achterbleef.

Wat een afgrijselijke plek, dacht hij.

Waarom zou hij eigenlijk weer naar binnen gaan? Waarom smeerde hij hem niet en probeerde te vergeten dat hij ooit ene Chib Calloway had gekend? Maar volgens hem zou dat nog niet zo eenvoudig zijn. En als hij nu als eerste de benen nam, zouden ze hem toch meteen verdenken?

'Wat zeg je?' zei hij in de telefoon. *Er is haar toch niks overkomen?* had Westie gevraagd en nu zei hij nog iets.

'Alice,' herhaalde Westie, en zijn stem trilde van emotie. 'Ik weet me geen raad...'

'Hoezo?'

'Ik ben gisteravond tegen haar tekeergegaan... omdat ze dat sms'je had gestuurd, vanwege Calloway en alles. Ze is de deur uitgelopen, Mike, en ze is de hele nacht weggebleven.'

Mike vloekte zachtjes en sloeg zijn ogen ten hemel. 'Je moet haar opsporen.' Hoewel zijn hart tekeerging, klonk zijn stem rustig en kalm. Toch merkte hij dat hij de telefoon met beide handen moest vasthouden omdat die anders uit zijn trillende vingers zou vallen. 'Je moet zorgen dat ze terugkomt, het weer goedmaken, haar ompraten. Ze weet álles, Westie, en ze heeft minder te verliezen dan wij.'

'Hoe bedoel je?'

'Als ze naar de politie stapt, is er bijna niks waarvan ze kan worden beschuldigd.'

'Dat zou ze nooit doen.'

'Als ze het gevoel heeft dat jij je tegen haar hebt gekeerd, waarom zou ze dan niet weer een chantagepoging doen?'

'Dat doet ze niet, omdat ze weet dat Calloway hierbij betrokken is.'

'Het zou toch kunnen? Dus, Westie, je gaat het volgende doen: je belt haar op, sms't haar, belt bij vrienden aan, bij familie, je gaat naar de bioscoop waar ze werkt – je spoort haar op en dan ga je haar op je knieën om vergiffenis smeken. Ze moet terugkomen, Westie. Dat móét.'

Het bleef even stil aan de andere kant van de lijn, en toen klonk het geluid van iemand die snotterend zijn neus afveegde. 'Ik zal mijn best doen, Mike. En hoe zit het met Calloway?'

'Alles op zijn tijd. Laat het me weten als je haar hebt gevonden.'

'Wie hebt gevonden?' Chib stond links van Mike in de deuropening. Mike hing op en stopte zijn mobiel terug in zijn jaszak.

'Niks,' loog hij, en hij keek omstandig op zijn horloge. 'Denk je dat die jongens van je hier snel zullen zijn? Ik heb nog van alles te doen.'

'Ze komen niet, Mike.' Chib keek de straat in alsof hij op zoek was naar ooggetuigen. 'Ik ben van gedachten veranderd. We weten allebei dat zij er niks mee te maken hebben. Maar te zien aan het zweet op je gezicht en je trillende handen, zou ik zeggen dat dit héél misschien wel ligt aan het telefoontje dat je net hebt aangenomen.'

'Dat was Westie,' bekende Mike terwijl hij over zijn voorhoofd wreef. Het was benauwd weer. Zijn overhemd plakte aan zijn rug.

Chib dacht even na en glimlachte toen. 'Heeft hij iets verteld over mijn plannetje?'

'Wel een beetje aan de late kant om de vermiste schilderijen te vervangen, zou ik zo denken.'

Chib schudde bedachtzaam zijn hoofd. 'Helemaal mis.'

'Nou, wat ben je dan wel van plan?' Mike sloeg zijn armen over elkaar om het trillen te laten ophouden.

Calloway snoof even alsof hij over een antwoord nadacht. 'Volgens mij zijn we allemaal wat van plan, Mike. Jij net zo goed. Dat wil zeggen dat er winnaars en verliezers zullen zijn. Wedje maken aan wiens kant ik dan sta? Nou, kom weer mee naar binnen, dan pakken we iets kouds te drinken.' Chib hield de deur open. Mike keek ernaar. Een scène uit *Goodfellas* ging door hem heen – als de vrouw van de held een bontjas krijgt aangeboden van de slechterik. Ze hoefde alleen maar het pakhuis in te lopen en er eentje uit te kiezen.

'Ik moet ervandoor.'

Het leek alsof Chib zijn gedachten had geraden. 'Natuurlijk Mike,' zei hij zachtjes. 'Maar wil je me een plezier doen?'

'Waarmee?'

Er verscheen een onheilspellende glimlach op het gezicht van de gangster. 'Zeg tegen Westie dat ik hoop dat Alice naar huis komt.'

29

'Je hebt wel de tijd genomen, hè?' mopperde Ransome in de telefoon. Hij zat aan zijn bureau, en was voor de verandering nou eens echt aan het werk. Dat was precies zoals brigadier Ben Brewster het had omschreven: echt aan het werk. Sarcastische lulhannes. Maar nu belde Glenn met informatie.

'Ik heb goed en slecht nieuws,' mompelde Glenn.

'Ik hoor altijd liever eerst het slechte nieuws, Glenn, dan heb ik tenminste nog iets om me op te verheugen.'

'Chib heeft je gisteren laten schaduwen.'

Ransome verstevigde zijn greep op de telefoon. 'Waarom heb je me niet gewaarschuwd?'

'Johnno vertelde het me net...'

Ransome vroeg zich af of Johnno had gezien dat hij een bezoekje aan het hoofdkantoor van de First Caledonian had gebracht. Ransome moest hem nageven dat hij niets in de gaten had gehad.

'Wanneer dan?'

'Vanaf elf tot drie.'

Dat betekende dat Chib er waarschijnlijk van op de hoogte was dat Ransome Allan met een bezoekje had vereerd. Maar dat kon eigenlijk helemaal geen kwaad. Chib die de bankier aan de ene kant de duimschroeven aanzette en Ransome aan de andere kant. 'En wat is het goede nieuws?' vroeg Ransome.

'Ik heb vier namen voor je. Chib zei tegen me dat hij met ze wilde praten, maar toen is hij van gedachten veranderd. Volgens mij zijn dat die gasten die hij heeft geronseld.'

Glenn noemde de namen en Ransome schreef ze vlug op. 'Wie zijn dat dan? Bellboy is de enige naam die me bekend voorkomt.'

'Dat geldt ook voor mij.'

Ransome slaakte een diepe zucht. 'Oké, nu een makkelijke vraag: waar is Chib op dit moment?'

'In Diamond Jim's in Gorgie.'

'De snookerhal?' Ransome tikte met zijn pen op zijn notitieblokje, bedankte zijn iogi en hing op. Er steeg gemopper op in het overvolle kantoor, want iemand had blijkbaar een scheet gelaten. Er werd gezwaaid met klemborden alsof het waaiers waren, gekreund en gesmeekt een raam open te zetten. Hij rook het nog niet, maar als hij zou opstaan en weggaan, zou hij de schuld krijgen, dus bleef hij maar op zijn plek zitten en keek naar de namen op zijn notitieblok.

Billy, Kev, Dodds en Bellboy. Bellboy was een lastig rotjoch. De anderen zouden wel vriendjes van hem zijn, ongetwijfeld bekenden van de wijkagenten. Met Mike Mackenzie en Calloway erbij had je een bende die groot genoeg was om een overval te plegen. 'Hier hebben we de hele gang,' mompelde Ransome in zichzelf. Maar wat Allan Cruikshank en professor Gissing betrof was hij nog niet helemaal zeker. O, volgens hem waren ze wel degelijk op de hoogte, wisten ze van de hoed en de rand. Mackenzie had hen in vertrouwen genomen, om op te scheppen, indruk te maken.

Waardoor ze medeplichtig waren. Medeschuldig.

En dat hield in dat een van hen zou kunnen doorslaan. Ransome had Gissing nog niet echt aan de tand gevoeld. Van wat hij tot dusver van de oude man had gezien, wist hij wat voor vlees hij in de kuip had. Waarschijnlijk had hij in de jaren vijftig meegelopen in protestdemonstraties tegen de atoombom. In '68 had een studentenopstand hem vast wel een goed idee geleken, maar hij had in Edinburgh nergens een medestander kunnen vinden. Typisch een oud geworden linkse rakker, nog steeds anti-politie en daardoor niet van zins met hen mee te werken.

Dus bleef de bankier over, Allan Cruikshank. Ransome nam zich voor hem nog een paar dagen in zijn sop te laten gaarkoken, en dan zou hij hem weer een bezoekje brengen, ervan uitgaand dat deze man intussen geen aneurysma zou krijgen. Terwijl de inspecteur over de professor nadacht, kwam het bij hem op dat daar ook nog wel wat lol was te beleven. Maar eerst moest hij deze vier namen doorgeven en door een onderknuppel laten checken. Inmiddels had hij weer een centimeter van zijn bakje weggewerkt.

'En nu even pauze,' zei hij tegen zichzelf terwijl hij de bladzijde uit zijn notitieblok scheurde.

Mike had een halfuur op de kunstacademie doorgebracht, maar tevergeefs. Gissings secretaresse was er niet en de professor evenmin. De deur naar het voorgedeelte van zijn kantoor stond open, maar het binnenste heiligdom zat op slot. Op het bureau van de secretaresse lag papierwerk en haar telefoon ging. Mike kwam even in de verleiding op te nemen, voor het geval het Gissing mocht zijn. Hij voelde aan de koffiebeker die naast de telefoon stond. Die was nog een beetje warm, dus de secretaresse kon niet ver weg zijn, tenzij ze vroeg naar huis was gegaan. Uiteindelijk schreef hij een briefje en schoof het onder Gissings deur door. Er stonden maar drie woorden op: *moet je spreken* en daaronder zijn initialen. Terwijl hij naar beneden liep, besloot hij bij Westie langs te gaan.

De kelder was een labyrint. Er waren voldoende studenten aanwezig, maar niemand had Westie gezien. Op een gegeven moment zei een bebaarde, bebrilde man die ietsje ouder was dan de studenten en die in een atelier stond dat half gevuld was met hooibalen, dat Westie in de ruimte naaste de zijne was. Maar dat was niet zo. De deur stond open en er waren tekenen van recente activiteit. Zeven schilderijen, ingelijst en wel. Er stonden er nog een paar tegen de muur om aan haken te worden opgehangen. Ernaast lagen de haken en een hamer. Mike hoopte dat Westie op jacht was naar Alice en niet dat hij thuis stoned en sentimenteel op de bank lag.

'Bent u handelaar?' vroeg de baard uit het aangrenzende atelier. Hij veegde zijn handen af aan de voorkant van zijn overall. Het duurde even voor Mike begreep dat hij kunsthandelaar bedoelde. Mike schudde zijn hoofd.

'Gisteren was hier een gast,' ging de man verder. 'Hij zag eruit als een uitsmijter. Ik vroeg later nog aan Westie wie dat was. Hij zei dat hij een handelaar was. Die heb je blijkbaar in allerlei variaties.' De man schuifelde terug naar zijn bezigheden.

'Zeg, is het goed wat Westie maakt?' riep Mike hem achterna.

'Geef eens een omschrijving van "goed",' zei de man en hij verdween uit het zicht.

Mike dacht hier even over na en kwam tot de conclusie dat hij dat ook niet wist. Hij ging weer naar boven en deed de deur open die naar buiten leidde. Er kwam net iemand binnen dus deed hij een stap terug. De man liep met een beleefd knikje langs hem heen en bleef toen staan. Het drong tot Mike door wie het was: Ransome. Hij keek naar de grond, maar het was te laat.

'U bent Michael Mackenzie,' zei de inspecteur.

Mike deed alsof hij verrast was. 'Dat klopt,' zei hij. 'Kennen we elkaar?'

'Heeft uw goede vriend Chib Calloway het nooit over mij gehad? Of Allan Cruikshank?' Ransome had zijn hand uitgestoken en wachtte tot Mike het gebaar zou beantwoorden. Dat deed Mike.

'Allan?' vroeg hij. 'Nee, volgens mij niet. Bent u een collega van hem?'

Ransome schoot in de lach. Er wilden een paar studenten langs, dus liepen de twee mannen weer naar binnen in de richting van de receptie. 'Ik ben van de politie, meneer Mackenzie. Cruikshank zal toch wel iets over me hebben gezegd?'

'Waarom zou hij?'

'Omdat ik een onderzoek leid aangaande uw vriend Chib Calloway.'

'U zegt maar steeds dat hij mijn vriend is, maar zo zou ik hem niet noemen.'

'Hoe dan? Compagnon, komt dat dichter in de buurt?'

'We hebben samen op school gezeten, Tynecastle High, en we zijn elkaar onlangs weer tegen het lijf gelopen.'

'En toen kwamen jullie erachter dat jullie een gemeenschappelijke interesse in de schone kunsten hebben,' zei Ransome peinzend. 'Bent u daarom vandaag hier, meneer Mackenzie?'

'Ik ben een beetje een verzamelaar.' Mike haalde zijn schouders op. 'De eindexamenexpositie komt eraan en ik hoopte op een kleine voorbezichtiging.'

Ransome knikte, maar leek allerminst overtuigd. 'Dus u was hier niet om professor Gissing te waarschuwen dat hij niet met me moet praten?'

Mike slaagde erin een lach te produceren. 'Waarom zou ik dat in godsnaam doen?' Hij brak zijn zin af met een kuchje. Hij had op het punt gestaan 'inspecteur' eraan toe te voegen, maar wist niet meer of Ransome zich als zodanig had voorgesteld. Met Laura had hij ook al een uitglijder gemaakt, en dat mocht niet nog een keer gebeuren.

'U ontkent toch niet dat u met professor Gissing bevriend bent?'

'Die ken ik inderdaad stukken beter dan Chib Calloway.'

'Dan weet u misschien wel waar ik hem kan vinden.'

'Hij heeft een kantoor op de bovenste verdieping. Maar ik weet niet zeker of hij daar is.'

'Nou, ik kan het proberen.' Ransome glimlachte en wilde langs Mike lopen.

'Waar gaat dit eigenlijk over? Eerst Allan Cruikshank en nu professor Gissing... het lijkt wel alsof u zo ongeveer met al mijn vrienden praat.' Mike probeerde het luchtig te laten klinken, maar Ransome keek hem met een keiharde blik in zijn ogen aan.

'U heeft toch zeker niet zo weinig vrienden, meneer Mackenzie.' Het leek alsof hij het daarbij wilde laten, maar hij ging toch door: 'Ik ben net langs het adres van ene Jimmy Allison geweest – een beetje te veel gevraagd of u die ook kent?' Ransome zag dat Mike zijn hoofd schudde. 'Hij is op straat in elkaar geslagen, de avond voor de overval op het pakhuis in Granton. Maar daar zult u toch wel iets over hebben gehoord, meneer Mackenzie?'

'Die overval? Natuurlijk,' beaamde Mike.

'Nou, deze conservator, een expert op zijn gebied, woont hier maar een klein stukje vandaan, in een van die nieuwe woonblokken bij het kanaal.'

'Ja?'

'Maar hij was niet thuis. Zijn vrouw is in alle staten, ze heeft zelfs de politie gebeld, alleen had niemand iets tegen mij gezegd. Hij wordt vermist, ziet u. Sinds gisteren. Ze is bang dat hij een hersenschudding heeft.'

Jezus, eerst Alice en nu dit...

'Misschien is hij wel in het kanaal gevallen,' merkte Mike op.

'Denkt u dat, meneer Mackenzie?' Ransome stak zijn kin naar voren. 'Het geval wil namelijk dat Allison professor Gissing kent.'

'Half Edinburgh kent Robert Gissing.' Mike zweeg even. 'U denkt toch niet dat de professor iets te maken heeft met...?'

Ransome trok even met zijn mond. 'Het enige goede nieuwtje voor u, meneer Mackenzie, is dat ik u nu heb gesproken, en dat de stem op het bandje volgens mij niet van u is. Maar binnen zeer afzienbare tijd kom ik erachter wie dat telefoontje heeft gepleegd.'

'Welk telefoontje?'

'Vraagt u dat maar aan uw vriend Allan.' Ransome boog even licht en liep toen weg. Mike zag hem in het gebouw verdwijnen, en haalde opgelucht adem omdat hij er zo goed van af was gekomen. Allison werd vermist, wat was dat verdomme nou weer? Misschien klopte het wel van die hersenschudding. Die arme kerel zou inderdaad in het kanaal kunnen zijn beland. De opdracht was geweest hem alleen een klap op zijn hoofd te geven, maar Mike was er niet bij geweest, dus had hij dat niet kunnen verifiëren.

Misschien had Allan gelijk – misschien konden ze zich maar het beste van de schilderijen ontdoen en telefonisch een tip doorgeven. Het probleem was dat Hate er nog steeds eentje in handen had. En als zou worden ontdekt dat het om vervalsingen ging, zou het spoor misschien naar Westie leiden. Bovendien zou Mike Gissing en Westie zover moeten zien te krijgen dat ze hun schilderijen teruggaven.

Je hebt dit zelf gewild, Mike, zei hij tegen zichzelf.

'Godverdomme, Gissing!' Hij sloeg zijn hand tegen zijn voorhoofd. Stel dat de secretaresse weer terug was gekomen. Stel dat ze de deur had opengedaan. Dan zou de inspecteur zijn boodschap vinden. Hij sloeg nog een paar keer tegen zijn voorhoofd, om het onheil af te weren, en merkte toen dat de langslopende studenten, met hun mappen onder de arm, hem aanstaarden.

'Performancekunstenaar,' verklaarde hij, en ging op weg naar een van zijn favoriete plekken om na te denken: de Meadows.

Om zes uur gingen de kantoren van de First Caledonian dicht, en het leek Allan Cruikshank nu wel veilig om zijn telefoon thuis te beantwoorden. Hij checkte de berichten, en ontdekte dat de vijf telefoontjes die hij die dag niet had beantwoord allemaal van zijn secretaresse afkomstig waren, met de vraag waar hij was, of hij ziek was, en met de boodschap dat ze al zijn afspraken had afgezegd.

Geen woord van Mike en Robert Gissing, en ook niets van de inspecteur. Allan had zijn mobieltje uitgezet, en voelde weinig gewetensbezwaar het weer aan te zetten. Hij had het gevoel dat hij tegen de eerste de beste die hij aan de lijn kreeg, alles zou vertellen. Als hij gelovig was geweest, was hij misschien wel naar de katholieke kathedraal in Leith Walk gegaan, waar ongetwijfeld een biechtstoel op hem wachtte. Hij had zelfs overwogen Margot te bellen, maar die zou alleen maar tegen hem tekeergaan en hem uitlachen omdat hij zich in de nesten had gewerkt, opgelucht dat ze van deze halvegare af was.

Allan had al vanaf halverwege de ochtend een knorrende maag, maar toch had hij geen honger. Hij had een stuk of acht glazen kraanwater gedronken en had nog steeds het gevoel alsof zijn dorst niet was gelest. De tv had hem nauwelijks kunnen opvrolijken. In een praatprogramma voor huisvrouwen had een uitgebreide discussie plaatsgevonden over de internationale handel in gestolen kunst. En elk heel uur kwam het laatste nieuws, dat Allan steeds afzette voordat de overval aan de orde zou komen. Nadat hij uit een lichte, korte slaap was ontwaakt, had hij zich geschoren, zijn kantoorpak aangetrokken, vastbesloten om gewoon naar zijn werk te gaan. Dat besluit had hij net tot de voordeur kunnen vasthouden. Toen hij op het punt stond het slot van de deur om te draaien, verstijfde hij. Buiten wachtte hem een angstaanjagende wereld. Deze flat was zijn enige toevluchtsoord. Vrijwel de hele dag was hij bij het raam blijven zitten, zich afvragend of Ransome of iemand anders van het wettig gezag de korte wandeling vanaf het politiebureau naar het woonblok zou ondernemen, en de bel naast het bordje met CRUIKSHANK zou indrukken. Er was buiten niemand meer van de media te zien. De politieauto's reden af en aan. Agenten in burger kwamen naar buiten gekuierd om een sigaret te roken en een praatje te maken. Het raam stond open, en hoewel Allan zijn oren had gespitst, hoorde hij alleen maar de vogels in de bomen en het gedender van de bussen in Leith Walk.

Hij zou een van die bussen kunnen nemen en ergens verdwijnen. Of een trein naar het zuiden. Een vliegtuig naar het buitenland. Hij had een paspoort en een aantal creditcards, waarvan er maar eentje bijna aan zijn limiet was. Wat hield hem tegen? Wilde hij soms gepakt worden? In zijn portemonnee zat het visitekaartje van Ransome; het leek alsof er een soort zwakke straling vanaf kwam waardoor hij er zich voortdurend van bewust was. Een telefoonnummer van elf cijfers was het enige dat tussen hem en een soort boetedoening stond. Waar was hij zo bang voor? Dat hij Mike en Robert Gissing zou laten zakken? De wraak van Chib Calloway? Dat hij zichzelf zou tegenkomen in de kranten, in de beklaagdenbank? Of samen met andere gevangenen toiletemmers moest legen?

Hij zat op de vloer van zijn woonkamer, met zijn rug tegen de muur, trok zijn knieën op en sloeg zijn armen eromheen. Zijn secretaresse was al naar huis. Er zouden geen telefoontjes meer van zijn werk komen. Als hij de avond wist door te komen, zou alles er misschien weer wat rooskleuriger uitzien. Misschien zou het morgen beter zijn.

Misschien zou alles nog goed komen.

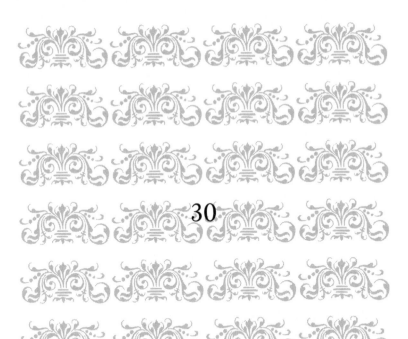

30

Het liep al tegen elven toen Chib Calloway die avond thuis-
kwam. Hij had uiteindelijk toch maar besloten een praatje
met zijn jonge team te maken. Een telefoontje was niet voldoende
– hij moest ze tegenover zich hebben. Als je iemand in de ogen keek,
kon je vrijwel zeker zien of hij tegen je loog. Hij had het vage gevoel dat Mike niet tegen hem had gelogen. Wie die kladschilderij-
en ook had gejat, hij was het in ieder geval niet geweest. Dan bleven er nog genoeg verdachten over, maar ook die vier knullen
hadden niet de indruk gemaakt dat ze logen.

'We hebben alleen maar gedaan wat ons werd opgedragen, niks
meer en niks minder,' had Bellboy gemeld, die als woordvoerder van
het groepje optrad. Hij was de helft van zijn tanden kwijt, maar kon
nog steeds goed uit zijn woorden komen. Nou ja, vergeleken met
zijn kameraden dan.

De rest van de dag had hij afspraken gehad. Er was een lap-
danceclub in Lothian Road waarvan de vergunning afliep, en de
huidige bedrijfsleiding dacht erover het werkterrein te verleggen.
Chib was gevraagd of hij de zaak wilde overnemen. Het probleem
was dat hij het gevoel had dat de beste meisjes met hun oude werk-

gevers zouden meegaan, en dat het niet mee zou vallen om lekkere meiden te vinden die hen konden vervangen. Bovendien moest de zaak worden opgekalefaterd, en werd er een prijs genoemd van vijfenzeventig- tot honderdduizend pond, voor een 'eersteklas tent, een plek waar je vips mee binnen kon halen'. Wie dachten ze nou voor de gek te houden? Je zette altijd 'vip' op het raam of in de advertenties, maar je klanten bestonden alleen maar uit viezeriken en gasten die een vrijgezellenavondje hadden. Chib was zo slim geweest Johnno te vragen wie de vaste portiers waren en toen een van hen opgebeld. Vervolgens was hij erachter gekomen dat de hele tent al drie maanden op zijn gat lag.

'Ik zou het nog met geen tang aanraken, meneer Calloway.'

Einde verhaal...

Chib had op andere telefoontjes zitten wachten – van Hate en van Edvard. Hij keek steeds op zijn mobieltje, maar tot dusver helemaal niks. Aan het eind van de dag had hij Glenn en Johnno vrij-af gegeven, hen afgezet bij een van zijn eigen pubs, en hun uitnodiging voor een snelle borrel afgeslagen. Terwijl hij terugreed naar huis, had hij een beetje naar Dire Straits geluisterd, waardoor hij altijd het gevoel kreeg dat het leven nog niet zo slecht was. Hij parkeerde de BMW op de oprit – de garage was voor de Bentley – en bleef even naar de oranjekleurige nachthemel kijken. In een winkel op de Royal Mile had hij ooit een telescoop gekocht, maar dat was geen succes geweest. Lichtvervuiling, was hem verteld, vanwege alle straatverlichting. Dus had hij ervoor gezorgd dat de winkel het ding terugnam en hij het volle bedrag terugkreeg. Later bleek dat ze hem twintig pond te veel hadden gegeven, maar daar had Chib totaal niet mee gezeten.

Sommigen van zijn mannetjes vroegen zich af waarom hij in een nieuwbouwwijk woonde, terwijl hij ongeveer elk huis in Edinburgh kon krijgen. Maar die vier à vijf verdiepingen tellende Georgian kasten van huizen in de New Town waren gewoon niets voor hem. Veel te keurig en te stijf. Hij wilde ook geen lappen grond, stallen en dat soort werk, want dat zou betekenen dat hij de stad uit moest. Hij was een Edinburghse jongen, geboren en getogen. Dat konden niet veel mensen zeggen: op straat hoorde je overal een Engels accent, om maar te zwijgen van de studenten – zeker tienduizenden. Maar het was nog steeds Chibs stad, en soms kon hij niet anders dan er zielsveel van houden.

Het huis, een vrijstaand hoekpand en voormalige modelwoning, was in duisternis gehuld. Een buurman had hem aangeraden boven in de gang licht te laten branden, om dieven af te schrikken. Chib had maar geen moeite gedaan om uit te leggen dat dieven echt niet zo stom waren. Dacht die buurman soms dat ze rond het huis slopen en zich dan afvroegen waarom in het bovenste trapportaal hele families bij elkaar zaten? Terwijl hij hieraan dacht moest Chib weer grinniken. De buren waren verder wel oké – ze vonden het nooit erg wanneer hij het geluid een beetje hard had staan of een paar kerels en meiden voor een feestje over de vloer kwamen. Het huis was het idee geweest van zijn vrouw Liz... Ze woonden er nog geen jaar toen de kanker haar begon weg te vreten. Ze had altijd goed met de buren kunnen opschieten, en de meesten van hen waren ook op haar begrafenis geweest. Waarschijnlijk hadden ze toen voor het eerst het vage vermoeden gekregen dat de echtgenoot van Liz een vermogend man was. Er was een enorme rouwstoet geweest, die voornamelijk bestond uit uit de kluiten gewassen heren met donkere brillen, die zich door Glenn en Johnno lieten dirigeren.

Geen wonder dat de buren nooit over lawaai klaagden.

Weer moest hij grinniken. Hij liep naar de deur en stak de sleutel in het slot. Nog iets over het huis: er zat een garantie van tien jaar op. En bij de bouw hadden ze gratis een alarmsysteem aangelegd. Niet dat hij daar ooit gebruik van maakte. Toen hij eenmaal de deur achter zich had dichtgedaan, voelde hij een soort tevredenheid. Hier kon hij zich ontspannen, al zijn zorgen vergeten. Een paar whisky's en een beetje kijken naar wat rotzooi op de tv. Het Indiase restaurant in de buurt bezorgde thuis. En dat gold ook voor zijn favoriete pizzatent. En mocht hij zin hebben in fish-and-chips, dan zou die gast daar gewoon op zijn brommer springen – alleen maar omdat Chib nu eenmaal Chib was. Maar vanavond wilde hij alleen maar whisky, misschien een stuk of drie, vier glazen, eerlijk gezegd om alle herinneringen aan Mackenzie, Ransome en Hate uit te bannen. Over de amateurs maakte hij zich nog de meeste zorgen. Mensen als Hate en Edvard – en zelfs Ransome – wisten hoe ze het spel moesten spelen. Mackenzie en zijn clubje waren een heel ander verhaal, en dat betekende dat er dingen mis konden gaan, ongelooflijk mis. Natuurlijk had Chib zich er alleen maar zijdelings mee bemoeid. Als de smerissen kwamen rondsnuffelen, wat zouden ze dan vinden? Het kon hem geen reet schelen als Mackenzie, de bankier en de professor in de gevangenis belandden. Dat was zijn zaak toch niet? Maar het zou ongetwijfeld een flinke klap zijn als Westie met hen meeging...

Omdat dit allemaal door zijn hoofd ging, kon het natuurlijk niet uitblijven dat hij op het moment dat hij de woonkamer binnenkwam en het licht aandeed, totaal verrast werd toen hij zag dat er iemand op hem zat te wachten. Maar kennelijk niet vrijwillig. De man was ernstig toegetakeld, gekneveld en vastgebonden. Hij zat op een van Chibs eetstoelen. De stoel was bij de tafel weggehaald en zo neergezet dat Chib hem bij binnenkomst meteen zou zien. Het leek alsof de man hem smekend aankeek, hoewel één oog gezwollen was en dichtzat en het andere was gereduceerd tot een smal spleetje. Er zat opgedroogd bloed onder zijn neus en ook aan weerszijden van zijn mond. Vanaf zijn linkeroor liep een bloedspoor de bovenkant van zijn bevlekte overhemd in. Het weinige haar dat hij had, plakte van het opgedroogde zweet aan elkaar en zijn overhemd en broek waren gescheurd.

'Dit is meneer Allison,' zei Hate, die uit de keuken kwam. Hij at een banaan die hij van de fruitschaal had gepakt.

'Dat weet ik.'

'Natuurlijk weet je dat. Je hebt hem al een keer afgetuigd, toch?'

Chib priemde met zijn vinger in Hates richting. 'Niemand flikt me dit,' zei hij halfluid. 'Niemand komt mijn huis binnen om dit soort rotzooi te trappen.'

'Volgens mij hebben we helemaal geen rotzooi gemaakt,' zei Hate kalm. Hij liet de bananenschil op de grond vallen en wreef hem met de hak van zijn zwarte cowboylaars in het kleed – Liz' kleed.

'Je hebt helemaal de verkeerde voor je om het mee aan de stok te krijgen,' waarschuwde Chib hem. Hij ademde zwaar en raakte opgefokt. Hate negeerde hem en richtte zijn aandacht op Jimmy Allison. De man kromp in elkaar toen Hate zijn hand naar hem uitstak, maar Hate trok alleen maar het stuk zilverkleurige tape van zijn mond.

'U kent de regels, meneer Allison,' bracht Hate hem in herinnering. Met zijn hand op de kruin van Allisons hoofd richtte Hate zich tot Chib.

'Ik ben ervan overtuigd dat u er zich van bewust bent dat meneer Allison conservator is van de National Gallery of Scotland. Hij is een deskundige op het gebied van negentiende- en twintigste-eeuwse Schotse kunst. Hij heeft een zwak voor McTaggart, heeft hij me verteld, en ook voor Samuel Bough.' Hate boog zich een beetje voorover zodat hij met zijn gezicht vlak bij dat van de conservator was. 'Spreek ik het naar behoren uit, meneer Allison?'

Met van angst dichtgeknepen ogen knikte Allison om dit te beamen.

'Misschien is het een ironische samenloop van omstandigheden,' ging Hate verder en hij ging weer rechtop staan, 'dat meneer Allison binnen zo'n korte tijdsspanne een aantal tegenslagen kreeg te verduren. De risico's van het World Wide Web, vrees ik. Zijn naam kwam naar voren als iemand die in staat zou zijn mij iets meer over de schilder Samuel Utterson te vertellen. Ons gesprek – toen we eindelijk rond de tafel zaten – was verhelderend. En wel zozeer dat ik besloot dat meneer Allison eens naar *Rannoch Moor bij avondschemering* moest kijken.'

Chib sloot even zijn ogen. Hij wist wat dat betekende – het betekende dat de conservator te veel wist. Er was geen sprake van dat Hate deze arme oude donder zou laten gaan. Chib was al bezig eventuele plekken om hem te begraven te verzinnen. Toen zag hij dat Hate zich weer naar de man boog, zijn hand van zijn hoofd haalde, daarmee over zijn gezicht streek en zijn kin vastpakte.

'Zo,' zei Hate zangerig tegen de gegijzelde. 'Waarom deelt u uw bevindingen niet aan de heer Calloway mee? Vertelt u hem maar wat u tegen mij hebt gezegd, meneer Allison.'

Allison probeerde te slikken, alsof hij een poging deed speeksel in zijn uitgedroogde mond te krijgen. En toen hij zijn lippen bewoog, in de luttele seconden voordat hij ging praten, wist Chib bijna zeker wat deze doodsbange man zou gaan zeggen...

31

Mike droomde dat hij op zee in moeilijkheden was geraakt. Om een of andere reden had hij zijn bemanning weggestuurd en was uitgezeild voor een lange reis, maar kwam toen tot de ontdekking dat hij het vaartuig niet kon besturen. Er waren te veel knopjes, schakelaars en hendels. Van de kaarten werd hij niets wijzer, hoewel hij de bestemming – Sydney – met een grote X had aangekruist. Binnen de kortste keren bevond hij zich midden in een storm en maakte hij water. Het opspattende water prikte in zijn gezicht en hij besefte dat hij door en door nat was.

Toen werd hij wakker en merkte dat zijn gezicht echt nat was. Er stond iemand over hem heen gebogen met een leeg glas in zijn hand. Hij schoot overeind, veegde met zijn ene hand over zijn ogen en tastte met de andere naar het lichtknopje. Toen het bedlampje aanging zag hij dat het Chib Calloway was die het glas vasthield. Achter hem stonden nog twee mannen, waarvan eentje in de macht leek van de ander.

'Wat is hier verdomme aan de hand?' stamelde Mike, knipperend met zijn ogen. 'Hoe ben je hier binnengekomen?'

'Mijn vriend Hate is blijkbaar nogal handig met sloten,' verklaarde Chib. 'Denk maar niet dat je de enige bent die dit is overkomen. Zo, kleed je aan.'

Nog steeds gedesoriënteerd, en met allemaal vragen die door zijn hoofd schoten, zwaaide Mike zijn benen onder het dekbed vandaan, maar hij stond niet op.

'Mag ik een beetje privacy?' zei hij. Chib schudde langzaam zijn hoofd. Mike schrok toen Chib op handen en voeten ging zitten. Afkeurend mompelend tastte Chib onder het bed en haalde de vier schilderijen tevoorschijn.

'Je hebt nog steeds niets geleerd, hè? Ik verwachtte min of meer ze achter de bank aan te treffen. Jezus, we hadden er zo mee kunnen weglopen terwijl jij nog steeds diep in slaap was.' Chib kwam overeind en wierp Mike zijn broek toe. 'Niet het moment om zedig te doen, Michael,' spoorde Chib hem aan.

Met een zucht trok Mike zijn spijkerbroek aan, en pakte toen zijn t-shirt, dat over de rugleuning van een stoel hing. 'Wat heeft dit te betekenen?' vroeg hij terwijl hij het shirt over zijn hoofd trok.

'Weet je wie dit is?' vroeg Chib. Mike dacht niet dat hij Hate bedoelde, hoewel hij die onmiddellijk had herkend. En wat de man betrof die door Hate overeind werd gehouden, de man met het kapotte gezicht en het met bloed doordrenkte overhemd, nou ja, Mike probeerde maar niet naar hem te kijken. Hij ging weer op bed zitten en trok zijn schoenen aan.

'Geen flauw idee,' zei hi,j en hij pakte zijn horloge van het nachtkastje.

'Dat is mooi,' zei Hate. Hij doelde op het horloge. 'Cartier – de Santos 100.' Zelfs Chib draaide zich om en keek hem aan. 'Thuis heb ik er ook zo een,' lichtte Hate toe. En hij vervolgde tegen Mike: 'Ik heb u op internet opgezocht, meneer Mackenzie. U bent een vermogend man. Dat komt goed uit, want dat betekent dat we wellicht tot zaken kunnen komen.'

'Alles op zijn tijd, hè?' bracht Chib hem in herinnering. Hij draaide zich om naar Mike. 'Ik vroeg of je Hates vriend kende. Hij heet Jimmy Allison, gaat er nu een lichtje op?'

Mike zette grote ogen op. 'De expert?'

'Die inmiddels twee keer in elkaar is geslagen, en je zult het met me eens zijn dat dat een tikkie oneerlijk is.' Chib zweeg even om te zien wat voor uitwerking dit had. 'En zeker omdat niemand jou nog met een vinger heeft aangeraakt. Ga nou maar naar die klotewoonkamer van je. We moeten even babbelen.' Hij pakte de vier schilderijen op en beende naar de deur. Hate wachtte even tot Mike achter hem aan ging, en volgde toen met Allison. Mike vermeed nog steeds oogcontact met hem. De roofoverval mocht dan wel Gissings idee zijn, maar hij was het er wel mee eens geweest. Hij had zelfs tegen de professor gezegd dat het 'geniaal' was. Hij kon daar nu moeilijk meer enthousiast over zijn – in hun plan was totaal geen rekening gehouden met eventuele consequenties. En wat moest Hate trouwens met Allison? Mike twijfelde er niet aan of zijn vragen zouden in de woonkamer worden beantwoord, en hij was bang voor wat hem nog meer te wachten stond.

Hate zette de conservator op een stoel. De handen van de man waren achter zijn rug vastgebonden, en over zijn mond zat tape. Mike dacht er even over een glas in te schenken, maar hij betwijfelde of zijn hand wel vast genoeg zou zijn. Bovendien zag Allison er volkomen uitgedroogd uit en zou hij dit misschien als de zoveelste kwelling beschouwen.

'Zie je dit?' zei Chib. Hij legde de schilderijen op de salontafel en wees toen op de bank. Daar stond nog een schilderij.

'Dat is jouw Utterson,' zei Mike. '*Rannoch Moor bij avondschemering.*'

'Klopt, ja. En wat heb ik ermee gedaan?'

'Je hebt het aan Hate gegeven.' Mike had geen idee welke kant dit gesprek opging.

'En wat heeft Hate gedaan?'

'Dat weet ik niet.'

'Denk dan even na, leeghoofd!'

Hate had inmiddels de huisbioscoop ontdekt. 'Pioneer,' merkte hij op. 'Goed merk.'

'Jezus, wil je nou even je kop houden?' brulde Chib.

Mike vroeg zich af wat hij liever had: dat het geluiddicht maken ervoor zorgde dat zijn buren dit allemaal niet hoorden, of dat ze besloten de politie te bellen om te zeggen dat er in het penthouse iets aan de hand was. Chib had zich weer naar hem omgedraaid.

'Ben je er al achter?'

Mike wreef weer over zijn ogen en streek zijn haar naar achteren. 'Ik gok erop dat Hate het schilderij heeft laten keuren – ondanks mijn waarschuwing. Hij is naar Allison gegaan, een expert op het gebied van deze kunstenaar, en op een of andere manier is Allison een ongeluk overkomen en toen kwam je naar mij in plaats van naar A&E-televisie te stappen.' Mike bleef Chib ongeveer een volle twintig seconden aanstaren. Grommend pakte de gangster de Utterson van de bank en hield het schilderij op een paar centimeter van Mikes hoofd.

'Ik ben hier niet de expert,' grauwde hij. 'Dus misschien weet jij het beter. Wanneer is dit geschilderd?'

'In het begin van de twintigste eeuw.'

'O ja? Misschien heb je wel gelijk. Kijk nog eens goed. Met name naar wat er in de linkeronderhoek aan de hand is.'

Mike wist niet wat hij daar moest verwachten. Waarschijnlijk de signatuur van de kunstenaar. Hij zag hei en lage grashalmen, en nog meer hei.

'Helemaal in de hoek,' zei Chib. En toen zag Mike het. Hij kneep zijn ogen dicht.

'Nou?' drong de gangster aan.

'Het lijkt wel alsof er iets in het gras ligt,' mompelde Mike.

'En waar lijkt dat volgens jou op, Mike?'

'Op een condoom, een gebruikt condoom.'

'En wil je ons dan even uitleggen waarom een schilder van Samuel Uttersons reputatie zich geroepen voelde zo'n persoonlijke touch aan te brengen?'

Mike deed zijn ogen weer open. 'Dat heeft Westie gedaan,' stelde hij vast. 'Het is een soort visitekaartje van hem. Hij kopieert beroemde schilderijen en dan voegt hij er iets anachronistisch aan toe, bijvoorbeeld een lijnvliegtuig of een mobieltje...'

'Of een condoom,' zei Chib ter aanvulling. Mike knikte bevestigend. 'Maar Mike, weet je wat ik niet snap, waar ik echt niet met mijn verstand bij kan, is waarom je me dit zou flikken. Dacht je nou echt dat ik zo stom was dat ik dit niet zou merken?'

'Het feit is,' kwam Hate tussenbeide, 'dat je het helemaal niet hebt opgemerkt.'

'Ik ben hier aan het praten!' brulde Chib weer.

'Ik weet hier helemaal niets van,' zei Mike. 'Echt niet.'

Chib begon te lachen. 'Weet je niks beters te verzinnen, Mike?'

'Nee, ik zweer het je, want het is toevallig de waarheid.'

'Nou, vraag het dan maar aan Westie, en kijk maar wat hij te vertellen heeft in de laatste minuten van zijn leven. Maar voordat we dat gaan doen, hebben we nog dat akkefietje over mijn honorarium. Wat ik van jou zou willen, meneer Mackenzie, softwaremiljonair, is honderdvijfenzeventigduizend pond, in contanten. Dan kan Hate weer naar huis, is hij klaar met zijn werk. Gezien de hoeveelheid ellende die jij en je clubje me hebben bezorgd, zou ik meer moeten vragen, maar laten we beginnen met honderdvijfenzeventig...'

'Honderdtachtig,' zei Hate.

Chib wees naar hem.

'Honderdtachtig voor die meneer achterin. Gaat iemand voor honderdtachtig? Zullen we er tweehonderd van maken, meneer?' Chibs ogen boorden zich in die van Mike. 'Eenmaal, andermaal...'

'Laat me even mijn portemonnee pakken,' zei Mike lijzig. En ter beloning kreeg hij een ram in zijn maag. Hij zakte door zijn knieën. Zoiets had hij nog nooit gevoeld. Brute kracht, snelheid en precies raak. Hij dacht dat hij het misschien net een minuut vol zou houden zonder op de vloer te kotsen. Ademhalen zou ook fijn zijn...

Chib was op zijn hurken voor hem gaan zitten, greep hem bij zijn haar en trok zijn hoofd op zodat hij hem in de ogen kon kijken.

'Denk je dat ik in de stemming ben voor geintjes?' snauwde de gangster. Er zaten witte vlokjes rond zijn mondhoeken.

'Ik heb geen contant geld in huis,' bracht Mike snakkend naar adem uit. 'Je weet maar nooit wie er komt binnenwalsen. En als ik mijn bank opdracht moet geven... kost het ook tijd... om dit soort bedragen klaar te leggen.' Hij nam nog een hap lucht. 'Bovendien, als ik het woord "contant" noem, gaan er alarmbellen rinkelen.'

'Geld witwassen,' beaamde Hate. 'Dan is de bank verplicht de politie in te lichten.'

'En ben jij nou verdomme ineens de Bank of Scotland?' brulde Chib naar hem.

'Luister,' zei Mike, die weer een beetje op adem was gekomen. 'Die vier schilderijen zijn stukken meer waard dan het geld dat je vraagt. Waarom neem je er niet gewoon drie mee? En laat je er misschien eentje voor mij achter...' Hij knikte in de richting van Allison. 'We hebben hier nou net de juiste man die kan beoordelen of ze echt zijn.'

Chib keek hem aan. 'Je hebt verdomme wel lef, Mike.' En toen zei hij over zijn schouder tegen Hate: 'Wat vind jij? Wil je er eentje uitzoeken?'

Als antwoord liep Hate naar de salontafel, pakte het strandgezicht van Cadell op en ramde zijn vuist erdoorheen. In alle rust tilde de enorme kerel vervolgens de Monboddo op – het schitterende portret van Beatrice – en deed daarmee precies hetzelfde.

'Moet ik het je nog duidelijker voorschilderen?'

'Ik denk het niet,' reageerde Mike met een kreun. Toen Chib zijn haar losliet, krabbelde hij overeind, maar probeerde eerst of zijn benen hem wel konden dragen. Het schilderij... Hate had het weer op tafel laten vallen. Was het onherstelbaar beschadigd? Dat viel niet te zeggen. En die twee afschuwelijke dingen van Allan stonden er nog steeds gaaf en onbeschadigd bij. 'En wat gaan we nu doen?' vroeg hij aan niemand in het bijzonder.

'We blijven hier tot morgenochtend,' antwoordde Chib. 'Dan maken we een ritje naar de bank, en daarna brengen we een vriendelijk bezoekje aan onze vervalser annex ten dode opgeschrevene.'

Mike had het portret van Beatrice opgepakt. 'Het kunnen toch niet allemaal vervalsingen zijn,' zei hij alsof hij het tegen zichzelf had.

'Maar het gaat erom dat die van mij dat wel was,' reageerde Chib. 'Een heel grote fout.'

'Toch niet mijn fout, Chib?'

De gangster haalde zijn schouders op. 'Maakt niet uit, jij bent degene die geld heeft.'

'Dat de bank echt niet zomaar zal geven.'

'Wel eens van overschrijvingen gehoord, Mike? Ik heb overal rekeningen lopen, op verschillende namen. Het geld gaat naar een daarvan, dan hef ik die rekening meteen op en krijgt Hate zijn aandeel.'

Hate leek niet al te blij met dit scenario. Mike vermoedde dat deze man al langer had moeten wachten dan hem lief was.

'Waarom denk je dat Westie dit heeft gedaan?' vroeg Mike aan Chib.

'Daar komen we gauw genoeg achter.' Chib had in elke hand een schilderij van Allan en bekeek ze nauwlettend. Zijn eigen waardeloze Utterson lag verlaten op de grond, alsof iedereen er zomaar op mocht trappen. Chib hield een van de Coultons voor Allisons gezicht.

'Wat vind jij, Jimmy? Zijn deze voor de verandering echt?' Zonder het antwoord af te wachten draaide hij zich naar Mike om. 'Misschien moet ik deze maar meenemen, als je er geen bezwaar tegen hebt.'

'Die zijn van Allan, niet van mij.'

'Dat moet je dan maar met Allan regelen.'

Mike richtte zijn blik op de conservator. Hij moest ze zien af te leiden, en die arme Allison was ongeveer zijn enige kans. 'Ik vind het echt heel erg,' zei hij zacht, hoewel hij niet zeker wist of Allison nog wel iets kon horen. 'Ik bedoel, dat ik het heel erg vind wat er met u gaat gebeuren...' De man deed zijn best hem aan te kijken; er mankeerde niets aan zijn oren. 'Mij hebben ze nodig,' ging Mike door met zijn uitleg. 'In ieder geval nog een dag of zo. Ik heb geld, begrijpt u, en daar zijn ze op uit. Maar u, meneer Allison, met u zijn ze zo'n beetje klaar. En Hate lijkt me geen type dat van half werk houdt. Zelfs wanneer u op uw kleinkinderen zou zweren dat u niet naar de politie gaat, zal Hate nog geen enkel risico nemen.'

'Kop dicht!' waarschuwde de Scandinaviër.

'Ik vond alleen maar dat hij dit moest weten.' Mike richtte zich tot Chib. 'Ik heb echt geen idee wat Westie heeft bezield. Gissing heeft alle acht de schilderijen gecontroleerd...' Hij hield abrupt zijn mond, want er daagde hem iets.

'Wat bedoel je?'

'Niets.'

'Wil je dat ik vraag of Hate je onder handen neemt? Je hebt gezien waartoe hij in staat is.'

Als om deze woorden kracht bij te zetten deed Hate een paar stappen naar voren. Het was de enige kans die Jimmy Allison zou krijgen. Hij stond op en nam een spurt. Hij ging in de richting van de dichtstbijzijnde deur, en die zwaaide open. Toen hij die achter zich dicht probeerde te doen, sprong Hate achter hem aan. Chib begon te lachen, omdat hij wist dat de conservator in Mikes slaapkamer was beland – en daar was geen uitgang. Mike wist echter precies wat hij deed. Hij gaf de uit zijn evenwicht gebrachte gangster een duw met zijn schouder en nam toen de benen, door de gang, naar de voordeur. Hij trok hem open en sprong met drie treden tegelijk de trap af. Toen hij het gebouw uit rende zag hij tot zijn opluchting dat Chib er niet aan had gedacht zijn bodyguards mee te nemen. De BMW zat op slot, dus rende Mike in de richting van het muurtje dat tussen de huizenblokken stond. Hij kroop eroverheen en belandde in de tuin van de buren. Met alleen het schijnsel van de maan om hem bij te lichten, liep hij het gazon over, klom over nog een muurtje waarna hij in de volgende tuin terechtkwam. Op een vensterbank zaten een paar katten te loeren, maar het waren tenminste geen honden en dus was er geen geblaf. Na nog een muurtje kwam hij in een steegje dat de buurtbewoners gebruikten om de weg af te snijden, te nauw om verkeer te kunnen doorlaten. Hij liep erdoorheen en ging verder. Hij klopte op zijn broekzakken, om na te gaan of hij zijn portemonnee bij zich had. Wel creditcards en contant geld, maar geen mobieltje. En geen huissleutels, gesteld dat hij weer terug durfde te gaan. Hij probeerde niet te denken aan de ravage die Hate en Chib misschien zouden aanrichten of hoe ze hun gram zouden uitleven op die onfortuinlijke meneer Allison...

Mike had weinig keus. Hij kon een schuilplaats zoeken, daar tot de volgende ochtend wachten en door en door verkleumd raken, of hij kon in de richting van de hoofdweg gaan waar hij kon worden opgepikt door een taxi. Na ongeveer een kwartier bleef hij staan om even op adem te komen, en liep toen gebukt langs een heg verder. Er stonden victoriaanse huizen, van twee tot drie verdiepingen, halfvrijstaand. In sommige was een hotelletje gevestigd. Eén krankzinnig moment overwoog hij om daar zijn intrek voor de nacht te nemen, maar hij was nog steeds te dicht bij zijn huis.

'Goddelozen zullen geen vrede kennen,' zei hij tegen zichzelf, weer een beetje op adem gekomen. De schade bestond uit geschaafde knokkels en gekneusde knieën en schenen. Hij voelde een stekende pijn in zijn borst en zijn longen stonden in brand. Hij wist dat hij meteen naar Westies flat moest gaan om hem te waarschuwen voor wat hem te wachten stond. Wist Chib het adres van de student? Als dat zo was, zou hij daar ook als eerste naartoe gaan.

'Je zou altijd nog naar de politie kunnen gaan,' zei hij hardop. Zou hij daarmee Allisons leven redden? Maar wat moest hij dan zeggen? En wat had het voor zin als Chib, Hate en Allison het appartement allang hadden verlaten? Hij kneep zijn brandende ogen dicht, en probeerde zijn gedachten op een rijtje te krijgen.

Stel dat Chib wist waar hij Westie kon vinden, dan kon Mike het beste maar naar Allan gaan. Ze konden dan Westie altijd nog bellen, kijken of hij opnam. Misschien liep hij wel over straat, op zoek naar Alice... Maar nu hij erover nadacht, waar maakte hij zich druk om? Tenslotte had dat ettertje alles verpest!

'God zegene de greep,' besloot Mike.

Vanuit zijn schuilplek hoorde hij van veraf het geronk van de dieselmotor van een naderende taxi. Met piepende remmen stopte de auto voor een van de hotels. Er stapte een echtpaar van middelbare leeftijd uit, luid pratend maar Mike kon niet verstaan wat ze zeiden. Mike gluurde over de heg, en zag zijn kans schoon. Zo nonchalant mogelijk kwam hij uit zijn schuilplaats tevoorschijn en stak zijn hand omhoog. De taxichauffeur had net weer het licht op zijn dak aangedaan, en deed het uit toen hij hem zag. Mike stapte achterin en werd bijna bedwelmd door de misselijkmakende parfumlucht die de vrouw had achtergelaten. Hij deed het portier dicht en draaide het raampje open, snakkend naar frisse lucht.

'Gayfield Square,' zei hij tegen de chauffeur.

'U heeft mazzel dat u me nog heeft getroffen,' reageerde de man. 'Ik dacht er net over om er voor vanavond maar mee op te houden.' Hij moest zijn best doen om zijn passagier in de achteruitkijkspiegel aan te kunnen kijken, want Mike had zich zo veel mogelijk onderuit laten zakken.

'Zo te zien een zware avond gehad,' kletste de chauffeur maar door. 'Niks mis mee, hoor. We moeten allemaal wel eens een keertje stoom afblazen, anders zou de boel nog ontploffen.'

'Zeker weten.' Mike keek of hij een BMW zag rondrijden, of anders een paar dreigende gedaanten te voet. Maar de straat was volkomen verlaten.

'Het is doodsaai in de stad,' zei de taxichauffeur. 'Dat is het enige wat ik op deze plek tegen heb – in Edinburgh gebeurt er nooit wat, waar of niet, meneer?'

32

Toen Mike zijn verhaal deed, werd de afschuw op Allans gezicht steeds heviger. Hij keek alleen even opgelucht toen Mike zich verontschuldigde omdat Chib nu de Coultons in handen had.

'Van mij mag hij ze hebben,' had Allan gezegd, en het klonk alsof hij het meende. 'En nu we toch van onze gestolen waar af zijn, kunnen we Calloway net zo goed aan Ransome uitleveren.'

'En de professor maar aan zijn lot overlaten? Trouwens, Chib zou geen moment aarzelen om de politie alles te vertellen, en dan zijn wij nog steeds niet jarig. Bovendien hebben we ook nog met Westie te maken.'

Ze probeerden de student op zijn mobieltje te bereiken, maar ze kregen alleen de boodschappendienst. Na de piep liet Mike een waarschuwing achter waarop Allan er als uitsmijter luidkeels aan toevoegde: 'Het is je eigen stomme schuld, zakkenwasser!'

Mike hing op. 'Ik hoop maar dat hij niet helemaal knetterstoned of half bewusteloos van de drank is.'

'Als hij een beetje verstand heeft, is hij al het land uit.'

'Misschien zit je er niet zoveel naast,' zei Mike peinzend.

'Voor mij kan hij doodvallen, samen met dat inhalige vriendinnetje van hem.'

Allan beende door de kamer, trok zijn stropdas los en deed het bovenste knoopje van zijn overhemd open.

'Waarom heb je je kleren aan?' kwam ineens in Mike op. 'Het is midden in de nacht.'

Allan bekeek zichzelf. 'Ik was nog niet naar bed.'

'Heb je in huis dan een stropdas om?'

'Wat doet dat ertoe. Wat gaan we doen, Mike? Die vraag is belangrijker. Ik wist gewoon dat zoiets zou gebeuren. Ik wist dat het allemaal mis zou gaan!'

'Zeg, Allan, zorg nou eerst maar dat je een beetje kalmeert.' Mike wilde eraan toevoegen dat hij degene was in wiens huis was ingebroken. Hij was degene die was bedreigd en aangevallen, die voor zijn leven had moeten rennen, in doodsangst van tuin tot tuin had moeten springen. Hij was degene die zowel Chib als Hate kende – en degene die van alles de schuld kreeg.

Maar als hij zo naar zijn vriend keek, betwijfelde hij of dat zou helpen. Allan mompelde dat 'de hele planning naar de knoppen was'. Dus herhaalde Mike nog maar eens wat hij net had gezegd, en zag dat Allan afwezig knikte, zijn bril afzette en de glazen met een punt van zijn zakdoek schoonwreef. Mike schonk nog een beetje koffie in zijn beker, zonder zijn vriend te vragen of hij ook nog wilde, en liet zijn hoofd tegen de rugleuning van zijn stoel rusten. Hij deed zelfs even zijn ogen dicht, maar toen het beeld van een razende Chib Calloway op zijn netvlies verscheen, deed hij ze snel weer open. Er stond hun nog wat te wachten, geen twijfel mogelijk. Allan keek hem aan.

'Wat heeft Westie bezield?' vroeg hij. 'Kon hij de verleiding niet weerstaan een of ander klotemerkteken achter te laten? Of wilde hij ons te grazen nemen omdat hij ons inderdaad beschouwt als "het establishment"? En waarom heeft hij de vervalsing niet omgeruild voor het origineel uit het pakhuis? Of was dat alleen maar uit stommiteit?'

'De Utterson stond in jóúw kluis, Allan,' stelde Mike kalm vast.

'Wat bedoel je?'

'De Utterson van Chib zat bij de schilderijen die jij uit het pakhuis hebt meegenomen.'

'Dan snap ik er niks meer van. Wil je zeggen dat het origineel in de bestelwagen is achtergebleven? En hoe zit het dan met die andere schilderijen die als vermist zijn opgegeven? Hoeveel hebben we er uiteindelijk meegenomen?'

'We moeten met Gissing praten,' reageerde Mike. 'Hij is na Westie degene met wie Chib en Hate een babbeltje willen maken.'

'En zijn wij daarna aan de beurt?'

'Maak je geen zorgen, Allan – ik weet zeker dat jij echt helemaal onder aan hun lijstje staat.'

Dit ontlokte Allan een zuinig glimlachje. 'Misschien vind jij dat jammer, maar ik kan je verzekeren dat ik dat helemaal niet erg vind.' De glimlach was voldoende om Mike in de lach te laten schieten, waarop Allan ook begon te lachen. Met schokkende schouders kneep Mike in de brug van zijn neus. Allan kwam niet meer bij en wiste de tranen uit zijn ogen. 'Hoe zijn we hier ooit in verzeild geraakt, Mike?'

Mike schudde langzaam zijn hoofd. 'Maakt niet uit – laten we ons maar richten op hoe we hier weer uit komen.'

'We hebben altijd dit nog.' Allan had iets uit het zakje van zijn overhemd gehaald. Mike pakte het aan en tuurde naar de kleine lettertjes. Het was het verfomfaaide en bevlekte visitekaartje van inspecteur Ransome, compleet met zijn mobiele telefoonnummer.

'Het allerlaatste redmiddel,' zei Mike en hij stopte het in zijn portemonnee. 'Maar nu gaan we eerst naar Gissing.'

'En als ze ons daar nou op staan te wachten?' Allans zenuwen begonnen weer op te spelen.

Mike dacht even na.

'Ik heb een plan,' zei hij tegen zijn vriend. 'Alleen gaan we wel met jouw auto. Ik zal het je onderweg wel uitleggen.'

De taxichauffeur had gelijk: het was doodstil in Edinburgh. Dat was het eeuwige probleem met de stad. Die ontbeerde de levendigheid van grotere steden als Glasgow en Newcastle. Weinig verkeer, waardoor Allans auto gemakkelijk zou opvallen. Maar ze hadden één klein voordeel: Mike wist hoe Chibs BMW eruitzag, terwijl Chib geen idee had welk merk Allan prefereerde. Daar kwam nog bij dat Chib Allan maar heel vluchtig had ontmoet, en Hate kende hem überhaupt niet. Daarom was Mike languit op de achterbank van de Audi gaan liggen, nadat hij tegen Allan had gezegd dat hij moest opletten of hij een BMW zag. Wanneer ze bij een kruising of voor rood moesten stoppen, klemde Allan zijn handen om het stuur, en als er een auto achter of naast hen kwam rijden, verstijfde hij en bleef geconcentreerd door de voorruit kijken. Mike wist wat voor indruk hij maakte: een dronken chauffeur die bang was voor het blaaspijpje. Hij hoopte maar dat Chib en Hate dat ook zouden denken.

Er waren een paar taxi's op de weg, met hun daklicht aan om duidelijk te maken dat ze vrij waren, op zoek naar klanten die er helemaal niet waren. Mike had er nog even over gedacht een omweg te maken langs Westies huis, alleen maar om te kijken hoe de zaken ervoor stonden, maar volgens hem zou Allan daar niet happig op zijn, en hij wist bovendien niet of dit wel het risico waard was.

Gissing woonde net buiten de stad, en daar gingen ze nu naartoe. Het was een groot vrijstaand huis in Juniper Green. Mike en Allan waren daar een paar keer op een feestje geweest en waren toen door de professor voorgesteld aan critici, docenten van de academie, en een aantal gevestigde kunstenaars, van wie er eentje tijdens het diner zijn papieren servetje vol had zitten tekenen. Toen de tafel werd afgeruimd, had Allan het resultaat stiekem in zijn zak gestopt. Mike begon hierover op het moment dat ze de stad achter zich lieten, in de hoop zijn vriend een beetje af te leiden.

'Ik was altijd nog van plan het in te lijsten,' reageerde Allan met een hoofdknik. 'Ik heb er nog steeds spijt van dat ik hem niet heb gevraagd dat ding te signeren.'

Na nog een kilometer te hebben gereden, zei Mike dat ze in de buurt kwamen. 'Parkeer bij de stoep,' zei hij. Ze waren een paar honderd meter van Gissings huis verwijderd. Het stond achter een laag stenen muurtje, langs een grote verkeersader die de stad in leidde. Op het muurtje had ooit een ijzeren hek gestaan, maar dat was tijdens de Tweede Wereldoorlog weggehaald om te worden gebruikt in de wapenindustrie. Gissing had dit een keer verteld toen ze aan de port en cognac zaten.

'Natuurlijk allemaal op niets uitgelopen,' had hij grinnikend gezegd. 'Ze hadden tonnen van dat spul verzameld en uiteindelijk kwam het erop neer dat de hele zooi in de Firth of Forth werd gestort. Niet dat het ook maar ergens voor gebruikt kon worden, maar het gaf de burgermensen het idee dat ze hun steentje aan de oorlog hadden bijgedragen.'

Terwijl Allan de motor uitzette en de koplampen uitdeed, herinnerde Mike hem aan dit verhaal. Allan knikte slechts en overhandigde hem zijn mobieltje. Ze waren van plan geweest gebruik te maken van een telefooncel, maar er was er nergens een te bekennen. Mike toetste het nummer in, wachtte tot er werd opgenomen en haalde vervolgens even diep adem.

'Er wordt hiernaast ingebroken!' riep hij. 'Ik hoorde glasgerinkel. Er woont daar een oude man in zijn eentje, dus ik maak me ernstig zorgen. Ik ga vast kijken, maar stuur alsjeblieft een politieauto!' Hij gaf snel Gissings adres door en hing toen op. 'En nu moeten we wachten,' zei hij terwijl hij Allan de telefoon teruggaf.

'Je staat nu wel op de band,' zei Allan.

'Daar maak ik me nog het minst zorgen over.'

'Dat zal wel,' moest Allan toegeven. 'Je weet toch dat ze ook een opname van Westie hebben? Ransome heeft die voor me afgespeeld. Hij zegt dat ze aan het geluid van de motor het merk auto kunnen herkennen.'

'Ransome lult maar wat,' ging Mike ertegenin, en hij hoopte dat hij zekerder klonk dan hij zich voelde. Omdat Ransome met hem had gesproken, zou het de inspecteur weinig moeite kosten om via de opnamen zijn stem te herkennen. Maar Allans stem kende hij ook. Het maakte niet uit. In het grote geheel maakte het allemaal niet uit.

Voor de Lothian and Borders Police was het blijkbaar een rustige nacht, want het duurde maar vier à vijf minuten totdat de politieauto arriveerde. De blauwe lichten werden weerkaatst door de omringende gebouwen en bomen. Toen de auto stopte, gingen de lichten uit. Er klonk geen sirene, misschien wilden ze de boeven niet opschrikken, maar het kon ook zijn dat ze zo fatsoenlijk waren de buren niet wakker te willen maken. Dat was nou typisch Edinburgh. Er stapten twee agenten in uniform uit. Ze hadden geen van beiden een pet op, maar wel droegen ze alle twee een zwart steekwerend vest, met daaronder een wit overhemd met korte mouwen. Eentje had een zaklamp in zijn handen en bescheen daarmee het huis van de professor. Ze deden het tuinhek open en liepen het pad op naar de voordeur. Mike wachtte. Er waren nog een stuk of zes auto's in de straat geparkeerd en hij keek of een daarvan plotseling actie vertoonde.

'Niets te zien,' stelde Allan vast. De twee agenten waren om de hoek van het huis verdwenen.

'Oké, en nu rustig aan.'

Allan startte de motor, deed de koplampen aan en reed toen langs het huis. Mike tuurde ingespannen vanaf de achterbank. De zaklamp wierp enorme schaduwen tegen het naburige huis en de garage die Gissing niet meer had gebruikt sinds hij zijn sportauto was ontgroeid.

'Rij nog een stukje door en draai dan om,' gelastte Mike.

'Ja, baas.' Allan deed zijn richtingaanwijzer aan, sloeg een zijstraat in, keerde de auto en reed dezelfde weg terug. De agenten stonden weer voor de voorkant van het huis, en belden aan terwijl ze door de brievenbus gluurden. Mike hoorde het gekraak van een portofoon.

'Er is niemand thuis,' zei Allan.

'Of ze houden zich muisstil,' voegde Mike eraan toe. Niet dat hij dat ook maar één seconde geloofde. Ze parkeerden de auto, dit keer aan de andere kant van de straat, met de achterkant naar Gissings huis. Na een paar minuten reed de politieauto weg. Even later ging Allans telefoontje.

'Dat zal de meldkamer van de politie zijn,' veronderstelde hij. 'Ze vragen zich vast af waarom we een valse melding hebben gedaan.'

'Een goeie reden niet op te nemen.'

'Dat was ik ook niet van plan. Ik kan nog altijd aangifte doen dat mijn telefoon is gestolen.'

'Kun je doen, maar ik denk niet dat je Ransome daarmee om de tuin leidt.'

'Dat is waar.'

Uiteindelijk zweeg de telefoon. Voor de zekerheid bleven ze nog een minuut of vijf wachten, en toen klopte Mike zijn vriend op de schouder.

'Parkeren we voor de deur?'

'Laten we maar gaan lopen, een beetje frisse lucht kan geen kwaad.'

Ze stapten uit, nog steeds op hun hoede, en slenterden zwijgend naar het huis. In de naburige huizen was geen licht aangegaan. En tussen de andere auto's stond ook geen BMW.

'Misschien heeft Calloway hem al te pakken,' fluisterde Allan.

'Misschien,' zei Mike, zonder het echt te geloven.

'Die smerissen kunnen elk moment terugkomen.'

'Ja.'

Mike duwde het houten hek open en liep over het tuinpad naar het grote erkerraam van de woonkamer. Hij drukte zijn gezicht tegen het glas, maar binnen waren de blinden dichtgedaan. Er was nog een raam, links van de voordeur – Gissings eetkamer, waar Allan het servet van de kunstenaar had gepikt, maar daar waren de blinden ook dicht.

'Vingerafdrukken,' fluisterde Allan waarschuwend. Mike besefte dat hij zijn handen tegen het raam had gelegd, maar haalde zijn schouders op en liep via het pad langs de garage naar de zijkant van het huis.

'Ik snap het niet,' zei Allan, die vlak achter Mike liep. 'Het ziet er helemaal verlaten uit – zou hij ondergedoken zijn? Als hij zich niet op de eindexamenexpositie laat zien, zal dat achterdocht wekken.'

In de achtertuin was het doodstil. De maan verscheen plotseling vanachter een wolkenbank, waardoor Mike meer dan voldoende licht had. Er was niemand in de serre – na het diner hadden ze daar port en koffie gedronken, gezeten op krakende rieten stoelen. Maar nu stond er niets meer. De ruimte was volkomen leeg. Achter het keukenraam waren ook geen blinden, zodat Mike naar binnen kon kijken. Die ruimte was eveneens helemaal leeggehaald.

'Hij is hem gesmeerd!' zei Allan verbijsterd.

'De enige logische verklaring,' beaamde Mike. Hij was weer een stukje het gazon op gelopen. Het gras moest gemaaid worden, zijn schoenen zakten erin weg, maar toen kwam hij met zijn hak tegen de rand van iets hards. Het was een kartonnen bord dat aan een houten stok was bevestigd. Hij tilde het op, zodat Allan ook de woorden TE KOOP kon zien. Daaroverheen was een stuk papier geplakt. Daar stond maar één woord op.

VERKOCHT.

'Godverdomme met de noorderzon vertrokken,' mompelde Mike, en hij smeet het bord op de grond.

33

Het werd al dag toen Allan Mike bij zijn appartement afzette. 'Weet je het wel zeker?' vroeg Allan vanuit de chauffeurs-stoel. Mike knikte.

'Je moet zelf maar uitmaken of je al dan niet naar de politie gaat, Allan.'

'Wil je niet dat ik met je meega?' Allan strekte zijn hals in de richting van het penthouse. 'Voor het geval ze er nog zijn?'

Mike schudde zijn hoofd. 'Maar bedankt voor het aanbod.' Mike hoopte dat hij zelfverzekerd klonk, maar inwendig kon hij niet meer. 'Denk eraan, wat je ook doet, ga niet naar huis tot dit op een of andere manier afgelopen is.'

'En waarom ga jij dan wél naar huis?'

'Omdat ik alles op een rijtje heb.' Mike stak zijn arm door de ope-ning van het portier, schudde zijn vriend de hand en drukte daar tegelijkertijd iets in: het kaartje met Ransomes nummer. Toen deed hij het portier dicht, tikte twee keer op het dak en zag Allan weg-rijden.

De BMW van Chib Calloway stond er niet meer. Maar dat wilde nog niet zeggen dat zijn twee gorilla's niet boven zaten. Toen hij naar boven ging nam hij de lift in plaats van de trap. Het was namelijk nog maar een paar uur geleden dat hij diezelfde trap in doodsangst was afgerend, en drie mannen in zijn appartement had achtergelaten.

En er was één ding dat hij daar absoluut niet wilde aantreffen, namelijk het koud wordende lijk van Allison.

Toen hij op zijn verdieping was aangekomen en de liftdeuren opengleden, aarzelde hij even. Zijn voordeur stond wagenwijd open, zoals hij hem had achtergelaten. De schilderijen die aan de muren hadden gehangen lagen kriskras over de vloer verspreid, doorstoken en vertrapt, onherstelbaar beschadigd, alsof een wild beest er zijn klauwen in had gezet. Hij kon zo de gedwarsboomde gangster voor zich zien, die met opgetrokken lip bezig was ze aan flarden te scheuren, erop stond te springen, en zich daarna stukken beter voelde.

'Ik vraag me af wat ik de verzekering moet vertellen,' dacht Mike hardop.

Er knarste glas onder zijn voeten toen hij naar het woongedeelte liep. Geen ontvangstcomité, maar ook geen lijk. Mike liet zijn ingehouden adem ontsnappen. De stoel waarop Allison had gezeten zat onder de bloedspatten, en in de slaapkamer was een plasje bloed in het tapijt getrokken – een teken dat Allison een afstraffing had gekregen omdat hij had geprobeerd te ontsnappen. Hij vroeg zich af hoe de man eraan toe zou zijn, maar niet te lang. Hij wist dat hij zich nu met zijn eigen lot moest bezighouden, en in hoeverre hij dat kon beïnvloeden. Toen sloeg de vermoeidheid toe en hij liet zich op de bank ploffen. Bij de open haard was een natte plek te zien en het rook vaag naar urine. Calloway of misschien Hate. De kapotgeslagen tv was waarschijnlijk ook Hates werk. De Coultons van Allan waren verdwenen, en Mike pakte de restanten van Monboddo's portret op. Beatrice lachte hem toe met wat er nog over was van haar gezicht. Hij probeerde de flarden doek glad te strijken, maar daardoor sprongen er schilfers verf van af. Ze zag eruit alsof ze het slachtoffer van een verkeersongeluk was; haar gezicht was een puzzel van littekens.

'Sorry,' zei hij verontschuldigend, en hij zette haar portret naast zich neer.

Afgezien van de tv en de kunstwerken was er niet veel schade aangericht. Hij stond op, liep naar de keuken en nam een glas water uit de kraan. Het vernielen van de tv zou vast een hoop lawaai hebben veroorzaakt, waardoor de twee mannen er waarschijnlijk op geattendeerd werden dat de buren wel eens wakker konden worden. Hij nam het glas water mee naar zijn computerkamer, en nam er onderweg een slok van. Er lag van alles op de vloer, maar dat hoefde alleen maar te worden opgeruimd. Het toetsenbord zat onder de whisky, afkomstig uit een fles die op zijn archiefkast had gestaan. Oké, voor allebei moest dus een nieuw exemplaar komen. De archiefkast waarin al zijn bankafschriften en beleggingspapieren lagen, zat nog steeds op slot. In de prullenbak lag een gehavend keukenmes waardoor hem duidelijk werd dat ze hadden geprobeerd het slot te forceren. De sleutel lag in de la van het nachtkastje, waaruit bleek dat ze niet erg veel moeite hadden gedaan die te zoeken. De bureauladen stonden open, de inhoud was door elkaar gehusseld of op de vloer gesmeten. Dat kon allemaal weer in orde worden gemaakt.

Deze inventarisatie had Mike een beetje moed gegeven. Als hij de opdracht had gekregen iemands huis te doorzoeken, zou hij waarschijnlijk veel grondiger te werk zijn gegaan, veel professioneler. Dit had alleen maar te maken met bekrompenheid en rancune en niks anders. Calloway was de belangrijkste regel vergeten voor als je zakendeed, wat voor zaken dan ook.

Je mocht het nooit te persoonlijk laten worden.

In zijn slaapkamer vond hij een pakje met nog één sigaret erin die hij op het balkon oprookte, terwijl hij uitkeek over de stad. De vogels floten, en volgens hem kon hij vanuit de verte zelfs het geluid van ontwakende dieren in de dierentuin op Corstorphine Hill horen. Toen hij zijn sigaret op had, ging hij weer naar binnen en liep naar de keuken. Hij deed een kast open en pakte er een stoffer en blik uit. Zijn schoonmaakster kwam altijd vrijdags, maar dit zou echt haar taak te boven gaan. Hij veegde een beetje glas op van het tv-scherm, maar toen werd hij weer zo moe dat hij maar op de bank ging zitten. Hij deed zijn ogen dicht en liet zijn gedachten gaan over hoe het allemaal was begonnen: met een terloopse opmerking van Gissing over repatriëring van een paar arme kunstwerken die achter slot en grendel zaten... We zouden vrijheidsstrijders zijn... Mike had nagedacht over de mogelijkheden en was toen in de National Gallery Chib Calloway weer tegen het lijf gelopen. De gangster die iets over kunst had willen weten, of in ieder geval hoe er geld mee te verdienen viel. Vervolgens had Mike tegen Gissing gezegd dat ze het maar moesten doen. Als doelwit had hij een van de stedelijke instellingen in zijn hoofd gehad: het hoofdkantoor van een bank of een verzekeringsmaatschappij. Maar Gissing had andere plannen.

'Natuurlijk had je die,' zei Mike hardop, en hij hief zijn glas alsof hij een toost wilde uitbrengen op Gissings geheime plan.

Van hen drieën – Gissing, Allan en Mike – was Mike de enige die zich de schilderijen die ze van plan waren te stelen, min of meer kon veroorloven. Waarom had hij toegestemd? En niet alleen toegestemd, maar af en toe ook het voortouw genomen – waarom had hij dat gedaan?

'Omdat je me hebt bespeeld alsof ik een of andere klote-Stradivarius was, professor,' zei hij tegen de lege kamer. Gissing was maar al te blij geweest met een rol op de achtergrond – dat zou niet zoveel achterdocht wekken. Een jaar daarvoor had hij precies dezelfde overval gepland, maar toen kon hij niet aan handlangers komen. Op het moment dat Allan en Mike op het toneel waren verschenen, had hij van hun zwakheid gebruikgemaakt – hun mogelijkheden ingeschat.

En hen nagenoeg perfect geschikt geacht.

En alleen maar omdat Mike zich verveelde. En natuurlijk hebzuchtig was – hij had zijn zinnen gezet op het schilderij van Beatrice... iets wat nooit in zijn bezit zou kunnen komen, hoe rijk hij ook zou worden. En dan was Calloway er nog, die hem een blik in een totaal andere wereld had gegund. Toen hij nog op school zat, had hij gehunkerd om bij Calloways groepje te mogen horen, een groep waarin de pikorde werd bepaald door gewicht en wreedheid in plaats van door hersens en slimmigheid. Tijdens zijn eerste jaren op de universiteit was hij doorgeslagen. Hij lokte gevechten uit in de studentensociëteit. Op feestjes was hij onvoorspelbaar. Hij had waarschijnlijk maar de helft van alle vechtpartijen gewonnen, en was uiteindelijk zijn verstand gaan gebruiken, had zich aangepast, om erbij te horen.

'Jekyll en Hyde,' mompelde hij in zichzelf.

Maar toch knaagde er iets. Waren Calloway en Gissing bondgenoten geweest? Mike dacht eigenlijk van niet, en dat betekende dat het echt puur toeval was geweest dat hij de gangster in het museum was tegengekomen – alsof dat de enige niet geplande gebeurtenis was in de hele opzet. Het was Mikes idee geweest om Calloway erbij te halen, dus was alle rotzooi zijn schuld. Hij wist zeker dat Gissing er zo over dacht.

Met zijn ogen dicht liet hij zijn hoofd tegen de leuning van de bank rusten. Tijdens de langzame rit die Allan en hij rond Edinburgh hadden gemaakt, had hij het een en ander aan zijn vriend uitgelegd, en daarbij zijn eigen vermoedens en veronderstellingen geuit. Allan had een paar keer de auto aan de kant moeten zetten om alles op een rijtje te kunnen krijgen, had vragen gesteld en in eerste instantie geweigerd te geloven wat hij te horen kreeg. Vervolgens had hij een paar keer met zijn handen op het stuur geslagen.

'Je bent een rationeel iemand, Allan,' had Mike gezegd. 'Je weet dat dit de enige logische verklaring is.'

Hij had Allan eraan herinnerd dat Edinburgh de bakermat was van Sir Arthur Conan Doyle, en dat Doyles schepping Sherlock Holmes het bij het rechte eind had toen hij zei dat wanneer je alles had geëlimineerd, datgene wat overbleef, hoe onwaarschijnlijk ook, de waarheid moest zijn.

Mike was er niet zeker van of Allan naar de politie zou gaan. Misschien ging hij gewoon naar huis, in afwachting van verdere ontwikkelingen.

En wat Mike betrof werden de verdere ontwikkelingen inmiddels aangekondigd door een krakende vloerplank in de gang.

Hij hoorde iemand vragend en bezorgd zijn naam roepen.

'Laura?' riep hij terug en hij stond op. Hij merkte dat hij het licht niet had aangedaan, maar de rolgordijnen waren niet neergelaten, dus herkende hij haar meteen toen ze de kamer binnenkwam.

'Ik ben een beetje mijn huis aan het herinrichten,' zei hij, want ze stond met open mond en met de armen langs haar lichaam te kijken.

'Wat is hier gebeurd?'

'Een ruzietje.'

'Met wie dan, Godzilla?'

Hij wist een vermoeide glimlach te produceren. 'Wat doe jij nou hier?'

Ze was de kamer in gelopen, zorgvuldig de glasscherven vermijdend. 'Ik heb je gebeld, op allebei je nummers. Toen je niet opnam, werd ik bang. Mike, waar ben je in verzeild geraakt?'

Hij hoefde geen antwoord te geven.

Ze pakte het portret van Beatrice op. 'Ik wist het wel,' zei ze met een zucht. 'Ik wist wel dat jij met die overval te maken had. Hoe heb je het gedaan?'

'De originelen voor kopieën verwisseld.' Het klonk zo simpel en ongecompliceerd toen hij het op die manier verwoordde.

'En daarna heeft Gissing ze beoordeeld?' Ze knikte. 'Hij heeft er dus ook mee te maken? Maar hoe zit het dan met de vermiste schilderijen?'

Hij haalde zijn schouders op. 'Daar heb ik niks mee te maken, ben ik bang. Terwijl ik dacht dat ik deel van een team uitmaakte, werd ik intussen klaargestoomd voor de rol van slachtoffer.' Hij moest grinniken om zijn zelfoverschatting. 'Mag ik je iets te drinken aanbieden?' Hij hield zijn lege waterglas op.

'Nee.'

'Je vindt het toch niet erg dat ik...?' Hij ging weer naar de keuken en Laura liep achter hem aan. 'In feite was ik niet het enige slachtoffer,' ging hij verder. 'Ik heb de vergissing begaan een buitenstaander binnen te halen.'

'Calloway?' opperde ze.

'Hij zou de ideale zondebok zijn. Hij is een cultuurbarbaar, snap je, en daar ging het allemaal om: wij tegen dat soort mensen.'

'Dus Ransome heeft vanaf het begin gelijk gehad. Jij en die misdadiger waren dus partners?'

'Allan was er ook bij betrokken, en Westie, een student van de kunstacademie.'

'Plus professor Gissing,' voegde ze eraan toe.

Mike dronk zijn glas leeg alvorens antwoord te geven. 'Ja, en hij is de ergste,' zei hij zacht. 'Professor Robert Gissing. Hij is hem met alle vermiste schilderijen gesmeerd.'

'Ik heb hem nooit gemogen. En ik begreep ook niet echt wat jij in hem zag.'

'Had me in godsnaam maar gewaarschuwd.'

Ze had nog steeds de Monboddo in haar handen. 'En dat allemaal hiervoor?'

'Allemaal daarvoor,' gaf hij toe.

'Waarom is dit zo belangrijk, Mike?'

'Volgens mij weet je al het antwoord op die vraag.'

'Ze lijkt op mij, bedoel je dat?' Laura bekeek aandachtig de overblijfselen van het portret. 'Besef je wel dat dit iets engs heeft? Ik bedoel, je had toch ook een afspraakje met me kunnen maken?'

'We hebben al een keer een afspraakje gehad, Laura – maar dat liep niet al te best af...'

'Je geeft het veel te snel op.' Ze keek nog steeds naar het schilderij. 'Wie heeft het zo toegetakeld?'

'Hate.'

'Pardon?'

Hij realiseerde zich dat ze niks van Hate af wist. 'Dat is een gast die nog geld van Calloway te goed heeft – een lang verhaal.'

Ongeveer een minuut lang werd er niets meer gezegd, en toen doorbrak Laura de stilte.

'Je komt in de gevangenis terecht, Mike.'

'Het klinkt misschien gek, Laura, maar de gevangenis is wel het laatste waar ik me nu druk over maak.'

Net als Mike probeerde Laura het doek weer in de oorspronkelijke vorm terug te duwen. 'Ze was mooi, hè?'

'Dat was ze zeker,' beaamde Mike. Toen corrigeerde hij zichzelf. 'Dat is ze nog steeds.'

Laura knipperde haar tranen weg. Mike wilde haar in zijn armen nemen en haar vasthouden totdat de hele wereld rondom hen zou verdwijnen. Hij draaide zich van haar af, zette zijn glas in het afdruiprek en pakte met beide handen de rand van het aanrecht vast. Hij hoorde dat ze het schilderij neerzette. Toen voelde hij dat ze haar armen om hem heen sloeg en haar hoofd tegen zijn schouder legde.

'Wat ga je nou doen, Mike?'

'Vluchten,' zei hij half voor de grap. 'Met jou, als je dat wilt.' Wat waren er voor alternatieven? Zoals van hem werd verlangd zou hij het geld aan Calloway en Hate kunnen overhandigen, maar dan zouden ze hem altijd in een wurggreep kunnen houden, en hij betwijfelde of er een einde zou komen aan de betalingen voordat de bron was opgedroogd. En dan was er nog de conservator. Wanneer die dood gevonden werd, of danig verminkt, zou de politie nog wel het een en ander willen uitzoeken. En met Ransomes gegevens zouden ze al snel bij het penthouse uit komen en de eigenaar lastige vragen stellen.

'Ik ga Ransome bellen,' zei Laura vastbesloten. 'Je snapt toch wel dat dat de enige verstandige oplossing is.'

Mike draaide zich naar haar om. 'Tot dusver heeft alles niet zoveel met verstand te maken gehad,' zei hij. Ze had haar armen nog steeds losjes om hem heen geslagen en hun gezichten waren een paar centimeter van elkaar verwijderd. Maar toen bewoog er iets in het donker van het woongedeelte. Mike keek over Laura's schouder.

'Stoor je maar niet aan ons, hoor,' zei een van Calloways voetknechten, en voegde er toen tegen zijn maat aan toe: 'Je krijgt dus twintig pond van me.'

De andere man lachte. 'Heb ik je toch gezegd? We moesten bij de flat gaan kijken, ook al zei de baas van niet.' En toen tegen Mike: 'Ben je van plan moeilijk te gaan doen, Mackenzie?'

Mike schudde zijn hoofd. Laura had hem inmiddels losgelaten

en zich naar de twee indringers toegekeerd. 'Zij heeft hier niks mee te maken,' zei Mike. 'Laat haar gaan en dan kom ik met jullie mee, maakt niet uit waar naartoe.'

'Klinkt redelijk.' Glenn en Johnno stonden inmiddels in de keuken. 'Meneer Calloway zou zó in een interieurprogramma op de tv kunnen optreden, hè?' zei Johnno. 'Verbouwd terwijl u wacht.'

De beide mannen schoten in de lach. In plaats van op Mike hadden ze hun blik op Laura gericht. Mike legde zijn hand op haar arm. 'Ga nou maar,' zei hij.

'En jou hier met die twee beesten achterlaten?'

'Ga nou!' Hij kneep haar even in de rug. Ze keek Calloways loopjongens woedend aan.

'Toevallig ben ik al heel lang met inspecteur Ransome bevriend. Ik ga meteen naar hem toe als jullie meneer Mackenzie ook maar één haar krenken!'

'Geen goeie zet, Laura,' mompelde Mike.

'Hij heeft gelijk, meissie, en daarom kom je nu met ons mee.'

Mike sprong op de twee mannen af en schreeuwde tegen Laura dat ze moest wegrennen. Maar Glenn gaf hem een zet waardoor hij op de grond belandde, terwijl Johnno Laura bij de arm pakte, haar ronddraaide en zijn andere hand voor haar mond deed om haar kreten te smoren. Mike was weer op één knie opgekrabbeld toen hij een trap onder zijn kin kreeg en achteroversloeg op de keukenvloer. Glenn ging boven op hem zitten en Mike had het gevoel alsof zijn organen uit zijn lijf barstten. Mike zag een vuist en daarachter een grijnzend gezicht, en toen kwam de vuist neer op zijn kaak. Even had hij de tijd om te beseffen dat hij bewusteloos zou raken. Hij vroeg zich af of zijn laatste uur had geslagen.

En of hij Laura ooit nog zou terugzien.

34

Ransome werd wakker en wist dat er voor hem niks meer in zat. Bijna vijf uur, niet slecht voor zijn doen, soms was het maar vierenhalf uur. Hij wist zich te herinneren dat mevrouw Thatcher daaraan genoeg had, zo niet aan minder. Hij stapte bij Sandra uit bed en liep zachtjes naar de deur van de slaapkamer. Toen hij naar beneden liep deed hij het licht op de overloop niet aan. In de huiskamer knipte hij het lampje naast de bank aan en zocht naar de afstandsbediening van de tv. Hij wist dat hij tien à vijftien minuten bezig zou zijn met het nieuws op teletekst en Ceefax te lezen. En dan was er nog Sky News, en BBC 24 via Freeview. Hij keek door de smalle spleet tussen de gordijnen. Er was niemand op straat. Als hij een aantal jaren geleden vroeg wakker werd, vond hij het heerlijk de stad in te gaan, langs bakkers te gaan, en cafés die de hele nacht openbleven, en de verhalen van taxichauffeurs aan te horen over wat ze die nacht hadden meegemaakt. Maar op een gegeven moment begon Sandra te klagen dat hij haar en de buren wakker maakte met het geluid van de automotor wanneer hij in zijn achteruit de oprit afreed.

Maar weinig van Ransomes collega's hadden Sandra ooit ontmoet. Ze hield niet van officiële bijeenkomsten of feestjes en ze ging ook niet graag naar de pub. Ze had een baan bij de gezondheidsraad en had haar eigen vriendinnenclubje waarmee ze boekhandels en musea afliep, naar buitenlandse films ging en tearooms bezocht. Volgens Ransome had ze het idee dat ze, als ze op school beter haar best had gedaan, wel verder was gekomen dan een secretaresseopleiding, en misschien wel een universitaire titel had behaald. Ze straalde een soort stille ontevredenheid met haar lot uit en die wilde hij niet aanwakkeren door het gegier van een automotor in de vroege ochtend, ook al had niemand van de buren zich daar ooit tegen hem over beklaagd.

Misschien zou ze wakker worden van de fluitketel, dus hield hij het maar bij een glas melk en een paar maagtabletten. Het geluid dat uit de gang kwam, schreef hij toe aan een vogeltje buiten, maar toen het bleef aanhouden, wist hij dat hij het bij het verkeerde eind had. Zijn jasje hing achter de voordeur. De kapstok was Sandra's idee, en wee zijn gebeente als hij zijn kleren onder aan de trapleuning of over een stoel hing. Zijn mobieltje zat in zijn binnenzak. Hij maakte niet het geluid dat hij opgeladen moest worden, het was een berichtje van de vorige avond.

Donny was een kennis van Ransome die bij het Bureau strafregisters werkte. Het was een beknopte mededeling: BEL ME. En dat deed Ransome dus toen hij terug was in de woonkamer en de deur stevig achter zich had dichtgedaan.

'Donny, met mij.'

'Jezus man, hoe laat is het?'

'Ik zag net je berichtje.'

'Dat kan toch wel tot morgen wachten,' zei Donny hoestend en proestend.

'Gooi het er maar uit,' zei Ransome.

'Wacht nou even.'

Ransome hoorde Donny uit bed stappen. Er ging een deur open en weer dicht. Nog meer gekuch en luid gesnuif. Hij was nu blijkbaar in een andere kamer en er klonk papiergeritsel.

'Ik had het hier toch ergens...'

Ransome stond bij het raam en keek naar buiten. Er liep een vos midden op straat, alsof die helemaal van hem was. En op dit tijdstip was dat misschien ook wel zo. Ransome woonde in een rustige straat, omzoomd met bomen. De huizen dateerden uit de jaren dertig, waardoor de prijzen laag waren vergeleken met de Georgian en victoriaanse huizen een halve kilometer verderop. Toen Ransome en Sandra er waren komen wonen, heette deze wijk Saughtonhall, maar de huizenmakelaars waren tegenwoordig geneigd er Corstorphine of zelfs Murrayfield van te maken, in de hoop een paar duizend pond boven op de prijs te kunnen doen. Sandra en Ransome hadden er wel eens grappen over gemaakt of hun straat nu het predicaat 'Zuid-Murrayfield' zou verdienen of 'Zuid-Zuid-Murrayfield'.

Nog een stukje meer naar het zuiden en dan staan we op de stoep van de Saughton gevangenis...

'Doe rustig aan, Donny,' mompelde Ransome in de telefoon.

'Hebbes.' Er werd gewapperd met papier. 'Echt een heel link type.'

'Wie bedoel je?'

'De Viking met de tatoeages – je hebt me gevraagd om hem na te trekken, weet je nog?'

'O, natuurlijk; sorry, Donny.'

'Hij heet Arne Bodrum. Afkomstig uit Kopenhagen, maar verblijft meestal ergens anders. Heeft twee jaar gezeten voor wat wij zware mishandeling zouden noemen. Was lid van de Hells Angels en het vermoeden bestaat dat hij tegenwoordig als geldincasseerder voor hen fungeert, met name voor een afdeling met als hoofdkwartier Haugesund in Noorwegen. Waarschijnlijk komen ze aan hun poen door het smokkelen van drugs naar landen als Duitsland en Frankrijk – om maar te zwijgen van Groot-Brittannië.'

'Zoveel wist ik al, Donny. Heb je nog meer?'

'Een beetje meer van hetzelfde, en we hebben ook politiefoto's van hem. Binnen drie uur heb je de hele zwik op je bureau.' Donny zweeg even. 'Mag ik nu weer naar mijn nest?'

'Slaap lekker, Donny.'

Ransome hing op en legde het telefoontje op de vensterbank. Hate was tussenpersoon. Nee, meer dan dat, hij was de man die de smerige karweitjes opknapte. Glenn had gezegd dat Calloway voor een drugsdeal nog geld verschuldigd was aan een Hells Angels-afdeling op het vasteland. Dus zat Chib in de penarie en had hij snel een geldinjectie nodig. En wie had er geld, wisten ze allebei? Kom maar naar voren, Mike Mackenzie. Of nu we toch bezig zijn: de First Caly, hallo, Allan Cruikshank. Ransome ging ervan uit dat hij hiermee wel naar zijn meerdere kon gaan met het verzoek om algehele bewaking en wellicht een paar huiszoekingsbevelen. Hij zou hiermee niet op Hendricks' tenen trappen – het was niet nodig de overval te vermelden – en er was dus geen reden hem dit te weigeren.

Hij had alleen maar toestemming nodig.

Hij was bij het raam vandaan gelopen en stond nu met zijn rug ernaartoe, waardoor het even duurde voordat hij merkte dat zijn mobieltje trilde. Weer een telefoontje. Donny had vast nog iets te melden, misschien iets belangrijkers. Maar omdat de vensterbank zo smal was viel de telefoon op de grond voordat Ransome hem kon pakken. Het omhulsel vloog de ene kant op en de geheugenchip de andere. Zachtjes vloekend zette Ransome de telefoon weer in elkaar en deed hem toen weer aan. Er zat een barst in het schermpje, maar hij kon nog lezen wat er op de lcd-display stond. Geen berichten. Hij keek wie er het laatst had gebeld, en zag een hem onbekend nummer. Maar hij wist het nummer van Donny's mobieltje toch niet? Hij toetste 'terugbellen' in en bracht de telefoon naar zijn oor.

'Bedankt dat u terugbelt, inspecteur. Volgens mij werden we verbroken.'

Het was niet Donny's stem. Ransome kon hem nergens thuisbrengen. 'Sorry, maar met wie spreek ik?'

Het bleef stil aan de andere kant van de lijn, alsof er allemaal opties werden overwogen – nu kun je nog ophangen et cetera. Ransome hoorde dat iemand zijn keel schraapte en toen de naam viel, zag hij daar meteen een gezicht bij. Hij had tenslotte net aan deze man zitten denken. Gebeurde dit echt of was hij weer in slaap gevallen en was dit een bizarre, hoogst bevredigende droom? Eerst Arne Bodrum en nu dit... Ransome ging zitten en bromde zachtjes:

'Er zit u vast iets dwars, meneer Cruikshank. Waarom vertelt u het me niet?'

'Leuk dat je langskomt,' zei Chib Calloway.

Mike deed zijn ogen open en wist meteen waar hij was: in de verlaten snookerhal. Chib stond voor hem. Een stukje verderop stond Hate, die naar de positie van de ballen op een van de tafels stond te kijken. Er stonden vijf stoelen op een rij, en Mike werd op de meest rechtse gezet. Zijn handen waren op zijn rug gebonden, en zijn benen waren aan de stoelpoten vastgemaakt. Hij keek naar links en zag dat Laura naast hem zat, op dezelfde manier vastgebonden. Hij kreunde verontschuldigend in haar richting, wat zij beantwoordde door traag met haar ogen te knipperen. Naast haar zat Westie, met zijn ogen vol tranen, en daarnaast zat Alice die met een blik vol venijn naar Calloway keek. Op de laatste stoel van deze onzalige rij zat de onfortuinlijke conservator Jimmy Allison, verdwaasd en wanhopig, wiens enige misdaad eruit bestond dat hij een erkend expert op zijn gebied was.

'Wakker worden, sukkel,' zei Calloway tegen Mike. 'Tijd voor een flinke aframmeling.'

Hate had een van de rode ballen in zijn klauw en liep naar de stoelen. Onder het lopen gooide hij de bal op, en ving hem elke keer op met een klap van zijn hand.

'Wel veel lichamen waarvan we ons moeten ontdoen,' zei hij peinzend.

'Genoeg plekken waar we ze kunnen laten,' verzekerde Calloway hem. 'We hebben de Noordzee en de Pentland Hills, om maar te zwijgen van al die bouwterreinen in de omgeving van Granton.' Hij vervolgde tegen Mike: 'Westie heeft al heel slijmerig zijn excuses aangeboden.' Hij deed alsof hij Westie een klapje op de wang wilde geven, waardoor de jonge man zijn ogen dichtkneep en in elkaar kromp in de verwachting iets veel harders te krijgen. Chib zag dit, grinnikte en richtte toen zijn aandacht weer op Mike. 'Maar verder zijn we niet veel wijzer geworden.'

'En je verwacht van mij dat ik je bijspijker?'

'Anders spijkeren we jou wel vast,' snauwde Hate.

'Ik hoop dat je geen extra geld vraagt voor die stomme woord-spelingen van je,' zei Mike.

Hate klemde de snookerbal stevig in zijn hand en haalde zijn vuist naar achteren.

'Ik heb toch gezegd dat je hem aan mij moet overlaten, Hate,' beet Calloway hem toe, en hij hief waarschuwend zijn vinger op naar de Scandinaviër.

'Jij bent helemaal niet in de positie om mij te commanderen,' zei Hate tegen de gangster.

'Mijn stad, mijn regels,' snauwde Calloway terug. De twee mannen leken op twee gekooide beesten die hun territorium afbakenden, woest en dodelijk.

Hate spuugde op de grond, en reageerde zijn opgekropte woede af door de bal tegen de muur achter de stoelen te smijten. Toen de bal buiten Mikes gezichtsveld op de grond kwam en niet verder rolde besefte hij dat hij in tweeën was gespleten.

Calloway boog zich voorover zodat hij oog in oog met Mike kwam te staan.

'Mijn jongens hebben me verteld dat je nogal de dappere ridder hebt uitgehangen tegenover je vriendin. Maar toch niet zo slim om naar die kloteflat van je terug te gaan, hè?'

'Net zo slim als jij toen je voor een half miljoen pond aan kunst hebt kapot getrapt en gescheurd, in plaats van het mee te nemen.'

'Het werd even rood voor mijn ogen,' verklaarde Calloway. 'Trouwens, wat moet ik nou met schilderijen?' Hij richtte zich op, liep de rij langs en bleef voor Westie staan.

'Laat hem met rust!' tierde Alice. 'Als je hem nog één keer aanraakt, ruk ik je ballen eraf!'

Calloway slaakte een kreetje en Hate produceerde zelfs een scheef lachje van bewondering.

'Een stevige tante, hè, Westie?' zei Calloway. 'Je kunt zo zien wie er bij jullie thuis de broek aanheeft.' En toen zei hij tegen Mike: 'Die Westie heeft me verteld dat het Gissings idee was mijn schilderij te verwisselen. Volgens hem wist jij daar niks vanaf.'

'Ben je bij Gissing thuis geweest?' Mike wachtte tot de gangster knikte. 'Dan heb je het bewijs gezien. Volgens mij is hij gisteren de stad uit gegaan. Misschien nog wel eerder; dat verklaart waarom hij telefonisch onbereikbaar was. Ik dacht dat hij zich op de achtergrond hield, maar het was meer een kwestie van spoorloos verdwijnen. Zijn huis heeft waarschijnlijk al weken in de verkoop gestaan, dus wist hij precies waar hij mee bezig was.'

'En waar was hij dan mee bezig, Mike?'

'Als je de anderen laat gaan, zal ik het je vertellen.'

'Er gaat niemand weg,' kwam Hate tussenbeide en hij priemde met zijn wijsvinger in Mikes richting. De vinger was in zwart leer gestoken. Een autohandschoen. Hate was bezig ze aan te trekken, aan elke hand een. Mike wist wat dat betekende: er moest handwerk worden verricht. Zonder vingerafdrukken achter te laten. Hij richtte zich tot Calloway.

'Ik ben echt niet bang voor jullie. Misschien eerst wel, maar nu niet meer.'

Dit was geen grootdoenerij, het enige wat hem nu nog restte was een plotseling en irrationeel gebrek aan angst. Voor hem stond de pestkop van school, en Mike gaf geen krimp. Hij wist dat de anderen naar hem keken terwijl hij sprak: niet alleen Laura, Westie en Alice, maar zelfs Allison, die, hoewel hij door zijn boeien werd belemmerd, vooroverboog om hem beter te kunnen zien. Ook Hate, die de handschoenen nu naar tevredenheid aanhad, stelde zich als toeschouwer op.

'Maar je zou echt wel bang moeten zijn,' zei de gangster.

'Weet ik,' beaamde Mike, die zijn schouders ophaalde, voor zover dat mogelijk was gezien de situatie. 'Maar dat werkt niet. Misschien wel omdat ik al dat geld voor je moet regelen.'

'Ik kan zonder jouw hulp aan genoeg poen komen!' snauwde Calloway. Maar zelfs Hate leek niet overtuigd door deze uitbarsting.

'Laat ze gaan,' zei Mike kalm. 'Als zij hier weg zijn, zal ik het hele verhaal uit de doeken doen.'

'Komt niets van in,' gromde Hate.

'Wat moet ik trouwens met "het hele verhaal"?' vroeg Calloway.

'Ik ben belazerd en daar gaat het om.' Hij rechtte zijn rug en maakte zijn schouders los, alsof hij zich voorbereidde op de komende taak. 'Wie wil je als eerste om zeep helpen, Hate?'

'De sterkste,' was het antwoord. 'Je moet de zwakste altijd voor het laatst bewaren.'

'Heel verstandig,' moest Chib toegeven. 'Dan moeten we misschien maar met die kleine kenau van Westie beginnen.'

'Kom maar op,' zei Alice en ze ontblootte haar tanden.

'Met genoegen, schattebout.'

Mike besefte dat hij nu met het verhaal moest beginnen – het was het enige dat hun einde zou kunnen uitstellen.

'Jij bent niet de enige die besodemieterd is,' flapte hij eruit. 'Dat zijn we allemaal, want het was de bedoeling dat wij voor de hele zaak zouden opdraaien. Gissing heeft een zaadje in mijn hoofd geplant, en dat water gegeven door met het idee te komen van het verwisselen van de schilderijen. Hij heeft er waarschijnlijk heel lang over nagedacht, want het plan zat uitstekend in elkaar. Dat heeft hij ook met zoveel woorden gezegd. Opeens kreeg hij grote haast dit plan uit te voeren, en daarbij had hij handlangers nodig – handlangers die voor de hele boel konden opdraaien.'

'Jij en je onbetrouwbare vriendje Cruikshank? Denk maar niet dat ik hem ben vergeten, trouwens.'

Mike knikte en wenste onmiddellijk dat hij dat maar niet had gedaan. Glenn had hem een eersteklas opdoffer gegeven.

'Allan en ik,' zei hij, en hij probeerde de opkomende misselijkheid weg te slikken. 'Gissing had Westie allang op het oog als vervalser. Maar hij maakte zich zorgen toen jij erbij werd betrokken. Daarmee werd de inzet verhoogd, denk ik. Maar hij veranderde snel van gedachten. Op dat moment dacht ik dat het wel erg makkelijk was geweest om hem over te halen, maar nu begrijp ik zijn gedachtegang. Jij bent van ons allemaal het meest geschikt om hiervoor op te draaien, omdat de politie je dolgraag zou willen oppakken. Maar toen wilde je een schilderij hebben. Nou ja, in zijn ogen behoor jij tot het absolute uitschot. Hij wilde niet dat jij een kostbaar origineel in handen kreeg – dat zou heiligschennis zijn geweest. Bovendien betwijfelde hij of je een vervalsing zou kunnen herkennen, dus droeg hij Westie op nog een kopie te maken, zonder dat wij dat wisten.'

Westie knikte en hij nam het verhaal over. 'De professor kwam me opzoeken en zei tegen me dat hij een extra kopie van de Utterson nodig had, en dat niemand daar iets van mocht weten. Ik vroeg hem waarom en toen zei hij dat het beter was als ik onwetend bleef. Dat "onwetend" stak me – ik wist dat hij altijd al zo over me dacht.'

'En toen heb je maar een van je geheime tierlantijntjes op het voltooide doek aangebracht,' giste Mike.

Westie knikte weer. 'We hebben de schilderijen verwisseld toen jij en Allan in het pakhuis waren om de boel nog een keer te controleren. De professor verborg de echte Utterson op de achterzijde van een van de schilderijen die hij voor zichzelf had uitgekozen – het paste precies.' Hij richtte zich tot Calloway. 'Echt, meneer Calloway, als ik had geweten dat het voor u was, was ik nooit akkoord gegaan.'

Mike zag dat de gangster Westie weer een klapje op zijn wang gaf. Hij dacht na over de andere aanwijzingen, aanwijzingen die hij had moeten zien: het plan waar Gissing mee was gekomen, was zo goed overdacht en gedetailleerd, en wat de professor had gezegd toen Mike opmerkte dat het plan zo perfect leek – *dat zijn de meeste plannen in eerste instantie.* Ja, Gissing had de overval al geruime tijd in gedachten, maar niet alleen om een paar schilderijen te stelen, want daar was hij al jaren mee bezig, zonder dat iemand dat in de gaten had gehad. De talloze keren dat hij onder het mom van 'wetenschappelijk onderzoek' het pakhuis had bezocht, smokkelde hij zo nu en dan een klein meesterwerk met zich mee. Maar toen was hem blijkbaar ter ore gekomen dat er een inventarisatie zou plaatsvinden – een volledige en grondige inventarisatie – de eerste sinds jaren. Hij besefte dat dan aan het licht zou komen dat er schilderijen ontbraken. Dus had hij gezegd dat hij van plan was met pensioen te gaan, zonder dat het buiten de academie bekend werd. Zijn huis werd te koop gezet. En vervolgens was hij naar handlangers op zoek gegaan. De eerste keer dat hij zijn plan ontvouwde, zorgde hij ervoor dat Mike werd verleid door de Monboddo en Allan door de prijzige Coultons – daarmee inspelend op hun hebzucht. Als tijdens de inventarisatie de hiaten aan het licht kwamen, zou het politieonderzoek zich richten op deze twee uilskuikens, want die hadden immers toch een overval gepleegd? Dus was het alleen maar logisch dat ze ook de vermiste schilderijen in bezit hadden en kon Gissing zelf uit het zicht verdwijnen. Naar het buitenland, vermoedde Mike. En dat zou niet op een plek zijn die de professor had genoemd. Het zou een geheime plek zijn die hem aan het hart ging. Hij had het over Spanje gehad, was van gedachten veranderd en noemde toen het westen van Schotland – een van de weinige steekjes die de professor had laten vallen, en Mike had op dat moment moeten weten wat dat betekende.

'Ik heb er nu genoeg van,' zei Hate, daarmee de stilte verbrekend. 'Tijd om iemand om zeep te helpen.'

'Je moet Gissing hebben,' zei Mike nadrukkelijk en zijn ogen boorden zich in die van Calloway. 'Beloof me dat je dat niet vergeet als je met mij klaar bent.'

'Zal ik onthouden,' zei de gangster toegeeflijk. 'Maar nu moet ik het toch met Hate eens zijn – er is al veel te veel gekletst.'

'Het zal tijd worden,' zei Hate, en hij stootte met zijn vuist in zijn hand.

Mike draaide zijn hoofd om naar Laura. Hij was bijna dichtbij genoeg om haar vaarwel te kussen.

'Het spijt me dat je door mijn schuld hierin werd betrokken.'

'Dat is je geraden.' Ze klonk toch nog behoorlijk streng. 'Dus, maak er in ieder geval maar het beste van.'

Zijn blik hield de hare vast, en toen knikte hij langzaam, waardoor hij weer een pijnscheut in zijn hoofd voelde. Blijkbaar knikte hij zelfverzekerd en het oogcontact was fijn. Het leek alsof al zijn zintuigen waren verscherpt, net zoals vlak na de overval. Hij zat naast de vrouw van wie hij hield. Dit is leven, dacht hij. Jammer van de rest... Maak er het beste van, had Laura gezegd. En wie was hij om daar iets tegen in te brengen?

Eigenlijk had hij alleen maar een plan nodig.

Het maakte niet uit wat voor plan.

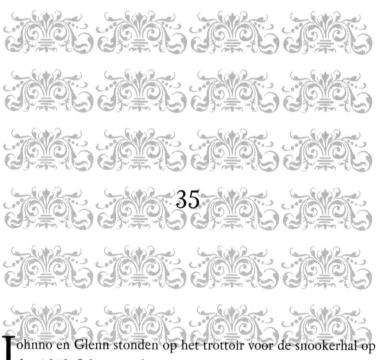

35

Johnno en Glenn stonden op het trottoir voor de snookerhal op de uitkijk. Johnno rookte nerveus een sigaret.

'Wat is er?' vroeg Glenn.

'Waarom moeten we hier buiten staan?'

'Misschien maar beter voor ons – kunnen we niet als getuigen worden opgeroepen.'

'Denk je dat Chib ze allemaal om zeep helpt?' Johnno's ogen waren een klein stukje groter geworden.

'Ligt voor de hand.'

'En wat doet die Hate daar verdomme? Hij heeft nog wat van me te goed voor wat hij met mijn arm heeft gedaan.'

'Voor sommige dingen kun je maar beter weglopen, Johnno.'

Johnno keek hem aan. 'Weglopen?'

Glenn haalde zijn schouders op. 'Als dat daarbinnen op een knoeiboel uitloopt, wie mogen er dan de rotzooi opruimen?'

'Wij,' bevestigde Johnno en hij schoot zijn peuk weg. 'Weet jij eigenlijk waar het over gaat?'

'Ik heb wel een idee, maar ik doe liever alsof ik van niks weet.'

Johnno greep naar zijn kruis. 'Ik sta op springen. Denk je dat ik…?' Hij knikte in de richting van de deur van de snookerhal. Er was een wc binnen, maar dan moest hij langs iedereen heen lopen. Glenn schudde zijn hoofd.

'Als ik jou was, zou ik het daar doen,' zei hij en hij wees naar de overkant van de straat.

'Oké dan.'

Glenn zag dat Johnno de straat overstak en een stukje verder achter een paar vuilcontainers stapte.

Hij had zijn mobieltje al tevoorschijn gehaald. Toen Johnno uit het zicht was verdwenen, klapte hij het open en toetste een nummer in.

Mike was er totaal niet klaar voor om dood te gaan, en als hij het er levend van af zou brengen, moest Laura dat ook. Het was zijn schuld dat zij hier was. Ze was naar hem toe gekomen omdat ze zich zorgen maakte, en dat wilde zeggen dat ze om hem gaf. Het minste wat hij terug kon doen was proberen haar leven te redden, of wat meer voor de hand lag, te sneuvelen tijdens de poging daartoe.

De atmosfeer in de snookerhal was geladen. Hate was naar voren gelopen en Chib Calloway leek alleen maar van plan de boel op te hitsen en een handje mee te helpen. Alice was opgehouden met hen verrot te schelden nadat ze een flinke klap had gekregen. Het enige wat Westie had gedaan, was op zijn lip bijten en zijn mond houden. Dus kreeg hij een halve minuut de volle laag van haar. Aan het eind van de rij stoelen zat Jimmy Allison er totaal verslagen bij, alsof hij in zijn lot berustte. Mike zag dat hij niet alleen bloedvlekken op de voorkant van zijn overhemd had maar ook zichzelf had bevuild.

'Ik ben al veel te lang in dit godvergeten land,' zei Hate. 'Ik wil gewoon naar huis, of ik nu het geld voor mijn klant krijg of niet.' Hij had zich naar Chib toe gedraaid, en zijn gezicht vertrok bij deze plotselinge sneer: 'Ik weet zeker dat Edvard heel graag zou horen dat je hebt geprobeerd hem met een vervalsing te bedriegen.'

'Ik heb je toch al tien keer gezegd dat ik niet wist dat het een vervalsing was!' riep Calloway. Maar op het moment dat tot hem doordrong wat Hate net had gezegd, ontspande zijn gezicht een beetje.

'Heb je hem dat dan niet verteld?' vroeg hij onheilspellend traag.

'Als je mij het geld overhandigt, hoeft hij van niets te weten.'

'Maar ik ben net in onderhandeling,' zei Calloway.

Mike zag dat de gangster naar Westie keek. Jawel, de Hells Angels in Scandinavië hielden zich intensief bezig met internationale handel, en kunst vormde daarbij een prima onderpand. In opdracht van Calloway zou Westie nog meer vervalsingen maken om Hates opdrachtgevers erin te luizen, en diezelfde opdrachtgevers wisten nog steeds niet dat ze belazerd waren met de Utterson.

Mike was onder de indruk. Hij zag dat Calloway in een flits alle mogelijkheden en wijzigingen overzag. En toen Calloway een beweging maakte was dat ook zo snel als de bliksem. Hate had zich van hem afgedraaid om te besluiten wie van de gegijzelden als eerste zou sterven. Hij hoorde niet dat de snookerkeu van de tafel werd gepakt, hoorde niet het suizen voordat het ding op zijn achterhoofd terechtkwam. Door de kracht waarmee dat gebeurde, brak de stok in tweeën en de splinters vielen in Mikes schoot. Alice begon te gillen en Laura slaakte een kreetje. De reus wankelde en viel bijna over Mike heen, maar toch ging hij niet helemaal onderuit. Calloway liet een regen van slagen op hem neerkomen en riep intussen naar zijn handlangers dat ze hem te hulp moesten komen. De deur ging open en er stormde iemand naar binnen.

'Johnno, sla hem verrot!' riep Chib.

'Het werd verdomme tijd,' grauwde Johnno terwijl hij zich in het strijdgewoel begaf. Hij gaf Hate, die was dubbelgeklapt, een flinke trap waardoor het bloed uit de neus van de reus spoot. Maar Hate vocht terug en zwiepte Calloway met een duw van zijn schouder dwars over de vloer. Mike hoorde Alice schreeuwen, maar niet uit afgrijzen voor hetgeen zich voor haar neus afspeelde. Het was een schreeuw om hulp en ze probeerde zich uit haar boeien te bevrijden. Mike zag waarom, ze keek met grote ogen naar de openstaande deur, waarachter de buitenwereld was, zo geruststellend onveranderd en niet-bedreigend. Het trottoir, de lantaarnpaal, de straat.

Iedere voorbijganger zou het opmerken en hulp gaan halen. Misschien iemand die in een auto voorbijreed, of een taxichauffeur. Dit was inmiddels ook tot Westie doorgedrongen. Hij wiebelde net zolang totdat hij met stoel en al vooroverviel. Hij wurmde zich vooruit en greep elk houvast aan, glijdend en aan zijn stoel rukkend om weg te komen van de plek waar hij was.

'Laat me niet alleen!' gilde Alice naar Westie.

'Ik ga hulp halen,' zei hij buiten adem. De hak van zijn ene schoen maakte een piepend geluid en terwijl Westie zich voortbewoog liet hij een vaag spoor achter. Gek genoeg moest Mike opeens denken aan een slak die een heldhaftige, trage tocht ondernam. Hij draaide zijn hoofd om te kijken hoe het met Laura was, maar ze had haar blik gevestigd op de worsteling die recht voor haar plaatsvond. Er zaten bloedspatten op haar wangen, neus en voorhoofd. Het bloed van Hate.

En Jimmy Allison... zijn schouders schokten van een krankzinnig soort lachen door het schouwspel van Johnno die op Hates rug sprong, met één hand om zijn nek geslagen. Calloway was opgestaan en wilde weer aanvallen. Mike was nog steeds onder de indruk van het gemak waarmee deze man van gedachten veranderde. Een bondgenoot was in een oogwenk in een vijand veranderd. Maar toch wist hij niet zeker of Hates dood de redding van het groepje zou betekenen, en daarom begon hij aan zijn boeien te sjorren. Westie was nu halverwege de deur en Alice zat nog steeds om hulp te schreeuwen.

'Waar is Glenn, verdomme?' vroeg Calloway.

'Ik dacht dat hij met me mee was gekomen,' antwoordde Johnno met opeengeklemde kaken terwijl hij bezig was Hate dood te drukken. Maar de reus werkte zich met al zijn kracht achteruit in de richting van een van de pooltafels. Mike dacht dat hij een harde krak hoorde – een geluid dat een beetje op het breken van een keu leek – toen Johnno met zijn rug tegen de houten rand van de tafel aankwam. De arm die rond Hates nek zat viel naar beneden, en terwijl Hate weg stapte, zakte Johnno met een van pijn verwrongen gezicht op de vloer. Calloway probeerde inmiddels Hate op de meest pijnlijke plek te schoppen, waardoor Mike moest denken aan de vechtpartijen op het schoolplein. Maar het leek niet veel effect te hebben, want Hate haalde met zijn gehandschoende vuist uit naar de kaak van de gangster. Door de volgende stoot werd Calloway geveld, en hij viel bewusteloos op de grond. Hate nam even de tijd zichzelf bij elkaar te rapen. Uit zijn beide neusgaten kwamen bloedbellen en hij haalde hijgend adem. Zijn gezicht was nog steeds paars aangelopen vanwege de wurgpoging. Hij strompelde naar de deur en smeet hem dicht. Toen bukte hij zich om Westie weg te slepen en maakte daarmee een eind aan diens hoop op ontsnapping. Westie schreeuwde van de pijn toen hij aan zijn haren werd weggesleept. Hate hees de stoel overeind en zette hem tussen Laura en Alice neer. Er viel een dot van Westies haar uit zijn hand toen hij hem losliet. Alice riep allemaal schunnigheden tegen de reus, maar hij lette niet op haar. Wankelend bewoog hij zich in de richting van Calloway en Johnno om te kijken of die nog een bedreiging voor hem vormden. Tevredengesteld richtte hij zijn aandacht op Mike en de rest van het gezelschap.

'Ik maak jullie allemaal af,' grauwde hij hees. 'En daarna ga ik naar huis.'

'Je opdrachtgevers zullen het niet leuk vinden, als je niet met hun geld aankomt. Ik ben degene die je daaraan kan helpen, weet je nog,' zei Mike onbewogen.

Hate schudde zijn hoofd. 'Een foto van de lijken zal voldoende zijn.'

'En denk je niet dat de politie nieuwsgierig wordt?'

'Dan ben ik allang weg.' Hij keek weer om zich heen. 'Calloway moet dood, en ik kan geen getuigen gebruiken.' Hij wees naar Mike. 'Jou bewaar ik voor het laatst, vriend.'

'Wil dat zeggen dat ik de zwakste ben?'

'Julie zijn allemaal zwak. Deze hele stad is zwak!' Hate gooide zijn hoofd achterover en kreunde even, niet omdat hij pijn had, dacht Mike, maar uit ongenoegen met de ongelooflijke stommiteiten waarmee hij te maken had gekregen. 'Die Calloway is een idioot, en toch speelt hij het klaar om de baas te spelen. Jullie zijn allemaal gek.'

'Misschien heb je wel gelijk.'

'O ja?' Er verscheen een brede grijns op Hates met bloed besmeurde gezicht terwijl hij zijn arm naar achteren bewoog en in zijn kraag tastte. Langzaam haalde hij er een lang, glimmend mes uit en overzag zijn domein. Calloway lag nog steeds bewusteloos op de vloer; er droop bloed uit zijn oor. Johnno was nog bij bewustzijn, al had hij dat graag anders gewild, en kreunde van de pijn. En dan waren er nog de vijf gebonden gedaantes op hun stoel.

'Je kunt maar beter maken dat je wegkomt,' zei Mike, 'voordat Glenn terugkomt met de politie te paard.'

'Glenn?'

'Calloway heeft twee bodyguards, weet je nog? Waarschijnlijk heb je niet veel tijd meer.'

'En dan treft hij zijn baas dood aan, en jullie erbij.'

Mike kwam tot de conclusie dat hij uiteindelijk geen opties meer had. Het enige wat hij nog kon doen was deze man aanvallen door met zijn hoofd in zijn maag te rammen. Hij wist dat het een daad uit wanhoop was, maar wat moest hij anders? Hate was zich daar blijkbaar ook van bewust en grinnikte zachtjes. Mike keek Laura aan en zag dat ze moeite had haar tranen te bedwingen.

'Dit is niet helemaal wat ik voor ons in gedachten had,' verontschuldigde hij zich.

'Ik moet zeggen dat ik het qua tweede afspraakje wel eens beter heb getroffen.'

Westie probeerde zich opnieuw van zijn boeien te bevrijden en was daarbij voor de tweede keer op de grond terechtgekomen. Alice stond op het punt naast hem te belanden. Allison zat nog steeds met zijn ogen stijf dicht te giechelen, alsof zijn verstand hem langzaam in de steek liet. En dat allemaal voor een paar schilderijen, dacht Mike. Omdat hij zich verveelde en verwend, verblind en hebzuchtig was geweest.

En erin was geluisd door de echte boef: professor Robert Gissing.

Het maakte hem razend dat Gissing aan deze situatie was ontsnapt, van zijn pensioen genoot, omringd door God mag weten hoe-

323

veel meesterwerken. Cocktails op de patio en luierend in de zon...

'Nog één ding,' zei hij terwijl de moordenaar geïrriteerd zijn aandacht op hem vestigde. 'Ik heb het al tegen Calloway gezegd en nu zeg ik het tegen jou: Robert Gissing heeft ons allemaal belazerd. Als je Gissing weet te vinden kun je de hand leggen op een kunstverzameling die miljoenen waard is. Vergeet niet dat tegen je klant te zeggen wanneer je thuiskomt.'

Hate dacht even na en knikte toen. 'Bedankt voor de tip,' zei hij. 'En om iets terug te doen zal ik het snel doen – misschien niet pijnloos, maar wel snel.'

Hate ging voor Laura staan, boog zich naar haar toe en trok het mes naar achteren. Laura's gil boorde zich in Mikes oren. Hij kneep zijn ogen stijf dicht en rukte nog een keer aan zijn boeien. Maar toen klonk het geluid van een deur die werd ingetrapt. Hij deed zijn ogen open en zag door de deuropening in zwarte steekwerende vesten geklede gedaantes komen, een aantal van hen met helm met vizier. Op hun borst stond in witte letters het woord POLITIE. De agent die als eerste was binnengekomen, had zich op één knie laten vallen en Mike zag dat hij een pistool op Hate richtte. Hate verstijfde even, het mes in de aanslag. Laura had nog steeds haar mond open, hoewel ze was opgehouden met schreeuwen toen de politie binnenkwam. Hate draaide zijn hoofd om en keek Mike aan. Zijn blik zei alles. De agenten schreeuwden een paar keer een bevel en uiteindelijk gaf de reus hieraan gehoor. Het mes viel kletterend op de grond, hij stak zijn armen omhoog en knielde neer zoals hem was opgedragen. Langzaam deed hij zijn handen achter zijn hoofd, in afwachting van de handboeien.

De agenten stortten zich op hem. Het pistool verdween pas in de holster toen de handboeien zorgvuldig waren omgedaan.

'We hebben te horen gekregen dat er vuurwapens aanwezig waren,' zei iemand vanachter zijn vizier.

'Die heb ik niet gezien,' zei Mike tegen hem.

'Maak me los van die pokkestoel!' gilde Alice.

Mike keek naar de deur. Daar stond Glenn, de ontbrekende handlanger, en naast hem stond inspecteur Ransome. Ransome floot een deuntje en stapte met zijn handen in zijn broekzakken naar binnen. Hij keek naar Calloway, ging op zijn hurken bij hem zitten en voelde aan zijn hals om zijn hartslag te controleren. Tevredengesteld en terwijl hij een beetje bloed van Calloway tussen zijn duim en voorvinger wreef, stond hij op en liep naar de rij stoelen.

'Iemand gewond?' vroeg hij. Om een of andere reden moest Laura om deze vraag lachen.

'Kijk uit je ogen, Ransome,' zei ze. 'De man die aan het eind zit kan nauwelijks ademhalen.'

Ransome gaf twee agenten de opdracht de conservator mee te nemen naar de ambulance, bleef toen staan en pakte Hates mes op om te kijken of er bloed aan zat. Toen hij zag dat dat niet het geval was, sneed hij daarmee de tape rond Laura's handen los. Ondanks Alice' smeekbeden was Mike als volgende aan de beurt. Ransome gaf toen het mes aan Laura en vroeg haar de honneurs waar te nemen. Ze keek naar Hate en toen naar het mes, maar Ransome maakte een afkeurend geluid.

'Dat is wel genoeg drama op één dag,' wees hij haar terecht. 'Laat meneer Bodrum maar aan ons over.'

'Misschien is hij Bodrum voor u,' merkte Mike op. 'Maar voor mij zal hij altijd Hate blijven.'

Terwijl Laura de boeien van Alice en Westie lossneed – Westie klaagde dat hij zijn arm had gebroken toen hij viel – hielp Ransome Mike zich van de banden rond zijn enkels te bevrijden en vervolgens met opstaan.

'Zo beter?' vroeg de inspecteur.

Mike knikte bevestigend. Hij voelde zich licht in het hoofd en zijn hoofdpijn werd erger. 'Hoe heeft u ons gevonden?' was hij in staat uit te brengen.

'Glenn Burns. Maar eerlijk gezegd waren wij u al op het spoor.' De inspecteur keek naar de deur en Mike volgde zijn blik. Daar stond Allan, hij keek een beetje schaapachtig. Toen Mike glimlachte en knikte, kwam hij naar binnen en probeerde de situatie zo veel mogelijk te overzien.

'Jezus, Mike,' zei hij en hij sloeg zijn armen om hem heen.

'Wat heb je hun allemaal verteld?' fluisterde Mike in zijn oor.

Toen Allan hem losliet, sprak zijn blik boekdelen.

Alles.

'Sorry,' zei hij.

'Hoeft niet,' reageerde Mike.

'Ik hoop dat het het allemaal waard is geweest,' zei Ransome peinzend.

'Havens en vliegvelden,' zei Mike en hij pakte de inspecteur bij de arm. 'U moet voorkomen dat Robert Gissing het land verlaat.'

'Dat is, denk ik, een beetje te laat, meneer Mackenzie. Trouwens, uw Ladykillers-clubje interesseert me niet, een zekere inspecteur Hendricks zal daar graag met u over willen spreken.' Ransome knikte in de richting van Calloway. 'Ik zat achter deze buit aan, dus volgens mij moet ik u bedanken dat u mij die hebt bezorgd.' Hij glimlachte en was verdwenen, net op het moment dat het ambulancepersoneel verscheen. Hate stond weer rechtop en werd door twee agenten naar buiten geleid.

'Volgens mij ga jij nog lang niet naar huis,' riep Mike hem achterna.

'Ik ben niet de enige,' snauwde de reus terug.

'Daar zit wat in,' moest Laura toegeven.

36

'Gaat u echt tegen Calloway getuigen?' vroeg Ransome.

Mike werd naar het gereedstaande politiebusje geleid. Allan liep naast hem. Ze hadden het niet nodig gevonden hun handboeien om te doen. Inspecteur Hendricks was verschenen en hij keek chagrijnig. Mike zag dat Ransome de situatie aan hem uitlegde, en dat maakte het humeur van zijn collega er niet beter op, maar het had wel een extra impuls gegeven aan Ransomes volgende stap.

Mike haalde zijn schouders op. Het was eigenlijk wel een goede vraag. 'Het zou eigenlijk andersom moeten zijn,' zei hij tegen Ransome. 'Tenslotte heb ik hem erbij gesleept.'

'Maar u gaat dus wel getuigen.' Het klonk meer als een vaststelling dan als een vraag. 'Dat zal het voor u makkelijker maken.'

'Hoezo?'

Ransome haalde zijn schouders op. 'Zes jaar in plaats van acht. Binnen drie jaar komt u vrij. Ik weet zeker dat u zich de beste advocaten kunt veroorloven, meneer Mackenzie. En het zal hun weinig moeite kosten u in de rechtbank af te schilderen als de naïeve playboy die zich met de verkeerde mensen heeft ingelaten. Misschien wil een aardige psychoanalyticus wel verklaren dat u verminderd toerekeningsvatbaar bent.'

'Dat ik dus niet goed bij mijn hoofd ben?'

'Toen niet, nee.'

'En ik dan?' vroeg Allan. 'Wat is mijn rol?'

'Hetzelfde liedje, maar met als toevoeging dat u er goed aan heeft gedaan uzelf aan te geven, en daardoor eraan heeft meegewerkt vijf mensen ervoor te behoeden dat ze werden gemarteld en gedood.'

'Eigenlijk zeven,' corrigeerde Mike de inspecteur. 'Hate was niet van plan Chib en Johnno in leven te laten.'

'Ziet u nou wel?' zei Ransome tegen Allan. 'U bent dus toch zo'n beetje een held.'

Naast het politiebusje stond een ambulance en Jimmy Allison werd met een zuurstofmasker op op een brancard naar binnen gereden. Er stond een andere brancard klaar voor Johnno. De ene man had een bloedtransfusie nodig, een paar hechtingen, en voor de rest van zijn leven geestelijke bijstand.

De andere had een nieuwe ruggengraat nodig.

Mike verbaasde zich wederom over het ongelooflijke lef van professor Gissing: hij had jarenlang schilderijen ontvreemd, was nooit betrapt en was toen bijna tegen de lamp gelopen door zoiets simpels als een inventarisatie. Gissing, die tekeerging tegen het aan het oog onttrekken van zoveel belangrijke mooie kunstwerken, en daar tegenover iedereen die het maar wilde horen hetzelfde argument voor gebruikte. Met als doel een paar goedgelovige zielen erin te luizen die daar iets aan wilden doen. Hij had ervoor gezorgd dat Allison in elkaar werd geslagen zodat hij zelf beschikbaar zou zijn om een aantal vervalsingen als echt te bestempelen.

Het was meesterlijk, maar er had zoveel mis kunnen gaan. Toch was het Gissings enige kans geweest. En tegen alle verwachtingen in had het gewerkt. En nu zouden zowel Mike als Allan en Westie naar de gevangenis gaan. Allan was helemaal kapot. Maar Westie kon het zo te zien niet zoveel schelen; Mike had hem in de snookerhal tegen Alice horen zeggen dat gevangenen schilderles kregen, en dat soort dingen.

'Misschien wordt het merk Westie wel meer waard wanneer ik vrijkom, het is echt niet zo makkelijk om berucht te worden.'

Misschien had hij daar wel gelijk in, maar dit had Alice er niet van weerhouden hem een stomp op zijn zere arm te geven, zodat hij had gegild en dubbelsloeg, waarna ze zich had omgedraaid en was weggelopen.

Ze zou worden ondervraagd. Ze zouden allemaal worden ondervraagd, en zeker Hate, die zich nog steeds tegen zijn boeien en de mensen die hem hadden overmeesterd verzette. Hij was een soort natuurkracht, en Mike was blij dat hij een eigen politiebusje kreeg.

'Als we allemaal naar de gevangenis gaan, komen we dan in dezelfde vleugel als Chib en Hate?' vroeg Mike aan Ransome.

'Dat betwijfel ik. We zorgen dat u in een zo vriendelijk mogelijke omgeving terechtkomt.'

'Maar Calloway heeft misschien wel vrienden in de gevangenis.'

Ransome grinnikte. 'Ik denk dat u hem overschat, meneer Mackenzie. Chib heeft meer vijanden dan vrienden achter de tralies zitten. Met u komt het wel in orde, geloof mij maar.'

Er klonk een schreeuw. Het was Glenn Burns. Hij werd in de boeien afgevoerd naar een gereedstaande politieauto.

'Je staat bij me in het krijt, Ransome! Je staat verdomme hartstikke bij me in het krijt!'

Ransome reageerde niet en richtte zich tot Mike. De deuren van de politiebus stonden wagenwijd open. Binnen was een kooi met twee zitbanken.

'Dus Gissing heeft alle vermiste schilderijen?' vroeg Ransome.

Mike knikte. 'Calloway heeft een paar schilderijen die we hebben verwisseld, als hij ze tenminste niet heeft vernield.'

Ransome knikte. 'Meneer Cruikshank heeft me er alles over verteld. En Westwater en zijn vriendin hebben er ook nog een?'

'Een DeRasse.'

'En wat heeft u er nu aan overgehouden, meneer Mackenzie?'

Mike moest even nadenken. 'Ik ben nog gezond. En ik heb een verhaal dat ik later aan mijn kleinkinderen kan vertellen.' Hij keek naar Laura, die de snookerhal uit werd gebracht. 'Trouwens, Laura heeft hier helemaal niets mee te maken. Ik weet dat ze met u bevriend is.'

'Ze moet nog wel een verklaring afleggen,' zei Ransome. 'En dan zal ik ervoor zorgen dat ze goed thuiskomt.'

'Bedankt.' Mike keek naar de politiebus.

'Valt niet mee, hè,' zei Ransome.

'Wat bedoelt u?'

'Om een crimineel meesterbrein te zijn.'

'Vraagt u dat maar aan Robert Gissing.'

Laura zag hen staan en kwam hun kant op. Ze raakte Ransomes arm aan. 'Zou ik een woordje met de gevangene mogen wisselen?'

Ransome leek niet al te happig, maar hij zwichtte voor haar blik. Toen zag hij dat Chib Calloway geboeid de snookerhal uit werd geleid, nadat hij was bijgekomen en had ontdekt dat hij werd omgeven door het puikje van de Lothian and Borders Police.

'Ik kom zo terug,' zei Ransome en hij liep in de richting van Chib Calloway. Laura boog zich naar Mike over en gaf hem een kus op zijn wang.

'Ik vroeg je om er maar het beste van te maken,' zei ze, 'en dat heb je keurig gedaan.'

'Misschien had je het niet in de gaten, maar daar heb ik niet zo erg de hand in gehad,' bracht hij haar in herinnering.

'Nou we het toch over redders in nood hebben...' kwam Allan tussenbeide.

Laura schonk hem een stralende lach, knuffelde hem even en gaf hem een zoen. En draaide zich toen weer naar Mike om. Deze keer kusten ze elkaar op de mond. Allan draaide zich demonstratief om zodat ze in ieder geval de illusie van privacy hadden. Ze sloeg haar armen om Mike heen en hij voelde de warmte door zijn lichaam stromen.

'Denk je dat je lang in de gevangenis moet blijven?' vroeg ze.

'Zul je op me wachten?'

'Ik vroeg het het eerst.'

'Ransome schat drie jaar. Hij zei ook dat ik het beste juridische team moet nemen dat voor geld beschikbaar is en een psychiater die verklaart dat ik gek ben.'

'Dus waarschijnlijk word je straatarm?'

'En krankzinnig verklaard – denk je dat dat van invloed zal zijn op onze relatie?'

Ze schoot in de lach. 'Dat moeten we afwachten.'

Mike moest even nadenken. 'Ik moet erachter zien te komen hoe vaak ik bezoek mag ontvangen...'

'Stel je daar nou niet al te veel van voor, Mackenzie – stinkt het niet in de gevangenis en zit die niet vol wellustige seksmaniakken?'

'Ik denk het wel – en dan hebben we het alleen nog maar over Allan.'

Er kwamen een paar agenten in uniform aangelopen, klaar om Allan en Mike naar de politiebus te brengen. Laura en Mike omhelsden elkaar en gaven elkaar nog een laatste, lange kus.

'Als ik had geweten dat dit het enige was wat ik moest doen om je te veroveren...' zei Mike peinzend.

'Ophouden nu,' zei een van de agenten.

'Nog één ding,' zei Mike toen Laura en hij werden gescheiden. 'Als je bij me op bezoek komt, moet je een paar dingen voor me meebrengen. Mag ik je een boodschappenlijstje geven?'

'Wat voor dingen?'

Hij deed alsof hij nadacht. 'Atlassen,' zei hij ten slotte. 'Wereldatlassen.' Hij was nu half in de politiebus. 'Reisboeken, kunstboeken, lijsten van musea en gerenommeerde galeries.'

'Ga je proberen hogerop te komen?'

Hij besloot dat hij het beste maar bevestigend kon knikken. Ze had het niet door, nog niet. Maar Allan wel, gezien de blik die hij hem toewierp.

Die zei dat Mike zodra hij vrijkwam naar iemand op zoek zou gaan...

Professor Robert Gissing zat in de studeerkamer van zijn witgekalkte huis in het centrum van Tanger. Zijn dagdromerij werd net doorbroken door de overslaande motor van een bromfiets. Het raam stond wijd open en de zon stond hoog aan de blauwe hemel. Hij hoorde de geluiden van de markt beneden naar boven drijven; het loven en bieden, het geroezemoes en het lawaai van de dieselmotoren van oude bestelwagens en vrachtauto's. Het stoorde hem nooit, en nu was de weerbarstige motor van de bromfiets ook uitgezet. Zo nu en dan ving hij de geur op van specerijen, koffie, kardemom, citrusvruchten en wierook. Dit droeg allemaal bij aan het gevoel van een rijk leven in een wereld die rijk was aan alledaagse wonderen. Hij was hier gelukkig met zijn boeken en een glas muntthee. Op de vloer lagen elkaar overlappende prachtige tapijten en de muren werden grotendeels bedekt door prachtige schilderijen. Hij had geen telefoon en hij kreeg geen post. Hij kon wel het internet op, dankzij het café aan het eind van de straat, maar daar maakte hij maar een of twee keer per maand gebruik van, om op de hoogte te blijven van het nieuws uit Groot-Brittannië. Hij zocht ook wel eens op woorden, en tikte dan de namen van Mackenzie, Calloway, Westwater en Ransome in. Hij wist niet genoeg van computers om er zeker van te zijn dat hij hiermee geen spoor achterliet. Hij herinnerde zich dat hij ooit een artikel had gelezen waarin stond dat de FBI naging welke dingen mensen uit de bibliotheek leenden, en dat er namen werden gemarkeerd als werken zoals *Mein Kampf* en *Het Anarchistisch Kookboek* werden meegenomen. Volgens hem zou internet niet veel anders werken, maar toch vond hij het risico de moeite waard. Je moest weten wie je vijanden waren, en dat soort dingen.

Het was natuurlijk heel goed mogelijk dat ze hem waren vergeten, en dat de politie hem had afgeschreven omdat hij onvindbaar was. En als zij hem niet te pakken konden krijgen, wat voor kans zouden amateurs als Mike en Calloway dan maken? Goed, Mike had een beetje verstand van computers, maar Gissing betwijfelde of die kennis zich uitstrekte tot het opsporen van onderduikers en dat soort dingen.

De eerste paar jaar was hij nergens al te lang blijven plakken. Hij was aan valse paspoorten met een uiteenlopende reeks namen gekomen, het had hem duizenden gekost maar het was elke penny, euro en dollar waard geweest. Een van de schilderijen die in zijn bezit waren gekomen, bleek toevallig van een kunstenaar die hoog op het verlanglijstje van een Saoedische zakenman stond. Dat wist Gissing al toen hij het had meegenomen. De verzamelaar had Gissing de helft betaald van wat het schilderij waard was op de reguliere markt, met de afspraak dat het in zijn privégalerie zou blijven.

'Voor onze eigen bestwil,' had Gissing hem gewaarschuwd. 'Maar zeker voor de uwe.'

De man had het begrepen en was dolblij met zijn aankoop. Alleen al die transactie had Gissing in staat gesteld om in stijl te kunnen reizen: Frankrijk, Spanje, Italië en Griekenland en vervolgens Afrika. Hij was nu vier maanden in Tanger, maar had al zijn spullen slechts één keer hiernaartoe hoeven te verhuizen uit de opslag, en hij wist zeker dat hij hier zou blijven. In de buurtcafés stond hij bekend als 'de Engelsman' en hij deed geen enkele moeite dit misverstand recht te zetten. Hij had zijn baard laten staan en droeg vaak een panamahoed en een zonnebril. Ook had hij zijn uiterste best gedaan tweeëntwintig kilo af te vallen. Een enkele keer had hij zich afgevraagd of dit het allemaal waard was. Want hij was wel een vluchteling. Hij kon nooit meer terug naar Schotland, nooit meer zijn vrienden zien of een glas whisky met hen drinken in een rechtgeaarde pub terwijl het buiten motregende. Maar als hij dan even naar zijn schilderijen keek, maakten alle eventuele twijfels plaats voor een glimlach.

De cd waarnaar hij had zitten luisteren, stopte plotseling na het laatste nummer. Bach, vertolkt door Glenn Gould. Hij was bezig het hele klassieke muziekrepertoire af te werken. Hetzelfde gold voor boeken – hij had zichzelf plechtig beloofd Proust nog een keer te proberen en Tolstoj te herlezen. Hij had zelfs het plan opgevat zichzelf Latijn en Grieks te leren. Als hij ervan uit ging dat hij nog vijftien tot twintig jaar voor de boeg had, was er voldoende tijd om te genieten van elk hapje en slokje, iedere muzieknoot, woord en penseelstreek. Tanger leek in bepaalde opzichten op Edinburgh: een dorp in de gedaante van een stad. Hij was geen vreemde meer voor zijn buren en de marktkooplieden. De eigenaar van het internetcafé had hem uitgenodigd voor een etentje in familiekring en de straatkinderen hadden er plezier in om hem te plagen. Ze trokken aan zijn baard en wezen op de vlinderdas die hij tegenwoordig droeg. Hij at buiten aan een tafeltje en wuifde zich dan met zijn hoed koelte toe.

Hij was tot de conclusie gekomen dat dit leven niet slechter of beter was dan het leven dat hij in Edinburgh had geleid. Het was alleen anders. Natuurlijk had hij er spijt van dat hij Mike en Allan erbij had betrokken. Maar Calloway was Mikes idee geweest en daarbij nog een heel slecht idee, hoewel achteraf gezien perfect voor het doel dat Gissing nastreefde. Natuurlijk was alles niet helemaal volgens plan verlopen. Michael en Allan, en niet te vergeten Calloway, hadden de politie ervan weten te overtuigen dat ze niets met de vermiste kunstwerken te maken hadden. Gissings foto was wereldwijd in de kranten verschenen, vandaar dat hij een nomadisch bestaan had geleid. Maar dat was nu allemaal achter de rug, en nu kon hij zich gaan ontspannen. Het boek met de Picasso-prenten was in het Spaans geschreven – het was een of ander volksverhaal – en hij was vastbesloten om Spaans te leren, om er nog meer van te kunnen genieten. Maar zijn lievelingsschilderij was een stilleven van Peploe, transparant, realistisch en romantisch. Hij had zo zijn twijfels over een portret van Wilkie dat zich in zijn verzameling bevond. Als hij ooit nog geld nodig had, zou hij daar met de minste pijn in zijn hart afstand van doen. De Saoedi had gezegd dat hij er wel interesse in had als er in de toekomst nog te onderhandelen viel. Maar op dit moment was Gissing behoorlijk tevreden.

De deurbel ging en er werd aangeklopt. Hij stond niet meteen op, maar toen er nog eens werd geklopt, werd hij toch nieuwsgierig. Hij kwam een beetje moeizaam overeind en schuifelde op zijn blote voeten naar de deur. Verwachtte hij soms iemand?

Het antwoord was ja. Ja, en constant. Het was al een paar weken geleden dat hij op internet had gekeken. In de tussentijd zou er van alles gebeurd kunnen zijn. Misschien waren er mensen uit de gevangenis ontslagen. Maar dan nog, eenmaal op vrije voeten zouden ze er toch een hele kluif aan hebben om hem op te sporen.

Voordat hij bij de deur was, ging die al open.

'Hallo, is er iemand thuis?' vroeg iemand met een accent dat Gissing niet helemaal kon thuisbrengen.

'Kan ik iets voor u doen?' vroeg Gissing terwijl hij zijn bezoek tegemoet liep.